如果没有爱上你

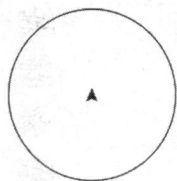

张军山 著

APICTIME
时代出版
时代出版传媒股份有限公司
北京时代华文书局

图书在版编目（CIP）数据

如果没有爱上你 / 张军山著 . -- 北京：北京时代华文书局，2015.8
ISBN 978-7-5699-0459-8

Ⅰ.①如… Ⅱ.①张… Ⅲ.①长篇小说－中国－当代
Ⅳ.① I247.5

中国版本图书馆 CIP 数据核字 (2015) 第 183398 号

如 果 没 有 爱 上 你

著　　者｜张军山

出 版 人｜杨红卫
选题策划｜曾　丽
责任编辑｜曾　丽　升　洋
装帧设计｜新艺书文化　段文辉
责任印制｜刘　银　范玉洁

出版发行｜时代出版传媒股份有限公司 http://www.press-mart.com
　　　　　北京时代华文书局 http://www.bjsdsj.com.cn
　　　　　北京市东城区安定门外大街 136 号皇城国际大厦 A 座 8 楼
　　　　　邮编：100011　电话：010 - 64267955　64267677
印　　刷｜三河市南阳印刷有限公司　　（0316）3654999
　　　　　（如发现印装质量问题，请与印刷厂联系调换）
开　　本｜787mm×1092mm　1/16
印　　张｜19
字　　数｜273 千字
版　　次｜2015 年 10 月第 1 版　2015 年 10 月第 1 次印刷
书　　号｜ISBN 978-7-5699-0459-8

定　　价｜32.00 元

目录

第一章

Chapter one

别恋

幸福是一种感觉，是人的欲望阶段性的满足；它是你用普通人的心态去打量当下生活时的一种踏实感。

1

人遵从内心的选择是幸福的，却又是那么艰难。那天，秦风越想心里越不是个滋味，像吃了一盘子绿头苍蝇。那东西就像铜墙铁壁堵在胸口，血在血管里发出砰砰砰撞击的声响，脖子被撑得急剧膨胀了起来，呼吸也变得猛烈短促。

突然，他下意识地开始敲击键盘，一时间那键盘被他敲得噼里啪啦，如一屋顶的铅粒顷刻间撒向桌面，心也如铅块坠落般急速下沉。他身体里憋足了劲的郁结，似乎都通过这键盘，喧嚣而出。指间燃烧的半截香烟，也伴随手指在疾驰跳跃，烟灰纷扬而下，黑色键盘瞬间染上一片灰白。敲完离婚协议书的最后一个字，他长出一口气，将烟蒂掐灭在烟灰缸里。

"望着你我心里难受无语泪流，你的温柔我不再奢求，往事历历不堪回首……"手机里的歌者卖弄着忧伤的喉咙，让秦风的心禁不住颤了一下，他烦躁地瞟一眼桌上的手机，又将目光移向电脑。之前，秦风喜欢韩磊，喜欢腾格尔，喜欢刘欢，也喜欢刀郎。那夜之后，他喜欢上陈瑞这首《梦醉西楼》，一遍一遍听，然后一遍一遍流泪。

歌声再次响起，秦风才木然地抓起手机，眼睛仍盯着电脑上的文字。电话里对方声音很急，很沉，充斥着火药味。秦风听出是王国伟，正抱怨他半天不接电话。秦风这才整理情绪，挤出一丝残缺不全的笑容，提了提劲，道："首长有何指示？"

秦风和王国伟是大学同班同学，平日里电话往来，总是先调侃几句，才说正事。秦风总以"首长有何指示"开场。这时，王国伟常常会很受用地笑骂一句："屁……"可今天，秦风还像往常一样习惯性地调侃，却像三分线外投往篮筐的球，没碰着篮板就飘到了遥远的地方。

王国伟没有和秦风打趣，而是焦灼地吼了一句："杨海涛出事了，你马上赶到市医院来。"说完顿了一下，又道："老六我已经通知了。"

手机还贴在秦风耳朵上，电话里只剩"嘟嘟嘟"的忙音了。他半天没回过神来，但从王国伟打电话的口吻上判断，今天肯定不是愚人节。这样想着，他马上起身，抓过衣帽架上的外套，破门而出。

刚拐下楼梯，秦风又折回来，推开离楼梯口最近的一间办公室的门，朝正趴在电脑上的女孩说："小王，待会儿可能有个作者过来，你替我接待一下。"

王倩看秦风着急的样子，先是一怔，然后望着他嗯嗯地直点头。她似乎还想问点什么，可转眼秦风已没影了，不知道究竟发生了什么事，继续把头埋进电脑，却再也看不进去一个字了。

秦风走了，王倩对面外号叫"猴子"的年轻小伙子，晃着脑袋，像古代私塾里朗诵《弟子规》的学童，朝王倩不停地鼓动着腮帮子，嘴一张一翕地变换着口型，像是在打暗语，绿豆大的一点点眼睛，咕噜咕噜转着。

王倩明白猴子的意思，便瞪了他一眼，道："切！你也不撒泡尿把自己照照。"

猴子郁闷地直翻白眼，琢磨大半天，问："哎哎哎，王倩，啥意思你？"

"你就没急过？没乱过方寸？"王倩嘴上使了很大劲，一字一句，近乎咬牙切齿。

王倩斜对面的女孩儿刘蕊扑哧一声笑了，朝王倩努努嘴，一本正经道："王倩同志，注意团结，注意团结，别老踩人家猴子尾巴好不？"

猴子愣了半天才猛地反应过来。原来猴子前不久被女朋友甩了，痛苦得死去活来，没忍住在王倩和刘蕊跟前诉说了一番，还一把鼻涕一把泪的。之后，猴子的"不男人"行为，就被王倩当成了茶余饭后的笑柄。

"真是妇人之心！"猴子似乎生气了，忽地站起来，气愤地说："好好干活，我这期的诗歌稿子可全部OK啦！"猴子是诗人，在《诗刊》等大型文学杂志常有诗歌发表。因为这个，大学毕业后直接被杂志社社长王江河一眼看中，做了《秦风》杂志的诗歌编辑。

王倩一听，像是忽然想起了什么，马上起身，凑猴子身边，满脸堆起笑，毕恭毕敬道："哎，猴哥，有一关系特要好的姐妹的诗，很短很短很短的一截截，我光顾忙了，忘跟你汇报，这一期得给人家发了，再不能……”还没等王倩说完，猴子朝王倩扮了个鬼脸，打着口哨，夸张地扭着屁股，摇头晃脑地出门了。

王倩望着门，噘噘嘴，低声嘟囔猴子不是人。

宁州的夏天说来就来，刚进入春天没多久，夏天便毫无过渡地来了，阳光明媚得有些扎眼。

一辆出租车停在《秦风》杂志社大楼前，下来一女孩，白T恤，蓝短裙，右手拎一精致白色手包。一头黑色披肩长发，在微风中飘动。咖啡色眼镜，遮住了大半个脸庞。她朝前走了几步，又停下，浑身透射着青春的活力，尤其那凸凹有致的线条，用“杨柳扶风”一词来形容，再恰当不过了。她抬头打量着眼前这幢大楼，又转过来转过去瞅了半天周围的建筑，似乎才确定这就是她要找的地方，便袅娜地进了楼门。

大楼里进进出出的上班族们，都不约而同地将目光投向这位漂亮的女孩儿。有的边走边扭过头去望着，还有的驻足欣赏，女人们则把妒忌的眼神拉得好长好长，但所有人嘴里都发出啧啧的赞叹。门卫老刘的目光也被女孩的娇美牢牢钳住，竟忘了盘问她是哪个单位的，要找谁。女孩径直朝电梯走去，等电梯门开了，女孩的倩影消失了。老刘这才意识到她还没登记呢，立即从椅子上蹦起来，追了过去，大喊道：“哎哎哎，姑娘……”

女孩从五楼电梯出来，很快找到“编辑部主任”办公室。她轻轻地敲门，没人应。再敲，仍不应。抓住门把手一推，发现门是锁着的。女孩噘噘嘴，左右张望着，心想：“不是电话里说得好好的，在办公室等我，这会儿却没人了。难道是不想见我，躲了？”这样想着，她便走到隔壁挂着“编辑部办公室”牌子的门口。

这时，猴子恰好从卫生间出来，远远看见办公室门口站着一位长发披肩、亭亭玉立的女孩，想必一定是王倩所说的那位跟她关系特要好的作者。这样想着，心里美滋滋的，像吃了蜜，立刻来了精神头，刚才跟王倩的不悦也顿时烟消云散了。猴子故作镇定，边走边摇头晃脑地嘴里小声吟诵道：“蒹葭苍苍，白露为霜。所谓伊人，在水一方……”

猴子悄悄走到女孩身后，用食指在她肩上轻轻弹了一下。女孩正欲敲门，被后面伸过来的一只手吓了一跳，回头看着猴子，一脸惊慌。

就在女孩回头的一瞬，猴子的视觉神经受到了前所未有地强烈冲击，用呆若木鸡来形容猴子的表情，再恰当不过了。在宁州，猴子也算阅"女"无数，但美到如此精致如此让人惊心动魄的女孩子，他还是头一次遇着。猴子"木鸡"了好一会儿，才发觉了自己的失态，脸上立刻涌动起层层叠叠的笑容，随即点头哈腰，嬉皮笑脸道："美女，请进请进！"说着从女孩背后伸过手，推开了办公室的门。

听到门被推开的声音，王倩和刘蕊的目光也都齐刷刷地钉在了女孩身上。俩人先是眼睛比平时大了好一阵子，随即又都像什么都没看见似的，缩回眼睛，不声不响地埋头各干各的事儿。

女孩有些不自在地朝里面扫了一眼，一看秦风不在，便转过脸对猴子说明来意。

王倩一听找秦风，而且是一个她和刘蕊都无法企及的靓女，心头立刻爬满了醋酸菌，脸色也变得不那么灿烂了。她四平八稳地坐着，用不屑一顾的眼神上下打量着女孩，硬邦邦地道："秦主任不在，你改天再来吧！"

话说完，王倩又忽地想起，秦风走时交代过有个作者来找他，难道这女孩就是？找秦风的作者很多，女作者也多，尤其那些美女作者。王倩只要看见她们，心里就堵得慌，一整天都没个好心情。

王倩望着女孩，尽管心里极不舒服，可她又怕怠慢了这位作者惹秦风不高兴，还是很无奈地站起来，脸上挂了点鲜活，态度也和蔼了些，问："你是作者？"女孩迟疑地望着王倩，似乎不知道是点头还是摇头，只默默地笑着。

"秦主任有急事出去了。"王倩犹豫了一下，"……要不，你到他办公室等等？"

女孩感激地笑笑，不停地说着谢谢。

王倩原本想客气一下，打发女孩离开，没想到，这女孩给她杆儿还真就往上爬。她只好带女孩到秦风办公室，很不情愿地倒了茶，冷冷地递给女孩。

女孩接过茶杯，又微笑着回道："谢谢！谢谢！"。

王倩很吝啬地挤出一丝笑，道："你在这儿等着，我先忙去了。"

"谢谢！"女孩儿不停地点着头，"您忙吧。"

王倩回到办公室，猴子神秘兮兮地说了一句："来者不善，善者不来啊！"然后问王倩："那女孩找秦主任干吗？"

王倩剜了猴子一眼，没好气地说："想知道？自己去问！"说完一屁股坐下，悄无声息地把电脑敲得啪啪直响。

"我怎么看那窈窕淑女的眼神里，闪动着秦主任的影子……"

"给！"刘蕊发现王倩正恶狠狠地盯着猴子，马上从斜对面扔给猴子一颗巧克力，"把嘴先堵上，该干吗干吗去！"

猴子看王倩阴着脸半天没说一句话，就再没敢吭声。

女孩在秦风办公室里这儿看看，那儿望望，最后把目光停在两本书上。都是秦风写的，一本叫《曾经沧海》，她读过。还有一本叫《别恋》，她拿起这本书看着，很快就被书中的浪漫爱情故事所吸引，一时竟忘了时间。

门咣的一声被人从外面推开。女孩吓了一跳，噌的一声从椅子上蹦起来，慌忙放下手中的书，朝王倩不好意思地笑笑，生怕自己的心思，被眼前这个凶巴巴的女孩看穿。

王倩立在门口，一只脚搁在另一只脚上，厌恶地盯了女孩一会儿，见她一副"不到长城非好汉"的架势，心里骂道，见过死皮赖脸的，还没见过这么死皮赖脸的！于是，冷冷道："我们都下班了，你还不走？"

女孩怔了一下，道："下班了？"又看一眼手腕上的地摊表，皱了皱眉问："秦老师是不是不来了？"

你自己问他吧！王倩把到嘴边的话又咽了回去，无奈地拨通了秦风的手机，然后扔下女孩走了。

宁州市人民医院。

王国伟和老六站在楼梯拐角处，正激烈地讨论着什么。楼道的尽头是手术室，门顶"手术中"的灯还亮着。杨海涛的母亲像一堆泥瘫在老伴儿怀里，没有哭泣，只有呆滞混浊的目光，一直朝向手术室的门。杨海涛的姐姐满脸泪水地牵挽着母亲的胳膊，也盯着手术室。旁边还站着一圈杨海涛家的亲戚，他一言你一语地劝说安慰着两位老人。

"不要太伤心，海涛不会有事的。"

"叔、姨，你们要打起精神来，海涛肯定没事。"

秦风走出电梯，冲到一位小护士面前，询问手术室的具体位置。小护士随手指了指，秦风小跑着拐过楼道，远远看见了王国伟和老六，便喘着粗气冲了过去，急道："海涛到底怎么了？"

王国伟沉沉地道："烧伤了。"

老六叹口气道："哎，提不成，提不成，真是红颜祸水啊！"

秦风不解地盯着老六，问："什么红颜祸水？"

这时，手术室门顶的灯灭了。老六说着"出来了"，三人一齐快步朝手术室走去。

楼道里等待的人们，也都一窝蜂朝手术室门口涌过去。

杨母挣脱老伴的手，扑了过去，死死拽住担架车，哭喊着"涛涛、涛涛"。

护士们纷纷跑过来阻拦着，亲戚们牵住了海涛父母的手。

一位中年男大夫从手术室出来，大声说："家属们都让让，让让……"正说话间，中年大夫像是认识王国伟，摘了口罩，走过来笑道："王主任好！指导工作也不提前打个电话？"

王国伟只顾瞅着杨海涛，根本没注意眼前这个人，一看对方跟自己说话，怔了一下，道："哦，是魏院长……这是我同学，情况怎么样？"王国伟并没有笑，他笑不出来。即便能笑出来，在这种场合，他觉得笑也是极不合时宜的。不过，他明白，对于医生来说，死亡在他们眼里仅仅只是一个中性词，更何况杨海涛还活着。

魏院长见王国伟神情严肃，便收起笑容，道："患者手术很成功，当然，他全身大面积烧伤，眼睛角膜已被腐蚀，其他部位的恢复需要一个过程，当然，只要不引起并发症，经过多次手术，治愈率还是很高的。"

王国伟叹了口气，点点头。

魏院长又笑了，道："王主任，到办公室坐坐吧。"

王国伟摆摆手，道："不了，改天拜访吧！"

魏院长又客套一番，看王国伟站在那儿不动，便道："王主任，你放心，我会尽全力的。"说完，又点头哈腰道："那我先去了，还有一台手术等着。"一边往前走，一边回头朝王国伟笑着说再见。

王国伟点点头，目光投向被护士们推着往病房去的担架车。

秦风和老六都在旁边看到了魏院长对王国伟点头哈腰的样子，互相交流着目光，都觉得还是在核心部门工作好，走到哪儿都有人拿你当干粮。

杨海涛被推进病房，所有人也跟着往病房里涌，被护士拦住了："这是无菌病房，任何人不准进来。"人们都站住了。

王国伟上前握住杨父的手，引他走到楼道里，从口袋里掏出一个信封，说："叔，我们都是海涛的朋友，出了这样的事，我们也很难过，您老要挺住，相信海涛很快会好起来的。这是我的一点心意，请您收下买个营养品啥的。"

杨父看着王国伟、秦风和老六，嘴唇不停地嚅动，眼里噙着泪，哽咽着，一时什么话都说出不来，只一个劲地推搡着不接。老六也从包里掏出一个厚厚的信封塞到了杨父手中。

秦风看着王国伟和老六，傻了。之前他什么情况都不清楚，来时也没做准备，摸了半天口袋，搜出来五百块钱，不好意思地往杨父手里塞。杨父说什么都不要。在三个人的合力劝说下，杨父才勉强收下，并左一个感谢，右一个感谢，握住王国伟的手不停地摇着，眼泪扑簌扑簌掉下。

出了医院，秦风骂王国伟和老六不够兄弟，表达心意也不提前吭一声，故意让他在那儿出丑。

王国伟哼了一声，道："你口袋里除了装那几篇破文章的宝贝U盘，啥时候多过500块钱？"

秦风定定地望着王国伟，突然脑海里蹦出了子娟，他把目光移向花坛里开得正耀眼的白玉兰。

老六看王国伟神色不对，马上笑道："你们俩和海涛都是大学同学，多多少少就是个心意。再说了，海涛还躺在医院里，一时半会也出不了院，想表达心意也不在这会儿。"

秦风手机响了，一看是王倩，秦风接起。

王倩气呼呼地说："秦主任，你说的那个作者是不是个女的呀？"秦风嗯了一声，道："怎么了？"

王倩口气生硬地说："她非要见你，我说什么都不听。这不，快下班了，她还不走，坐你办公室等呢！你是不是欠人家什么啦？"

秦风没心情笑，只道："你先走，我一会儿就过去。"

挂断电话，秦风道："你们先回吧，我还得去趟单位。"

王国伟半信半疑地望了秦风一眼，道："这几天大家抽空过来，多陪陪海涛，他走到今天不容易。"

2

秦风怀疑自己是得了电话恐惧症。只要一听到手机响，他就会本能地感到心悸、头疼。有时候，听到疑似手机的声音，都会莫名地心烦，气喘。

离婚这个话题，不知从哪天开始，在母亲不断打来的电话里屡次被提起。母亲还会借父亲身体一日不如一日的理由，催逼秦风："你爸说了，叫你马上生娃，生不下就离掉算了！"

秦风的心完全被烦躁和郁闷包裹。一边是年迈多病的父母，一边是相濡以沫的妻子，这似乎成了横在他面前的一道两难选择题。从中学到大学，直至参加工作，秦风碰到过无数道两难选择题，都将它们解得游刃有余。可眼下这道题，却让他解得异常艰难和痛苦。如果说父母的追逼，还不能让他最终下定决心，可那天晚上他无意间从张思媛手机里发现的秘密，让他在愤怒和痛苦中做出了果断的决定——离婚。

那个晚上，张思媛正在洗澡，手机就放在床上，不知是鬼使神差，还是别的什么原因，他无意间拿起她的手机。手机设了手势密码，他胡乱地划拉了几下，密码居然被解开了。然后QQ界面就跳了出来，仍是在线的，然后在好奇心的催促下他翻阅着聊天记录。看着张思媛跟一个陌生男人频繁的对话，是那样暧昧、亲密，字里行间都流淌着相互的思念和欣赏，像一对热恋的情人间的对话。更让秦风血脉贲张的是，他们之间的语音聊天记录。张思媛极尽柔情蜜意的声音，如滚石般撞击着他的胸腔，脑海中如沙尘暴夹着巨大的石头呼啸而来，呼吸变得异常艰难。那是怎样一种声音？是秦风近些年来都从未听到过的娇嗲的声音。那一刻，他只想冲进卫生间，将正洗澡的张思媛撕碎。

自此，秦风也不知道为什么，就喜欢一遍又一遍地听《梦醉西楼》，还把手机铃声也换成了这首歌。其实，以前他还是很喜欢听《因为爱情》这首歌的，特别喜欢听那一对父女的演唱。他很快就学会了，并想象着将来也要跟自己的孩子唱这首歌。《梦醉西楼》是子娟喜欢听的歌。他每每听到这首歌，心头犹如利刃划过，冰凉，疼痛，且能感觉到一股寒气穿皮透骨。他不知道，这样的决定对他来说，将意味着什么。

秦风推开办公室的门，女孩立即从办公桌后面站起来。女孩像看到了久别重逢的恋人，面如桃花般地朝他冲过来："秦老师……"

秦风感觉她快要扑进自己怀里了，便本能地后退半步。

女孩冲到离秦风仅有一拳的地方，戛然而止，亭亭玉立在他面前。顿时，一股馥郁淡雅的芳香肆无忌惮地钻进他鼻孔，*丝丝缕缕*，沁入心脾。他竟感觉这香气是那样的熟悉，再仔细看看，女孩也很眼熟，似乎在哪儿见过。玲珑的眼睛，迷人的笑容，尤其身上散发出来的独特而熟悉的清香，让他一时回不过神来。

"秦老师，你不认识我了？"女孩眨巴着大眼睛，脸上闪过一丝失望，"我是苏曼玲啊！就昆明市医院里那个……"

"苏，曼，玲，哦，是苏曼玲……"秦风嘴里念叨着，并不停地在记忆仓库里搜索着有关苏曼玲的信息。很快，他的思绪便回到了三年前昆明的那个意外事件……

秦风想起来了，眼睛一下子亮了，闪着火光，问："你真是苏曼玲？"。

"是啊是啊！我就是苏曼玲，就是在医院守了你三天三夜的那个苏曼玲。"苏曼玲跳着蹦儿，然后就很自然地扑进秦风怀里，紧紧地抱住秦风，像失散多年的恋人，在不经意间撞了个满怀，自然，妥帖，严丝合缝，没有一丝别扭。

秦风被女孩抱着，下意识回头瞅了一眼办公室的门。幸好，门不知道什么时候已经关上了。他被苏曼玲抱着，感觉很不自然，却又很舒服，想推开她，身体动了动，又没推。苏曼玲身上仍散发着三年前让他神迷心醉的香味，他禁不住轻轻地搂住她的细腰，说："电话里你只说是一个作者，我打死都不会想到会是你。你是怎么找到我的？"

"我是想给你一个惊喜。"苏曼玲调皮地撒着娇，声音甜甜的，"当然是在昆明的各大书店里啦！我找你找得有多辛苦，你知道吗？"

秦风的心动了一下，知道她是去书店找他出版的书。真是个痴情女子！他紧紧地搂了苏曼玲一会儿，然后把手从腰部慢慢移向双肩，他怕这个时候如果有同事进来，就麻烦了。他有意腾出一只手，从口袋里拿出手机，看了一下时间，道："快12点半了，你还没吃饭吧？"

苏曼玲噘着小嘴道："人家就等你请呢！"

秦风彻底将另一只手从苏曼玲肩上拿开，笑道："好，吃饭，边吃边聊。"

苏曼玲也只好不舍地松开双手。

在湘王食府，秦风上洗手间，手机响了。他慢腾腾地办完了事，才接起电话。张思媛轻声细语地问："老公，你回来了吗？"

"有个接待，不回去。"秦风连一个字都不想多说，没等张思媛再说话就挂了电话。

想起张思媛，他突然想起电脑里那份离婚协议书，刚刚还春风荡漾的心，顿时又沉了下去，他捋了捋情绪，笑着走出卫生间。

苏曼玲看着菜谱，只简单地点了几个家常菜，要了两碗米饭。秦风又加了一瓶干红葡萄酒。苏曼玲阻拦说太贵了，不喝酒了。秦风说："没酒怎么对得起你大老远来宁州看我。"

苏曼玲笑笑，再不阻拦了。

吃着饭，苏曼玲还来不及咽下去，鼓着嘴巴说："你走后，我不知道怎么了，你的影子老在我脑海里出现，甚至常常出现在我的梦里。后悔当时没留下你的联系方式，我打电话问那个老板，他也没留你的联系方式。我转完了昆明所有书店，把你的书全买回来了。没想到看完后，越发控制不住地想你。可就在那时候，我谈恋爱了，慢慢地就没那么强烈地想你了。"苏曼玲说着，呵呵地笑。

秦风也笑，看着苏曼玲，示意她继续往下说。

突然，苏曼玲的脸色阴了下去，顿了好半天，才说："去年放假时，那男生突然说不喜欢我了……我们就这样分手了。"

秦风道："他没给你解释？"

"他只说了一句，说我太古董。我知道他这样说我是什么意思。"苏曼玲轻笑着，"其实，后来我知道，他跟另一女孩同居了。这一点，我做不到。"

"他对爱的理解，跟你不同。"秦风突然觉得眼前的苏曼玲像维纳斯一样美丽动人。

"我痛苦了半个学期，那时候，我重新看你的书，才慢慢缓过劲儿来，一定要找到你的冲动又一次激活了我。我从网上搜到了你的情况，而且我一直在关注着你的动向，还经常看你的微博和博客。我暗暗地告诉自己，毕业后首先做的第一件事，就是见到你。这不，毕业了，我就给你打了电话，冒充女作者。"苏曼玲傻傻地笑着，将面前斟好红酒的酒杯端了起来。

"谢谢你在医院对我的照顾，也谢谢你大老远来看我。"秦风也端起酒杯，"为我们在茫茫人海中相遇、重逢，干杯！"

苏曼玲端着杯子，眼里全是柔情。

吃完饭出来，秦风问："毕业后有什么打算？"

苏曼玲明亮的眸子咕噜咕噜转着，神秘道："不告诉你！"

秦风笑笑，又问："什么时候回昆明？"

"哦，"苏曼玲假装生气道，"人家刚来你就烦了？"

"不不不……"秦风直摆手，道，"我只是随便问问。"

苏曼玲笑了，道："你不用管我，什么时候想见你了，不管你烦不烦，我都会去找你的。"说完，像风一样飘走了。

看着苏曼玲的背影，秦风不禁想起三年前，在昆明发生的那场车祸。

昆明市第二人民医院201病房。

秦风醒来，朝四周看了看，发现自己躺在医院的病床上，旁边还坐着一个陌生女孩。他望了一眼女孩，又瞅瞅四周，发现不是在做梦，顿生疑虑，我怎么会在这儿？然后，拿眼睛直勾勾地盯着女孩，质问道："你是谁？我怎么会在医院里？"说着，就想坐起来，可秦风刚一动，便发觉脑袋沉重，发晕，感觉眼前的女孩在晃动。

女孩急忙起身，用力摁住秦风的肩膀，大声道："快躺下！快躺下！你都昏迷了三天三夜了，哪能说起就起呢？"

什么？三天三夜？怎么可能？

秦风又瞅一眼女孩，然后把目光停在了女孩纤细的手上。这时，一股淡淡的香气迅即涌入鼻腔，这香气绝不是香水的味道，熟悉而又特别，好像在哪儿闻到过，可就是想不起来。他不停地吸着，企图把这香气全部吸进肺里，永远留住。但他的目光还是被女孩低领T恤里浑圆的隆起所牵引，如钩子般，紧紧地钩住不放，秦风似乎彻底没了呼吸。

女孩一低头的刹那，发现自己的胸部如脱兔般跳跃在秦风面前，脸上立刻泛起淡淡的红晕，嗖的一下抽回手，坐回凳子，低下头，不敢再看秦风。秦风也觉得有些不好意思，顺势躺回去，赶紧闭上眼睛，装出一副若无其事的样子。

短暂的沉默之后，还是女孩先开口："哦，对了，我去叫医生。"说着就跑了出去。

女孩进来，身后跟着几个医生，刚才满脸的红晕已恢复如初。医生又是拿听诊器听他的心脏，又是翻过来掉过去折他的腿。折腾了半天，其中一位医生说："小伙子，没事了，再观察几天就可以出院了。"

医生们走了。秦风又重新审视着面前的女孩。

女孩被看得不好意思了，忙道："你渴了吧？我给你倒水喝。"

秦风没吭声。女孩倒好开水，端了过来，动作很麻利。

秦风试图坐起来。

"别动！"女孩命令道。秦风吓了一跳，愣愣地看着女孩，心想不动怎么喝？

女孩小心地拿着小勺子，从杯子里舀一勺，然后送到秦风嘴边。秦风一看，马上忍痛坐了起来，长这么大，他还从没享受过如此高的待遇，就连老婆张思媛也没喂过他。他忙伸手阻拦："我自己来，自己来。"其实他心里却在想，如果能让眼前的仙女喂自己喝口水，是多么的享受啊！

"把手拿掉，你是不是想让我失业？"女孩瞪着眼睛，一脸的严肃。

秦风望着女孩，笑道："我现在坐起来了，自己能喝啊！"

女孩看着秦风，咯咯地笑道："别不好意思啦，这三天你还不都是我喂的，还有……"

秦风默默地看着女孩。

"这下好了，你终于醒了！这几天可把他们给吓坏了。"女孩不由分说就把盛满水的勺子塞进秦风的嘴里。秦风想说话都说不出来了，只好享受仙女的"非礼"了。

秦风不知道自己怎么会躺在这里，他使劲想着，可还是想不起来，一点记忆都没了。秦风嘴有空了，抢着说："你到底是谁？我怎么躺在这里？我老婆呢？"

女孩摇摇头，嗫嗫嘴，一副公事公办的口气，说："老板只要我过来照顾你，别的事我就不清楚了。"

在女孩的悉心照料下，秦风慢慢恢复了记忆。原来他去昆明参加笔会，间隙去会一个朋友，在大街上被一大老板的车给撞了。大老板还算善良，花钱雇了一个女孩在医院照顾秦风。秦风出院时，老板送他一款崭新的手机，说："你的被撞飞找不到了，这个算赔你的！"

秦风笑笑，问："这些日子照顾我的那个女孩呢？"

"是不是想她了？"老板笑着说，"别想了，她叫苏曼玲，是大一新生，家里穷，是我花钱雇来的。"

秦风哦了一声，笑着点了点头，心里顿觉空落落的。

秦风与苏曼玲吃饭的时候，张思媛正坐在客厅的沙发上，把小腿压在屁股下，啃着一只又红又大的苹果。苹果是她的最爱，饭可以不吃，苹果绝不能不吃，而且只吃大的。秦风隔三岔五总不回家吃饭，她一个人也不想做饭，做了也没心情吃，水果就成了她的主食。

嚼着嚼着，张思媛突然想起早上同事万玲说的话："我说思媛啊，这事你得抓紧点，孙园长的弟弟结婚三年了，猫狗不生，听说最近正跟媳妇闹离婚呢。男人都一样，你不给他生个一男半女，怎么能拴住他的心呢？再说，你也老大不小了，这女人啊，一过35，生起来就难了，你可不能再耽误了……"

这些年来，她最怕别人提这个话题。她看着万玲，心里毛得一句话都不想说。万玲仍穷追不舍，问："到底是谁的问题？总不会是秦风没那个……"

张思媛一声不响地望着墙上的字：一切为了孩子，为了孩子的一切。

万玲见张思媛阴着脸不吭声，忙笑道："思媛，我可没别的意思，我也是为你好。"

张思媛想，不管万玲是出于什么样的目的，但事实就是事实，谁也无法回避。这些年，她怕提到这个话题，其实还是不敢面对现实。在幼儿园里，她每天看着眼前这些小孩子，常常望着望着就发呆，想象着自己也有这样一个小孩多好！她内心忍受着怎样的煎熬？只有她自己清楚。

张思媛躺在沙发上，不知什么时候迷迷糊糊地睡着了，梦见自己生了一对龙凤胎，在大海边的沙滩上，秦风带着一双儿女笑着，跑着……

醒来，张思媛看自己仍蜷缩在沙发上，满眼泪水。

下班时，王倩刚下楼，见刘蕊在大厅里候着。王倩问她等谁？刘蕊低声细语地说有个惊天喜讯要和王倩分享。王倩瞪了刘蕊一眼，一副不屑的表情："别尽给我过年了，我是盼着天上能掉馅饼，然后掉到我嘴里，可偏偏掉下来的是铁饼，而且砸在我脸上，疼啊！"

刘蕊对着王倩耳朵嘀咕了几句。

王倩喜上眉梢，随即有些不相信地问："真的？"

"机会是留给那些有准备的人的。一支潜力股就在你眼皮子底下，自己把握哦。"刘蕊笑着打了个响指，快步往外走去。

王倩还沉浸在无限遐想之中，一抬头刘蕊已出了门，她快步追上去，问："你怎么知道他要离婚？"

刘蕊诡异地一笑："天机不可泄露，Byebye！"说完转身钻进了一辆出租车。

下午一上班，王倩风风火火没敲门就推开秦风办公室的门，问："那个疑似女作者呢？"

秦风中午跟苏曼玲吃过饭，没回家，直接到了单位，躺沙发上迷糊了一会儿，这会儿正坐电脑前审阅小说稿。见王倩进门，单刀直入质问他，便抬头笑笑，道："走了！"

"真走了？"王倩似乎松了口气，但又马上警觉地盯着秦风，"我怎么感觉她没走，还在宁州。"

秦风抬起头，苦笑道："她走没走，很重要吗？"

王倩脸色马上变得不好看了，嘴巴张了张，把想说的话又咽下去，转身出了门。

秦风笑笑，摇摇头，继续埋头审阅小说。

下班。因为海涛父母都去了刘亚娟父母家说事，祝小梅父母要去杨海涛家讨说法，杨海涛的亲戚朋友，还有王国伟和老六都跟着应付场面去了，今晚只好由秦风去医院照顾杨海涛。平常秦风有事不回家吃饭，都会提前给张思媛打电话，可今天，他没打。他随便外面吃了点就去了医院。到医院，秦风刚下车，张思媛的电话来了，还是那句软软的"老公你回来吃吗"。秦风只回了一句："杨海涛病了，我去医院，今晚不回家睡。"然后挂断电话。

整整一夜，秦风时睡时醒，刘亚娟和祝小梅的影子交错不断地在他眼前晃来晃去，感觉凉飕飕的，头皮发紧。他有意不去想她俩，而是去想他和张思媛的事，想着想着，刘亚娟和祝小梅便跳进了他的脑袋。他一把按开灯，看着床上一动不动的杨海涛，上前摸摸他的手，还热着。

秦风再也不敢关灯了。

即便开着灯，刘亚娟和祝小梅也还是在他脑子里晃来晃去。晃着晃着，刘亚娟突然就变成了张思媛，呼啸着也从窗口跳了下去。秦风惊出一身冷汗，不可能，张思媛不会做出那种傻事的。

第二天，秦风从医院出来，直接到了单位。刚到洗手间抹了把脸回来，手机响了一声，他打开手机一看，是苏曼玲的短信：

　　　　你和我，离别仿佛在昨天，想见却不敢见。想要轻轻告诉你，一份永远难释的记忆，是否早已忘记？心灵的相系相契，千万句祝福话语，都不如一句——我想你！

秦风笑笑，回道：

　　　　如果昨天是梦，那今天就是梦醒时分，记忆里生出的花朵，如仙子般美丽。在昆明的那段时光，终生难忘。我也想你！

按发送键的那一刻，秦风犹豫了一下，还是将"我也想你"这句删除了。

王国伟打来电话，说："事情很麻烦，刘亚娟和祝小梅的父母都不依不饶，要海涛父母给个说法。你都不知道，昨晚海涛父亲都给两家老人下跪了。真是太惨了！"

秦风说："事情没弄清之前，谁能说刘亚娟和祝小梅跳楼就是海涛推下去的。不过，两个大活人突然不在了，父母亲感情难以控制也是可以理解的。"

"据警察初步分析，俩人的死肯定跟海涛有直接关系。法医鉴定，俩人身上都有抓痕，推测在跳楼之前他们发生过激烈的厮打。现在只能等海涛清醒后，才能下最终的结论。"王国伟说完顿了一下又说，"最近要开全市上半年经济工作通报会，我可能比较忙，你有空了多去医院看看。"

回到家，秦风把杨海涛的事说给张思媛听。张思媛想了半天，说："据我分析，这是一场婚姻保卫战，只是实力相当，最终双双落难。"

秦风看着张思媛半天道："你怎么知道？"

张思媛冷冷地笑道："这种事，用脚后跟一想都知道，杨海涛有了新欢，然后跟旧爱离婚。后来，杨海涛又对旧爱恋恋不舍，激怒了新欢，最终导致悲剧发生。真是太可怕了！"

"那海涛身上的硫酸是谁泼的呢？"

"这个就不好推断了，爱到极致可能就成恨了。只要是深爱着杨海涛的女人，在失去理智的状态下都有可能做出这种事。"

秦风定定地看着张思媛，说："你的意思是，所有女人都有可能干出这种事？也包括你？"

张思媛笑笑道："在特定的条件、特定的时间、特定的环境下，也不排除。"说完温柔地望了秦风一眼，回头的一瞬，一头乌黑的秀发遮住了她的肩背，卧室门慢慢地合上了。

秦风怔怔地望着卧室门发呆。

秦风进去的时候，张思媛正靠在床头，手里捧着一本张爱玲的散文在看。以前，秦风每写一篇小说，张思媛都是第一读者，夸赞的同时，会很委婉地提出自己的想法。秦风会改啊改，直到小说发表，每回她都会买了红酒，做了好菜，来庆祝小小的成功。后来，秦风的小说一篇接着一篇发表，一部接着一部出版，就改成长篇小说出版后庆祝。再后来，她已经很少看秦风的小说了。有次张思媛问秦风："你小说里写的，都是你的亲身经历？"

"你说呢？"秦风无奈地笑笑，"源于生活，高于生活！"

张思媛鬼鬼地笑着，也不反驳，冲上来抱住秦风，然后松开，拿手不停地掐着他的脸，说："你敢，你敢……"轻重缓急掌握得特别好，秦风并不觉得疼，相反，很舒服。秦风一把抱起张思媛，冲进卧室，将她放床上，说："我就敢，我就敢……"褪去身上所有的遮拦，嘴巴像石碾子一样，从张思媛额头、眼睛、鼻子、嘴巴、颈项……一直碾下来，把张思媛折磨得死去活来。

自从手机秘密被秦风发现后，秦风一看见床上的张思媛，那聊天话语，那软绵绵的声音就会立刻出现在脑海里，产生一种反胃的感觉。他已经有段日子没碰她身体了，他觉得她不净了。

"你早点睡，我去书房里赶个稿子。"说完转过身出了卧室。那一刻，秦风能觉得到后背上张思媛无奈和心酸的目光。

3

秦风又盯着电脑上的离婚协议书发呆。他随手点了一下"字数统计"——125个字。他苦涩地摇摇头，是巧合，还是命中注定？12月5日，那是他跟张思媛的结婚纪念日。

秦风把鼠标箭头慢慢移向打印键。这时，他的手指突然僵在那儿，心似乎也跟着僵住了。他爱张思媛，曾经是那样的爱。为了父母、为了老秦家香火不断，这些似乎都已经不重要了。重要的是，他现在却不能爱了。

想起来，秦风脑袋涨得都像要爆炸了似的。他将鼠标重重地砸在鼠标垫上，双手抱住前额，拿拇指死死地掐住太阳穴。只有这样，他似乎才会觉得舒服些。打印机突然吱吱地叫了起来。他愣了一下，知道是自己刚才的一砸，触动了打印键。这声响，竟像锯齿从他脑中钝钝地锯过，被锯裂的疼痛，都能听见头盖骨断开的声响。

手机响了。秦风不急着接，从打印机里拉出那份离婚协议书，对折后装进上衣口袋，这才拿过手机，看屏幕上显示是王国伟，这才不得不强装笑颜。

秦风对王国伟那是真正的羡慕嫉妒恨。羡慕嫉妒是主要的，如果说有那么一点点恨，也只能在心里。他更恨自己命不好，没本事，当年俩人同时考进西北大学中文系，秦风成绩还高出王国伟12分。可毕业后，秦风被一竿子戳到宁州市最基层当了孩子王，而王国伟却一屁股坐进机关里，生活甜蜜幸福，仕途平步青云。命运似乎对他情有独钟，什么好事都凑他一个人头上了。更让秦风如鲠在喉的是，也是后来才知道——王国伟所有的好运都是子娟带给他的。但似乎这些并没有影响秦风和王国伟之间的友谊。

"忙什么呢？晚上有安排吗？"王国伟的声音很低，很沉，像浸过了水。

秦风愣了几秒钟，马上道："没什么事，请首长指示？"

王国伟回道："没事了晚上出去坐坐，叫上老六吧！"

秦风嗯了一声，王国伟连再见都没说就挂了电话。秦风耳朵贴在手机上傻愣了半天，才回过神来，骂道："这家伙！哪根神经又搭错了。"随即拨了老六的手机，把吃饭的事说了，又问："老六，王国伟今天感觉有些不对劲，你知道出什么事了吗？"

"海涛成那样子，他心里堵。"老六也愣了一下，开玩笑道，"他总不会是搞贪污腐败被逮住把柄了！"

秦风骂道："乌鸦嘴！逮住了还敢请你吃饭？"老六便在电话里说开了，说你们都是公务员啦，当然要格外小心，不像我一个平头小老百姓，吃点喝点嫖点抽点赌点想让人管管都没人理……

秦风没心思跟他斗嘴，打断老六，挂了电话。

5点40分，王国伟发来短信，告知吃饭地点。

秦风犹豫了半天，还是给张思媛打电话，说晚上不回家吃饭。张思媛在电话里很温柔地回道："少喝点酒，早点回来，我等你！"

秦风嗯了一声就挂了。

杏花村602包间。

王国伟早早到了，见秦风和老六进来，起身握手，淡淡地笑道："今天不知道怎么了，特别想坐坐，没打扰你俩的好事吧？"

"我就一根独棍，能有什么好事，只是担心你一高升，我们想见你都难啊！"老六嘿嘿地笑着，"海涛成那样，日子也还得过，别都吊个猪腰子脸。"

王国伟顺势给了老六一拳，笑骂："别胡扯！"

秦风能看出来，王国伟的笑容像是刚从冰柜里拿出来的，生硬，呆板，有些不得不的感觉。不过，三杯酒下肚，大家因杨海涛的遭遇而感叹唏嘘半天后，似乎慢慢把眼前不愉快的事都搁脑后了。王国伟的笑容又恢复到从前的模样。秦风也因酒精的作用，暂时忘却了离婚的烦恼。

秦风总觉得王国伟今天就是有些怪。平日里喝酒，他总喜欢谈国际国内政治风云，官场职场尔虞我诈……得意之色溢于言表。今天，却一改往日高调的做派，三杯酒下肚，便开始回忆往事。

回忆往事可不是王国伟的爱好。

王国伟回忆的时候，老六只是个看客，因为王国伟美好的过去，大都是在大学里，是在秦风的见证下发生的，基本与老六无关。只有在王国伟回忆中学往事时，老六才能插上话，因为老六初中上完，就直接投入了火热的社会，自求发展了。可今天，王国伟却只回忆大学往事。老六只是听着，时不时帮着续点茶水什么的。

秦风顺着王国伟的思路回忆的时候，心里不停地问自己，他到底怎么了？秦风几次想在王国伟停顿的空隙问问究竟发生什么事？又一想，也许王国伟因为杨海涛的事而突发感慨，也属正常。

王国伟提议大家又碰了一杯酒，他定定地看着秦风和老六道："你们说说，人怎么活着才算是幸福的？"

秦风稍作思考便说："幸福是一种感觉，是人的欲望的阶段性满足。小时候，能穿新衣服吃好吃的，就是幸福；后来，穿新衣服、吃好吃的都不算幸福了，有房子有车子有票子才是幸福。可现在，这些东西我们都有了，你说我们幸福了吗？没有。所以，幸福不是你拥有多少财富，而是用普通人的心态打量你现在生活的一种踏实感。"

老六说："秦风说得对，幸福感不是拿权力衡量的，也不是用金钱衡量的，而是心态。对了，有人说幸福感等于成就除以期望值。"说完他嘿嘿地笑着。

王国伟道："说得好，来，喝酒！"说完，深深地叹口气，一饮而尽。

秦风看着王国伟，越发纳闷。

王国伟看着老六说："还是钻石王老六好，孑然一身，无牵无挂，也就没那么多烦心的事儿。"

王国伟一直称老六为"钻石王老六"。

老六直摆手，道："伟哥，你哪里知道我的苦楚。你们夜夜怀抱美人，颠鸾倒凤的时候，我却独守空房。"

秦风说："别在我们面前哭穷了，你老六可能会缺别的什么东西，唯独不缺的就是美女相伴。"秦风看着王国伟笑起来，王国伟直骂老六是个商界流氓。

两瓶茅台下肚，王国伟也没切入今天喝酒的主题，直到曲终人散，还是没泄出一点水。秦风纳闷这饭吃得竟然没一点噱头。

老六摇摇摆摆抢着埋单时，王国伟发火了，骂道："滚开！谁不知道你有两个臭钱。"

老六挨了骂，也不生气，只嘿嘿地笑。

王国伟大笔一挥签了自己的名字，回头笑道："在我这儿，兄弟们就别客气，你的钱，先留着，等60岁后南墙根晒太阳时，我好跟你斗一块钱的地主。"

"有权就是任性啊。"秦风笑了。

老六不知什么时候已经让司机在外面候着。王国伟喝得有些大了，拍拍老六的肩膀，笑道："好，你是一个，出色的秘书。"

一路上谁都没有话，不知是真喝高了，还是都在想各自心事。分开后，秦风打王国伟的电话，问到底出什么事了？王国伟在电话里唉声叹气半天，才痛苦道："一言难尽啊……"

"到底怎么了？"秦风追问。

王国伟憋了半天，酒似乎醒了，像是在犹豫着是不是该讲，然后带了哭腔道："子娟在外边有人了！"

秦风脑子嗡地响了一下，道："怎么可能？她小鸟似的那么爱你，你是不是想多了？"

王国伟道："哎，要不是亲眼见，我怎么可能说这样的话呢？"

秦风彻底愣住了。王国伟没等秦风说话就挂断了电话。

秦风酒立刻醒了。他仰起头，望着天上如钩的月牙，还有正上方不远处一颗一闪一闪的星星，想起苏轼的《水调歌头》，不禁脱口而出：

　　明月几时有？把酒问青天。不知天上宫阙，今夕是何年。我欲乘风归去，又恐琼楼玉宇，高处不胜寒。起舞弄清影，何似在人间。 转朱阁，低绮户，照无眠。不应有恨，何事长向别时圆？人有悲欢离合，月有阴晴圆缺，此事古难全。但愿人长久，千里共婵娟。

秦风无数次问过青天，为什么要这样？为什么要这样？我从来不贪心，可老天你为什么一定要让我断子绝孙呢？我爱着你，你为什么还要背叛我？不知什么时候，秦风的眼里潮潮的，像天上有雨点落下，脸上湿湿的。他抹了抹眼睛，是泪。

4

张思媛坐沙发上看韩国电视连续剧《爱情雨》，看着男主人公弃年轻的妻子而去，她不禁联想起这些日子秦风对她不冷不热的态度，不禁潸然泪下。秦风突然像变了一个人似的。她怕，怕秦风也会离她而去。她抹了把泪，瞅瞅墙上的挂钟，快12点了，秦风怎么还不回来？她索性关了电视，定定地望着门发呆。

听见钥匙转动门锁的声音，张思媛从沙发上蹦起来，冲过去开门。秦风摇晃着进来，张思媛又是帮着脱外套，又是拿拖鞋，还嗔怪道："又喝这么多酒，大夫不是说你肝不好，让戒酒嘛，你就是不听。"

秦风冷冷地道："我，不用你管。"

张思媛并不生气，知道他喝高了，该干啥还干啥。她将秦风扶到沙发上坐下，赶紧跑进厨房，尝了尝早早冲好的蜂蜜茶，这会儿有些凉了，她又兑了点温开水，又尝了尝，不凉不热刚好，这才端出来。

秦风并不接，张思媛一直就那样端着。秦风一甩手，杯子从张思媛手中掉到了地上，只听见砰的一声，杯子碎了。蜂蜜茶在木地板上漫流。张思媛无神地望着仍在流动的蜂蜜茶，秦风这才反应过来，也望着，一时不知该说什么。他坐在沙发上犹豫着，是不是该把离婚协议书拿出来。

王国伟和子娟结婚的第二年，秦风也结婚了。张思媛是子娟的闺密，初中到高中都是同班同学。后来子娟考上了西北大学，张思媛考到了宁州师大。张思媛毕业后为了能留在城里，就进了市第一幼儿园。人们都说拿师大的高才生哄三五岁的小孩子，真是高射炮打蚊子啊。一开始张思媛也不适应，后来她觉得跟小孩子在一起挺好的，慢慢喜欢上了这个职业。

子娟介绍他们认识时，秦风一见钟情，觉得张思媛跟别的女孩子比，单纯，可爱，眼睛里没有媚俗。那时候，秦风还在宁州市宁州区定河中学教书。每逢周末，不是秦风来，就是张思媛去，两个人的甜蜜爱情慢慢瓜熟蒂落，最终走进了婚姻的殿堂。其实，婚姻和爱情从来都是两码事，很多年过去了，秦风潜意识里仍丢不掉子娟。

那时秦风和张思媛约定，等秦风调到宁州市后再考虑要小孩。期间，每每做爱，不是秦风戴套，就是张思媛吃药。偶尔也有激情突然来袭忘了上措施的时候，幸好张思媛从来没怀过孕。

再后来，秦风的母亲陈玉珍隔三岔五打电话催促他们快生，说："我和你爸现在都还能动弹，赶紧生下了好给你们带，抓紧啊！"

秦风总会在电话里嬉皮笑脸地说："急什么急，真生了，还不把你老人家给累垮了！先好好缓着，把精神头养足了，有你吃苦的那天。"

套也戴烦了，药也吃够了，秦风却调不到城里，要小孩子的事就一再搁浅。后来还是王江河慧眼识才，秦风没花一分钱，直接进了宁州市文联主管的《秦风》杂志社。就这样，秦风总算是实现了农村包围城市的梦想。

万事俱备，只欠东风！谁能料到，秦风没日没夜地在张思媛这块地里耕耘，不知道是种子发芽率太低，还是土壤酸碱度不适，撒下去的种子一次又一次枯死在土壤里。

这让秦风倍感失望。

起初，秦风还没当回事，觉得可能是种子播得太浅或撒播技术不成熟的缘故，后来照着网上学理论学技术，深耕细作，浇水施肥，一样都不少，结果仍是不出苗。这下，两个人都急了，不知道问题的症结在哪儿。然后，先是秦风领着张思媛在宁州各大医院做检查，结果是一切正常。张思媛就把屡战屡败的罪责归咎于秦风种子不良或根本就无种。于是，张思媛又领着秦风到医院检查，结果仍是没什么问题。

四目相对，两个人都傻了。

自此，能怀孕便成了夫妻生活乃至家庭生活的全部内容。一边在父母亲朋的催逼下，他们装得无所谓的样子，说工作压力大，缓过劲了再生；一边是两个人火急火燎地四处求医问药。五年里，只要听谁说哪儿有好中医，他们就马不停蹄地跑。中药喝得张思媛说，就是死也再不吃了。秦风也一样。大夫说，夫妻两个都得调理，这样才能确保怀孕。苦水喝了好几桶，可最终的结果，仍是空欢喜一场。看着同学朋友都一家三口，其乐融融地过着小日子，秦风心里就空落落地难受。遇到同事朋友小孩过满月或过生日，他从来都是钱去人不去。这还不算，关键是见不得人，认识的人一见他俩，张口便调侃道："怎么还不要孩子？光顾自个快活了？"这种时候，是秦风最尴尬的时候。最要命的是，秦风老家在宁州市最偏远的新南县五坝乡梧桐沟村，逢年过节一回去，生孩子就成了从他们进家门到离开时永不偏离的主要话题。他简直觉得生不出个孩子，比没个工作更让人备受折磨。

在父母的敦促下，秦风也曾萌生过离婚的念头。可离婚，至少对方得有过错吧？张思媛有什么过错？秦风挖空心思还真没找出一丁半点。就说不能怀孕，可检查结果又没说张思媛输卵管堵塞或无子宫等问题。哪怕她有非常非常小的一点过错，也可以成为他提出离婚的理由。但没有。这话怎么说出口呢？这便是这些日子压在秦风心头的一块大石头。他困惑着，犹豫着，伤感着……

"秦风啊，我约莫你爸挨不了多少日子了……"母亲严厉而又近乎被扭曲的脸便浮现眼前。这样的电话，五年里不知打了多少遍，秦风也记不清了，只记得母亲电话里的语气一年跟一年不同，但秦风并没拿母亲的话真当回事。这次，她老人家近乎命令，又近乎乞求的口气，让秦风顿时觉得心头压了一块石头，有些喘不上气来的感觉。

母亲的这个电话，时常在秦风耳边回荡。

秦风待张思媛坐回沙发，正欲掏出离婚协议书，墙角的座机响了起来。秦风把伸进口袋里的手又抽回来，拿目光示意让张思媛去接电话。张思媛拿起听筒，只听她甜甜地叫了一声"妈"，然后就拿眼睛望着秦风，轻轻捂着话筒，道："妈的电话。"

秦风知道母亲打电话，一定三句话不离生孩子。生、生、生！谁不想生啊，可就是怀不上啊。他不耐烦道："你接就行了。"

张思媛说："妈让你接！"

秦风这才拖着不情愿的双腿，走到电话机旁，从张思媛手中接过听筒。挂了电话，秦风的神情变得异常紧张起来。张思媛急问："怎么了？妈说什么了？"

秦风愣在电话机旁边半天，瞥一眼张思媛，道："我爸住院了！"说着就起身进了卧室。张思媛追着秦风屁股也进了卧室，道："好端端的怎么住院了？什么病？"秦风从柜子里找出自己的包，斜着身子拿目光戳了张思媛一眼，一句话没说拎了包走出卧室。张思媛紧随其后，看了一眼墙上的挂钟，已经12点了，便问："这会儿就回吗？"秦风已开始穿鞋了。张思媛一看，忙冲进了卧室。

秦风穿上外套，出去了。打开车库门，秦风才突然想起自己喝酒了，不能开车。新交规出台前，他经常饮酒或醉酒驾车，大小没出过一次事故。之后他就不敢那样了，主要是机关上已经有人因为醉酒驾车被弄进看守所待了半个月，影响很不好。

这可怎么办？他想打电话让老六代驾，愣了一会儿，又觉得不想麻烦他。他呵出一口气，自己闻了闻，觉得没闻到酒精的味道。这时，张思媛从楼上追了下来，喘着粗气到秦风身边，说："你不想带我啊？"

秦风没吭声，上车启动着车子。父亲发出了病危通知，他哪里能顾得上酒驾不酒驾的事。张思媛也跳上了车，坐在副驾驶位置。她关上车门，一股酒气立即充满整个车厢，也才反应过来秦风是喝了酒的，根本不能开车，路上出不出事都不说，万一被交警逮住，那还不被关十天半月的。张思媛道："秦风，你喝酒了，能开吗？"

秦风不理张思媛，只管踩着油门朝小区外冲去。

张思媛急了，怒道："秦风，你发什么神经？赶快停车！"

秦风仍不理不睬。

张思媛无奈，只好给王国伟打电话，简单说了几句，便将手机递给秦风。秦风刚把手机搁耳朵上，王国伟大声地说："秦风，你小子想让我们去看守所给你送饭啊？没门……你现在就把车停在路边。"

挂了电话，秦风瞪了张思媛一眼，把车停到了路边。张思媛看着秦风，提起的心才算放下。

不一会儿，一辆奥迪吱的刹在了他们车前面，车里下来的人是老六，随后从副驾驶车门里还下来一位长发女人。

"你怎么来了？"秦风下车，苦涩地笑笑。

"国伟加班写材料，让我来。"老六说。

秦风不好意思道："对不起，这么晚了让你连个安稳觉都睡不上。"他借着路灯，惊奇地发现，站在老六身后的女人竟是苏曼玲，心不由自主开始咚咚乱跳。他怕苏曼玲当着张思媛的面认他，让张思媛和老六对他产生怀疑。

"说什么呢？我们还用这么客气，你也太骚客了吧！"老六回望一眼苏曼玲，道："哦，对了，这位是公司新任助理，叫苏曼玲，跟你一样，准骚客，也喜欢文学。"然后又给苏曼玲介绍了秦风和张思媛。秦风瞅了一眼张思媛，幸亏是晚上，否则，张思媛一定会从他脸上看出淡淡的慌乱来。

"我一上班，刘总就老在我面前提起秦老师，说您是宁州第一才子，真是幸会幸会啊！"苏曼玲似乎没一点紧张，而是看着秦风，咯咯地笑，"还有嫂子，真是大美人啊！"

秦风看苏曼玲没那天在杂志社激动的肢体语言，心里稍稍坦然了一些，仍有些尴尬地笑着摇摇头，骂老六造谣。

"都满脸的褶子了，"张思媛看着苏曼玲，笑着，"你才是美人呢！"

秦风这才问老六："你今天也喝了不少，让谁开车？"

老六望望苏曼玲，眼神里回荡着自豪。

秦风望着苏曼玲，说："小苏，她行吗？"

苏曼玲笑笑。

老六也笑笑，说："上车吧！是骡子是马，拉出去遛遛不就知道了。"

苏曼玲很麻利地跳上车。秦风欲跟老六握手告别，没想他却打开车门，坐进了副驾驶位置。

秦风说："你派个司机就行了，怎么能再劳你陪我们呢？"

老六把头伸出车窗，招着手，道："别说了别说了，本来国伟也要去的，他明天早上有会，说是让我把他也代表了。"

从宁州市区到老家梧桐沟村300公里的路。一路上，大家都在为秦风父亲的病担忧。老六时不时说几句关于秦风父母辛苦的话，车内气氛显得有些沉重。老六停了停又说："秦风，好好给老人家做做工作，那点地弄不了几个钱，别种了，搬来吧，放你眼皮子底下，有个头疼脑热的照顾起来也方便些。"

张思媛接道："你父母搬来都快两年了吧？老人还适应吧？"

"刚来还不适应，没过半年，跟着城里老头老太太又唱又跳，比我还忙呢。"老六呵呵地笑，"提不成啊，最近老两口突然说城里没意思了，要回去住。我也正为这事犯难呢。"

苏曼玲不动声色地笑笑。

"唉，天下的老人都一样。"秦风叹了气，"我都说了好些年了，老爸今年许明年，明年许后年，就是离不开他那十亩薄田。"

张思媛也说："就是，秦风为这事还跟爸妈急过。他们主要还是离不开那生活了一辈子的地方。"

老六说："不觉间，父母都已经老了。"说完叹了口气。

苏曼玲一直保持着120迈左右的速度，车倒显得特别平稳。

秦风换了个话题，说："没想到，小苏车开得不错啊！"其实，秦风一直想问她怎么到了老六的公司。可张思媛在，不方便问。

苏曼玲回头，莞尔一笑："一般一般，全国第三！"

本来沉默的氛围一下子被苏曼玲的一句话给搞活跃了。大家似乎暂时放下了沉重，先是老六开始根据王国伟曾经说的，给苏曼玲添油加醋地讲秦风大学里的风流韵事。秦风看了看正在前面开车的苏曼玲笑着，又从后视镜里看了一眼张思媛，说："老六，我看你真是入错行了！"

老六道："你的意思是我该入哪行呢？"

秦风道："没办法，一个中国最优秀的编剧硬是让钱给毁了！"

老六嘿嘿地笑着，知道秦风在批评他瞎编自己的故事。

张思媛接着说："就是，你要不跟钱成亲戚吧！"

秦风本来想笑，但还是绷住脸上的肌肉，不让动弹。

其实，秦风尽管心里珍藏着子娟，可他还是很爱张思媛的，爱她的单纯，爱她的开朗，爱她的心随其性。这样一个女人，只可惜不能为他生个一男半女。秦风也曾想过就这样两个人过下去，但这想法只维持了没多久，便在众议声中搁浅了。他也没想到，生不出个孩子的压力竟然比他考大学时的压力都大。再加之，母亲不间断地电话追逼，让他无法面对。于是，这一想法，也因同龄人夫妇手里牵着的小孩子其乐融融的情景而像肥皂泡一样破灭了。

不知道从什么时候起，每次下班回来，家突然就变得空洞起来，寂寥起来。曾经他和张思媛斗嘴骂俏的声音也渐渐消失了，代之而起的是四目相对时，竟都一时不知道说什么是好了。从他决定离婚的那天起，他就有意疏远张思媛，让她慢慢感受到他对她的冰凉。可张思媛似乎压根就没把秦风的冰凉当回事，这让秦风打在棉花上的拳头不得不尴尬地再收回来。

秦风又摸摸上衣口袋里的离婚协议书，心有些发怵，不知道张思媛一旦看到它，会是个什么结果？也不知道她想到过离婚吗？秦风必须用冰凉去面对张思媛，让她主动提出离婚。否则，他怕自己因为内心对张思媛的那份情愫，离婚协议书永远都掏不出来。

秦风发现张思媛也从后视镜里看着他，然后，她就静静地斜过身子，慢慢靠向秦风，然后轻轻地把头放在秦风肩上。秦风看了一眼苏曼玲，想摆脱，可动了动，还是没有彻底摆脱。然后，就再没动。

老六笑道："我就一挣了两个臭钱的民工，文化程度不高，哪能跟人家大作家比。我真是羡慕你们啊！真的，嫂子。你们两口子，一个郎才，一个女貌，那叫什么，对了，天造地设！"

秦风和张思媛都没接话。两个人听了老六的话，心里同时想到了一个问题：生孩子。秦风先说话了，他说："列夫·托尔斯泰说，幸福的家庭都是相似的，不幸的家庭却各有各的不幸。"

老六嘿嘿笑道："秦风一说话，老六就发抖！别再搞那些文绉绉的让人听不懂的东西，来点通俗易懂的。哈哈！"

秦风在黑暗里瞪了老六一眼，骂道："看来，没文化就是好，不用知道很多东西，免得让自己痛苦。"

只有张思媛明白秦风话里的意思。

5

秦风的父亲秦天成硬是打死神手里挣脱了出来。

杂志社打来电话，秦风被抽到"路线教育办公室"，要求尽快报到，秦风左右为难，张思媛说："你先跟老六他们回去吧！开学还有几天，我留下伺候爸。"

陈玉珍阻拦道："你们忙你们的吧，有你大哥大嫂，再说还有你姐，她得空也能过来。你们就放心地忙去吧。"

张思媛执意要留下，谁都劝不走。秦风看父亲没什么危险了，也懒得再跟张思媛磨嘴，去留自便，就和老六、苏曼玲回去了。

盛夏的夜晚，病房里到处都是热浪。张思媛坐在老公公病床前，听着他嗓子里发出咝咝的声响，却想起了秦风。她一直认为，女人要真爱一个男人，也要爱他的家人，不管他的家人是高官还是百姓，是富翁还是贫民。这是她必须要留下来的一个理由。她爱秦风，爱他的大度，爱他的浪漫，爱他的视金钱如粪土。她还清楚地记得第一次跟秦风见面时，他戴着墨镜，穿着蓝白相间的衬衫，一条膝盖开了两只洞的牛仔裤，头发及肩，很黑很顺，真是帅呆了！张思媛一下子就被他的磁力所吸引，从此坠入爱河。

张思媛一直觉得爱情将陪她幸福地走到地老天荒，可没想到，曾经美好的爱情在柴米油盐酱醋茶里搅和了几年后，却渐渐失去了往日惊涛骇浪般的激情，平淡得跟白开水一个样。更没想到，就连这平静如水的生活也因为生不出一个孩子而变得磕磕绊绊。她最近分明感觉秦风对她的态度发生了很大变化，她知道秦风和子娟曾经相恋过，那都是过去的事了，她不多想。现在，是他不爱她了，还是外面有了别的女人？张思媛似乎更相信后者。当然，也许有了后者，也便有了前者。她更知道，秦风之所以发生如此大的转变，完全归结于她的"生"无能。她特别怀念刚结婚的时候，她能让秦风在床上如仙如醉，享受爱情带给他们的精神和肉体的快乐。同样，也是秦风激活了她沉睡已久的性活力，她叫，她喊，她掐，她咬……那时候她觉得她即使死了也值。可这样的"性"福，现在已被秦风夜夜不眠的叹息声，或在书房的通宵达旦驱赶到了另一个未知的世界。这小半年，秦风已经很少碰她了。尽管这样，她依然爱秦风，她觉得只要以阳光的心态来面对，一切都会过去的。这也是她执意要留下来的另一个原因。

想着想着，张思媛眼里就泪水打着转转，转着转着，再也噙不住了，漫到脸上，流进了心里。

老公公醒来了，张思媛怕被看见，忙转过头拭去泪水，回过头微笑道：

"爸，喝点水吧！"

老公公可能是术后身体不适，脸皱成了核桃，咬牙道："你回去，打电话让你妈来！"话一出口，就是硬邦邦的不容置疑的架势。

张思媛并不生气，仍旧微笑着。她了解老公公的脾气，平时说话就没软乎气，但心性很软，便劝道："妈太累了！再说家里还有农活等着干，你要有什么不舒服就跟我说。"

"我没什么不舒服，你给你妈打电话让她赶紧来。"老公公别过脸去，不再看张思媛。

张思媛看着老公公干裂的嘴唇，猛然明白他一整天不喝水的原因了，问："爸，你是不是想上卫生间？"

老公公不吭声。

她站起来，抓住老公公的胳膊，道："爸，起来，我扶你上卫生间。"

"不上！"老公公皱成核桃的脸越发曲里拐弯，不停地甩着胳膊，想摆脱张思媛的手，怒道："你出去！"

张思媛仍笑着，并不出去。磨蹭了半天，看老公公倔脾气上来了，便说："你再这样不听话，我就叫医生来给你下尿管。本来他们是要给你下的，是我没让。"说着，张思媛便起身，伸手抓过呼叫器，假装叫医生。

老公公一看情况不对，马上转过头，说："甭叫医生，我尿，我尿。"张思媛在心里偷偷地乐着，脸上仍装得很严肃。老公公乖乖地在张思媛的帮助下从床上起来了，她一手举着液体瓶，一手扶着老公公，进了卫生间，然后轻轻地把门关上，只留能容一个输液器细管的缝儿。

尿完了，张思媛又把老公公扶上病床，端来热水，淘了毛巾要给老公公擦手。老公公就是不把手给她。她最终还是连哄带骗地把手要了过来，细心地擦着。

过了几天，陈玉珍和秦风大姐秦岚来到医院，张思媛才出去透透气，回来刚走到病房门口，听老公公说："哎，媳妇真是个好媳妇，可她咋就生不出个娃呢？"

然后是陈玉珍和秦岚的叹息声。

老公公又说："总不能让我们老秦家在她这儿断了香火吧？全村的人都看着咱呢！让我这老脸往哪儿搁呢？到底是啥问题啊？岚岚，秦风没给你说过吗？"

秦岚说："我问过他，他说检查了都好着呢！"

陈玉珍说："我看秦风是在骗我们，好着咋怀不上呢？都三十七八的人了，你看王家栓娃子，跟我们家秦风同一年的，娃子都上初三了，还有……"

秦岚打断道："妈，现在城里都流行晚婚晚育，你说的那些个，都是农民，20就结婚了，怎么能跟咱们秦风比呢？"

"不行，等你爸病好了，我得上去一趟，我看看他们到底是真生不了，还是在糊弄我们。"陈玉珍道。

"我看不像是糊弄，这次秦风回来，我看他好像有很重的心事。我估计就与生孩子的事有关。"秦岚道。

"哎，你说你哥生了两个丫头片子，就指望秦风呢，他还……"秦天成看着陈玉珍，说，"你说得对，等我出院了，你上去待一阵子，一定要给我生个娃子。"

秦岚笑笑，嗔怪道："爸，这都啥年代了，你还抱着你的老思想老传统不放，现在生什么不一样，我看生姑娘才最贴心呢！"

秦天成瞪了秦岚一眼，道："这不，啥东西都生不出来嘛，真是站着说话不腰疼，秦风必须要生，还必须生男娃！"

秦岚见状，不敢再跟父亲争辩了。秦岚生了儿子，看见别人家的小姑娘，就喜欢得不得了，总说生一个小孩子，形单影只的，要是计划生育政策哪天放开了，一定要再生一个小姑娘。

病房里一阵沉默。

张思媛站在病房后，再也听不去了，转身冲下楼，躲到医院花坛边独自抹泪。

开学前一天，张思媛才回到宁州的家里。秦岚送张思媛坐上通往宁州的班车后，电话打给秦风，说："秦风，媛媛真是个不错的女人，这次让我们全家都很感动，你一定要好好待她。人啊，不在关键时候，是看不出好赖的。"她停了停，又说："还有，爸的病，那天人多，我没跟你说，这次手术只是把穿孔补住了，但医生让我们在病人恢复后三个月内再做个详细检查。我怀疑爸的胃问题比较大，无论怎么样，你跟思媛得尽快给他老人家生个孙子。"

秦风心里咯噔一下。

秦岚又把张思媛怎样精心伺候父亲的事讲了一遍,让秦风不要为爸的病太担心了,眼下最要紧的是生孩子。

秦风本来再次下定了决心,等张思媛一回来,就将离婚协议书拿给她。可秦岚这样一说,秦风又觉得自己这样做是不是太残忍了,于是把离婚的想法在电话里告诉了秦岚。秦岚说:"真不能生?"

秦风道:"真不能生。"

"查清楚了没有,到底是谁的问题?"

"查了,医生说都没问题。"

"怪了,都没问题,那是什么问题呢?"

"我肯定没问题!这日子真没法过下去了,我不能因为生个孩子的事让自己整天心神不宁的。别人就不说了,老爸老妈的那个急,恨不得赶紧离了重新找一个明天就整一个孩子出来。"

秦岚笑笑说:"先别急着做决定。现在科技这么发达,万一不行,就弄个试管婴儿。我们一个同事就多年不生,最后弄了个试管婴儿,还是龙凤胎,你说多好。"

秦风说:"这个我不是没想过。听说费用高不说,还成功率特别低。"

"即便百分之一的希望,也要尽百分之百的努力。"秦岚说,"再说了,离婚是两败俱伤的事,你觉得你离了再娶一个能给你生孩子的女人,就能比现在幸福?我问你,假如明天就离婚,你现在对她还有没有一点点留恋?"

秦风不吭声了。

"假如你还有留恋,哪怕是一点点,你都不能选择离婚。记住,你在选择幸福的同时,也选择了痛苦。没有哪个人的幸福是纯粹的,不带痛苦的。再好好查查,要真没希望,那就试试试管婴儿吧!只要有了人,钱算什么!你好好想想,不跟你说了,我要开会去了。"

秦风被困在电话里,半天回不过神来。

秦岚中专毕业就到乡镇工作,摸爬滚打到乡长这个位子上,还真不是白混的。她的思想、眼界、看问题的方法就是不一样。秦风刚刚下定的决心,没想被秦岚一个电话打得又左右摇晃了起来。

秦风约老六一起坐坐。老六在电话里说:"我正准备给你打电话,晚上我约了王国伟有个事要商量,正好,一块来。"

照例还是三个人。席间,老六对王国伟说:"伟哥,这房价我看还要继续涨下去,这可真是个好机会啊!"

王国伟轻笑道:"你是不是又打上哪块地的主意了?"

秦风心里盛着石头,没有心思搭讪,只顾吃菜,轮到共同举杯的时候,他陪王国伟和老六碰一个,然后就继续吃菜。

老六嬉皮笑脸地道:"伟哥就是伟哥,厉害!我心里想的那点事,总逃不了你那双火眼金睛。我盯城东那块地很久了。"

王国伟佯装生气道:"老六,我说过多少遍了,你能不能把那个'伟'字取掉,叫声哥没人会觉得你阳痿!"

"说的是,国伟说的是。"秦风抬起头呵呵地笑着,"我们自家兄弟就不说了,当着外面人你老伟哥长伟哥短的,人家还以为领导真的不行了。小心判你个行贿罪。"

"屁……"王国伟给了秦风一拳,眼珠子转了一圈,看着老六道:"那片地,早跟你说了,盯的人不止你一个,我看这个算盘你就别打了。"

老六歪着脑袋道:"怎么?有大背景?"

王国伟道:"算你聪明。那块地,早就有人耗上了,想翻牌有些难。"

"哎,伟哥。哦,不,哥,你不跟着大老板嘛,我知道那还不你一句话的事。"

王国伟盯着老六道:"这个,还真不是一句话的事。说实话,不好办,你再瞅瞅别处吧,如果可行,我再跟相关部门打声招呼,还是会领我情的。"

"听伟……听哥的。"老六点着头,嘿嘿地笑着,"对不起,一时半会还真改不了口。"

酒过三巡。秦风突然将离婚协议书拿出来,心痛道:"我要离婚!"

王国伟和老六看都没看协议书,异口同声道:"放屁!你想学杨海涛啊!"

说完,王国伟和老六互相对望着,真是心有灵犀一点通啊。秦风也被他俩的话镇住了,吃惊地望着他俩。

王国伟说:"思媛哪点不好,啊?你要能打着灯笼再找一个比她好的,我都不姓王了。"

老六紧接着道:"就你这个骚客,人家思媛能收留你就已经不错了。你要跟她离了,你还是人吗?哎?几次去你办公室,看王倩那丫头看你的眼神有些那个,是不是你现在打她的主意了?"

秦风猛喝一杯酒,犹豫了半天,张思媛QQ聊天和手机短信的事就在喉咙眼上,他还是压下去了,说:"关键是她不生。我现在是老鼠钻进风箱,两头不是人啊!"说完又朝老六道:"老六,跟你明说,王倩,那是八竿子都打不着的事。"

王国伟说:"我看你是小说写昏了头,怀不上,就上试管啊。"

老六也附和道:"对啊,科技这样发达,克隆人都成现实了,造出个人来算个球。"

秦风回家又摸了摸口袋里皱皱巴巴的离婚协议书,不知怎么,他就是没有拿出来的勇气。张思媛似乎还是过去的张思媛,甚至比前一段时间更加体贴更加温柔了。接下来的日子,秦风除了工作,就是趴在网上了解有关试管婴儿的知识。日子似乎就这样在不冷不热中过着。也就是在这个时候,秦风跟子娟的关系在网上开始不断升温。

第二章

Chapter two

相逢是痛

权力表面上看起来光鲜亮丽,却只是别人强加给你的一个光环而已,它本身不会一辈子发光。

1

　　杨海涛算是捡回了一条命。待他苏醒后，悬而未决的案子才得以大白于天下。

　　刘亚娟和祝小梅在冰柜里沉睡了多日，案子结了才得以顺利下葬。刘亚娟和祝小梅的葬礼是在同一天。祝小梅虽然是杨海涛现任妻子，可毕竟这个角色得来的不那么光彩，秦风、王国伟和老六决定只参加刘亚娟的葬礼。

　　葬礼很悲凄，人们看着一个年轻的生命就这样阴阳两隔，到底多了些伤感，女人们都在为刘亚娟拿生命捍卫爱情的壮举感到同情和惋惜，人们也在为祝小梅怀着杨海涛的孩子告别这个世界感到痛心。但终归都把矛盾的焦点指向了杨海涛，是他造成两个女人的仇恨，才有了今天的结局。杨海涛是不折不扣的刽子手。

　　杨海涛是秦风、王国伟的高中同学，大学同校不同系，秦风、王国伟和子娟是中文系，杨海涛是政史系。

　　刘亚娟高中毕业后就在乡上开了个糖烟酒门市部。杨海涛毕业被分配至宁州市新南县五坝乡政府工作。这样，杨海涛就认识了刘亚娟。也许是孤单，也许是寂寞，杨海涛在那样一个环境里就跟刘亚娟擦出了火花。当秦风和王国伟第一次撞见他俩手牵着手在宁州市逛大街时，都很吃惊。详细询问情况后，王国伟毫不留情地正告杨海涛："你正儿八经大学本科，跟一个农民，顶多是个体户，搞对象，现实吗？说说，现在谈到什么程度了？如果没到非结婚不可的地步，我劝你们赶紧散了吧！"

　　杨海涛沉吟半天，没吭声。

　　"国伟说得没错，你现在觉得没什么？可以后呢？你觉得你跟她能有一辈子的共同语言吗？你觉得她是林子里的金丝雀吗？现在待在山沟沟里，你觉得她是你的心肝，假如环境改变了呢？你还当她心肝吗？"秦风也苦苦相劝，"上高中时，李佳怡不是对你好吗？上次我见她，还说起你，她就等你给句话呢。"

李佳怡个子矮，不到1米5，加上稍胖了点，就显得更矮了。模样也还算周正，有一双大眼睛，虽然不是双眼皮。有一次学校体检，一量身高恰好是1.41米，后来同学们就给她起了个外号叫"根号2"。

杨海涛个子倒挺高，1米85，可眼睛小，最大的缺陷是嘴长得不好看，朝外凸出去，还往外翻，而且嘴唇特别厚实，按子娟的话说："你们那个杨海涛同学的嘴唇差不多够切一盘子的。"后来，大家一吃饭，就会有人开杨海涛的玩笑，说："今天杨海涛要来，口条肉就不用上了。"

秦风就说："女同学肯定都喜欢他，就那嘴唇，好家伙，啃起来多带劲。"

女同学都会异口同声道："带劲，你去啃吧！"

当然，这些玩笑话，谁也不会当着杨海涛的面说，毕竟都是同学。说一千道一万，人家李佳怡毕竟是大学毕业，配个杨海涛应该说是合适的。杨海涛和李佳怡都政史系，还同一个班。大学里李佳怡倒追了杨海涛几年，最终因为杨海涛的冷漠歇气了。毕业后，李佳怡在宁州市新南县一中当老师，再说起杨海涛时，李佳怡还是有那个意思。可杨海涛仍只拿她当同学看待，心里不起半点波澜。

杨海涛在王国伟和秦风劝导下，说了一句让所有人哭笑不得的话。他笑眯眯地说："如果是李佳怡她妹妹，还可以考虑考虑。"

秦风差点没笑晕过去。王国伟指着杨海涛的鼻子骂："我看你真是青蛙大学癞蛤蟆系毕业的，真就想那吃天鹅肉！"

李佳怡的妹妹，秦风和王国伟都见过，那身材，那脸蛋，真是哪儿是哪儿，没得挑。这姊妹两个真不像是一母所生。

杨海涛说这话，明显是跟李佳怡没有发展前途。

秦风和王国伟再次见到刘亚娟的时候，已经是在杨海涛的婚礼上，她身穿白色婚纱，俨然一个幸福的新娘。海涛父母仍不改变他们反对的态度，大喜的日子却没有一个喜庆的笑脸。秦风和王国伟劝着两位老人，无奈地表达着对他们全家的祝福。

也许秦风和王国伟都看走眼了。婚后的刘亚娟还真是杨海涛的福妻，有旺夫相。杨海涛没几年工夫，从乡镇调到县上，再到宁州市政协。用了短短三年时间，完成了从农村包围城市的目标。小两口日子虽然过得有些紧巴，但还算美满。婚后不久的一次同学聚会上，杨海涛才说了他之所以不抛弃不放弃的原因。他当众宣布道："刘亚娟是在我最困难的时候，从物质和精神给予过我帮助的人。那个时候，我在最基层备受痛苦和煎熬的时候，是她给了我坚持下去的信心；在我病得下不了床的时候，是她一口水一口饭地喂我直到痊愈；在我无数个夜晚因接待醉酒不归的时候，是她的小店让我感受到了家的温暖。这辈子，我谁都可以对不起，但就是不能对不起她……"

大家都被杨海涛的话感动了，很多女同学都对刘亚娟流下了艳羡的热泪。杨海涛唱了一首《只要你过得比我好》。

同学们都知道，杨海涛这是专门为李佳怡唱的。

泪流过了，歌唱完了，杨海涛看着李佳怡道："佳怡，我不是不喜欢你，可能我们太熟悉了，老觉得我们就是同学，真的找不到一点谈恋爱的感觉。"

杨海涛结婚没多久，李佳怡也结了，老公是法院的法官。根号2也没因杨海涛的无情而变成剩女，只是在李佳怡心里留下了永远的缺憾。

爱情真是个难以理喻的东西！

祝小梅的出现，就像是杨海涛刚刚进入婚姻平淡期的湖面上飞来的一颗石子。不但掀起了一圈又一圈的涟漪，而且将杨海涛的心也带进了另一个崭新的世界。祝小梅到底是大学生，年轻漂亮，气质和素养，谈吐和思想，跟刘亚娟比，压根就不在一个层次上。如果说祝小梅是阳春白雪，那刘亚娟就是下里巴人。杨海涛跟祝小梅一来二去之后，他才突然发现自己这些年来苦苦打拼的日子，竟然如此苍白无力无一丝斑斓。不期而至的新鲜，让杨海涛难以把持自己，他已深深地陶醉在了祝小梅的柔情蜜意里，祝小梅也已深深地爱上了有妇之夫的杨海涛。

当祝小梅告诉杨海涛她已经怀了他的孩子的时候，杨海涛怕了。他爱祝小梅，但又不能昧着良心抛弃陪他走过辛酸之路的糟糠之妻。祝小梅随着肚子一天天鼓起来，她再也无法接受这个名不正言不顺的角色了，她要取而代之。随即而来的就是逼杨海涛离婚。一开始杨海涛称自己马上要提拔了，一旦离婚，影响不好。可这样的拖延并未能彻底解决问题，真正能从根子上解决问题的办法，就是堕胎。一提堕胎，祝小梅就要跟他翻脸，说："即便你不跟我结婚，我也要把这个孩子生下来。"后来，祝小梅的肚子已很难躲过众人的眼睛了，而杨海涛仍下不了离婚的决定。她便下了最后通牒："你要不马上跟她离，我就到你们单位找领导评理去。"

杨海涛正处在事业的高峰期，这个时候如果出了问题，他的仕途定会受到夭折的打击。在万般无奈的情况下，杨海涛把跟祝小梅的事和盘端给了老婆刘亚娟。

刘亚娟哭了三天三夜，泪哭干了，嗓子哭哑了。她爱杨海涛甚于爱自己，即便杨海涛不再爱她了，她也爱杨海涛。她看着杨海涛跪在自己面前无助地流泪，她的心却在流血。当杨海涛说出祝小梅已怀了他孩子的时候，刘亚娟在愤怒和无奈之后，突然又萌生出对这个女人的一丝怜悯和同情了。结婚是为了爱，离婚也是为了爱。属于自己的终究是自己的，不属于自己的拽是拽不住的，她只能放手。就这样，刘亚娟和杨海涛离了，房子和儿子都归刘亚娟。

离开了老婆儿子，杨海涛和祝小梅短暂的油盐酱醋茶的搅和中，发现祝小梅不会打理家务，不会做饭，曾经的柔情变成了无端地使小性子，发脾气，这让杨海涛突然发觉自己特别怀念跟刘亚娟和儿子在一起衣来伸手饭来张口的日子。可一切都已经晚了。晚了！

秦风、王国伟和老六知道的时候，杨海涛已离婚。王国伟和杨海涛同一个村，老乡情更深。他骂道："你以为找一个小你十多岁的姑娘幸福了？你早晚会后悔的！"说归说，他们不得不接受祝小梅，也时常去看望刘亚娟。在三个男人的眼里，只有刘亚娟才是杨海涛的妻子。

婚后不久，杨海涛与祝小梅的矛盾就暴露出来了。杨海涛时不时会到刘亚娟那儿看看儿子，也吃刘亚娟为他做的可口饭菜。每每此时，杨海涛都觉得这儿才是他真正的家。杨海涛偶尔也会留下来过夜，悔青的肠子永远回不到原来的颜色了。刘亚娟也一直觉得杨海涛无论到哪儿，依然是自己的丈夫。

纸里包不住火。杨海涛的行为还是被祝小梅发现了。她大闹几次，杨海涛索性将与刘亚娟的关系公开化了。惨剧发生的那天，恰好是刘亚娟的生日。杨海涛早早买了生日蛋糕，晚上去给刘亚娟过生日。12点多，杨海涛和刘亚娟都上床了，脱得一丝不挂的两个人，正想用做爱的方式来庆贺生日时，门铃响了。

进来的是祝小梅。

因为匆忙，杨海涛只穿着一件背心，刘亚娟穿着睡衣。祝小梅开始骂刘亚娟勾引她老公。刘亚娟说他本来就我老公，你凭什么说我勾引他了，你好好想想，到底是谁勾引了我老公。

争吵就这样开始了。随着战争的不断升级，两个人撕扯到了一起，脚踢、抓脸、扯头发。

杨海涛在中间阻拦着："别打了！你们别打了。"两个女人像两只发疯的母老虎，任凭杨海涛求情下跪都无法熄灭这突如其来的熊熊大火。这时，杨海涛大吼一声，一把将祝小梅推倒在沙发上。

祝小梅流着泪怒不可遏道："好啊，杨海涛，没想到你们合起伙来欺负我。"然后睁着铜铃般的眼睛望着刘亚娟咬牙道："告诉你，刘亚娟，我得不到的东西，你也休想。"说着，从身旁的包里拿出早已准备好的一大瓶硫酸。在杨海涛和刘亚娟都还没有反应过来的时候，就泼向了杨海涛。杨海涛顿时号啕大叫，跌跌撞撞地朝洗手间摸去。

这时，刘亚娟看到自己最爱的人受到了伤害，她彻底疯了，使出九牛二虎之力，牵住祝小梅的衣领，朝着阳台的落地窗推了过去。阳台上离地面仅有50厘米的窗户正好开着，祝小梅就这样，像一片黄叶轻轻地飘了下去。刘亚娟看着祝小梅从自己手中滑脱，一下子脑子像被水浸透了，清醒了，傻傻地愣在那儿，12楼，她知道会是什么结果。30秒不到的时间，刘亚娟似乎想都没想，就沿着祝小梅的轨迹，也飘了下去。

杨海涛从卫生间出来时，两手抱着眼睛，哇哇直叫，哪管两个女人在什么地方。他好容易摸到门口，破门而出，然后就摔倒在楼梯上。

2

"杨海涛事件"在宁州掀起一场不大不小的风波，人们互相咬着耳朵嚼了一段时间舌头，因不断出现的新鲜事，很快淹没了杨海涛的事。

也许王国伟吸取了杨海涛的教训，再没提子娟外边有男人的丑事。人活着，有时候不能太明白了，如板桥先生所言"难得糊涂"，可能这才是人生的真谛。

老六告诉秦风，王国伟要升了，只差一纸任命了。秦风才明白王国伟的喜事同样掩盖了他之前与子娟的不快，在电话里恭贺他的同时，心里多少还是泛起了一丝酸酸的自卑。

王国伟命就是好啊！

秦风、王国伟和老六都是新南县五坝乡人，是初中的"铁三角"，后来秦风和王国伟都考上了高中，老六落榜了。不是老六智商低，而是他横。上初中那会儿，老六是他们三个中脑子最灵光的一个，人称"六合彩"。这样的绰号，是因为他打架在学校里是出了名的，不是今天额头出血，就是明天鼻子被人打得红兮兮的。学校几次要开除，可他成绩在班里却是数一数二，最终给了个留校察看。后来架不怎么打了，可就是英语回回都考个位数。按理说，正常智商的人，即便闭着眼答题，想考个个位数都难，可他就是横。就因为英语老师曾经当着全班同学的面骂了他一句"you are a donkey"。当时谁也没听懂，后来还是细心的同桌王晓红查了英汉词典，告诉他"donkey"的意思是"驴"。从此，他英语课不是逃就是玩，反正跟你对着干。这不，初中升学考试以语文数学各115分、英语18分的成绩上了"家里蹲大学"。

"家里蹲"真是一所好大学。就在秦风和王国伟苦熬三年，过五关斩六将，踩着独木桥考进大学邀游文坛招蜂引蝶的那些年，老六已完成了从奴隶到将军的过渡，成为坐拥百万资产的小包工头了。

大学里，王国伟写诗，秦风写小说。王国伟身边的姑娘，就像春天里的串串红，开了谢了，谢了又开，永续不断。可秦风却只能引得为数不多的几个文艺女青年追随。秦风老调侃王国伟道："你说，都是文坛上混的骚客，咋就差距这么大呢？"

王国伟扑过来要揍秦风，道："什么？你敢骂我骚。"

秦风就告饶，嘿嘿道："没说你骚，没说你骚，是她们骚，行了吧？"

"这还差不多。"王国伟才无奈地收手。

不是秦风长得不帅，主要是那时候女孩子恰好都处在如诗般的年龄，王国伟三两句爱情诗，就把女孩子心里搞得酥酥痒痒的。女孩子们都喜欢那种文艺范的有魅力的男生，都说王国伟是汪国真的弟弟，越发地喜欢他。这也是写小说的秦风望尘莫及之事，为此，秦风曾一度想改行写诗，可写出来的爱情诗，自己读着都觉得肉麻，最后还是回到了小说阵营，心里道：走自己的路，让别人去骚吧！

子娟就是在那个时候和秦风、王国伟成为最要好的朋友。秦风和王国伟都喜欢子娟，但王国伟却不知道子娟真正爱的人是秦风。秦风后来才从乡村孩子王好不容易调进《秦风》杂志社，算是专业对口了，便不遗余力地勤奋工作，才混到个编辑部主任，算是正科级。可王国伟却没几年工夫都快混到副处了。

这就是差距，人与人的不同。秦风想起自己刚调到宁州时，张思媛说："秦风，你喜欢写作，就不要跟仕途上的人比了，专心做自己喜欢的事，只要你快乐，我也就觉得快乐。无论你做什么，我都永远支持你！"

这些年，张思媛似乎一直在践行着自己所说过的话。可秦风却感觉心里老找不到平衡。他写了若干小说，短的中的长的，可每次一看到王国伟在酒足饭饱、歌舞升平之后，大笔一挥，就把好几千块钱给划拉了，而自己没日没夜趴在电脑上，驴推磨似地码字码字，写一个中篇三五万字，还不如王国伟写"同意"两个字来钱快。秦风的心一直在两条时而交叉时而平行的道上奔跑着，始终无法决定自己究竟去往哪条道上，或者说他始终不知道自己是哪条道上的客。

王国伟任命文件下来那天，秦风带着张思媛，王国伟带着子娟和儿子阳阳一起参加老六操办的聚会。那天老六带的是苏曼玲，所有人都认为，苏曼玲已不单是金盾房地产开发有限公司总经理助理的角色了。

张思媛跟子娟，只要一见面就亲热得跟亲姐妹似的。尤其张思媛不能怀孕这些日子，只要一看见阳阳，总会稀罕地抱在怀里亲他的脸蛋，心里不免会平添一份失落。后来王国伟跟秦风家庭聚会时，子娟就特意把儿子送到他父母那儿，不想让张思媛看到心里难受。这次，子娟的父母外出旅游去了，只好带着。张思媛跟阳阳逗着玩了一阵子，就被子娟拉过去私聊去了，苏曼玲就跟阳阳玩着闹着。

阳阳冷不丁道："姐姐，你跟我们班的王佳颖一样好看！"

苏曼玲捧腹大笑道："是吗？你是不是喜欢王佳颖？"

阳阳有些羞怯地点点头道："算是吧！"

所有人都把头转过来看苏曼玲和阳阳，哈哈大笑。

秦风悄悄跟王国伟说："我现在才发现，遗传这东西了不得。你看阳阳，才三年级，就知道喜欢漂亮女同学了。我看比你有能耐。"说完，秦风望着老六笑。

王国伟不置可否："都是有毒大米毒蔬菜毒饮料给害的，现在小孩子都像打了增长剂，普遍发育比我们那时候早多了，真是没办法。"

菜上齐了，老六要讲话，大家都看着老六鼓掌。

老六站起来，端着酒杯，嘿嘿地笑道："我们仨兄弟，打上初中分一个班里，不是亲兄弟，却胜似亲兄弟。只是，只是后来他俩把我抛弃了。"

大家都呵呵地笑着。

王国伟插话道："抛弃好，否则，宁州可少了一个千万富翁，纳税大户。"

大家又笑了。老六继续道："所以，在座的除了我，都是文化人。"这时，子娟看看老六，又看看阳阳，道："你比我们家阳阳文化程度高。"

大家又是一阵笑。老六苦着脸，摇头道："哪啊，阳阳都有漂亮女朋友了，可我至今还是光棍一根。你说我还能跟阳阳比吗？"说完，看了一眼身边的苏曼玲。

苏曼玲咕噜咕噜转着眼睛，脸上飞起一抹红晕。

王国伟端着酒杯站起来，调侃道："老六，我问你，人这东西，是不是钱一多，眼睛就都提溜到头顶上去了。美女坐身边，竟视而不见？"

大家"哟哟哟"地起哄，只有秦风淡淡地一笑。

苏曼玲的脸越发红了。老六看一眼苏曼玲，道："大家最好不要强奸民意，小苏，准确地说，是助理，总经理助理。至于别的，我一个农民，也不敢有过高的奢望。"说完嘿嘿地笑着。

子娟和张思媛就她一句你一句地说小苏人长得好看不说，还是大学生……老六放下酒杯，双手做一个暂停动作，等大家都不说话了，又端起酒杯道："闲话暂告一段落，言归正传。今天是伟哥，哦，不对，是哥哥高升的大喜日子，按流行的说法，他的高升，是宁州人民期盼已久的盛事，也是宁州经济转型跨越奔小康的基础和保障……"

王国伟打断道："你当你是市长？做政府工作报告呢？"

老六嘿嘿地笑道："反正高兴嘛！来干杯，为伟哥修成正果干杯。"苏曼玲扯扯老六的袖子，轻声道："怎么又成伟哥了？"

这一幕被王国伟看到，对着苏曼玲说："伟哥就伟哥吧，反正狗改不了吃屎。"

老六嘿嘿地笑着："来来来，干杯！干杯！"

杯碰完了，大家开始吃。秦风一直悄无声息地观察着子娟，她不时地往王国伟盘子里夹菜。每次，王国伟总会很巴结地说声："谢谢亲爱的老婆！"

这时候，张思媛总会默默地望着秦风，也会往秦风盘子里夹他喜欢吃的菜。秦风只是看一眼张思媛，无所谓似的跟老六说话。

阳阳要上卫生间，苏曼玲便自告奋勇带着去了。这时，老六说："你们都是文化人，我出一个题考考你们。答对了我喝一杯，谁答错了自己喝一杯。看怎么样？"

子娟瞥了一眼秦风，笑道："就老六，除了出跟女人器官密切相关的题目，还能有什么新花样？"

老六在老婆病逝后的这些年，其实身边一直就没缺过女人，而且都是跟苏曼玲不相上下的漂亮女孩子。换了一拨又一拨，就像他身上的西服，脏了洗都不用洗，直接换新的。秦风和王国伟好言相劝若干，让他找个过日子的女人，可他却说，找个老婆套个罐，生个娃儿绊个绊。一个人，挺好！每次都这样，王国伟就说，我知道你不想再结婚的原因——就是想公开祸害更多的无知少女。

老六只是嘿嘿地笑，也不反驳。

老六平时就喜欢讲黄段子，尤其酒桌上，黄段子是一个接一个，把所有人都笑翻了。这时，听子娟这样一说，老六脸不红，心不跳地道："嫂子，这回你说错了，还真跟女人的器官无关。不过，倒是跟女人还是有点关的。既然大家不反对，那我出题了。"

秦风道："少废话，赶紧说。"

老六道："平日里，男人养了女人，我们都把女人叫小三，那叫小三的这个女人，应该把这个男人叫小什么？"

王国伟和秦风都转着眼珠子思考。子娟和张思媛交头接耳。老六看着所有人都默默地苦思冥想，一脸坏笑，道："想好了，就从伟哥这儿开始答？"

王国伟笑道："你这种下半身的问题，我答不了。"说着端起面前的一杯酒喝了。

轮到秦风了，他笑笑道："叫小E吧？ABCDEF的E"

老六道："为什么叫小E？"

秦风笑道："这个就不方便说了。"

老六道："非常抱歉，你答得不够准确。喝一杯！"

到了张思媛这儿，她摇摇头，道："我真的不知道，可能叫小明吧？"

"为什么？"

张思媛红着脸不说话了，干脆就端起酒杯一饮而尽。

最后轮到子娟，子娟忙摆着手说："我喝，我喝！"

一圈子下来，大家都没说出准确答案。这时，苏曼玲带着阳阳回到座位上。看大家都在看着她，便说："你们不喝酒，怎么都看着我？"

大家都笑。

老六看了看其他人，无奈道："行行行，小苏，你也回答一下我刚才的问题。"老六就又把问题重复了一遍。苏曼玲想都没想，说："这个，简单，男人叫女人小三，女人叫男人小王。"

老六一下子愣住了。他看着苏曼玲半天不说话。

大家一下子耶耶耶地起哄，说："这下老六得喝酒了。"

老六的确没想到苏曼玲能回答出来，他倒没觉得苏曼玲的智商有多高，而是突然对苏曼玲没了好感。他缓了缓神，严肃道："你说是为什么？"

苏曼玲脱口而出："男人不都比小三多根棍吗？"

老六突然觉得苏曼玲在此之前的所有矜持都是装出来的。现在喝了几杯酒，她已经白骨精显原形了。他腾地坐回椅子，一仰脖子，将酒喝了。

秦风看着苏曼玲，像自己刚穿的一件白色衬衫，被人扑面泼来的一盘污水给弄脏了，失落极了。

3

子娟坐在梳妆台前，将额头的刘海用指尖轻轻挑过，细细欣赏，白净的脸庞，微微透着红晕。如果不喝酒，子娟的脸就像打磨好的和田玉，光洁透亮，没一丁点儿瑕疵。都三十多的人了，眼角竟连一丝鱼尾纹的迹象都没有，即便是素面朝天，也没有，好像岁月遗忘了她似的。一套粉底红花的真丝睡衣，包裹着她修长的身子，还有那生过孩子却仍饱满高挺的胸。

子娟深深地叹了口气，倒不是因为王国伟经常加班。他加班，对子娟来说，已习以为常。过去，子娟还为此烦恼过，自从阳阳出生后，她倒希望他天天加班，好留自己一个清静。她甚至希望王国伟永远都不要再出现在她面前。多少个夜晚，她就这样，定定地看着自己的身体，纠结，痛苦。每每想起秦风，整个身体就变得疯狂地空洞，像被挖走了五脏六腑一般难受。这样想着，她便莫名地恨起这镜子，顺手抓起一只玻璃杯，想毁灭它。她甚至想跟镜子一起毁灭。举起的瞬间，握着杯子的手停在了半空里。过了一会儿，又慢慢地放回原处。她出了卫生间，进了儿子的卧室，看着儿子甜甜地酣睡，小嘴里还不时"妈妈、妈妈"地呢喃。子娟眼里汪满了泪水，在儿子与自己的幸福之间，她最终选择了儿子的幸福。她抹去泪水，把儿子露在外面的胳膊放进被子里，然后摸摸儿子红红的小脸，在额头上轻轻地亲了一口，才关灯出来。

这时，客厅的电话响了。

黑夜里。偌大的客厅。铃声像冬天原野上的狼嗥。刺耳，寒气逼人。她看着客厅里影影绰绰的家具和盆花，像站立着许多高矮不等的人。身体不禁颤了一下，随即，一股冰冷的东西从脚底冲上了头。她猛摁一下墙上的开关，一次没摁开，第二次才摁开。紫色的水晶灯顿时将客厅照亮，她紧紧地抱着双臂，远远地望着那部红色的电话机，腿脚却重得挪不开步。她知道电话那头的人是谁，走到电话机跟前，铃声突然消失了。

她还没有转过身，就听见放在卧室的手机开始叫了。子娟不慌不忙地又返回卧室，拿起手机，看着来电显示，心里像揉进了一筐猪毛。想发火，骂人。她也不知道从什么时候开始，她只要一看见手机上"王国伟"

这三个字，情绪立马变得糟糕起来，就像阳光明媚的天空突然间乌云滚滚。她为了不让自己的心情变坏，便将"王国伟"的名字从手机里删除。名字可以删除，可电话号码却删不掉。只要一看见这个号码，她就莫名地生出许多厌恶来。

如果王国伟不是她老公，早被她拉入黑名单了。因为还是老公，子娟不能不接他的电话，不能不在外人面前表现出亲密恩爱的样子。

手机一接通，子娟还没顾上说话，王国伟已抢先说了，口气有些生硬，"你这会在哪儿？"

子娟淡淡地回道："我在家啊！"

"呵呵，我刚打座机怎么没人接？"王国伟轻蔑地笑了一声，语气柔中带刚。

"我就是在家呢！你有事吗？没事挂了。"子娟冷冰冰地答，语调升高了。她说着，瞥了一眼窗外，不知什么时候下起了雨，窗玻璃被雨水敲打着，发出啪啪的毫无节奏的响声。仿佛这雨滴敲打在自己的心上，疼痛，纠结，无望。

如果说婚姻是女人的一辈子，那么，子娟已毁了自己的这一辈子。

虽然见过子娟的人，都说她长得像白玉兰似的，且性格开朗，温柔，还有一个幸福美满的家。每每这时，她都微微低下头，惨然地笑笑，并不接话。谁又曾知道她内心的痛苦。谁又知道她在守寡。人们看到她与王国伟的幸福美满都是她演给外人看的，真的很累很苦。子娟常常会想起上大学那会儿，秦风说她脸上最好看的不是眼睛，也不是鼻子，而是嘴巴。想起秦风的话，子娟嘴唇动了动，止不住笑开了。

每每这时，子娟都会撒着娇说："讨厌！嘴巴有什么好看的？"秦风就会动手动脚，说："你看……"说着，就拿指尖在子娟嘴唇上轻轻划过，一圈又一圈。子娟只觉得心跳加快，身体出奇地空得难受，心也跟着秦风指尖的游走，麻麻的，酥酥的，快要融化了。子娟闭着眼，正在享受秦风指尖运动带给她的无限快感。就在这时，秦风的手指停了下来。子娟有些失落地睁开眼，打了一把秦风还没有完全收回去的手背，"讨厌死了！"

子娟一想起秦风关于她嘴唇的评价，只记得那如痴如醉，比做爱还享受的感觉，而评价的话却一个字都想不起。这一切，都仅仅是留存内心最美好的回忆，再也不会回来了。而造成她不幸婚姻的不是别人，而是自己。那时候她不谙世事，当王国伟以不可阻挡的力量向她，不，准确地说是向她的父母发起爱情攻势的时候，她似乎是被无数双手推着走进了婚姻的坟墓。这倒也罢了，可万没想到王国伟竟然是一个伪君子……他娶她，完全是为了利用她父亲高高在上的职位……不想了，每每想起王国伟的所作所为，子娟的心就要重新流一次血。她躺在床上，用手机登录QQ，痴痴地望着"石头"的头像发呆。

此时，秦风正趴在书房的电脑上，望着"雨花石"灰色的头像发呆。一阵阵孤独和无助袭遍全身，仿佛整个屋子都向他压来，让他喘不过气来。只有QQ这个小小的窗口，才能让他透点气。可现在，就连这个小小的窗口里一个美丽的影子，也还是灰色的。

这些日子，他常常借口晚上写简报，躲在书房里跟"雨花石"聊天。他觉得自己跟"雨花石"有说不完的话，诉不完的苦。常常会聊到深夜，两个人谁都不愿意先离开。张思媛几次进来暖暖地说："老公，很晚了，早点睡吧，明天还要上班呢！"

每每这时，他都觉得自己的心被什么东西绞住了，隐隐作痛。想想曾经多少个日夜，他跟张思媛一丝不挂地缠绕在一起，用身体的交融抵达精神的制高点。可现在，他却在内心抵抗着张思媛带给他的诱惑。他每天晚上有意将时间向后拖着，否则，他怕一不小心，就会掉进张思媛的温柔乡，再也没有抵抗的勇气和力量。这是怎样一种滋味？谁人能懂？也只有"雨花石"能懂。

突然，"雨花石"的头像亮了。仿佛把秦风的心也给点亮了。他迫不及待地说："我一直在等你，还以为你睡了。"

雨花石："今晚吃饭看你情绪不错嘛。"

秦风："呵呵，只有不错了！"

雨花石："怎么？还在想离婚的事？"

秦风："唉……两难选择。我能感觉到你眼睛里的不快。"

雨花石："都一样。在场面上，我们都得装出亲密的样子。说真的，我一分钟都不想见到他，可没办法。如果没有儿子，我早就离了。可我真的不想让儿子有个后妈。"

秦风:"你们的矛盾真的就没法缓和了?"

雨花石:"没法缓和。也许是他曾经将我伤得太厉害了,我的心已完全死了。除了跟儿子在一起的快乐,我完全就是一俱僵尸。虽然他给我的是丰厚的物质,可我心里不舒服啊!我不想要多大的权势,多富足的生活,只想有一个人爱我,我也爱的人陪着我,哪怕生活过得简单些,也幸福。"

秦风顿了一会儿,说:"我们单独坐坐吧?"

雨花石也停顿了好一会儿,似乎在犹豫中。过了一会儿,道:"过一段再说吧。我还没想好怎么跟你单独见面?"

突然,雨花石的头像变灰了。

秦风失落地望着,心里凉凉的。他傻望了半个小时,知道她可能是被老公发现或是什么原因下线了。他退出QQ,打开word文档,想了很久,写下长篇小说的题目:爱痕。

秦风直到腹部有些微微作痛,像火山一样喷发的灵感消失殆尽,他才停下敲击键盘的手,看一眼电脑右下角,已是凌晨2点钟。他轻轻推开卧室的门,怕吵醒张思媛。可没等他上床,灯啪的一声开了。张思媛用怜惜的目光地看着秦风,道:"累了吧,快上来我给你按按腰,久坐对腰椎不好。"张思媛压根就没睡着,一直在等秦风。

看着张思媛,秦风的心在摇摆。

秦风被抽调到"路线办",专门搞些应景性的"八股文",这与他的小说创作大相径庭。自从调到宁州市的这些年里,谁都知道他是大作家,每临大型活动,要组织人马撰稿,秦风总是第一个被列入名单的。这些官样文章,枯燥乏味,上纲上线,都一个噱头,实在不是他喜欢的那道菜。可组织上抽调,你又不能违拗,只好硬着头皮干。这天,秦风正埋头写材料,杂志社社长王江河打电话,要秦风这会儿就到他办公室。

秦风不知道有什么急事,但老社长召唤,手头事再急,也得放放。滴水之恩,当涌泉相报。秦风之所以能顺利调进杂志社,完全是因为老社长王江河相中了他三本小说的缘故。后来秦风听说,当时宣传部就有一领导要将自己的侄女调进了,是王江河据理力争才有他秦风的今天。为此,王江河还得罪了那位领导,但他从来没在秦风面前提起过此事。就凭这一点，秦风心里一辈子都感激王江河，在工作上尽心尽力，也特别敬重王江河这个人。

秦风还清楚地记得，王江河带人到学校考察他时说的第一句话：你名字叫秦风，我们的杂志也叫《秦风》，真是缘分呐！你爸也是个文化人？

秦风笑道："我爸是农民，小学三年级学历。"

王江河又问："看来他读过《诗经》，要不给儿子能起如此风雅的名字。"

秦风呵呵地笑了起来，说："我听我妈说，我出生的那天刮大风，后来我爸一口说，就叫秦风吧。这就是我名字的来历。"

王江河笑得很慈祥，问："是你这个秦风岁数大，还是我们这个《秦风》岁数大？"

秦风想了想，道："《秦风》是陪着我长大的，记得杂志好像是在我上高中那年创刊的吧？"

"哦，那是我们侵你权了。呵呵，你总不会跟我们打官司吧？"王江河开玩笑道。

秦风愣了半天，忽地才明白王江河的意思，笑道："社长真幽默，怎么可能。"

秦风一进杂志社就被王江河安排到了编辑部，专门负责小说编辑。秦风很喜欢这份工作，正可谓"何九的妈妈嫁给了何十（合适）"。他采用、编辑的小说稿质量高，而且三年里没出过任何质量问题和校对差错。编辑部主任苏一凡升任副社长后，秦风自然接了编辑主任的班。

秦风敲门进去，王江河从桌子后面站起来，朝秦风走来，指着靠墙的沙发道："小秦，过来坐，过来坐！"

秦风心里还想领了指示，赶回去写材料。他看着王江河，王江河却不紧不慢地坐进沙发，沉思一会儿，慢慢地道："小秦啊，想想你在杂志社也干了有五六年了。这些年，你工作踏实认真，我真是没看错你……"

秦风怔怔地看着王江河，不知道老社长葫芦里要卖什么药，怎么突然回忆起往事来了？他静静地听王江河继续往下说。

"人啊，终有一天，会船到码头车到站。我可能要被调整，希望你以后好好干。"王江河说着说着，眼睛里就多了一丝辛酸和苦涩的成分。

秦风睁大眼睛，似乎不相信王江河说的话，道："王社，你才55岁，离到站还远呢！"

王江河呵呵地笑笑，说："组织上已经找我谈过话了。"

"要你到哪儿去？"

王江河露出一丝苦涩地笑，道："政协文史委。"

秦风一下子从沙发上站起来，道："什么？文史委。你搞了一辈子小说，到文史委干什么？"

王江河压了压手，示意秦风坐下。

等秦风再次坐下，他摇摇头说："有些事情不是随着个人意志而发生转移的。我老了，去哪儿都无所谓，只是不想后来的人把这个杂志给丢了就行。"

秦风纳闷道："怎么？"

"国家下一步可能要对杂志进行改革，走公司运营的路子，这是个大趋势。如果弄不好，可能还会被上划。宁州多少年才创出的这么一个文化品牌，可不能丢掉。"王江河说话的时候，眼里多了一些茫然。他停了停，接着说道："上面找我谈话的时候，要我提出接替我的人选。我本来看好的是你，想再等等，把你扶上副社长的位子，等我退休，你就可以顺利接班，可没想到会是这样。我提了苏一凡，他一当社长，还缺一位副社长，我提了你。"

秦风很感激王江河这些年来对他的关照，此时一听王江河要离开，心里隐隐有种依恋。王江河当社长从来都是对事不对人，公平公正，深得职工喜欢。他用留恋的目光看着王江河道："王社长，你一直都在为我考虑，谢谢你这些年来对我的关心。"

王江河摇摇头，说："我考虑的并不仅仅是你，还有杂志的前程。你当年如果没这个才，我也不会调你的。没有优秀的编辑人才，杂志就没有生命力。你知道，现在全国的纯文学杂志生存空间本来就越来越小了，如果在办刊方面夹带了私情，这杂志根本活不了多久，你说呢？"

秦风点点头。

王江河又道："在杂志社，要论能力和资历，还非你莫属。但我还是希望你往前走走？再说了，你现在就在'路线办'那边上班，搭个线说说应该不是很难。"

秦风想想，觉得王江河说得也在理。人总得往前走吧，在杂志社，总不能一辈子当这个编辑部主任吧。副社长，好歹也是个副县级，虽然比起王国伟这个副县来含金量就小得多，但待遇是一样的。

从王江河办公室出来，秦风心里也蠢蠢欲动。可怎么去找？是去家里还是办公室？见了面该怎么说？要不要准备点什么？是拿钱还是拿物？如果拿了东西人家不收怎么办？会不会把东西扔出来……反正秦风想了很多很多，突然觉得低三下四求人这种事他干不来。

秦风真的做不出来。那时候在乡镇中学教书时，他从来不给学校领导拜年。一年又一年，很多老师都通过各种关系调进了城里。张思媛就说："你不是代表学校还到宁州参加过优秀课评选得了第一名吗？教育局长肯定认识你吧？"

"嗯，认识啊！他还给我敬过酒的，说要调我到城里呢！"

"可都好几年了，他怎么还没调？"

"那我就不知道了。要不是为了有个孩子，哪儿还不是教。"

"木头，你还没明白？那是你没给他送礼。"

"呵，是金子迟早会发光，指望我给他送礼？没门。"秦风一副无所谓的态度。

"那你不准备调了？孩子还要不要了？"

张思媛每每这样说的时候，秦风就不吭声了。为了父母的期望，为了老秦家后继有人，他还是硬着头皮提了两瓶宁州特曲，一条宁州特贡烟去了教育局长家。教育局长见了他先是很客气，瞅了半天他手里拎着的塑料袋，突然就发火了，"你这是啥意思？你以为教育局是我家的？"说着把秦风连推带搡地关到了门外面，再摁门铃就死活不开门了。

自此，张思媛不能再跟秦风提送礼的事，谁提朝谁发火，他只蒙头写自己的小说。没过多久，小说引起了王江河这位伯乐的关注。

4

秦风摸摸上衣口袋里的离婚协议书，决定跟张思媛摊牌，并给她两天的签字时间。在回家的路上都已经想好了跟张思媛摊牌的上下文。一进家门，秦风却把打好的腹稿原样搁进了肚子里。

陈玉珍不知道什么时候从老家赶来了，正和张思媛在厨房里有说有笑地做饭呢。

秦风刚准备换鞋，张思媛已从厨房小跑到他跟前，笑笑说："妈来了，快洗了手准备吃饭。"

秦风看都没看张思媛一眼，故意大声地抱怨道："妈，来之前怎么也不打个电话，我好去车站接你啊。"

陈玉珍在厨房里边炒菜边大声回道："你们都上班，忙哩，再说，我又不是不认得路。"

"我爸的病恢复得咋样了？"

"好多了，只是精神头大不如从前了。"

秦风叹口气，道："你来了，我爸谁管呢？"

"你姐帮着照顾几天，不要紧的，田里的庄稼快成了，也没啥活，我就来了。"说完，端了一盘鱼香肉丝出来，看一眼秦风，说："哦，对了，我听你姐说她工作可能有变，可能要到远乡去，去了可能就一半个月都回不了一趟家。"

"不错啊！又有好事了。"秦风笑道："不过，她为了工作，可把姐夫给辛苦坏了，又当爸又当妈的。"

"就是，好在你姐夫这人老实，没什么花花肠子，你姐在外面也就放心了。"

母子俩说话间，张思媛早已将米饭盛到了碗里，筷子也摆放整齐，又进了厨房，准备做个虾米紫菜汤。

秦风拉开椅子让母亲坐下，母亲朝厨房里叫道："媛媛，别忙了，赶紧来吃吧！"

秦风看了母亲一眼，"媛媛"这个称呼，是他们刚结婚时母亲这样叫的，印象里好像有好些日子没这样叫过了，今天怎么突然改口了。

张思媛甜甜地道："妈，就好了，你们先吃。"说完没几分钟，就端着一大盆汤出来了。她把汤放到桌子上，看着陈玉珍笑眯眯地说："我知道妈最喜欢喝我烧的虾米紫菜汤，差点忘了。"

陈玉珍看着张思媛呵呵地笑着，很甜蜜很幸福的样子。

秦风看看母亲，知道她对张思媛这个儿媳妇总体上还是很满意的，只是因为生不了小孩子，父亲经常在她面前唠叨，她也是很无奈，又看看张思媛，心里像打翻的五味瓶。张思媛对父母的好，是一贯的，绝不是在作秀。

吃过饭，陈玉珍要去刷碗。张思媛把陈玉珍从厨房里揉出来："妈，你做了一辈子饭，洗了一辈子锅，好不容易来一趟，就轻松轻松吧。"说着便麻利地刷了起来。陈玉珍看插不上手，就出来，低声对秦风说："下午，你们两个能不能请个假，我们一起去趟医院？"

秦风愣了一下，道："去医院干啥？"

陈玉珍瞪了秦风一眼，道："别给我装傻，你不急，我急，你爸更急。"

秦风笑笑，道："妈，医院都查了无数次了，都说没问题，去了也还就那样。"

陈玉珍固执道："不行，我得听听大夫是咋说的。"

这时，秦风的手机响了一下，他拿过手机一看，是苏曼玲的短信：

> 你下午能陪我去野外玩玩吗？

秦风一边拨弄着手机，一边说："妈，你相信我，真是没必要去。"说着给苏曼玲回了短信：

> 你怎么了？

陈玉珍说："就这样定了，再不打岔！"说完转身进了厨房，帮张思媛收拾灶台。

苏曼玲短信又来了：

> 唉！见面了再说吧。

秦风回短信：

> 对不起，今天下午单位开会，改天好吗？

苏曼玲再没回短信。

秦风知道苏曼玲可能是不高兴了，又发了一条安慰的短信，直到下午母亲硬逼着他俩去医院时，苏曼玲都没有回秦风只言片语。

刚到医院门口，就撞上了小两口生完小孩出院，男的拎着大包小包，女的抱着孩子，男方的父母和女方的父母都围在媳妇四周，看着媳妇怀里的孩子，乐得嘴都合不上。

男方的母亲说："看这眼睛，多像我儿子。"

女方的母亲说："看这嘴巴，跟我闺女的一模一样。"

陈玉珍不由自主地停下脚步，一直看着他们坐进一辆黑色轿车，呼啸而去，这才回过神。

张思媛看着婆婆，脸上飘着无尽的酸楚。

从医院出来，秦风把母亲和张思媛送到楼下。张思媛下车后看秦风坐着不动，便隔着车窗问："你还到单位去？"说着抬腕看了一眼手表，"都快下班了。"说完定定地看着秦风。秦风下午请了假，完全可以不去单位，再说单位也没什么急事，他完全可以好好在家陪陪母亲，可他又怕面对母亲的唠叨，只好谎称："单位还有点事，我去处理一下。"

从走进医院的那一刻开始，秦风的心就骤然紧张起来。曾经他以为医院就是疗人伤痛，给人希望的地方。可现在他却觉得，医院就跟法院一样，是给当事人下判决书的地方。无数次，他都信心百倍地进去，最终却是垂头丧气地出来。检查结果明天才能出来，他不想待家里看母亲笑脸背后那缕殷切紧迫的愁绪，他想一个人静静。眼下，他要想的事太多了，包括跟张思媛离婚的事，还有社长王江河说的杂志社副社长的事。这一切，都让他困惑难解，他得好好捋捋。

张思媛再没多说，只道："那你去吧，早点回来！"

看着张思媛牵着母亲的手臂慢慢消失在单元门口，秦风突然发现，生活原来根本不是曾经想象的那般阳光灿烂，相反，在烂漫的春光里藏着多少不可告人的苦恼。他双手在脸上使劲地搓了几下，感觉脸上的肌肉又舒展了一些，才启动车子。

秦风把钥匙插进锁孔，才发现办公室门根本就没锁，心里还骂王倩粗心。推开门，秦风愣住了。一个穿着白色低领T恤，蓝色超短裙，黑色镂空长丝袜的女人坐在他的位子上，跷着二郎腿，脸上扣着一本杂志。秦风想都没想就断定这女孩一定是苏曼玲。也只有苏曼玲，才会在他面前这样无拘无束。

苏曼玲像是看得很投入，听见门响后，也不把杂志从脸上移开，直道：“小王，下班你先走吧，我就在这儿等他。”

秦风仍站在那儿一声不吭。看到苏曼玲顽皮的样子，就笑了，心中郁结的不痛快暂时没了。

苏曼玲听到笑声，这才把杂志从脸上拿掉，一下子从椅子上站起来，有些不好意思地道：“我还以为是隔壁的小王呢！”随即又埋怨道：“你不是说开会嘛，怎么又到外面去了？”

秦风笑笑道：“我外面办了点事，给你发短信你也不回。”

苏曼玲噘嘴道：“你都不管我，我才没心理你。”说着露出妩媚的笑容，一把将秦风拉到椅子上坐下，双手就很自然地搭在了秦风的肩上，并轻轻地揉捏着。秦风并不觉得不妥，很配合地享受着苏曼玲的免费按摩服务，顿时觉得心里舒坦了很多。他闻着苏曼玲身上飘过来的熟悉的香味，身体慢慢有了反应，他一把抓住苏曼玲的手，苏曼玲就这样伏在了秦风肩上，脸贴到了秦风脸上磨蹭着……

秦风心醉神迷，但还是马上本能地说了句“门没锁”。苏曼玲并不因秦风的话而停止动作。秦风强行站起来，准备过去锁门，刚走了一步，门就被推开了，进来的是王倩。秦风感到微微的不自然，心里长舒一口气，幸亏刚才苏曼玲亲昵的动作没被王倩撞上。王倩看到秦风和苏曼玲，愣在了那儿，一脸的惊诧和不解，进而用警惕的目光看着秦风身后的苏曼玲。秦风故作镇定道：“还不下班？”

王倩哦了一声，不自然地说：“正说要走，我来看看这位美女走了没有。”

苏曼玲朝王倩笑笑。秦风说：“你先走吧！”

王倩不高兴地哼了一声，甩门而出。

门关了。苏曼玲冲过来从后面抱住了秦风，秦风挣扎了几下还是没挣脱她的手，说：“别乱动，会有人进来的。”

苏曼玲撒娇道：“我才不管。”

秦风硬扳开了苏曼玲的手，说：“走吧，下班了。”

"不行，你得请我吃饭，补偿我！"

秦风动了动嘴角，呵呵地笑道："补偿你什么？"

"下午你没陪我出去玩啊，还让我在你办公室等了很长时间。"

秦风一想起回家，心里马上升起一丝不快，马上道："好，补偿你，说，想吃什么？"

"只要有你，吃什么都行。"

秦风笑笑。

6点30分，秦风才和苏曼玲下楼。下楼时秦风犹豫了下还是给张思媛打了电话。因为母亲来了，他不回家吃饭不能不通知一声。

在城郊的一处农家乐，秦风和苏曼玲吃着地道的农家饭。秦风边吃边说："你跟老六是怎么认识的？"

苏曼玲停下咀嚼，道："我到他公司应聘，自然就认识了。"

秦风说："老六这人真的不错。"

苏曼玲边吃边点点头，嚼着一嘴菜，说："是不错的一个人。"说完嘴巴不动了，定定地看着秦风道："怎么？你介绍对象呢！"

秦风笑笑道："我看他挺喜欢你的。"

苏曼玲嗯了一声道："他向我表达过自己的想法，我说，我永远只是你的员工，不可能成为你的什么人。"

秦风说："为什么？"

苏曼玲说："我需要钱，但不是任何有钱人我都喜欢。要仅仅为了钱，我在昆明早成有钱一族了，还用得着千里迢迢来宁州？"说完抬起头来欣赏地看着秦风。

秦风彻底明白了苏曼玲从昆明到宁州的原因了。

这让秦风隐隐感到有些害怕。秦风在昆明的医院里喜欢过那个病床前伺候他的女孩。出院后，渴望见到那个女孩。可当那个女孩真的出现在自己面前时，尤其是那天晚上苏曼玲很敏捷地回答了老六的那个问题时，他突然觉得苏曼玲不像是他喜欢的那种女孩。今天，苏曼玲的热烈，尽管让他有些不能自持，但还是隐隐多了一点点不安。他才发现自己真的还不了解苏曼玲。

秦风有意转移话题道："你今天怎么有闲时间？"

“刘总今天特赦我一天假，所以我才给你发短信的。”苏曼玲噘着嘴，“没想还落了一场空。”

吃过饭，秦风原本想带苏曼玲到西河边散散步，一想到苏曼玲刚才的话，他突然打消了这个念头，说：“我们回吧，我妈从乡里来我家，我总不能不陪陪他老人家吧！”

苏曼玲表现出不满来，又噘嘴道：“不行，你还没陪够我呢！”

秦风有些不快，但脸上仍闪过一丝笑，道：“回吧，听话，明天还要上班呢！”说着就启动车子往市区开。秦风把苏曼玲送到公司门口，苏曼玲却不下车，呆呆地坐着。秦风说到了。苏曼玲仍不动。秦风莫名其妙地看着苏曼玲道：“怎么？你不住这儿。”

苏曼玲阴郁着脸问：“下次你什么时候能陪我出去玩？”

秦风笑笑道：“看情况吧，我想应该会有机会的。”

“我才不信。”说着把脸凑到了秦风嘴前，说：“亲亲我。”

秦风愣了一下，还是轻轻地用嘴唇在苏曼玲额头上点了一下。苏曼玲这才满意地笑笑，说：“我等你电话！那我走了，bye！”说着云彩似的飘走了。

秦风看着苏曼玲曼妙的身影，摇摇头，轻叹道：“遇上你是我的痛！”

5

张思媛放弃自己最喜爱的韩剧，陪婆婆陈玉珍看国产电视剧《乡村爱情》，有说有笑，偶尔还为剧中的某个人物互相热烈地评说一番。

秦风进去的时候，陈玉珍正投入剧情当中，没顾上跟秦风说话。张思媛还跟往常一样，起身走过去，接住秦风脱下来的外套，好奇地问道：“今天没喝酒？”

秦风冷冷地道：“不喝酒你倒不习惯了？”其实秦风跟苏曼玲只喝了一瓶红酒。

陈玉珍瞥了一眼秦风说：“来来来，一起看电视。”

秦风说：“妈，你们看吧，我到书房去。”

陈玉珍看了秦风一眼，又回头看电视。张思媛失望地坐回沙发，就再没有说笑声了。

秦风坐在书桌前，打开电脑，脑海中竟然出现了苏曼玲的影子。苏曼玲比起当年的子娟还要漂亮，还要率性，这让秦风忍不住想接近她，但当苏曼玲主动投怀送抱的时候，秦风又突然变得理智起来了，他也不知道为什么。但他分明觉得，自己跟苏曼玲无论是年龄上还是思想上，都存在着巨大的差别。离婚的苦恼，升职的迷茫，他多想找个人来说说，面对苏曼玲，话到嘴边了，他却一个字都说不出口。苏曼玲是那种能让你快乐，给你享受而无法为你分担痛苦的角色，跟她之间有着永远无法逾越的代沟。

放下苏曼玲，秦风马上想起了"雨花石"。随即登录QQ，"雨花石"的头像便在眼前闪动着。

"你去哪儿了？"

"好几天怎么都不见你上线？"

秦风发了一个无奈的表情，就有了一种想把自己所有的烦心事一股脑儿倾诉出来的冲动。"材料永远都写不完，我白天几乎没什么时间上网。你好吗？"

雨花石："不好！"

秦风："跟他吵架了？"

雨花石："没有。说真的，我现在连跟他吵架的心情都没有了。如果不是阳阳，我真是一天都过不下去了。不说我了，说说你，怎么样？"

秦风："还那样，还没跟她正式谈呢。哦，对了，有个事我想问问你。"

雨花石："说吧！"

秦风："现在杂志社将要有个副社长的空位，你说我该不该争取一下？"

雨花石："这要问你自己，你觉得这样做是你喜欢的，幸福的，那你就好好去做。如果你觉得不是你内心所愿，那就算了。"

秦风："说真的，我也很矛盾，我喜欢文学，可面对现实，手握权力又是何等的风光。我一直处在内心的挣扎和博弈中，不能选择。"

雨花石："权力表面上看起来光鲜亮丽，可那都是别人给你头上强加的一个光环而已，它本身不会一辈子都发光。而你目前所做的事，却可以成为你一生的梦想和追求。当然，如果当了副社长还能做你喜欢的事，那何尝不是两全其美的事？"

秦风："你说的是，我明白了。"

正说着，秦风手机响了，看是姐姐秦岚打来的，他在电脑上迅速敲出"稍等，有电话来了"。

"秦风，忙啥呢？妈好着吗？"

"没忙啥的，家里待着。妈好着呢，正看电视呢。"

"你跟思媛再好好谈谈，抓紧到省人民医院确定试管婴儿的方案，早着手早有孩子。"末了又说："还是到北京去做吧，放心些。"

"嗯，再说吧。"

随即，秦岚就把自己工作调整的事说了，目的只有一个，既能升职，又不去偏远的乡镇。

这事，秦风其实是很为难的。这是一个利益驱动的时代，像秦风这样的单位，基本不跟权力部门打交道，他认识的人也大多是文艺界的。但秦岚的事，秦风再难也不能拒绝，因为秦岚第一次在他面前开口求他。他知道，大凡有办法，秦岚是不会向他开口的。

挂了电话，秦风看着电脑上雨花石亮着的头像，并不说话，而是呆呆地想这个事应该找谁来办。他琢磨了半天，觉得只能问问王国伟了。看时间有些晚，想明天去王国伟办公室当面说比打电话更显得正式些。当他把目光挪回电脑时，雨花石的头像已呈灰色。他多少有些失落地在对话框里说："对不起，电话才接完。"

头像仍是灰的，也无应答。秦风看着头像，第一次突然觉得在他的世界里，雨花石已成为他的一种精神依赖。

突然，雨花石的头像重新闪动着："他喝醉了，又吐了一卫生间。哎，这日子什么时候才是个头啊！"

秦风的心里也跟着亮了，但看见这一行文字，他又莫名地为雨花石难过："结婚这么多年，你难道还没有习惯吗？"

雨花石："没有。我打一结婚就觉得自己受骗了，他根本就是一个心胸狭隘自私自利的人。"

秦风："那你当初……"

雨花石："一言难尽！不说了，一说这些我头就疼。"

秦风关于婚姻写了一大段文字，因雨花石的这句话，他摁住退格键哗哗哗地删除了。看着空白处，秦风竟然不知道说什么了。

这时，母亲进来了，慈祥地说："单位上的事儿是不是很多，黑里都还干？"

秦风起身，笑笑，说："也没什么大事，都是些材料上的事。"

母亲坐到床上，招手让秦风也坐过去，秦风坐到了母亲旁边。母亲说："我知道这一阵子你的心思，小张人好，就是怀不上，妈也是女人，知道女人的难处。我仔细想了想，不能全听你爸的，你要是不要她了，叫她这辈子咋过？我想，就按你姐说的，做什么试管。明天你们俩就给我请假，我陪你们上医院去。"

秦风定定地看着母亲，不说是也不说不是。他知道母亲此次来是带着父亲的手谕，专门坐镇督办来了。

第二天天不亮，秦风悄悄从书房的床上翻起来，蹑手蹑脚地钻进洗手间，胡乱抹了把脸，贼似的溜出了家门。走老远，秦风还回头望着，怕被母亲发现。

上班时间还早，秦风没有开车，便漫无目的地走着，不知不觉就来到了街心公园。这里已有很多老人晨练，有的打太极，有的舞剑，还有的在咿咿呀呀吊嗓子。他隐隐约约看见一老者在不远处打太极，看起来很眼熟，便走过去，走近了才认出是王江河。

王江河似乎没看见他，继续沉迷于他柔和、缓慢、轻灵的拳术，开合有序、刚柔相济。这种运动让人能感受到音乐的韵律，哲学的内涵，美的造型，诗的意境。秦风在杂志社好多年，才知道老社长的太极打得如此行云流水，连绵不绝。

秦风站一边认真地欣赏着，直到王江河将整套动作打完，舒了一口气，才看着秦风问他怎么这么早到这儿来。秦风笑笑，说自己睡不着，起来随便转转，没想把老社长给碰上了，没想老社长的太极打得如此之好。王江河笑道："不论什么事，人都应该有所准备才好。我上班的时候，就知道会有这一天，所以提早学会了太极拳，当真退下来的这一天，我心里不慌。"说完，他又道："那天给你说的那个事，你去找过了吗？"

秦风难为情地说："这一段忙得连轴转，还没有呢！"

王江河说："抓紧时间吧，可能快了。过去是论能力，现在有些事真不好说。机遇有时候是随着年龄走的，在这个岁数上错过了，就永远不会再有了，你还年轻!"

秦风点点头。

跟王江河分手后，秦风看上班时间快到了，便直接去了王国伟办公室。门开着，秦风从门外面看到王国伟正坐在椅子上愣神。他敲门，王国伟才回过神，一看是秦风，让了座，倒了茶，说:"公鸡今天鸣打早了?"

秦风笑道:"提不成，一言难尽啊!"

秦风把事情的经过一五一十地说了。王国伟说:"我觉得你应该试试，说真的，离了再娶个小寡妇或大姑娘都容易，可接下来的日子是不是能过得好，谁能知道。我觉得，你还是暂且打消离婚的念头，两个人好好配合，把试管婴儿弄成。弄成了这日子不就好了吗?"

秦风心里痛的并不仅仅是生不了孩子，而是张思媛的出轨，在王国伟面前却开不了口，只是说:"看这个架势，我妈就是绑也要把我绑到医院去。你说我怎么就这么命苦呢?"

王国伟笑笑，脸上闪过一丝痛苦道:"都一样，只不过是苦得形式不同罢了。我不也一样，这些年你们看到的都是我的风光，我忍受的那些痛苦，你又不是不清楚。昨晚上，她网上聊天很晚了，上床后动都不让我动一下。那天，她去卫生间，我看她跟一个叫石头的聊得火热，我断定那个叫石头的网友就是她相好的了。"

秦风怔了一下，心想，幸亏王国伟没加他QQ，否则事情就大了，指不定他要知道自己就是"石头"，连朋友都没得做了。秦风立即笑起来，"原来你说的子娟外面的人，就是个网友啊? 都什么年代了，你也太封建了吧!"

王国伟说:"那她为什么不让我碰呢?"

秦风说:"每次出来，子娟对你多黏呢，谁见了不妒忌。你每次跟我说，我都觉得你是得了便宜卖乖呢!"

王国伟摇摇头说:"不说了，不说了。说说你今天找我有什么事吧。"

这时，有人敲门。进来一年轻人，让王国伟在文件上签字。王国伟签完字，又颐指气使地说那件事应该如何如何办理。年轻人刚出去，又进来一中年模样的人，说了些上不沾天下不着地的话，王国伟只点着头。那中年人就又弯着腰退了出去，出门前还不忘满脸堆笑地跟秦风打声招呼。

等门又关上了，秦风说："领导干部就是好啊！"

王国伟哼了一声，没说话。秦风笑笑，接着前面打断的话，道："你怎么知道我有事？"

王国伟道："你秦风的人，如果没事，能轻易跑到我这儿来聊天？"

秦风把秦岚的事说了。王国伟先皱了一下眉，然后说："我知道你秦风轻易不求人，我试试吧。"

中午还没下班，王国伟就打来电话，说事情说好了。秦风在电话里替秦岚说了很多感谢的话，王国伟骂秦风什么时候学会阳奉阴违了。

秦风心头的事总算了了一桩，回家时他已经想好了怎么向母亲解释。一进门，秦风又吃了一惊，客厅里坐着父亲，还有大哥秦斌和姐姐秦岚，目光齐刷刷地射向秦风。秦风走到父亲跟前，关切地问："爸，您怎么来了？身体好些了吗？有什么急事吗？"

"还不急吗？"父亲绷着脸，道："我就是爬也得爬来，要不，你秦风眼里还有谁？说，到底去不去？"

秦风知道一定是母亲在父亲面前告了他的状，父亲一怒之下才上来的。秦风看父亲真生气了，马上嬉皮笑脸地说："爸，你想哪儿去了，我这不是有重要事情要办，办完就准备去。"

"什么重要的事还比生娃重要？"秦天成吹胡子瞪眼，"我就是要孙子，你给我个准话，什么时候去？"

"这事急不得，总得把假请好吧？"

"你不急，我急，我不能等闭眼了还见不到孙子。"秦天成腾地从沙发上站起来。

"好好好，我马上请假，下周一就去，行不？"

秦风话说完，父亲才又坐下，脸上稍稍舒展了些，把手里抽得已经灭了的烟屁股又咂了几口，扔进了烟灰缸。张思媛和母亲正在厨房里做饭，秦岚刚才看父亲训斥秦风，就趁机钻进厨房帮忙去了。这时，秦风把秦岚和秦斌叫到了书房。

秦岚问秦风是不是忽悠老爸，秦风说，你看你们这阵势，我还敢再唬他老人家了。秦岚笑笑。秦斌也说父母为这事唉声叹气，整夜整夜睡不着，还是赶紧去做吧，有个娃了就啥都顺了。再说，爸的身体现在也是一日不如一日……秦斌说着说着，眼里就含了泪花。

秦风心里也很难过，答应哥哥和姐姐马上就去。

秦风把秦岚的事说了，秦岚很感谢，说方便了把王国伟带到乡里去，她好好陪他们玩玩。秦风笑笑，说到时候再看吧。

秦风又把竞争副社长的事说了，秦岚说这是大事，当然先把这事弄妥当了再去省城也不晚。秦风说自己在杂志社要功劳有功劳，要苦劳有苦劳，没必要低三下四去求人。秦岚马上摆着手说秦风真是异想天开，如今这年代，能力算个屁，光有能力没关系，行也不行；只要有关系，即使没能力，不行也行。这事必须要跑，还不能光带张嘴跑。秦斌抽着烟说："秦风，你必须得去跑，好给我们老秦家争口气，我们有个什么事好有个靠山。你看人家老刘家，儿子当了副县长，说话的声都比别人高，低保啦，大病救助啦，什么好事都往他们家跑。"

秦风低着头，沉思不语。

第三章

Chapter three

请不要在我的世界随意进出

短短的十几行文字，她读着却如行走在千沟万壑之间，难以抑制汹涌的泪水。

1

秦岚工作的顺利安排，让秦风再次觉得他跟王国伟之间的差距不是一般的大。要不是王国伟在背后使劲，秦岚指不定被打发到哪个旮旯拐角呢。人啊，说起来没有高低贵贱，关键时候三六九等泾渭分明。这也让秦风下定决心排除万难，争取副社长这个职位。

副社长的事儿还八字不见一撇，同事们已经开始向他表示祝贺了。以王倩为首的编辑部同事已经按捺不住激动和兴奋，早早订好了地方，一定要先庆贺一番。秦风说："谁知道是枪，还是炮？天上有掉馅饼的事，在八十年代以前可能有，现在，即便掉馅饼，不是馊的也一定是长了绿毛的。"

秦风谋划了一下午，也没能谋得一个能帮助他改变命运的伯乐。下班时，编辑部同事就把他从楼下劫走了。到"淘乐天大酒店"，秦风才发现除编辑部的人，还有其他科室的好些个平时跟他关系不错的年轻人。吃着兴高采烈的饭，说着祝贺高升的话，喝着多多关照的酒。没多久，秦风就找不着北了。曲终人散，秦风晕晕乎乎从桌子上爬起来一看，王倩正拿一双深情的眼睛望着他。秦风两眼呆滞地看一眼王倩道："人呢？怎么都不喝了？"

王倩笑笑，说："都喝高了，走了。"

"你怎么不走？"

"我走了你怎么办？"

"我，不用你管……"说着，秦风又垂下头，趴在桌子上不动了。

秦风是在半夜渴醒来的。黑暗里一翻身，发现一条胳膊搭在自己胸膛上，迷迷糊糊地把胳膊扔了过去。他已经有好久没跟张思媛同床共枕了，下意识地伸手去摸床头小夜灯的开关，摸了半天也没摸到。他的手在床头上摸索着，始终摸不着小夜灯，便感觉不对劲。这时，秦风的酒似乎一下子醒了，下床借着夜色，终于发现这不是家，而是宾馆的客房。他摁亮了床头灯，猛然发现身旁躺着的竟是王倩。王倩正打着轻鼾，香甜地睡着。

　　秦风头发都竖了起来，好在自己还穿着衣服，又轻轻揭起被子，见王倩也穿着整齐。他慌忙下床，像贼一样逃了出去。天还没有亮色，走在寂静的大街上，路灯明晃晃地照着，秦风的心仍跳得慌乱不止。他使劲回忆着昨晚发生的事，留在他大脑中最后的印象就是淘乐天大酒店的包间，自己最后是怎么进了酒店的客房，他的确一点印象都没了。他恍恍惚惚地想起，昨晚是有人给他水喝来着，那时他还断定是张思媛，自己还很不情愿地用力推开她。原来不是张思媛……秦风拍打着自己的头，痛心疾首，追悔莫及。

　　他边走边掏出手机，开机，时间是凌晨4点多，还有很多个未接电话，大都是张思媛的。这座喧嚣的城市，在经历了白天的繁华之后，这一刻竟然变得如此陌生。他走了一阵，一抬头，发现自己正朝着家的方向在走。秦风停住脚步，这时候他不能回家的，回去了怎么解释，是说去打牌了？谁会相信？张思媛怎么看倒不重要。重要的是父母哥姐都在，怎么向他们解释。以前，秦风偶尔也有夜不归宿的情况，那都是跟朋友打牌，提前通知了张思媛。可这次，他简直就是玩失踪，一家人肯定为他的夜不归宿着急上火。离上班时间还早，总不能在大街上转悠好几个小时吧！秦风想去单位办公室，又一想，到单位门口，门房老刘要盘问他，他说什么？加班？还是拿东西。无论以什么样的理由来圆这个谎，可都不应该发生在凌晨4点多钟。

　　转悠了半天，秦风又想起还在宾馆床上酣睡的王倩，他不能就这样不声不响地走了，也太不男人了！他得问问清楚到底是怎么回事。王倩平时对他很关心，每天在他进办公室时，地已拖过了，桌子擦得能照见人，一杯热气腾腾的茶安静地等着他啜饮。一年多来，雷打不动。秦风心里明白，她的举动不仅仅因为他是她的领导，里面还包含了什么，只有她心里最明白。尤其是当王倩看到苏曼玲的时候，眼睛里透射出的妒忌，他分明感觉到了王倩心中的敌意。他必须要将话说清楚，不能让王倩一直处在那个状态中。不经意间，她可能会受到他更大的伤害。

秦风毅然决然地又回到了宾馆。

房门是锁着的，他不好意思叫服务员，在门口站了一会儿，正欲按门铃，门开了，王倩不知什么时候已经起来，害羞地看了他一眼，转身冲过去爬到了床上，再也不看秦风。

当秦风坐到王倩身边，想问问昨晚究竟发生了什么。王倩居然一跃而起，紧紧地抱住秦风："秦风，我爱你！我早就喜欢你，我知道你也喜欢我，对吧？"

秦风懵懂地看着王倩，张了张嘴，不知道说什么。

手机在这个时候，急促地响起来。秦风看来电显示是张思媛，可手机接通后，传出来的却是父亲狮子般的大吼："你这个畜生，还有没有王法了？老子来了，你家都不回了？赶明儿个你给我走不到北京的医院，我非问问你们单位的领导，是不是地球离了你秦风就不转了。"秦风分明听到手机里父亲呼哧呼哧的喘息声。父亲骂完，咣的将手机摔在了什么地方，还能隐约听见父亲当着其他人面骂秦风的话，还有母亲和张思媛在一旁劝慰的声音。

秦风挂了电话，呆呆地看着王倩。他本来还想问问昨晚上是怎么到这儿的，但此时他什么都不想问了，只说了句"准备上班吧"，说完丢下一脸惊讶的王倩出门了。

秦风从宾馆出来时间也还早，并不急着先回家，他太了解父亲的脾气了。自从大学毕业后，父亲还从来没有拿这样的口气训斥过他，父亲的发火意味着他必须得上北京了。在去北京之前，他一定得找找关系，把升副社长的事给说说，不管成不成也算了却一桩心事。秦风还没走到市委大楼，王江河的电话就打来了，他在电话里很不高兴地说："小秦，你是不是把我的话当耳旁风了？"

秦风愣了一会儿，吞吞吐吐道："这，这几天家里有些事，没顾上，我这会儿正过去找呢！"

王江河顿了顿说："别去找了，你忙你的去吧！"说完挂断电话。秦风愣在台阶上，呆呆地看着挂断的手机，不知道老社长这是怎么了。秦风又傻愣一会儿，觉得可能是老社长手机没电断了，于是又把电话回了过去。手机响了好一阵子，王江河才接起电话。秦风在电话里解释着，王江河打断秦风，慢慢道："已经定了！先好好干吧！"

秦风一听，恨自己做事优柔寡断，没拿老社长的话当回事，难怪老社长生气。秦风站在那儿，抬头望着蓝蓝的天上飘过大块的云朵，把这次错失机遇的罪责完全归咎于张思媛不生孩子。要不是这事占去了他的大脑，他能把这么重要的事错过？秦风越想越不舒服。可一想起父亲破口大骂的话，还有母亲无奈的神情，他还是上了台阶，回"路线办"去请假。"路线办"在王部长办公室隔壁，他进办公室时，发现王部长的门开着一条缝，里面还有很多人在说话。以前他几乎每天上班都会遇着王部长，而且王部长见了他还不等他上前打招呼就远远地主动说话了。

机会只留给有准备的人，没有精心准备，何来机会？秦风摇摇头进了办公室，还跟往常一样跟临时的同事们打过招呼。假请得很顺利，这样的事说给谁谁都会同情的，没有人会因为工作忙而耽误别人生孩子。从大楼下来，秦风径直去了火车售票处，买了两张明早去北京的票。不拿票，秦风是没办法进这个家门的。

一进家门，秦风就把火车票拿出来给父亲看，还说一票难求，他等了足足两个小时才买到的。全家人一看见火车票，都面带微笑，没有人再去提秦风昨天一夜未归的事。父亲接过火车票端详了半天，突然看着秦风说："你这会赶紧去，再买一张。"

秦风怔怔地看着父亲道："怎么了？"

"快去。"父亲说得很急，"你们两个去我不放心，还是让你妈也陪着去吧，我们不怕多花那点车钱。"

秦风看看秦斌和秦岚，想让他俩帮着跟父亲说句话，可两人张了张嘴，谁都没说话。秦风愣了半天，说："爸，就那点事，我和张思媛去就行了，妈还得回去地里干活呢！再说坐车挺累的，我怕……"

"什么都不怕，累点算什么，只要能把孙子怀上，就是上刀山下火海也不怕，你说呢老婆子？"父亲一副不容辩驳的口气。

母亲在旁边呵呵地笑着，也不说话。

秦风无奈地苦笑一声，看看所有的人，连声说"好好好"，就下楼去了。

车票其实并不难买，秦风回来时恰好在楼门口碰到了张思媛。秦风说："票买好了，明早8点半的火车。"

张思媛道:"拗不过了?"

秦风一副爱理不理的神态,进了楼门。张思媛追过去说:"那下午上班了我也去请假吧。"说完张思媛又问:"你昨晚干啥去了?"

秦风头也没回,边上楼边说:"喝醉了!"

张思媛停住脚步,愣半天又追上去,什么话都没说就跟着秦风进门了。

2

秦风走在大街上,王倩不知从什么地方突然冒出来,扑在秦风怀里哭着喊着,死死地抱住秦风不让他走。秦风一看围了一圈人,脸红到脖子,臊得没地方钻……秦风迷迷糊糊被手机铃声吵醒,方知是个梦。他抹了一把额头渗出的汗珠,接通电话,只听张思媛在电话一头不停地抽泣。秦风顿时清醒了,急道:"怎么了?哭啥?"

张思媛听见秦风的问话,哭得越发伤心了。

秦风见势不对,立即从床上弹起来。张思媛在他面前是很少哭的,现在哭成这样,定是出了什么大事。果然在秦风的追问下,张思媛告诉了他事情的缘由。

原来,幼儿园大3班午休时,几个小朋友突然程度不同地出现了腹痛腹泻症状,紧接着很多小朋友都出现了这些症状。值班女老师是一位年轻女孩,毕业没几年,以为没什么大问题,就让孩子们喝了点开水。等张思媛上班走进寝室时,差点没吓死,有两个孩子躺在床上迷迷糊糊,脸色发白,翻着白眼。她还没来得及向园长汇报,就先拨通了120急救电话。

急救车一到,幼儿园便火了。

没多大工夫,媒体记者、家长在幼儿园外围得水泄不通。围观群众互相大声地议论说,中毒事件肯定是有人故意谋划的,是个人私欲没能实现后的报复行为,这投毒的人说不定就是幼儿园老师;还有人说,八成是孩子们吃了有毒的食物,不是毒馒头,就是农药超标的蔬菜,最终将话题归结到了食品卫生安全问题。紧接着就听见警笛声由远及近,在幼儿园门口停了下来。

秦风赶到幼儿园门口的时候，他只能站在远远的地方朝门口张望，根本挤不到跟前。他再给张思媛打电话，手机怎么都无法接通。秦风又给张思媛几个较熟悉的同事打电话，才知道她正在接受警察的讯问。

事件的确有些蹊跷，全园近千号幼儿，中午吃的是同一个厨房里做出来的饭食，偏偏张思媛带的这个大3班出现了腹痛腹泻情况，而其他班的小朋友却好好的。警察经过调查，给出的初步判断是：投毒。这把在场的宁州市大大小小的官员都给吓得额头上直冒汗。犯罪分子是怎么潜入学校的？是怎么把有毒物质投入大3班的饭里呢？经过警察分析，断定作案过程只可能发生在食物从厨房到教室的这段路上。

张思媛作为大3班的班主任，负有不可推卸的责任。

秦风再次接到张思媛电话的时候，张思媛已经没有哭声了，而是定定地说：“秦风，我可能暂时回不去，你先把火车票退了吧。另外，有几个孩子已经送到了医院抢救，你这会儿买点东西替我去看望一下吧。”

秦风突然有种生死离别的感觉，心里酸酸的，他不禁为张思媛开始担心和心疼，急问：“思媛，到底怎么回事？”

“我也不知道。”张思媛沉思了一会儿，“警察正查呢，我想肯定能查清楚的。”

秦天成在客厅里走来走去，嘴里不停地说：“好端端的，怎么突然就拉开肚子了呢？这事闹的……”然后用眼睛的余光扫了陈玉珍一眼。

张思媛父母听见后也都赶了过来，坐在客厅中央的长沙发上，看着秦天成踱来踱去。张洪潮说：“亲家，你也别太着急，事情既然已经发生了，非查清楚了不可。”

李月娟附和道：“就是，就是。”

秦岚和秦斌完成任务后中午吃过饭就回家去了。陈玉珍坐在旁边单人沙发上，瞅着踱来踱去的秦天成，说：“别晃了，晃得人头晕。”说完又叹了一口气道：“现在孩子吃的东西哪有好的，过去种地，谁会用那么多乱七八糟的农药呢。现在，吃的东西哪一样不用农药，再说了，你不用农药就没个好收成。社会变好了，可人却不像过去了。”

李月娟道：“你说，现在小媳妇怀不上娃的越来越多，我估摸着也跟吃的东西有关系。"

陈玉珍道："谁说不是呢？天天吃有毒的东西，就是怀上个娃也早被毒掉了。能怀住吗？"

秦天成突然回头，气呼呼地说："谁说怀不住？老天爷定下母鸡就是下蛋的，女人就是怀娃养娃的，自古到今，哪个不是？"

陈玉珍知道老头子的驴脾气又犯了，本来是说幼儿园的事，说着说着扯到了怀孩子上，这不惹得大家都不高兴吗？她忙起身拉秦天成，"说什么呢？没话说了定定坐着。"然后拿眼神抱歉地望望亲家母，又望望亲家公。

李月娟一下子变了脸，冷冷地道："亲家，你啥意思？我闺女怀不上，那是我闺女一个人的问题吗？你不跟你儿子说去，向我们发什么火？"

张洪潮拿胳膊肘蹭了一下老伴儿的胳膊，拿眼神示意她再不要说了。然后笑着说："亲家也是因为一时心急，儿女们的事，我们当大人的不急也不可能，可有时候急也没用，得慢慢来，不管是谁的问题，归根结底是要他们过得幸福。生孩子的事，我们也给他们多次做思想工作，现在看起来确实有些问题，但现在科技这么发达，也不是个什么大事。"

陈玉珍忙接腔道："就是，就是。"

张思媛跟秦风处对象那会儿，她父母本来就不同意，主要原因是秦风家是农村的，门不当，户不对。可父母后来见了秦风，觉得小伙子还行，就勉强答应了这桩婚事。再后来，也不知道秦风父母从哪儿听说张思媛父母嫌他们是农村的。当时，秦天成就咬着牙骂了一句："你张家往上三代，还不是刨土修地球的？农村怎么了？你吃的喝的还不都是老子们供的……"秦天成跟秦风说："世上的女人又不全叫车撵马踏掉了，我不相信离了她你还能打了光棍？"

说是这样说，可秦风和张思媛还是结了婚。只是，两亲家之间的隔阂却依然搁在那儿化不掉。除年头节下，两亲家象征性地互相走动一下，平日里，很少相交。客观上讲，张思媛父母都是吃国家饭的，父亲也算个不大不小的领导，而秦风的父母就是面朝黄土背朝天的农民。即便坐一块了，张洪潮说的是房价长了还是跌了，工资比张三高五块，比李四低十块，伊拉克又打仗了，普京下周要访华了……而秦天成说的是今年的棉花价，不知道是涨呢还是跌呢？村子里种地的人越来越少了，年轻人都外出打工去了，剩下的都是老弱病残的；张家的辣子长势比李家的好……这样的交流，能有什么共同语言？好在井水不犯河水，日子过得还算安泰。这不，今天张思媛父母一听说幼儿园出事了，女儿的电话又打不通，就跑到秦风家来了，谁料亲家也在。

不是冤家不聚头啊。

秦天成突然停住，看着陈玉珍说："我看这事一时半会地也解决不掉，田里的草可能又长起来了，4号地的苞谷也快浇水了。要不，我们先回家？"

陈玉珍愣了一下，看着张洪潮，笑笑："就是，就是，地里还有很多活等着我们去干。亲家，这边有你们在，我们就放心了。"说着起身开始收拾东西。陈玉珍突然停下手里的活，说："这事该不会与媛媛有关系吧，媛媛总不会……"似乎是在问自己，又似乎是在问张思媛父母，话说到后头，她再不敢往下说了。

李月娟立即带了哭腔，看着老伴说："你赶紧打电话找找你的那几个老弟兄，媛媛会不会有事。"

陈玉珍丢下手里的活，跑到张洪潮跟前，说："是啊，亲家，你是领导，城里熟人多，打听打听。"

张洪潮像是突然反应过来了，马上拿出手机开始划拉着屏幕。

电话挂了，张洪潮脸色阴郁，凝神望着窗外，说："媛媛在派出所。"

李月娟哇一声伏在张洪潮的肩上哭起来："你赶快托人，我就这一个女儿，不能让他们抓走了。"

陈玉珍也眼巴巴地望着张洪潮。

刚刚还针尖对麦芒的两亲家，此时，突然站到了同一个战壕里，一致对外，共商捞人大计。

秦天成抱着头在地上蹲了一阵子，起身望陈玉珍一眼，道："娃不会有事的，问题肯定不在这娃身上，放心，没啥事，赶紧拾掇你的东西。"

秦风拎着一大包营养品赶到医院，恰好碰上王国伟。他正陪着领导进门，身后尾随着一群人。王国伟看见秦风，远远地朝着他笑笑，算是打过招呼，然后就急急忙忙消失在人群里。秦风等王国伟他们全都从医院走了，才向医生打听清楚孩子的情况：病情最严重的共5个孩子，有3个脱离了生命危险，还有2个正在抢救。

秦风刚从病房出来，就看见张思媛和学校的几位老师朝病房过来了，身后还跟着一名警察。秦风看见张思媛红肿着眼睛，顿生怜惜之情，这些日子里所有对张思媛的怨愤全都化成了对她的疼爱。

张思媛感激地看着秦风，问了看望的情况，然后说："老公，辛苦你了，回去休息吧！"

秦风本来想说些安慰的话，可张了张嘴，又没说出来，便浅浅地笑笑，看着张思媛走进了第一间病房。

从医院出来，老六打来电话，说社会上传着"一幼"中毒事件，版本特别多，都不知道相信哪一个了。其中一个版本是：说一名老师结婚多年无子，精神抑郁，因为受了园长批评，为报复，便在孩子们吃的饭里下了毒，已经有五个孩子抢救无效死了，其他孩子都正在医院抢救呢，是死是活还不好说。老六知道张思媛在一幼，便打电话问秦风到底是怎么回事。

秦风苦笑一声道："现代社会的谣言比美国的洲际导弹飞得还快，听起来比真的还真！"说完就把真实情况给老六复述了一遍。

"原来是这样。"老六显得很着急，"嫂子不会有事吧？"

"她能有什么事？除了是班主任，毒又不是她投的。"秦风说完，不禁憎恨起那些谣言的制造者，也隐隐为张思媛捏了把汗。

秦风回到家，发现父母不在，一打电话，才知道他们已经坐上了回新南县的班车，顿时觉得浑身上下轻松了许多，但也因年迈的父母为自己的事奔来跑去感到心疼。孝是什么？不仅仅是你给予父母多少，而能让父母不为你操心更是一种孝，从这一点上讲，秦风实在是太不孝了。陈玉珍在挂断电话前一再叮嘱，等事情一处理完，马上给她打电话，她要亲自跟他们一起去北京。秦风长吁一口气，在电话里不停地嗯着。

新提拔的干部很快在网上公示了。鼠标在电脑屏幕上哗哗地滚动着，秦风很快就看到了杂志社办公室主任纪均民的名字。尽管秦风为这个副社长并未付出努力和代价，似乎也就谈不上有多失落，但看到纪均民这个名字时，他心里还是生出一种莫名的不快。假如自己听老社长的话，也跑跑，说不定就没他纪均民什么事了。可现如今的事情，没有什么是不可能的。只要有靠山，不可能的也会变成可能。秦风突然觉得自己不舒服都在其次，更重要的是有点对不起老社长的关心。他一心一意想让秦风升职，可自己说话又不管用，指了方向秦风又不照着去做，他能不生气吗？

秦风想，如果现在还在乡镇教书，能有这些烦恼吗？肯定没有。幸福只是阶段性的满足，这个阶段一过，烦恼便油然而生。想想过去乡下的那些日子，现在的秦风已经很知足了，也不再为副社长的事耿耿于怀了。

秦风在"宁州在线"还发现了许多关于"宁州市第一幼儿园中毒事件"的帖子，铺天盖地而来。幼儿园园长和张思媛分明成了整个话题的主角，并由此引发了对教师职业道德的大讨论，再加上最近网上屡屡曝光的中小学教师奸淫猥亵学生的事件，有关教育的话题就没完没了地炒了起来。有人就大声疾呼，对这种视下一代健康与生命不顾的老师，应该立即清除出教师队伍……秦风看了一会儿，就觉得头有些涨。一看表快六点了，可张思媛怎么还没回来，打电话，手机关机。秦风很长一段时间不曾有过的对张思媛的担忧和心疼，重新萌发了，而且越来越强烈。秦风突然意识到，他每天所表现出的对张思媛的不理不睬，全都是潜意识里强迫自己装出来让她看的，而内心对她的感情根本没有因手机秘密而改变过。现在，在张思媛身处困境之时，这种感情竟表现得如此强烈，不可抑制。

秦风想立刻见到张思媛，一分钟都等不及了。

秦风是在宁州区公安局见到了张思媛。他刚刚登完记，准备进去时，园长和张思媛一前一后走了出来。园长苦涩而无声地用目光跟秦风打过招呼先走了。

等张思媛走过来，秦风主动迎了上去。

秦风在来的路上反复设想了张思媛见到他后的种种情景。他想，张思媛一定会扑进他的怀里大声哭泣，然后哽咽着告诉他事情的前因后果，然后他紧紧地搂住她，拍着她的后背，哄她、安慰她，说天塌下来还有高汉子顶着等宽慰的话……

秦风伸过手紧紧拉住张思媛的手，他似乎生怕抓不住就会马上失去。张思媛很配合地将手伸进秦风的手掌心，用感动的眼神望了一会儿秦风，并没有扑进他怀里哭个死去活来。上了车，进了家门，张思媛才扑进秦风怀里就开始大哭，像个孩子似的。秦风轻轻地拍着张思媛的背，安慰道：

"没事的，别怕，啊！"先前想好了的安慰的话却一句也说不出来。

哭完了，张思媛泪光点点地说："老公，我真的好害怕，你不会丢下我一个人吧？"

秦风一时愣住了，他不知道张思媛这话里所包含的意思。此时，秦风能回答张思媛这个问题的，也许只有一个答案——我不会丢下你一个人的。秦风还是没说出来，只是轻轻地点点头。张思媛紧了紧抱着秦风的胳膊，含着泪花笑道："我这辈子，只要有你在我身边，就是天塌下来我也不害怕。"

晚上老六打电话，一定要给张思媛压压惊。子娟和苏曼玲都来了。席间，所有人都不间断地安慰张思媛想开些，不管将来会是个什么结果，人总不能被事吓倒。老六说："我爸常跟我说，没事不要惹事，遇事也不要怕事，我这些年就是这样过来的。"

说着大家又将话题转向了教育敏感问题。苏曼玲不时地看着秦风，秦风时不时地望子娟一眼。

宴席结束时，秦风问老六跟苏曼玲的关系发展到了哪一步。老六说这娘们跟刘胡兰似的，那天他还没把她怎么样，居然一下午都没来上班，要是别的员工，早开了。可苏曼玲太让他魂牵梦绕，她即使犯了再大的错，也舍不得炒鱿鱼。秦风听着，心里酸酸的，又一想自己算苏曼玲的什么人，有资格犯酸吗？然后笑笑，拍拍老六的肩膀，说："相信精诚所至，金石为开，继续努力。"

酒后容易失态。秦风在张思媛的腻腻歪歪下回到家，可能因为酒精在身体里发酵升华的缘故，他连自己是怎么进的卧室，怎么上的床都没什么印象了，唯一的印象是张思媛让他回到了曾经激情澎湃的日子。在他把跟张思媛美妙的做爱时光即将遗忘的时候，张思媛又一次施展着少妇的独门绝技，带他重新回到了"战国时代"。秦风欲罢不能，欲仙欲死。清晨醒来，看到身边幸福酣睡的张思媛，秦风竟有那么一点点不自然的感觉。

3

幼儿园中毒事件，让秦风和张思媛的关系一夜间升温。秦风像是短暂地忘却了曾经的种种不快。

秦风父母自上次回去，再没打电话来催逼。夫妻俩齐心协力，达成一致，信心十足地踏上了进京之路，踏上了一条试管婴儿培育之路。他们谁也不会想到，这竟是一条没有终点的漫漫长路。

动车在钢轨上向前疾驶着，车内正播放着王菲和陈奕迅演唱的《因为爱情》：

> 给你一张过去的CD
> 听听那时我们的爱情
> 有时会突然忘了
> 我还在爱着你
> ……

张思媛坐在靠窗的位置，两眼呆滞地望着窗外，似乎正沉浸在歌曲所表达的情感之中。其实，她根本就没听唱的是什么，她在想心事，想那天洗衣服时，从秦风口袋里发现的离婚协议书。短短的十几行文字，她读着却如行走在千沟万壑之间，难以抑制泪水汹涌。她万万没想到秦风对他态度的突然改变，原来是早已打算好了要跟她离婚。那个想取代她的女人是谁？她想马上就问个明白。可冷静下来，她觉得没意思，如果是她的，无论怎么都不会离开她；如果不是她的，她再怎么闹，即使拉回他的人，也拉不回他的心。她小心地将离婚协议书放进卧室的床头柜里，边流泪边洗衣服。那夜，她想了很多，该如何守住她的婚姻和家庭？她觉得秦风之所以离开她的原因，就是她不能生。如果生个孩子，秦风一定不会离婚的。接下来的几天，她默无声息地还跟过去一样对秦风好。幼儿园出事后，她觉得，秦风还是爱她的。她一定要给秦风生个孩子，可到底会是什么结果，她不敢细想。

秦风瞥了一眼，说："别再想了，事情都过去了，不就是个处分嘛。谁都清楚这里面根本没有你什么过错，是班里小孩子的恶作剧闹的。园长都撤了，局里为了给社会一个交代，不处理一下你也说不过去。"

"我想的不是这事。"张思媛转过脸，"你说，假如我们没孩子，你还爱我吗？"

秦风握着茶杯的手微微颤了一下，沉默着，脸上显出痛苦的神情，一时不知道该如何回答张思媛的问题。

张思媛看秦风不回答，露出一丝失望，道："其实，处分不处分我都不在乎，我在乎的是，你说试管婴儿能成功吗？"

"我也不知道。"秦风终于不用回答张思媛给他的那道难题了，表情显得轻松了很多，"先别想那么多了，成不成，我们自己先得有信心。"

到北京天坛医院，才发现那哪是医院，简直就是一旅游景点。人山人海，摩肩接踵，不要说看病了，就是挂个号都挤不到跟前。花了半天时间总算挂了个号，还排在了三个月以后。恰好王国伟打电话，说杨海涛要出院了，大家过去一起帮忙。秦风本来不想让王国伟和老六知道他们来北京的事，可这会子他不得不说了实话。

王国伟一听，骂秦风把他和老六当外人了。秦风真的不想让任何人知道他们去北京是去做试管婴儿。如果传出去，是不是会有很多人说他秦风不行，老婆连个孩子都怀不上，他的脸该往哪儿搁呢。

王国伟一听秦风把号挂到了三个月后，马上说："你先等等，我去年陪领导去北京天坛医院看病，有认识的一个专家，看看能不能帮上忙。"

没半小时，王国伟就把电话回过来了，说专家已经联系上了，让秦风这会儿就直接过去找，然后说了名字和手机号码。王国伟又说："你先忙，等回来了我们一起商量一下海涛的事，他眼睛看不见了，以后的生活就难过了。"

挂了电话，秦风就悲叹起杨海涛坎坷的命运来了。

张思媛说："其实，命运有时候就握在自己手中，杨海涛亲手改变了别人的命运，也改变了自己的命运。老天让他还留在这个世界上，已经是对他最大的恩赐了。但我想，老天也同样会给他安排一个人陪他走到老的。老天是最公平的，为你关上一扇门的时候，一定会为你打开一扇窗的。"

秦风听完张思媛的这番话，定定地看了她半天。

因为有王国伟的这层关系，秦风很快就找到了那位姓刘的专家。秦风一看胸牌，才38岁，以前还想专家肯定都是年龄大胡子长的那种，没想北京的专家都这么年轻。但接下来专家的话就有些出乎他们的意料，做一个试管婴儿，根本不是他们原先想象的拿钱去超市买东西那么容易，要经过检查、定方案、进周、取卵、取精、移植、受精检查、胚胎体外培养、胚胎移植、黄体的支持和妊娠检查……等一系列复杂的程序，至少也得三个月才能完成。刘专家只是简单把流程说了说，然后给了他们一份资料让他自己看看，如果决定好了就可以按资料上的准备。光检查就是密密麻麻一大堆，而且是两个人都要检查。其中有六个项目还必须是在张思媛例假期内检查才行。秦风看了一眼张思媛，张思媛说要不先把别的查了，等例假来了再来检查。

秦风叹了口气，不置可否。

秦风和张思媛还没回到家，母亲的电话已经追了过来，"秦风，咋样？怀了没有？"

秦风把手机拿开，苦涩地望着张思媛笑笑，又把手机放回耳朵。他不知道怎么跟母亲说，她老人家把做试管婴儿看成和拎个篮子去菜园摘菜没什么两样，也实属正常。就连王国伟这种见过世面的人，也还不是这样在电话里问他。秦风苦笑笑，没办法，不走这条路，谁也不知道这路上究竟有多少个弯多少道坎。在此之前，秦风对试管婴儿也是一知半解。在北京折腾了一个星期，他才知道，试管婴儿与夫妻两个在床上死去活来欲醉欲仙之后的自然怀孕，不知道要艰难和复杂多少倍。在北京时，他对知情人打来问询的电话，都是胡乱搪塞一番，说回去了细说。即使说你一时半会也说不清，人家也听不明白。

说真的，秦风也没那个心情逐一作解释。来之前，他也想十天半月就搞定，然后带着张思媛在北京再转转，满载而归。可刘专家的一席话让秦风马上觉得这是一条漫漫长路，而且没有一个明确的终点。因为秦风问过刘专家像他们这种情况，成功的概率有多大？刘专家说这个情况谁也不好说，这要具体情况具体分析，就像前期培育好的优良种子，放试验室里都是喜获丰收，可撒进地里不出苗的这种可能性也不能排除。秦风听了越发迷茫，看来，在宝宝做成功之前，他们得隔三岔五上北京了。所有检查结束后，秦风没有一丝闲转的心情，就决定打道回府。

太阳像个金黄的橘子，照得车窗外一片金色，不一会儿天就暗下来了。下火车，还没到出站口，秦风远远就看见有个人不停地朝这边张望，走近了才发现是苏曼玲。他心里紧了一下，下意识地回头看了一眼张思媛。张思媛还以为秦风示意她走快点，于是加快了步伐，追上了秦风。秦风又抬眼看了出口处正招手的苏曼玲，心想自己又没打电话告诉她回来的时间，也许她是来接别人的。这样一想，秦风心里踏实了很多。

等他们到了出站口，苏曼玲不顾拥挤的人群，向里面挤着，还大声地连招手带喊："秦老师，我在这儿！"似乎生怕秦风跟她擦肩而过。秦风还没走出人群，苏曼玲一把从秦风手里抢过拉杆箱，转向张思媛说："思媛姐，累了吧？"不等张思媛回答，马上又说："刘总晚上有个客户要招呼，没办法就让我过来接你们，车在那边。"说着拿手指着。

"太麻烦了，小苏。"张思媛笑笑，"我们自己打车回去也很方便的。"

秦风想起昨天老六打来电话问过他什么时候回的话。秦风心想，老六这家伙能把生意做这么大，与他的心细是分不开的。

苏曼玲麻利地打开奥迪车的后备厢，提起拉杆箱就往里面放，显得很吃力。秦风赶紧上前搭手，没想一把上去就抓在了苏曼玲的手上。那一瞬，秦风顿了一下，苏曼玲的动作也停住了，暖暖地望着秦风，没有要抽回去的意思。两只手就这样叠加在一起，把箱子放进后备厢，秦风松开手，苏曼玲才恋恋不舍地松开，并回秦风一个温柔甜美的笑。秦风和苏曼玲谁也想不到，刚才他们的举动和瞬间的表情变化，却被坐进后排座位的张思媛无意间一个回头，尽收眼底。

周末，秦风约王国伟、老六去看望杨海涛。

进门，才发现李佳怡也在。秦风和王国伟吃了一惊，但很快就明白了。李佳怡瘦了，显得高了，看起来再不是原来那个"根号2"了。他们把拎来的水果营养品放客厅拐角处，过来跟李佳怡说话。李佳怡朝他们笑着打过招呼，脸上飞起一丝红晕。王国伟把老六介绍给李佳怡，李佳怡大方地跟老六握手互致问候。

秦风看着杨海涛，笑道："海涛，看起来心情不错嘛！"

杨海涛一听是秦风的声音，显得异常兴奋，马上从沙发上站起来，让秦风他们坐，自己则摸着茶几的边缘，往餐厅方向挪去。

李佳怡马上追过去，拦住杨海涛说："我知道你要干什么，你定定坐着说话，我去。"

杨海涛让她坐着，说自己能行。李佳怡硬是把杨海涛拉过来摁在了沙发上。杨海涛拗不过，等李佳怡过去，只好起身坐在茶几边上的小方凳上。

这一切都被秦风他们看在眼里，杨海涛经过手术后，眼睛基本看不见光，为了美观，只好戴了墨镜。秦风第一次见杨海涛脸上露出了少许的笑容，他说道："谢谢你们，如果不是你们在我身边，我可能都活不到……"

"再不胡说八道了，等你心情调整好了，我们还有很多事情要做呢。"老六打断道，"哦，对了，给你弄了一部全智能手机，以后打电话看短信都没问题了。"老六说着从手提袋里掏出手机，如是这般地教杨海涛怎么使用。

杨海涛边学边唉声叹气道："像我这样的人，这辈子拿着手机还能有什么用处呢？"

秦风笑道："谁说没用处？你想兄弟们了，难道都不打个电话问候问候？"

李佳怡两手各端一杯茶从餐厅出来，也附和道："就是，以后你待家里闷了，就可以给秦风他们打电话……来家里喝喝茶什么的。"

"你们都忙着，我一个闲人……"杨海涛脸色渐渐沉郁下来，说话也变得烦躁起来。

王国伟说："海涛，眼睛看不见怎么了？这个世界上失明的人有7500万，光中国就有500万之多，他们中还有很多人在不同的行业取得了非凡的成就。而且很多人是从小就失明，而你一个大学本科毕业的高才生，难道还不如他们了。振作起来，我们所有的人都在看着你，懂吗？"

秦风看着杨海涛慢慢低下头，知道他此时心里一定在流泪。好好的一个人，因为在一个错误的时间错误的地方发生了一场错误的恋情，而变得从此与这个光明的世界无缘。他不禁联想起自己的婚姻，还有他身边的几个女人，心里像掉进了一块石头一样沉重。前车之鉴，不敢轻视。

王国伟和老六跟杨海涛聊天时，秦风和李佳怡聊了几句。秦风问："好些日子没见了，学校忙吗？"

"忙，现在教学任务太重，压力也很大……还好，我能应付。"李佳怡笑笑。

秦风又问："家里都还好吧？"

李佳怡怔了半天，说："怎么说呢？就那样吧。"说完苦涩地笑笑。

秦风看李佳怡不愿多说，就不再提了。

聊了一个多小时，秦风起身看着王国伟和老六，对杨海涛说："海涛，我们先走，有空了再过来。"又看着李佳怡说："佳怡你先坐坐，我们先走。"

李佳怡看看杨海涛，没吭声。杨海涛说："不行，好不容易聚一起，今天就在家里随便吃个饭。"

秦风看杨海涛很热情，也有留下来的意思，便望着老六和王国伟。王国伟再三推辞，说下午说不上还有啥事。正欲出门，杨母带着杨小沫从外面买菜回来了，见到他们显得格外亲切，笑得嘴都合不拢，又是问好，又是让他们坐。一听王国伟说要走，马上一脸的不高兴，道："你们都是涛涛的好朋友，好不容易聚这么齐，今天听阿姨的，都留下来吃饭，谁要走了，阿姨可真生谁的气了。"

王国伟回头看看秦风和老六，不置可否地笑笑。

"快都给我回到沙发上坐着。"杨母大声道，"哦，对了，你们把媳妇也都请来，我们今天就来个大团圆。"

杨海涛朝着所有人得意地笑着。

不知什么时候，李佳怡已经钻进厨房开始行动了，杨母的笑声也荡漾在厨房里。

秦风和王国伟打完电话，王国伟说："老六，你女朋友呢？"

老六苦涩地笑笑。

秦风说："把小苏叫来吧！"

苏曼玲自从到老六公司，很快就显示出了其超强的社交和管理能力。虽只是个助理，但老六不在时，她便将公司打理得井井有条，倒让老六省了不少心。慢慢地，老六就特别依赖苏曼玲。老六做梦都在想，如果有这样一个女人做自己的老婆，那岂不是一箭多雕！可无论老六怎么挖空心思献殷勤，苏曼玲就是不说一个"好"字，更别说让老六碰一根手指头了。这让老六异常苦闷。他搞不懂这黄毛丫头心里到底打的是什么算盘。他曾经考验过这丫头，故意给过她几次经手资金的机会，可她却账目清晰，没有往自己腰包里塞过一块钱。这让老六越发迷糊了，如果她不是为了他的钱，为什么如此全身心地为他卖命呢？既然这样全心全意，又为什么不跟他谈恋爱呢？倒是有一点让老六感受颇深，那就是只要提起秦风，她的兴奋点就来了。那天老六知道秦风从北京回来，他因为有事离不开，就说让她开车接站。没想这丫头非但没推辞，还显得特别开心。老六多少感觉到了一点点，可他还是不想放弃对苏曼玲的追求。

苏曼玲今天休息，她特别想见见秦风，发短信也不见回。想打电话，又怕他在家里不方便，于是就大着胆子给张思媛打，以问候为借口，打听秦风的动向。知道秦风去了杨海涛家，便灵机一动，试探道："思媛姐，周末也没事，待家里多闷，干脆我们出去逛逛？"

张思媛过去特别喜欢逛街，自从生孩子的事压在心上，发现秦风对她的态度明显变化之后，心情极度压抑，逛街购物是没一点心思。她一想起那天接站时，她和秦风眉目传情的瞬间，心里就别扭了起来，犹豫了半天，又觉得不好拒绝，只好同意了。

苏曼玲开心地笑着，说："思媛姐，你等着，我开车到楼下了给你打电话。"

张思媛今天特意穿了一件黑色镂空小摆裙，上穿粉色碎花短袖，显得特别青春阳光，人见了真看不出她已经结婚。

苏曼玲透过车窗看着张思媛朝她走来，心里突然对这个女人有了一丝喜欢了。

张思媛微笑着跟苏曼玲打过招呼，刚坐进车里，手机响了。她在电话里嗯了几声，看着苏曼玲说："正好，小苏也在，要不我们一起走？"

挂了电话，张思媛跟苏曼玲说："子娟刚打电话约我出去呢，正好我们过去把她也带上。"

"太好了！今天我们一定好好逛逛。"苏曼玲眉飞色舞道，"正好我也好久没买衣服了，今天让姐姐们好好给我参谋参谋。"

逛完了东方明都购物中心，又去新开的时代购物广场，她们各自手里都拎了好几个手提袋。子娟给自己买了一件上衣和一条裙子，张思媛只给秦风买了一件T恤，一条牛仔裤，自己却啥也没买。

苏曼玲说："思媛姐，你心里只有秦老师，也得为自己考虑考虑吧？"

子娟也笑道："对啊，你把秦风打扮那么帅，不怕被人抢了去？"

"我衣服多着呢。"张思媛淡淡地笑笑，"话说回来，是自己的，别人是抢不走的；不是自己的，你想拽也拽不回来，是吧？"说完看着苏曼玲。

苏曼玲脸上掠过一丝尴尬，马上笑道："不管是不是自己的，女人都应该对自己好点，对吧？子娟姐。"

子娟回道："曼玲说得对，天要下雨，娘要嫁人，由他去吧，女人的确不能亏待自己，走，继续go shopping！"

她们又来到百盛购物广场。一上来，苏曼玲就发现了一件黑色白领小衫，说："思媛姐，这件你穿上肯定好看，要不试试？"

子娟点头说："我看也不错。"

张思媛笑笑，摇摇头。

苏曼玲拉着张思媛的胳膊，摆着身子道："思媛姐，试试嘛。"

张思媛不好再拒绝，只好去试。当她从试衣间出来时，子娟眼睛都看直了，说："哎呀，这衣服简直就是专为你订制的，高原是高原，山川是山川，太富有线条感了。"

张思媛不好意思道："哪啊，都半老徐娘了，哪像曼玲，那才叫线条。"张思媛也没注意自己对苏曼玲的称呼发生了变化。她觉得跟这个丫头在一起是快乐的，原本灰蒙蒙的心也亮堂了起来。

苏曼玲道："你和子娟姐才是最好的身材，如果真到了徐娘那个年龄，那保证也是风韵犹存。"

苏曼玲最后也给自己买了几件，又买一条男式皮带。子娟看着皮带，价格不菲，神秘道："给老六的？"

苏曼玲笑笑，道："保密！"

从百盛购物广场出来，快12点了。苏曼玲提议，请两位姐姐去吃麦当劳。这时，子娟和张思媛的手机几乎同时响起，挂了电话，张思媛和子娟相视而笑。子娟道："是不是秦风打来的？"

张思媛点点头，看着苏曼玲道："秦风他们在杨海涛家，叫我们一起去。"

苏曼玲似乎受了冷落，噘着嘴道："又没叫我，还是你们去吧！"说完，马上恢复了开朗的笑容，道："没事，我送你们。"

这时，苏曼玲的手机也响了起来。

尽管她在电话里故意拒绝着老六的邀请，但知道秦风也在，所以她接完电话笑着说："我也跟你们蹭饭去！"

4

秦风内心的郁结，终因试管婴儿的成功孕育而化开了。他的新书《爱痕》首发式暨签售活动在昆明市凤阳书城举行。按往常，秦风是极不愿意参加这样的活动。他认为，小说畅销不畅销，那要看读者认不认可你；再说读者认不认可也并非决定小说文学价值的唯一标准。这些年，常有文化公司邀请他去搞首发搞签售，他都一概拒绝，也因此得罪了很多文化公司。这个他倒是不怕，他只相信：路遥知马力，日久见人心。只要你认真对待作品，真心对待读者，好马终会被伯乐发现的，用不着敲锣打鼓去宣传。

这次不同，为了能做个孩子出来，为了能让父母心里的石头落地，秦风从北京来又到北京去。这大半年，除了花费大把大把的时间和精力，还把他这些年的积蓄也花得所剩无几。为了正在孕育中的孩子出生之后，不会因为吃不了进口奶粉而输在起跑线上，他只好白天"八股文"，晚上编故事，目标只有一个——赚钱。

文化公司前期宣传工作做得很到位，昆明凤阳书城一层大厅挤得水泄不通，还有一部分人围在外面。秦风只顾低头写着自己的名字，然后抬头给读者一个微笑，如果遇上要合影的读者，秦风顺便起身站站，权当小憩。到中午12点，秦风已感觉手不是自己的了，笑容也不是自己的了。

昆明的读者很热情，秦风午饭简单吃了点，连休息也没休息就又继续签售。下午快6点时，秦风一抬头，苏曼玲手捧着书站在他面前，痴痴地笑着。他定定地看了她一会儿，想说什么，一看周围的人又把话咽了回去。

苏曼玲得意地望着他笑着，说："秦老师，请您给我签个名。"说完打开书的扉页摆在秦风面前，秦风正欲签名，苏曼玲说："不能只写名，还得写一句话。"

秦风抬眼笑道："要求还挺高啊。"稍作停顿，写道："雨润芳草气自华，不唯池水扬清波。"然后写上自己的名字，把书递给苏曼玲。

苏曼玲接过书，看了一眼，噘着嘴道："哼！就唯池水扬清波！"

晚饭时，秦风打电话让苏曼玲也来参加。文化公司的老总和编辑们都调侃秦老师粉丝遍天下。秦风讲了苏曼玲跟他在昆明的不期而遇，只是省略了苏曼玲现在和自己都在宁州的事。

大家都感慨道："这样的奇缘，人一辈子能有几回呢？秦老师可得好好珍惜啊！"

苏曼玲不好意思地看秦风一眼。

秦风道："有人说，我们的一生会遇到过八百二十六万三千五百六十三人，会打招呼的是三万九千七百七十八人，会和三千六百一十九人熟悉，会和两百七十五人亲近，但最终能走进你心里的，却寥寥无几。"

"那小苏算是熟悉的，亲近的，还是走进你心里的呢？"

秦风呵呵地笑着，说："鲜花自然是不能往牛粪上插了。"

大家都哈笑连天，起哄道："即便是牛粪，也是纯金的，24K万足金。"

苏曼玲偷偷瞪了秦风一眼，笑道："秦老师这是故意不让人吃饭。"

酒足饭饱后，公司的人借口作家与粉丝单独交流，纷纷离去。

秦风这才问："你怎么跑这儿来了？"

苏曼玲从自己座位上挪到秦风身边，嗔怪道："你不知道为什么吗？"

秦风严肃道："曼玲，你已经不是小孩子了，不能说风就是雨，凭意气做事。老六知道吗？"

苏曼玲道："我辞职了！"

秦风皱着眉头不解道："好好的，为什么要辞职？"

苏曼玲道："刘建国不让我请假，我就辞了。"

秦风从椅子上跳起来，凶巴巴地说："你怎么可以这样呢？"

苏曼玲看秦风的样子，低着头说："我就是想见到你！"说完，抬起头来，眼睛里汪着水。

秦风心一软，叹口气坐下，平声静气地安慰道："什么时候都不能冲动，冲动是魔鬼知道吗？老六对你不薄，你不能使性子。再说了，你即便在哪儿工作，都不能这样，明白吗？"

"我就是想你嘛！"苏曼玲脱口而出。说着，把头靠在秦风肩上，并不停地蹭着。

秦风抚摸着她滑顺的黑发，悠悠地说："再不要胡思乱想了，我是有家的人了。"

"有家怎么了，有家就不能再有爱了？"苏曼玲娇声道："反正，我不管，我就是喜欢你。再说了，我又不影响你的家庭。"

秦风心里软软的，但他还是说："老六除了没上过大学，人真的不错！"说这话的时候，秦风连自己都觉得不是真的自己在说。

苏曼玲一把捂住了秦风的嘴。

秦风把苏曼玲的手轻轻拿开，不再说老六，岔开话题道："你到宁州也多半年了，这次恰好来了，应该顺道去看看你父母。"

苏曼玲半天没吭声。过了好一会儿，她才道："其实，有件事，我一直瞒着你。"

秦风看着苏曼玲，露出好奇的神情。

她坐直身子，神情忧伤地道："我父亲跟刘总一样，也是做房地产生意的，也没什么文化，除了有钱。他在我上初中时，喜欢上了一位年轻漂亮的女人，然后就抛弃了我和母亲。自此，我们母女俩相依为命，无论日子多难熬，我们都没有接受过父亲的帮助。在我母亲看来，我父亲的帮助是施舍，是对她的侮辱。母亲一直靠打工供我上学，直到我考上大学，她才又找了一个跟她一起打工的男人，现在两个人虽然日子也过得挺紧巴，但我的继父特别疼爱我的母亲。"

秦风惊叹道："原来是这样啊，真是不容易啊！"

"一直以来，我都觉得我是一个没有父亲的女儿。"苏曼玲又道，"你说，所有男人有钱了，为什么都一个德行？"

秦风道："也不是所有的男人，只是，当人的物质财富达到一个相对饱和的阶段时，其精神欲望也会因随物质财富的聚累而无限膨胀，没有相当自律性的男人，很少有人能逃离这个怪圈。你的遭遇，在当今社会上，已不算是少数。我真没想到，你经历了这么多苦难，还如此阳光，如此开朗。"

苏曼玲道："这些都得益于母亲对我的教育。虽然父亲离婚时，给了母亲100万，直到现在，母亲都没有动过这笔钱。她其实就是在向自己，也向我父亲证明，离开了男人，她照样能活，而且能快乐地活着。就是她阳光的心态感染着我，在我成长的路上，除了缺少父爱，什么都不缺。"苏曼玲幸福地看着秦风，笑笑，像是在讲述着别人的故事，没有伤感，没有眼泪。而对于苏曼玲来说，伤感和眼泪已经变成了陈年伤痛，早已结了厚厚的疤。

秦风又道："你没跟你爸爸联系过？"

苏曼玲摇摇头，说："我上学时，他常常来学校看我，想给我钱，我都不见他，那时候心里只有恨。在我大学毕业前夕，他来找过我，我的恨似乎没以前深了，见了他一面，他要我到他公司上班，我拒绝了。正好那时候我就想找你，所以就跟我妈妈说了我想去宁州的想法。"

秦风道："你妈妈同意你的决定？"

苏曼玲道："起初我妈妈也不同意，可最后她说，只要你开心，出去闯闯也好。但一定要记住，保护好自己不受伤害。"

秦风心疼地摇摇头。

回到宾馆，苏曼玲腻腻歪歪地还要到秦风房间跟他说说话，秦风说太晚了，公司的人都在，影响不好。苏曼玲噘嘴道："我就跟你说几句话嘛。"秦风无奈地笑笑，开门。

门刚一关，苏曼玲就扑进了秦风怀里，哼哼唧唧地说她想他了。秦风轻轻搂着苏曼玲，被她的娇声柔气弄得浑身燥热起来，加之离开宁州，身心放松，慢慢地身体就有了反应。秦风尽力控制着自己，他无法想象这样拥抱的结果只能让苏曼玲也变成一团火，燃烧，燃烧……可当他一想到老六，身上的火顿时冷却了下来。他想推开苏曼玲，可她的手却牢牢地扣着他的脖子，双目含糊，似乎在等待秦风的进一步行动。秦风又一次闻到了苏曼玲身上散发出的体香，他猛然想起来了，这体香跟张思媛结婚前身上的香味一模一样，难怪他觉得特别熟悉。可不知道为什么，结婚后张思媛身上的这香味就慢慢消失了，他再也没有闻见过，也许如古人所言，入芝兰之室，久而不闻其香。直到碰见苏曼玲，他休眠已久的嗅觉神经才再次被激活。

秦风的手机响了起来。

秦风示意苏曼玲放手。苏曼玲等铃声再次响起，才很不情愿地松开手，坐沙发上看着秦风接电话。

秦风一看是老六的电话，看了一眼苏曼玲，心里便升起一丝愧疚。

老六在电话里显得特别焦急，道："哥哥哎，我忙地屁股才落地，都没工夫给你打电话，曼玲突然不见了，你说咋办？"

秦风道："好端端怎么就不见了，你是不是怎么她了？"

"哎哟！我的好哥哥啊，我能把她怎么样呢？她在我这儿，我像姑奶奶一样供着都来不及呢。说实在话，到现在，我还连她一根毫毛都没碰过呢。"

秦风哦了一声，看着苏曼玲，觉得老六也真是可怜。

"老哥，我电话从昨天打到今天，她都不接。我知道她最听你的话，你打她肯定接，你帮我劝劝她，要她回来吧。只要她回来，她想怎么就怎么。"

挂断电话。秦风定定地看着苏曼玲，道："老六人真的不错，明天赶紧回去。"

苏曼玲摇着双肩，噘嘴道："就不回去。"

秦风道："你知道我跟老六的关系，如果他知道你是跟我在一块，你让我将来怎么去面对他，你要理解我的难处，好不好？"

"不好！"苏曼玲凑过来，依偎在他身边，嗔怪道，"我跟你在一块儿怎么了？我又没嫁给他，更没承诺他什么，我凭什么要听他的？我的青春我做主。"说完咯咯地笑着。

"好了，我也不多说了，你自己好好想想。"秦风知道自己也说不过她，便道，"去睡吧！"

苏曼玲像是没听见他的话，神秘道："对了，要不，明天你陪我去看看我妈妈好吗？"

秦风惊愕地睁大眼睛，定定地看了一会儿苏曼玲，笑道："让我陪你去？我算怎么回事呢？"

"朋友，朋友总行了吧？"

秦风直摆手，道："那不行，让你妈妈会怎么想呢？"顿了一下，又道：

"快回去睡吧。"

苏曼玲撇撇嘴，纹丝不动，道："你不答应我就不去睡。"

秦风又气又急又想笑，抓住她的手，拉了起来，道："明天再说，先睡觉。"

临出门时，苏曼玲猛地转过身，把嘴巴凑到秦风耳朵上悄声道："我一个人怕，想要你陪我呢。"说完两腮泛红，甜甜地看着秦风。

秦风笑笑，两手搭在苏曼玲双肩上，将她轻轻地搡出了房门。

5

子娟要跟王国伟离婚，王国伟跪在子娟面前，求她看在阳阳的面子上不要把这个家破了。可子娟心意已决，任凭王国伟跪断腿，磨破嘴，好话说了一箩筐，也非要离。王国伟使尽浑身解数，也不奏效，索性就拖着不在离婚协议上签字。

子娟道："我再等一个星期，不签，就法庭上见。"

王国伟事业正处在上升时期，离婚对他无疑是一个沉重的打击。无奈之下，王国伟只好来找秦风救火。

这些年，王国伟虽然绝口不提秦风和子娟的过去，但他心里明灯似的。上大学那会儿，他已经知到子娟是爱着秦风的。大学毕业，王国伟为得到子娟，做足了功课，低三下四，没少在子娟父母面前装孙子。不能不说，在追求子娟上，他是不择手段过，可他的确是因为爱她，怕失去她，才迫不得已那样做。再说了，也是因为秦风毕业后主动放弃，才给了他一个发力的空间，秦风自然不能怪他不仁义。

王国伟哪里知道，秦风从昆明回到宁州，子娟就在网上告诉了她离婚的决定。秦风前三朝后五代地劝说半天，没想到子娟说："说真的，先前我一直觉得阳阳小，无论自己受多大委屈，也不能把这个家给破了。可现在我想明白了，与其让阳阳在一个不和谐的家庭氛围中成长，还不如给他一个新的生活。这个世界上那么多离婚的人，孩子也不全都变成杀人犯放火犯，最要命的是，我可以忍受我不爱他，也可以忍受他跟别的女人……但我却不能忍受他的狭隘和自私。"

子娟说到她亲眼看见王国伟跟一女的在车里做爱的时候，秦风已经觉得无论拿这个世界上多恰当多贴切的语言来劝慰，都显得是苍白无力毫无意义，再说下去，连自己都说服不了自己。秦风曾经是那样的爱子娟，命运将他们两个分开，他无法忍受王国伟这样对待子娟，更无法站在王国伟这边。

秦风不知道怎么给王国伟回话。

老六打来电话，开门见山道："老哥，他们好端端的，子娟怎么突然提出离婚呢？"

秦风愣了一下，突然觉得老六话里有话，前一段时间他决定离婚，现在子娟又突然提出离婚，难道王国伟和老六觉得我和子娟有什么不可告人的秘密？秦风在心里苦笑着，道："我怎么知道呢。王国伟没跟你说子娟离婚的原因吗？"

"说了，子娟不爱他了，要为自己打算了。"老六说完，顿了一会儿，好像犹豫着后面的话要不要说出来，但还是说出来了，"老哥，不管我们内心是咋想的，路是咋走的，我都不想兄弟们走着走着就变成仇人了……"

秦风越听越觉得老六话里异样的味道，打断道："你这话什么意思？"

老六在电话里冷笑了一声，道："啥意思你大作家还不明白？"

秦风不知道老六这话里的意思是王国伟告诉他的，还是他自己猜测的，再或者就是，苏曼玲和自己在云南的事被老六发现了，借此朝他发火。

秦风心中的火立即涌了上来，但他还是稳了稳情绪，反而降低了声音，说："我们三个认识这么多年，不是亲兄弟胜似亲兄弟，我秦风做事是个什么样，你们难道不知道吗？我就再缺口饭，也不至于抢你们锅里的吧！是的，我跟子娟上大学时谈过，我爱她，可那事都是过去的了。这些年，我们几家经常聚会，我跟子娟也网上聊天，说说心里话。但从来没有突破过我做人的道德底线，我更不会怂恿她跟王国伟离婚的。他王国伟自己把事情做得太过分了，还胡想八想。"

老六问："王国伟到底做什么了？"

秦风冷笑道："谁做了问谁去呀！"不等老六说话，秦风先把电话挂了。

宁州市汽车站。新南到宁州的班车进了站停稳，秦天成下车，肩上扛着一个蛇皮袋子，随后陈玉珍也下来了，两手各拎一个大包。陈玉珍抹了一把额头的汗水，放下两个大包，看着秦天成道："要不，给秦风打个电话，让他开车来接接我们。"

秦天成扶了扶肩上沉沉的蛇皮袋子，瞪眼道："打啥电话，一截截路，有个啥接头，走，走不动了咱坐公交。"说完噔噔噔往前走了。

陈玉珍只好一手拎一只包，跟在屁股后面走。拐了个弯，秦天成放下肩上的袋子，满脸是汗，喘着粗气，笑道："唉，不行了，老了。想当年，扛百十来斤的麻袋，宁州城里转三圈子都不带喘气的。"

陈玉珍也放下手里的东西，笑道："牛皮不是吹的，火车不是推的。"又道："真是田黄一夜，人老一年啊！这把老骨头真是一年不如一年了。"

秦天成坐到马路牙子上，点了支烟，慢慢地抽着，道："只要能给我老秦家生出个带把的，我这蛇皮袋子还能扛着宁州城里转三圈呢。"说完呵呵地笑起来。

陈玉珍也笑道："我知道你盼孙子盼的都得了相思病了，这下好了，你来劲了，睡觉也不说胡话了。"

秦天成慢慢地沉下脸，道："哎，你说，我能活到看见咱孙子生的那天吗？"

陈玉珍骂道："嘴夹住，再不要胡说八道了，咋看不到。"

秦天成抽完烟，慢慢站起身，道："我们还是坐公交车吧！"

秦风开车刚进小区，就一眼看见父母亲一前一后，蹒跚地往自家单元门洞口挪。自从知道张思媛怀上了，秦风父母高兴地就把儿媳妇当成个宝，过一周或两周就大包小包地上来。秦风本来觉得父母生养他已经很不容易了，打小就操心，现在为了能有个孙子，还要操心，一直觉得对不起父母。很多时候，在夜里写小说，写到小说主人公的父母亲时，写着写着就止不住的泪往下流。今天，看着父母大包小包，蹒跚吃力的样子，不知怎的，秦风的眼泪又来了。他立即停车，跳下去，朝父母冲了过去，从父亲肩上夺过蛇皮袋子搁自己肩上，然后又顺手抢过母亲左手的大包。

秦天成看了一眼四周，低声道："放下放下，我能扛上去。"

陈玉珍也急道："让你爸扛吧，这会子正下班，过来过去的人多，你一个国家干部，赶紧叫你爸扛上。"

秦风不理，一手拎着包，一手扶着肩上的袋子，边走边说："妈，我早就跟你说了，你们来时就早早打电话，我好去接你们，可每次你们都不打，这让小区的人看见了，还不戳我脊梁骨，骂我不孝。"

陈玉珍笑道："我说打，你爸怕打搅你上班，不叫打。"

进屋。张思媛还没回来，陈玉珍便进了厨房。秦风和父亲坐沙发上说话。不一会儿，张思媛下班回来了，笑着跟秦天成和厨房里做饭的陈玉珍热情地打过招呼，进卧室换好衣服出来，也进了厨房。只听陈玉珍在厨房里大声说："你快出去定定坐沙发上，不要乱动，这要动了胎气还了得。"说着把张思媛推出了厨房。张思媛笑道："妈，没这么玄乎。"秦天成也道："就是就是，过来坐吧，三两个人的饭，你妈一个人都不够做的。"

秦风笑笑，心里全是感动。

吃过饭，张思媛抢着去刷碗筷，又被陈玉珍拦住。秦风看着陈玉珍说："妈，你坐坐，我来洗吧。"陈玉珍挥舞着双手道："去去去，这点活还哪用得着你。"父亲朝张思媛说："你主要任务不是干这些活，现在不是都讲大局观嘛，一切都要以大局为重。知道不？"

张思媛无可奈何地笑笑。

秦天成又说："等地里庄稼收拾掉了，你妈上来就再不用回去了。"

秦风瞪大眼睛道："那怎么行呢？要来你也得来，我妈来了，你一个人咋吃上饭？"

"就是。"张思媛接话道，"再说了，我爸妈就在跟前，我妈待家里也没事，她会来……"

"再不说了，就这么定了。"张思媛还没说完，秦天成直摆手，"我一个人咋不行，做个饭，还不是手抓菜，能把我饿死？你们不信，看着，你妈来了，我天天七碟子八大碗摆着呢。"

秦风和张思媛都呵呵地笑着。

陈玉珍从厨房出来，坐张思媛跟前，问她最近是想吃酸的还是辣的？身子感觉重不重……张思媛都一一做了答复。

秦风仍为老六那个电话心里发堵。这几天，他也没再打电话跟老六做任何解释，他觉得所有的解释都会变成"此地无银三百两"，事情该是怎样就是怎样，白的永远成不了黑的。

这天，秦风正准备下班，老六打来电话，嘿嘿地笑着，说："对不起啊，老哥，你知道，我这人性子急，未经调查了解就妄下结论，错怪你了，向你道歉。"

秦风听了心里轻松了很多。这些年，他就怕王国伟多想，伤了兄弟们之间的和气，特别注意跟子娟的交往，跟子娟都没有单独吃过一顿饭。老六喜欢上苏曼玲后，他尽管时常无法抗拒苏曼玲对他的热情，可也时时处处小心谨慎，生怕老六觉得苏曼玲不喜欢他是他在背后作梗。好在，在苏曼玲的事情上，老六没说过他什么。

秦风也笑笑，道："兄弟们之间，就不这么讲究了。我知道你也是为国伟两口子的事着急上火。"

老六又嘿嘿地笑着，说为了表达他的歉意，想请秦风吃个便饭，顺便把嫂子也请上。

秦风给张思媛打电话时，她正傻傻地坐在办公室，看着窗外。这些日子，她每一天都过得提心吊胆，心思全都在肚子里的宝宝上，走路也想，上课也想，睡觉也想，生怕宝宝有个一差二错。秦风对她的态度也有了很大转变，时常买些她喜欢吃的东西，可她却没有胃口。她总感觉她和秦风之间隔了一层纸，没有从前那么卿卿我我了，生活似乎变成了另一个样子。

那天，婆婆陈玉珍问了很多，她都是在撒谎。她压根就没什么反应，也不知道这是怎么回事。也许没有自然怀孕的过程，便没有了正常怀孕的所有征兆。本来，现在她应该高兴才是，可她却高兴不起来。只要不想宝宝的时候，苏曼玲的影子，像幽灵一样在她脑子里晃。她断定，就是因为苏曼玲的出现，才诞生了秦风口袋里那份离婚协议书的。苏曼玲确实漂亮，不是那种娇艳的漂亮，是看了让人心情特别愉悦的漂亮，连她都常常被她的漂亮所打动，在心里激起一圈圈的妒忌。她虽嘴上不说，可心里还是特别怕，怕秦风会弃她而去。她常常有种不祥的预感，总觉得秦风和苏曼玲迟早会发生点什么事。

这次，秦风去云南参加签售活动时，她碰见了老六，见老六像个蔫兮兮的茄子，问出啥事了？老六说，苏曼玲突然辞职走了。她呵呵地笑着，心想老六真是迷上了苏曼玲。但凭女人的第六感觉，她断定苏曼玲是跟秦风去了云南。想到这些，她强压着内心的酸楚，度日如年。秦风回来没几天，她又碰见了老六，春风得意的样子，一问，原来苏曼玲又回来了。她的感觉得到了进一步的印证，可她始终没在秦风面前提起过。男人，要往外飞，你拽是拽不住的。你一旦把面子撕破了，一切也都没了回旋的余地，预示着彻底结束。

秦风下班刚下楼，远远看见王倩坐进了纪均民的车。他笑笑，开车去接张思媛。

路上，王国伟打电话，说求爷爷告奶奶，子娟就是不参加。无奈秦风把电话打给子娟，子娟说："我已经委托律师把离婚诉状递交法院了，用不了几天就有了结果，以后你们兄弟们聚会，就不要再叫我了。"

秦风说："不是夫妻还是同学，不是同学还是朋友，即使离了也不能变成仇人，不至于连个饭都不能一块吃。再说，这不还没离嘛，权当这是最后的晚餐你也得来。你不来，大家还以为是你对不起王国伟了。"

子娟默然，挂了电话。

饭是在杏花村吃的。秦风和张思媛一进门，却见杨海涛和李佳怡也在，大喜过望，忙上前抓住杨海涛的手，直摇着，道："没想到海涛也来了啊。"

杨海涛虽然看不见，但一听声音就知道是秦风，笑着起身，道："都是老六这家伙，把我绑架来的。"

李佳怡站在杨海涛身旁，有些不好意思地笑着跟秦风和张思媛握手，道："我可有口福，一来就撞上了。"正说着，老六从外面进来，甩着湿漉漉的手笑道："秦风，没想到吧？"

秦风看着老六，全然忘记了前几日心中的不快，道："看来还是老六面子大啊，把我们海涛都请出山了啊。"秦风有意朝门口瞥了一眼，心想怎么不见苏曼玲。老六心领神会却似不懂秦风的意思，朝着张思媛道："嫂子，你现在可是熊猫级的人物啊，我们得好好保护你。"

张思媛道："没那么玄乎，这不，秦风爸妈都不放心，专门上来管我。

我现在就是一头吃了睡睡了吃的猪。"

"谁是猪?"只听一声问话,却见苏曼玲已进门。

大家都哈哈大笑起来。老六忙不迭地跟苏曼玲说起了原委。秦风看了苏曼玲一眼,没吭声。

苏曼玲最终还是听了秦风的话,独自回了趟家,见了一回父母,然后才回到宁州。老六知道,苏曼玲能回来,都是秦风的功劳,但也因此对秦风心存芥蒂,总觉得秦风和苏曼玲之间有什么不可告人的秘密。否则,苏曼玲为什么不听他的,却听秦风的。

王国伟和子娟还没来,大家又把话题扯到了杨海涛身上。老六说:"现在海涛已经不再是以前的海涛了,在李佳怡同学的教育引导下,必将重新开始他们的生活。"李佳怡羞得直瞪老六。

杨海涛微笑道:"感谢兄弟们这些日子对我的帮助,老六给我买的电脑,我现在基本弄熟了,也不觉得待在家里寂寞了,当然,还有佳怡的帮助……"说着侧过头朝着李佳怡笑笑。

李佳怡有些不好意思地低下头。

秦风突然想起上次去云南,盲人按摩特别火,就把自己的想法说给海涛听。老六说:"这是个好项目,宁州也有盲人按摩,但都是小打小闹,生意也不是很红火。我也想过,怕海涛不愿意干。"

杨海涛说:"我这些日子也在想,总不能就这样连累所有人一辈子,只要别人能干得了的事,我相信我也能行。"

凉菜都上齐了,老六骂王国伟和子娟不守时,今天一定得罚酒,说着拿起手机。

门开了,王国伟和子娟一前一后进来。王国伟压根像什么事都没有发生过,笑着拱手赔不是,说单位上的事忙完才下班。子娟只是淡淡地朝各位笑笑。

老六招呼大家落座。

王国伟和子娟离婚的事,只有杨海涛和李佳怡不知道。大家看着子娟,场面显得不同往日,都知道这可能就是他们最后一次全体聚会了。菜还没吃多少,子娟突然端着酒杯站起来,说:"感谢命运让我们相遇相知相聚这么多年,这是我一生的财富。无论今后我们成为什么样的人,但生命里这笔朋友的财富是一生都受之不尽的。到我们老了以后，再回首今天在一起的快乐，那将不知道是怎样的一种激动啊！我提议，为我们的友谊，干杯！"

秦风默默地看了一眼王国伟，端着酒杯慢慢站了起来。

老六道："嫂子说得太好了，为我们老了还能想起这段友谊干杯！"酒杯碰到了一起，但谁心里都明白，味道已不是那个味道。

子娟刚坐下，苏曼玲似乎受了子娟的感染，也端着杯子站起来，道："在这里，我最小，你们都是大哥、大姐。我来宁州，感谢你们这个圈子接纳了我这个不是家属的女人，让我感受到了友谊的至真至纯至美，我敬哥哥姐姐们一杯。"说完一口干了。

老六端着杯子，眼睛滴溜溜转，望望这个，看看那个，不知道怎么回事。喝干了酒，嘿嘿地笑道："今天这怎么了，都女将们出马，爷们怎么都没声了。不行，我得给哥哥嫂嫂妹妹们敬个酒……"正说着，张思媛端着酒杯站起来，道："老六，你先坐下，我敬！"

老六瞪大眼睛，没吭声坐下了。

秦风从张思媛手里接过白酒杯，换了牛奶杯。张思媛温柔地看了秦风一眼，说："人活着，都不容易，我们看到的每个人都是光光鲜鲜的一面，可谁也不知道他背后的痛苦。自从我和秦风结婚后，就慢慢融入了这个圈子，我明白了，人活着就图个亲情友情爱情，如果三样都没了，人活着也便没了意义。所以，我想，无论我们将来成为什么，我都希望我们能珍惜当下，珍惜我们已经拥有的一切，这才是最重要的。"

说完大家一齐鼓掌，都喝干了酒，老六不住地点着头道："真是没想到啊，平时看起来都默默无闻的，讲起话来可都是一套一套的，佩服佩服，我甘愿喝一个学习酒。"老六喝干了酒，把目光停在李佳怡那儿……这时，包间门开了，进来一服务员，说："哪位是王主任？外面有人找。"

王国伟忙起身，笑着跟所有人说："破事就是多，没办法，我去去就来。"说着跟服务员出去了。

老六接着一定要让李佳怡也说两句，可李佳怡却推让，说自己不知道说什么。老六说站讲台的还不如我这个站月台的。李佳怡一看推不掉只好端了杯牛奶说："我也没啥好说的，只觉得跟你们在一起，就是高兴，祝大家天天开心，干！"

又喝了一阵酒，还不见王国伟回来。秦风打电话，通着，没人接。

子娟抬起头说："可能是单位有急事吧。"

秦风心想，单位有事，打个电话就行了，非得派人来找？而且单位的人怎么知道王国伟就在这儿吃饭呢？难道他来时跟单位同事说了？这样想着，秦风就站起来，出了杏花村，可四处找了半天也没瞅见王国伟的影子，他便找到刚才那个服务员，说好像坐着车走了。

秦风骂王国伟不够弟兄，酒喝到半道上开溜了。但又一想，他们过去经常在一起喝酒，王国伟从来没这个毛病，突然觉得有些不对劲，又打王国伟的手机，仍无人应答，他预感到事情不妙。回到包间，所有人都看着秦风，秦风说国伟可能单位临时有急事。

直到散席，王国伟也没再回来。

回到家，张思媛问："王国伟不会出事吧？"

秦风犹豫了一下说："应该不会吧。"

张思媛又说："我看老六对曼玲一往情深，要不我们给他们撮合撮合？"

秦风不耐烦道："他们的事让他们自己来吧，我们就不掺和了。"

张思媛愣愣地望着秦风，满心的失望，再没吭声。

第四章

Chapter four

无法爱你在别处

她觉得眼前这一切都不属于自己，她只是游离于这个美好世界之外的一叶孤舟，在汪洋大海上飘浮，找不到彼岸。

1

王国伟真的出事了。

秦风一时回不过神来，突然感叹人生无常，祸福难料。打电话问子娟到底怎么回事，子娟说是省里来人带走的，具体原因打听了很多人，都说不上个所以然。秦风把事情跟老六说了，老六在电话里很着急，说他检察院有熟悉的人，看能不能打听上。

秦风呆坐着，抽烟，又想起那天的聚会，没想到还真成了"最后的晚餐"。他曾经是那样羡慕王国伟，羡慕他举手投足间都散发着大气和奢华。尤其他在宁州城里天不怕地不怕的胆识，让他觉得自己是那般的渺小，如一片树叶般无足轻重。可谁又能想到，在王国伟的光鲜背后，不知道暗藏着多少不可示人的东西。这个，可能连子娟都想不到。秦风叹口气，心想，这下苦了子娟了，说着把电话打过去，问子娟下一步有什么打算？子娟说没什么打算，先这样过着，已经把离婚诉状撤了，不想在这个节骨眼上提出离婚。秦风为子娟的善良和识大体而感动。

第二天，王国伟被"双规"的消息在宁州市传得沸沸扬扬。大家都为王国伟走到今天表示惋惜。秦风怕子娟心里过不去这个坎，便约了老六、杨海涛去子娟家，表示慰问。

子娟倒显得很平静，她说："其实，结婚生了孩子后，我就发现他是一个功利心很强的人，为了挽救这个家庭，不知道跟他讲了多少道理，我不求荣华富贵，不求封妻荫子，只求有一个夫妻和睦、孩子快乐、家人健康的家庭，可他想要的却不是这些。从一开始，他为达目的不择手段的内心，早为他今天的结局埋下了伏笔。人啊，有什么样的因，就会有什么样的果，一切顺其自然吧。"

老六叹了口气，想说什么，又没开口。秦风知道老六为了王国伟的事，打了一晚上电话，托了很多熟人，找了很多关系，但事情已无可挽回。

送杨海涛回家的路上，谁也不说话。秦风看着车窗外熙熙攘攘的人群，心想，欲望真是把双刃剑。人如果没有欲望，不知道这个社会将会是个什么样子，可欲望却又让人不由自主地走向毁灭，就像飞蛾一样，明知是火焰，还要朝它扑去，直到粉身碎骨。王国伟也许成不了飞蛾，但欲望却迫使他从此改变了人生的轨迹。

老六停下车，秦风才回过神来。秦风下车，才发现车子停在了一家"专业导盲犬"店前。他愣了一下，老六已经进去，马上就和里面的工作人员牵出了一条黄狗。老六嘿嘿地扶过杨海涛，工作人员如此这般地交代一番，杨海涛拒绝着说自己用不着，老六根本不理睬。

杨海涛循着声音走近老板，问这条狗多少钱？老板看着老六笑笑，说："这不是普通的狗，是德国牧羊犬。刘总已经付过钱了，你只管用就好了。"

秦风对导盲犬有所了解，训练好的导盲犬价格不等，几千到十几万都有。秦风觉得这只德国牧羊犬肯定价格不菲。

第二天，杨海涛便牵着"卡宾"试着出去转转，先是到市政广场转了一圈，然后又到森林公园，回来时还到路边超市买了点菜。一路都很顺利，尤其在过马路的时候，"卡宾"早早就停下来，这让杨海涛高兴地不亦乐乎。

杨母直夸这狗比她还灵光呢！杨海涛儿子杨小沫天天放学回来把"卡宾"侍奉得像宝贝一样。周末，李佳怡来了，一进门被偌大的一条狗吓了个半死。后来才发现它的用处可不比一个人差，就打电话给老六，千恩万谢说了很多。老六只在电话里嘿嘿地笑。

老六最近心情好，今年开发建设的三个商品小区，楼才起了两层，已经预订一空。粗略预计，这三个小区建成，他就有近2000万的利润到账。还有，最近新建的金盾大厦正在紧张装修中，再有个八月，他就有了自己的根据地。还有一个投资2000万元的包装项目马上要上马，现在只等国家配套资金一到位，马上启动。更让他高兴的是，苏曼玲自云南回来，对他的态度发生了很大变化，对他偶尔的亲昵举动不再表现出一副强烈的公事公办的态度。那天晚上，他带苏曼玲去招呼客户，苏曼玲竟主动请他跳了一曲舞。老六搂着苏曼玲的细腰，闻着她浑身散发出的清香，都快要醉了。他轻轻地把放在苏曼玲腰肢的手往深里搂了搂，苏曼玲只是甜甜地笑笑，并没表示出对他的反感来，这让老六兴奋了一夜。可什么时候不把她办了，他什么时候都觉得不甘心。

其实，要说老六想办了苏曼玲，那简直易如反掌。可老六不想那样，违背她的意愿无疑是强奸，强奸的事老六不喜欢干，他喜欢干你情我愿的事。在他心里，苏曼玲就是一颗夜明珠，他小心地捧着，生怕一不小心从手心里掉下去摔碎了。直到她甘心为俘时，他才会动手。为了留住苏曼玲，博得她的芳心，老六决定等包装项目一上马，立刻将这一块交给苏曼玲管理，并剥离包装厂50%的股份给她。他相信这个世界上很少有人不为金钱等物质利益所动——尤其是年轻貌美的八〇、九〇后。

秦风想辞职。因为《秦风》杂志社改制，由事业单位改为企业，成立《秦风》杂志有限责任公司。但杂志社又无法独立运行，便寻找宁州市的企业来接管。原杂志社所有人员进行分流，原来享受财政全额拨款的人员分流到宁州市文联，聘用人员一律辞退。秦风自然成了文联享受待遇的一般工作人员，做一些杂务，所以秦风就有了辞职的打算。

秦风把这一想法告诉张思媛，得到的回答是坚决不同意。张思媛又把这事说给了婆婆，婆婆又说给了公公。秦天成马不停蹄地上来了，说："上个大学容易吗？老子供你出来，刚吃国家饭没几天，你辞了，这不等于大学白上了，我不白供你了吗？"

秦风白了一眼张思媛，道："以前我们穷，可现在我也算小有名气了，写书挣钱，够花了。"

秦天成抢白道："什么够花了？你现在有花的，老了，退休了，写不动了，谁给你钱花？再说了，写书能有什么保证，哪天国家政策一变，你写了也不成一堆废纸了。放着好端端的日子你不过，非要不疼的手往磨眼里搋。你娃娃是没经过事，等你经了，你就知道啥叫不听老人言，吃亏在眼前了。"

岳父岳母听说秦风要辞职，也跑来当说客。两家老人你一言我一语，把秦风批得无话可说。之后，辞职的事，秦风再没敢提起过。

一天，老六到秦风办公室，说他想把杂志接过来自己办，问秦风是否可行。秦风看了老六半天，问："你怎么突然想干这事？"

老六说："我刘建国没上个大学，这是我一辈子的遗憾。我这个没文化的人，就想干点有文化的事。杂志到底是个文化项目，市里找了很多企业家，都没人愿意干，都知道这是个赔钱货，可我不认为，我觉得这是一个品牌，只要做好了，不但对宁州的文化是一大贡献，对我企业今后的发展也会有推动作用，你说呢？"

秦风点着头道："老六啊老六，真没看出来啊，你脑袋瓜子就是够用。《秦风》杂志是目前全省唯一一家全国发行的正规纯文学刊物，现在虽然看起来难以为继，只是因为办刊理念、发行渠道等都存在问题，如果经营好了，用不了几年，就会是一个响当当的品牌。"

老六嘿嘿地笑着，半天才说："我琢磨来琢磨去，宁州也没个在这方面有本事的人，就凭我老六的文化水平，怕是办出来的杂志擦屁股都嫌硬。"

秦风想都没想，就直接说王江河是最佳人选，说："我听王社长最近正在办内退，你返聘回来，问题不就解决了。"

老六看了秦风半天，慢慢地摇着头，说："要请王江河出山，那杂志跟以前还能有什么两样？"

秦风想了半天，说再似乎也没什么合适的人选。

老六朝着秦风嘿嘿地笑着。秦风立刻明白了老六的意思，马上道："你意思是让我来干？"

老六仍嘿嘿地笑着点头。

秦风急道："我不行，我要辞了职，家里老老小小还不把我活吞了。再说，我就一小小的编辑部主任，何以担此大任，你还是另请高人吧！"

老六说："辞职的事先不说。就说王江河吧，他岁数大了，思维僵化了，而你就不一样了，思想新潮，与全国各地的同行接触多，加之你现在又是著名作家，这影响力可就大了。你如果干起来，既可以写自己的小说，又可以借助杂志这个平台更好地宣传自己，这确实是名利双收的事。担此重任者，非你秦风莫属！"

秦风笑笑，没吭声。

老六继续道："你辞职的事，我已经跟市上相关人员沟通好了，你先带工资过来干，两年后如果你觉得不想干了，还可以回原单位；如果你还想继续干，到那时候再办辞职手续。当然，你现在来干，每月再开你5000元工资，我这条件够优惠了吧？"

秦风还是笑。

2

宁州市人民医院妇产科。胖胖的中年女医生拿着彩超探头，游走在张思媛白花花的肚皮上，游过来，又游过去。秦风站在女医生背后，看着模糊不清的图像，紧张地心里直打鼓。不知过了多久，女医生放下探头，扔过来一大块卫生纸，叹了口气，摇头道："胎儿心跳早就没了，你们这些年轻人啊，真是……"

秦风大脑一片空白，半天没回过神来。听到张思媛放声大哭起来，这才急道："医生，没救了吗？"

女医生冷冷地笑笑："心跳都没了，你说呢？尽快做引流手术。下一位……"

张思媛哭得越发伤心了。秦风上前帮张思媛擦去肚皮上的污物，准备扶她起来，却发现张思媛像一摊橡皮泥，瘫在床上，根本起不来。秦风安慰着，用力抱起张思媛，连牵带搂地走出B超室，张思媛这才慢慢停止了哭泣。

秦风怎么都想不通，他们付出了如此巨大的代价，六上北京，耗资约15万，就连列车上的乘务员都把他俩认下了。孩子，却说没就没了。他将张思媛安顿在楼道的椅上坐下，自己去找妇产科专家一问，才知是胎儿在培育过程中先天缺乏活力，植入母体后因各种原因导致停止发育，具体原因不明。

回到家，陈玉珍一看张思媛红红的眼窝，心就咚咚咚跳个不停，追问秦风检查结果。

秦风怕母亲一时难以接受，不知如何回答，转身进了书房。

陈玉珍就又追到卧室问张思媛。张思媛本想一个人静静，可一看到公公婆婆，想起这些日子婆婆周到体贴的照顾，现在却是这样的结果，心一酸，一下子扑进婆婆怀里大哭起来。陈玉珍知道孩子突然没了，心重得像丢进了千斤巨石，压得她喘不过气来。但她还是如此这般地劝慰张思媛，好事多磨，挺挺就过去了，重新再来。张思媛哭泣着看着陈玉珍说："妈，你说我的命为啥就这么苦呢？我知道，我这辈子可能做不成母亲了。"

不一会儿门铃响了，张思媛父母喘着粗气进来了。李月娟问了声"媛媛呢"，就冲向卧室。李月娟一进卧室，陈玉珍赶忙起身说："亲家来了？"

李月娟望都不望陈玉珍一眼，扑过去就抱住了自己的女儿，轻声柔气道："不怕，媛媛，有妈妈在呢！"张思媛在李月娟怀里浑身开始不停地颤抖。李月娟大叫道："媛媛，你怎么了……老头子，你过来看，媛媛这是怎么了？"秦风和张洪潮都跑了进来。陈玉珍赶紧倒了开水，放了蜂蜜端了过来。喝了点蜂蜜水，张思媛慢慢好些了，说："你们都出去吧，我想一个人待一会儿。"

张思媛父母坐在沙发上，目光仍定定地望着卧室的门。陈玉珍忙着给亲家泡茶。秦风苦着脸，仰望着天花板，心里像塞进了杂草一般。陈玉珍刚把一杯茶放在李月娟面前，李月娟一下子转过脸，恶狠狠地朝秦风质问道："前些日子检了都好好的，怎么突然就成这样了呢？一群人天天围着一个人转，还出了这么大的事，早知道这样，我就让媛媛回娘家住，也不会发生这样的事。"

张洪潮回过头瞪了老伴一眼。

李月娟一看老头子瞪她，立马将矛头指向张洪潮，道："瞪什么瞪？还不都是你遮遮拦拦的，我说把媛媛接回去接回去，你还说，没事没事，有亲家母照顾着……这下好了，孩子没了……"李月娟说着嗷嗷地哭了起来。

秦风想说什么，一看丈母娘哭开了，就把想说的话咽下去了。

陈玉珍坐一旁，慢慢道："亲家你也不要这样了，出了这样的事，我们谁心里能好受呢？再说，谁又能想到呢。我老婆子也操心伺候着，就怕有个一差二错，可谁知……"陈玉珍的话还没说完，就听见门铃响了。

秦风起身去开门。

门开了，秦天成肩上扛着蛇皮袋子，右手拎一红布手提袋，笑容满面地进来了。看见张思媛父母都在，嘿嘿地笑道："哟，亲家也来了啊！"说着放下肩上和手里的东西，再一看，大家都一脸木然地望着他。

张洪潮走过来跟他握了握手，道："大老远地，咋也不打个电话叫秦风去接接呢？"

秦天成嘿嘿笑道："接啥接，土农民，哪有那么娇惯。"说完又笑了起来。这次，他的笑只持续了几秒，才发现儿媳妇张思媛不在，便道："媛媛呢？"这下子，所有人都沉默了。秦天成看亲家张洪潮的目光一直朝卧室门望，便意识到张思媛出事了，脸立刻皱成个核桃，转过身朝陈玉珍大声道："出啥事了？"

陈玉珍叹口气，苦着脸道："孩子没了？"

秦天成一听孩子没了，眼睛瞪得铜铃似的，朝秦风吼道："好好的，怎么回事？啊？秦风，你是不是没干好事？"说完两手拍打着自己的膝盖，蹲在了沙发边上的地板上，从口袋里拿出烟来点着，大口大口地吸着。

客厅里静得只有秦天成抽烟发出的吧嗒声。

人流手术后，张思媛请假在家休息。

孩子没了，秦风父母的心又掉进了深渊，他们不知道在有生之年，还能不能抱上个孙子。秦风父母又待了三天，李月娟过来伺候，吹胡子瞪眼的，似乎秦风父母是孩子没了的罪魁祸首，再待着也别扭，带着失望回了农村老家。

秦风每天都按时下班，尽管丈母娘在，他仍做饭洗锅全包了，并时常开导张思媛想开，他们还可以重新再做试管婴儿。可张思媛除了拿无神的目光看秦风一会儿，一句话都不说。秦风知道她内心承受着无尽的痛苦，无论他怎么安慰，张思媛都像变了一个人似的，像雕塑一样没了任何反应。

秦风无奈，跟丈母娘商量，要不让张思媛回娘家住一段，可张思媛好歹一句话不说，只是摇头。秦风跟岳父母商量，他这阵子杂志正改制，不能离开，要不请他们二老陪张思媛到外地转转，散散心，或许会把这事慢慢淡忘。岳父母看着女儿这个样子，心疼得受不了，只好答应陪着去海南。张思媛就是不想出去，她就要一个人待在家里。岳父母苦口婆心地哄劝了三天，张思媛这才答应去。

宁州机场。秦风看着张思媛和父母过了安检，张思媛缓缓回过头，依依不舍地望了秦风一眼，慢慢转过身去。

秦风的泪再也止不住了。他知道，张思媛这是想让他陪着去。想想这些年，他们从没有一起外出旅游过，而且他为了写小说，每天都熬夜到很晚。当他上床的时候，常已夜半三更，张思媛或已沉沉睡去，或还在那儿苦苦地等着他。上了床，秦风也已是累得连说话的劲都没了，没了亲昵，没了交流，只有平淡的生活。秦风似乎已经习惯了这种忽略张思媛感受的生活。

秦风站在候机大厅外，抬头看见飞机起飞，似乎感觉张思媛离他而去了，内心里竟然升起一股从未有过的留恋和愧疚。

苏曼玲得知张思媛孩子没保住，也为他们感到难过。她本来打算约了子娟去看望张思媛，给秦风一打电话，说张思媛谁都不想见，来了只会让她更痛苦。苏曼玲理解，虽然她没结过婚，却明白女人此时内心的感受。在爱情与婚姻上，苏曼玲有自己独到的见解，她认为这个世界上，男人是靠不住的，你所能依靠的只有自己。特别是她母亲嫁给父亲，最后父亲的背叛，还有她大学时挚爱的男友最终离她而去，这一切都让苏曼玲觉得男人是一种很可怕的动物。相亲相爱的两个人，都有了爱情的结晶，却说分就能分开，随即又成了路人或仇人。这辈子，苏曼玲只想去爱，不想去结婚。这也是她因秦风而到宁州的主要原因。她相信爱一个人一辈子，没必要非得将对方套在自己的圈内，反而平添许多烦恼。她爱秦风，可她不反对秦风去爱张思媛。

苏曼玲知道秦风一个人，就约他一起吃饭。秦风犹豫了半天，虽说苏曼玲还不是老六的正式女朋友，可他们单独吃饭，会让老六有想法的。他不想因为这些小事伤了兄弟之间的和气，道："我请，和老六一起吧！"

苏曼玲在电话里不吭声了，半天才道："也行吧！"秦风能听出她失望和不快的情绪。

秦风知道子娟这些天也不好过，便把她也叫上了。秦风顺便又问了一下王国伟的近况。子娟说："案子省上办，听说事情不小，我爸托了很多关系也插不上手，只能听天由命了。"子娟说这些话的时候，显得异常平静，似乎王国伟有今天这样的下场，早在她的预料之中。

说起张思媛，大家你一言我一语地问秦风到底是怎么回事。秦风都一一回答了。子娟说："孩子没了，思媛心里肯定接受不了，你得好好关心体贴疼爱她，让她尽快走出阴影。不行，就再去北京做吧。"

秦风很无奈地点点头。

苏曼玲说："其实我觉得换个思维想想，非得要生个孩子才能活吗？为什么不好好地让自己享受生活，干吗都要把自己丢进有了小孩子后的一大堆烦恼中去呢。多累啊！"

老六看着苏曼玲，拿右手中指敲着桌面，道："你不明白，不孝有三，无后为大。这生孩子，已经不是两个人的事了，而是两个家庭、家族的大事，所以不是你想的那么轻松，一结婚你就知道了。"

秦风同意老六的观点："唉，我这要没个孩子，我爸妈还不把我生吃了？你不知道前些日子我是怎么过来的？我妈见天打电话，我是一听见电话响，头就大了。我很多时候只能借口开会挂了电话。直到再打来骂我不孝子，父母亲操心了儿子，还要操心孙子，人活着你说什么时候才是个头？"秦风模仿他父母的动作神情，把大家惹得想笑又笑不出来。

秦风说着说着不禁伤感起来，他其实也想要个小孩，没个小孩，生活总还是觉得缺少点什么。

大家又都安慰一番，秦风的情绪才慢慢好转。

秦风在饭桌上宣布了一条重要决定：停薪留职。老六、子娟和苏曼玲都很赞成。苏曼玲道："其实铁饭碗有什么好的，一辈子被绑在一条船上，再喜欢的工作也会变成敌人。研究表明，人一生至少应该换四种类型的工作去做，才能将智商和情商发挥到极致。"

子娟说："我也同意曼玲的观点，人一辈子就活几十年，为什么非要在一棵树上吊死呢？过去，总觉得父母辛苦供我们上了大学，如果把工作扔了，对不起所有人，也许是我们这一代人的观念问题。你看曼玲这一代，上的大学比我们好，现在也没吃国家饭的，不照样车行磨转，哪儿不好了？秦风你能迈出这一步，我觉得你离成功也就不远了。"

"其实，我总觉得，我们每个人总是受制于外在的很多看法或名誉，这样往往就把个性给丢了，让我们胆子越来越小，伸不开手脚，反而会错过很好的机会。秦风，我今天把话撂这儿，两年后，你绝对不想再回到单位挣你那点可怜的工资了。"老六说完，望着秦风嘿嘿地笑着。

秦风说："老六，你要让我干，我就干，但我有几个条件得给讲清楚，你如果不能答应的话，我就还拿我那3000元的财政工资去。"

"逼宫啊？"老六盯着秦风，"行，说说看，是不是超出了我的底线。"

子娟和苏曼玲在一旁认真听着。

秦风一脸严肃地说："也不是逼宫，我只是想，都是关系特别好的兄弟，不要因为工作上的事伤了感情，这样就本末倒置了。亲兄弟，明算账。先小人，后君子。把话说到前头，总比有了问题闹意见好吧？"

老六嘿嘿笑着点头。子娟和苏曼玲也点头说是。

秦风说："一是杂志运行所需的一切经费，你必须保证；二是稿费必须在以前的基础上提高40%；三是，你是杂志的法人代表，但杂志如何经营，必须我说了算。除非你认为我的决定违反了国家关于杂志经营的规定，可以解除我主编的资格。"说完，秦风从包里拿出了一份聘任合同和《秦风》杂志改革方案，说："具体的东西，这里面都写得很详细了，你回去了慢慢看。觉得合适，我就干，不合适，你就另请高人。"

老六看都没看，就塞包里，看着子娟和苏曼玲笑道："你们也听来了，我哪是法人代表，弄了半天我就是给他打工的小二。对不对？"

秦风得意地学着宋丹丹小品《火炬手》中的腔调道："我妈说了，我就是为《秦风》杂志而生的！"

大家都低声地笑了起来。

3

王倩的一条短信，让秦风的大脑顿时变成了一张白纸。

他双手抱头，闭着眼睛，让眩晕的脑袋稍稍休整，等他回过神来，时间已经过去了半小时。他再度闭上双眼，压抑着内心不断袭来的疼痛和恶心。其实，秦风内心最需要抵抗的是恐惧，他定了定神，尽量让自己内心稳定下来，慢慢地梳理着与王倩发生的往事。

王倩是一个很有心计的女孩儿，大学毕业后就分配到杂志社。在大学毕业生为找一份稳定的工作挤破头的时候，她却未经任何考试就进入杂志社，还占了财政全额拨款的事业编。这是未解之谜。秦风也不想知道，王倩毕竟只是他编辑部一名普通的职工，她有什么样的背景与他何干。

可事情慢慢变得让秦风有些愕然了，她总会有事没事进来汇报工作，而且隔三岔五请秦风吃饭。刚开始，秦风只觉得是新同事对老革命的尊敬，也就不当回事，秦风也会在方便的时候回请她。只是有一次他在回请王倩时，说顺便把猴子和刘蕊也叫上，毕竟都在一个办公室工作，而且都是他的下属。这下王倩显得不高兴了，她噘着嘴道："我不想你叫他们，我就喜欢跟你单独吃。"那一刻秦风已清楚地发现，王倩对他已产生了同事之外的意思。

之后，王倩越来越表现出对秦风的好感，有时候在他俩独处的时候，还会这样或那样地表达对他的好感。而秦风从来没有对王倩产生过非分之想。感情这东西，不是你想有就能有的，它是内心不由自主对异性产生的好感，对王倩，秦风却不来电。他待王倩还跟往常一样，只是尽量减少跟她独处的机会。没想上次单位的那顿饭，却让秦风醉酒后与王倩同处一室，有了一种说不清道不明的关系。那天晚上之后，王倩似乎什么事都没发生一样，该干什么还干什么。可那件事到现在已经过去小半年了，不可能现在才怀孕吧？再说了，他那天半夜醒来，分明记得他和王倩都是穿着衣服的，王倩是怎么怀孕的呢？

这样想着，秦风突然脑子一闪，想起猴子和刘蕊订婚那天，单位人都去喝喜酒。喝到最后就剩下他们编辑部的几个人了，然后又转战到KTV，后面的事秦风就记不大清楚了。他只记得醒来时一个人一丝不挂睡在宾馆床上，再回想头天晚上发生的事，一点都想不起来了。

难道就是那天晚上？

秦风绞尽脑汁回忆那天晚上前前后后发生的事，怎么也没有他跟王倩上床的一丝记忆。难道王倩想讹诈他？这也难说，自从苏曼玲出现后，王倩对他的态度就发生了变化，尤其是他没当上副社长后，她整天就跟纪均民走得特别近。秦风对王倩已经开始有了防备，就怕她狗急跳墙。谁能料到，怕什么还真就来什么。

秦风立即拨通王倩的电话，让她马上到单位对面的酒吧。

看王倩进来，秦风定定地看着她，王倩瘦弱的身子，一摇一摇地走着，枣红色的头发卷曲在身后，阳光下显得格外艳丽，洁白的脸上似乎洋溢着胜利的喜悦。她目光与秦风一碰，马上躲到了别处。等王倩坐定，秦风开门见山道："到底怎么回事？"

王倩斜了一眼秦风，低头摆弄着压在屁股下的短裙，淡然道："什么事你不知道吗？"

"我知道什么？"

"我短信上不都跟你说得很清楚了吗？"王倩说完又嘀咕道，"裤子一提就不认人了你？"

秦风喝了口咖啡道："你说怀孕就怀孕了啊？"

王倩冷冷地笑笑，似胸有成竹般地拉开身边的包，从里面拿出一张纸，递给秦风。

秦风一看，脑子又嗡的一声。市医院出具的一份检验报告，上面显示确实是怀孕。秦风虽然心里一直在打鼓，可他又一想，如果真是他在酒后乱性所为，躲是躲不掉的，该面对的迟早得面对，于是定了定神，显得异常镇定地笑笑，问："既然已经这样了，那说说你的打算吧。"

王倩也轻啜一口咖啡，气定神闲，半天才一字一句道："我要你离婚。"

秦风怔住了，睁大眼睛看了她一会儿，苦笑道："我知道你是跟我开玩笑呢，你要身材有身材，要脸蛋有脸蛋，跟我这么个老男人有什么好的。别感情用事了，你应该找一个跟你年龄差不多的男孩子才好。"

"那我这孩子怎么办？"王倩指了指自己的小腹。

"打掉吧！"秦风一脸笑容，语气里包含了近乎乞求的成分，"你年轻轻的将来挺个大肚子，那也不是个事啊。"

"这绝对不可能！何去何从，你自己考虑，我给你三天时间，到时候如果还不离婚，别怪我不客气！"王倩说完，鼻子里哼了一声，把桌上的检验报告塞进包里，起身走了。

秦风看着王倩杨柳扶风般地身影消失后，心中翻江倒海。

直到晚上10点，秦风才跟跟跄跄从酒吧出来。他不想回家，却不知道自己要去哪儿。就这样摇摇摆摆往前走，晕晕乎乎地看见一个女人抱着孩子迎面走来，与她擦肩而过，他忽然感觉像是子娟，便回头喊了一声子娟的名字。女人停下匆忙的脚步，回过头来，果然是子娟。秦风借着路灯的光，见子娟一脸焦急，秦风尽力抬起头，把眼睛睁大，问怎么了？子娟看秦风走路走路摇摆不稳，知道又喝酒了，嗔怪道："你怎么喝成这样？"然后才说阳阳突然发高烧，出来打车又打不着，只好先抱着往医院方向走，看到哪儿能打上车。

　　秦风一听，酒醒了一半，马上从子娟手里抢过阳阳，吃力地往前走。子娟看他深一脚浅一脚的，有几次差点摔倒，便嚷着要自己抱，可秦风就是不给。子娟叹了口气，无奈地抓着阳阳的手，跟着秦风小跑着。子娟心里说不出的难受，以前，虽然她不爱王国伟，可毕竟家里有个男人。尽管王国伟大多数情况下都在单位加班，可只要大小有个事，她只需给他打个电话，不一会儿公家的车就停到了楼下。她从来没有为这种小事发过愁，而现在，什么事情都得她一个人扛。阳阳小的时候，她怎么都抱走了，可现在他长大了，子娟抱着他，就像抱着一麻袋粮食一样，举步维艰，幸亏碰上了秦风，虽然他喝醉了，到底劲比她大多了。

　　往前走了不一会儿，就拦了一辆出租车。子娟赶紧冲过去开车门，让秦风先抱着阳阳上去。赶到医院直奔急救中心，子娟看着让大夫检查，秦风忙着去交费。一阵子忙乎完，看着阳阳安静地躺病床上输液，子娟看起来也平静了很多，秦风的酒也早醒了。子娟看着秦风，小声地问："刚跟谁喝酒呢？"秦风苦涩地笑笑，犹豫了一会儿才道："一个人"。

　　秦风又想起了王倩肚子里的孩子，心里乱极了，他真想把这一切一股脑儿宣泄出来。可这样龌龊的事，他如果说给子娟听了，或许这么多年来他在子娟心里的美好形象定会瞬间毁灭殆尽。他不能说，说出来他就会马上变成流氓，变成十恶不赦的敌人，从此他跟子娟可能连朋友都做不成了。可不说，他心里又堵得慌。这么多年，子娟是他唯一倾诉衷肠的对象，快乐时与她分享，痛苦时与她分担，他就是这样走过了一天又一天。

　　可今天，他却突然觉得自己走不下去了。因为王倩的威胁，让他觉得走投无路了。他曾经的确是做出过跟张思媛离婚的决定，可后来情况发生变化，他觉得离婚是对彼此的巨大伤害，当感情没尽，缘分没尽，离婚无疑是抱着痛苦当幸福。可现在，张思媛失去孩子的心痛还在秦风心里回荡，他怎么可能提出离婚呢？

退一步讲，他即便不跟张思媛过了，无论跟谁一起过，也绝不会娶王倩当他的老婆。他从来都只把王倩当一个不错的同事，而且他这些年太了解王倩了，她其实就是一只诱人的花瓶，只可远观不可近视。更重要的是她太"聪明"了，聪明得有时候让你觉得有些奸诈。有时小小的伎俩，秦风看在心里，可就是不戳破。在秦风看来，女人应该多一些傻气，少一些奸诈，才是男人喜欢的那种类型。

秦风还沉浸在自己的苦闷里，子娟突然问："想什么呢？"秦风哦了一下，笑笑说没想什么。子娟笑道："我怎么看你今天有心事。我知道，你还在为失去孩子的事儿心痛，想通算了，也许有些事情需要受尽磨难才能迎来幸福。"

秦风痛苦地点点头。

子娟继续道："这个时候，思媛最需要的是你的关心和疼爱，好好把身体恢复好了，还可以再做。人这一辈子不可能一帆风顺，有些人是这儿不顺，有些人是那儿不顺，但都会遇到不顺的。打起精神来，一切都会好起来的。"

秦风叹口气道："我实在是太累了，你说就为生个孩子，本来是再自然不过的事了，现在对我来说却成了天下头号大事了，是女人怎么就不能生孩子呢？"

子娟望着秦风道："到底是谁的问题？"

秦风理直气壮道："肯定是张思媛的问题。"秦风心想，如果我有问题，王倩怎么可能怀孕呢？这样想着，秦风倒为自己生育没问题而感到些许自豪，可一想起又要来回跑北京，心中便升起阵阵莫名的烦恼。

子娟忍不住笑了，"你对自己就那么自信？还指不定是你的问题呢。"

秦风也笑了，开玩笑道："你不信啊？不信你试试？"

子娟一本正经道："好啊，干脆我给你生一个，还免了你东奔西跑。"

秦风嘿嘿地笑着，拿色迷迷的眼神注视着子娟。

子娟红着脸，把目光转向吊瓶："哦，液输完了。"然后摁了床头的呼叫器。

进来一位年轻漂亮的女护士，20岁的样子，麻利地换上液体，友好地望了秦风一眼，刚转过身准备离开，像突然忘记了什么，转过身看着秦风说："不好意思，您是不是秦风老师？"

秦风笑眯眯地看着女护士点点头。

"您真是秦风老师啊？真是不可思议。"女护士像看见自己向往已久的明星，立刻没了先前的矜持，打了鸡血似的，蹦着。一看病床上的小病号，才伸伸脖子意识到自己行为的夸张，压低声音说："真是缘分啊，我在安徽上护校时就读您的书，后来就喜欢上了……"女护士感觉后面这个"您"字说出来可能有些唐突，刹住了。顿了一下，又道："……就喜欢上了您的小说。我毕业后到宁州，知道您也是宁州人，还老想什么时候能有幸见见您呢，没想到今天就撞上了。您稍等……"女护士说着就冲出了病房。

不一会儿，她手里拿着一本书进来了，说："您给我签个名吧！"

子娟一直默默地看着女护士和秦风，为秦风的才华感到骄傲，又为小护士对秦风的过度热情和崇拜妒忌。

秦风看是自己的新书《爱痕》，说："谢谢你读我的书！你有笔吗？"

女护士忙道："有有有！"说着从白大褂上衣口袋里抽出笔递给秦风。

秦风签完名，女护士端详了半天，幸福地点着头，道："秦老师，您不但小说写得好，连字也写得这么漂亮！"

秦风不但是中作协会员，而且是省书协会员。听到女护士的夸奖，心里很受用，笑道："哪有你长得漂亮呢！"

女护士红了脸，有点不好意思，又马上取下白大褂口袋上用夹子夹着的小本子，说："秦老师，我也是个文学爱好者，您能不能留您的电话给我，不知道以后我能不能向您请教一些问题？"

秦风看了子娟一眼，无奈地笑笑，把电话写在了小本子上。

女护士瞅一会儿秦风的手机号码，抬起头眉开眼笑地又说了很多谢谢，终于满足地走了。

女护士一出门，子娟便盯着秦风望了半天。

秦风笑着问："为什么这样看我？"

子娟摇着头说："没看出来啊，你秦风不但是中老年妇女的偶像，还是无知少女的偶像啊！老实交代，骗了多少无知少女的芳心？"

秦风笑着走到窗前，向子娟招招手。子娟好奇地走过去也站到窗前，秦风指着天空，说："你数数今夜天空中有多少颗星星？"

子娟一下子掐住秦风的胳膊笑骂："你真坏！你真坏！"

秦风轻叫一声，嘿嘿嘿笑了起来，子娟也笑着。

4

起风了，海面晃动了起来，海水激烈地拍打着沙滩。张思媛沿着沙地，慢慢往前走，她长长的发丝和白色的纱裙在风中飘动，双脚被不断冲上沙滩的海水浸湿，似乎都毫无察觉。不远处，成群结队的游客们，穿着花红柳绿的泳装，在浅水处嬉戏打闹，甚是高兴。在张思媛身后不远处，张思媛父母不时拿焦灼的目光望着她。

到三亚已经三天了，张思媛却始终无法融入这个快乐的海洋。她觉得，眼前这一切，似乎都是别人的，不属于她。她只是游离于这个美好世界之外的一叶孤舟，在汪洋大海上飘浮，怎么也找不到彼岸。张思媛父母想尽一切办法想让她快乐起来，高兴起来，可她就像一个提线木偶，沉默寡言，父母说到哪儿她就去哪儿，而且每到一处，她都不让父母陪着她，而是独自一个人转。此时，张思媛走到了人们嬉笑打闹的地方，看见一对年轻的父母抱着不足2岁的小男孩在水里玩着，她坐下来，抱着双膝，定定地看着，眼睛一眨不眨。

张思媛父母也停下脚步，远远地盯着女儿。李月娟抹了一把泪说："老头子，你说我们的女儿这是怎么了？三天了没见她笑过，也没见她说过多的话。"

张洪潮叹了一声说："媛媛曾经是那么开朗，想想那年她上中学时，我们带她来海南，你想起来了吗？好像就在这儿，她笑着跑着闹着，多开心！"

李月娟突然像想起了什么，又抹了把眼睛，兴奋地说："对对对，就这儿，我看见那块石头了。这一晃都快二十年了，人这一辈子啊，什么时候才能有个安呢？年轻的时候愁老的，送走了老的愁小的，没想到安顿了小的，还要愁更小的……"说着说着又开始流泪。

"人这一辈子，啥时候不闭眼，啥时候都得有个愁头啊。只有两眼一闭，两腿一蹬，就彻底不愁了。即便你有再放不下的东西，也不得不放下了。你说，我老在琢磨，媛媛怎么突然成这样了，就算没了孩子，可还可以再做啊，也不至于变得我都有些不认识了。"

"你们男人懂个屁？自己身上的肉掉了，疼的是女人，男人根本不觉得。这压力也够大的，你想这一趟又一趟北京跑得，容易吗？"

"我觉得媛媛成这样，还不仅仅是没了孩子的事。肯定还有别的事。"

"还能有什么事？"

李月娟忽然像明白过来了，道："你是说秦风？"

张洪潮点点头。

李月娟马上问："你是说秦风外面有了女人？"

张洪潮不吭声了。

李月娟的脸一下子沉了下来，推了一把老伴的胳膊问："你给我好好说……"

张洪潮仍不言语。

李月娟从老伴的眼神里读出了内容，突然大发雷霆，骂秦风是个畜生。

张洪潮实在憋不住了，道："我也只是自己想的，你别听风便是雨了。"

李月娟心里起了疙瘩，又说："这两年秦风一直说怀不上怀不上，分明说是媛媛的问题，我怎么觉得是他秦风没那个能力。我倒要看看他秦风是个什么鸟……"李月娟还正说得起劲，张思媛父突然叫道："不好了，媛媛不见了……"

秋天是收获的季节，可对于秦天成和陈玉珍老两口来说，庄稼收什么都已经不重要了。他们盼星星盼月亮盼来的孙子，就这样，像还没熟透的麦粒，一阵狂风刮来，说没就没了。

自打宁州回来，秦天成感觉浑身被抽空了，一点劲都没了，家里躺了两天，一句话没有，陈玉珍不管说什么话他都发火，最后干脆什么都不说了，自个儿拿镰刀上地割豌豆去了。

这天，陈玉珍一个人早早来到地上，她割着割着不知怎么，泪珠就滚落下来了，抹了把泪抬起头，看着太阳已爬到了树顶上。秋豆种得太晚了，都没长饱就被霜杀了。她长长地叹口气又弯腰干活，也只有不停地干活，才能让她不再想那些烦心事。可很多时候，手里面不停地干活，可心早飞出去了，想秦风，想儿媳妇，想刚刚有了点影儿又突然没了的孙子。秦风小的时候她盼着长大，秦风长大了，她盼着能考上大学，有个铁饭碗，谁知道有了铁饭碗，后面还有这样愁肠的事等着他们老两口。说起儿媳妇，人样子，脾气秉性，都让他们很满意，可就是好歹生不出个一男半女。老人们常说，不孝有三，无后为大。老秦家世世代代待人和睦友善，可不能在传宗接代上让他们失了颜面。陈玉珍同情儿媳妇，觉得女人一辈子都不容易，如果儿子离婚了，后半辈子可怎么活。可秦天成却不这样想，说光人好顶个屁用，不下蛋的鸡你养它有啥用，死活叫秦风离了再找一个马上生娃。这话，秦天成还不好跟儿子说，逼着让陈玉珍亲口说给儿子听。后来听说做什么试管也行，陈玉珍自然高兴，秦天成说做试管那只是哄人的，怎么可能呢，只是再不提让儿子离婚的话了。可现在，事情却偏偏应了秦天成说的话，都怪死老头子那张乌鸦嘴。

陈玉珍再抬起头朝后望的时候，秦天成不知什么时候已不声不响在她身后不远处，弯着腰不停地割着豆秧。陈玉珍大声喊："你不好好缓着，下地来干啥？"

秦天成头也不抬地怒道："干你的活！"

秦天成一句话把老伴儿堵回去。陈玉珍瞪了秦天成一眼，再没吭声，把镰刀抡得更欢。

一上午无话。中午回家时，秦天成说了一句："你赶紧给我打电话，问秦风打算咋办？我总不能等到死，还等不来孙子，叫我怎么闭眼？"

秦风坐在办公室，什么都没心思干，只是发呆，脑海里全是王倩和她肚子里莫名其妙的孩子。想起这事，他就莫名地烦躁，只要闲下来，就直往脑子里钻。秦风想得脑子都快炸了，他想冲出办公室，踢开王倩办公室的门，质问她为什么要害他。可这一切，无论悔恨，还是愤怒，他都只能自己酿的苦果自己尝。他只想尽快了结，可怎么才能了结呢？跟王倩结婚？不可能，绝对不可能。王倩根本不是他喜欢的那盘菜，他不能毁了自己。退一步讲，如果怀他孩子的人是苏曼玲，他可能会做出这样的决定。可怎么才能让王倩死了这条心，且把孩子打掉呢？

钱！对。没有什么事不能用钱来摆平的。

这是王倩曾经无意间跟他说过的一句话。是啊，这个世界上，能用钱解决的事就不是大事。这样想着，秦风心里舒展了些。可要摆平王倩，那得多少钱呢？5万，10万，还是20万？或者更多？根据秦风对王倩一贯的了解，她绝不是一盏省油的灯。但不管怎样，只要能拿钱买个心安就是烧高香了，毕竟钱是世上有的东西。如果王倩将这件事公布于众，那后果将不堪设想。

　　秦风立刻给王倩打电话，要她这会就到对面的酒吧。王倩在电话里笑得很灿烂。秦风说完就把电话狠劲掐断了，像是掐的不是手机，而是王倩。

　　王倩从进酒吧到坐下，脸上都带着征服者的笑容，"想通了？"

　　秦风给自己要了啤酒，给王倩要的是果汁。他淡淡地朝着王倩笑，突然有种从未有过对这个女人的反感和厌恶。但表面还是很客气地说："我们相处了也有几年了，我知道你是一个有情有义的女孩子，你说我在张思媛刚刚流产后就跟她提出离婚，还是个男人吗？你将来也会为人妻为人母，这一点，我想你作为女人也应该懂。我真是做不出来啊！"说完秦风显出一脸的痛苦，一口气喝完了杯中的酒，又大声地喊服务员再来一杯。

　　王倩其实已经知道张思媛胎死腹中，但她仍佯装吃惊的样子："是吗？什么时候的事，怎么没听你说起过。"说完还唉声叹气了一番。

　　秦风仰头长叹一声，道："就在三天前。"

　　王倩停了停，道："那正好，她生不了，我给你生。"

　　秦风对现在的女孩子一直没想明白，为什么对于秦风这一代人觉得难以启齿的话，她们却说得脸不红心不跳。他笑笑，回道："我们年龄上的差距太大了，不太合适。再说，我已经不想跟张思媛离婚了。你看我们之间这事，还能不能用别的方法解决？"

　　王倩一听，眼睛顿时亮了，噘着嘴道："你说怎么解决？"

　　秦风觉得鱼已朝自己这边游过来了，该下勾钩的时候到了，便试探性地问："你把孩子做了，我给你点钱作为补偿好吗？"

　　王倩似乎恼怒了，道："你以为你嫖妓呢？想得还真容易。"

　　秦风一听，心里没底了，说："我经过慎重考虑，觉得这是唯一的解决办法。如果这个办法你不接受，那你想怎么样我都行，反正我现在就是案板上的肉——任你剁。"说完只是一小口、一小口地喝啤酒，一直等王倩的反应。

王倩愣了半天，终于沉不住气了，说："我真的爱你，我也不忍心伤害你，还有什么办法呢？你说给多少钱呢？"

秦风说了自己做试管婴儿等事，把家里的积蓄全花光了……王倩没等秦风把苦诉完，打断道："秦风，别给脸不要脸，我这已经够让步了。"说着腾的从座位上站起来，"20万，一个边边都不能少，三天内打我银行卡上，否则，有你好看的。"说完快步走了。

秦风愣住了。他新出版的情感小说《爱痕》，共30万的稿费，一个试管做得已经剩下不到10万了，哪儿去弄这么多钱呢？秦风手机连续响了两下，一看是王倩发的银行卡号，还有一条彩信。秦风打开一看，是一张照片，吓了一跳，照片上的秦风裸露着上身，正躺在宾馆的床上。虽然图片清晰度不够，但只要眼睛没毛病的人一眼就能认出是秦风。

最毒不过妇人心啊！

海南三亚海边沙滩上，张洪潮和李月娟小跑着，张洪潮边跑边打张思媛的手机，通着，没人接。李月娟则逢人就问："有没有见过一个35岁上下，1米6左右，长发，瓜子脸，大眼睛，耳朵下有一黑痣，穿白色纱质连衣裙的女的？"所有人都微笑着摇摇头。老两口越跑游人越来稀少了，仍不见张思媛的影子。他们只好返回来，跑到张思媛刚才坐过的地方，又从那儿跑到马路上，逢人便问，路人皆摇头。这下老两口急了，放眼望去，在这个陌生的地方，连一个熟悉的面孔都没有，上哪儿找去？李月娟急道："这怎么办？赶紧给秦风打电话。"

张洪潮哼了一声说："他在宁州，我们在哪儿？有用吗？"张洪潮到底是见过世面的，表现得还很镇定的样子，折回来，看见有穿保安制服的人，就上前把情况说了。两位中年保安询问了走失者的相貌特征，马上开始打电话，可反馈回来的信息都是没见过这个人。这下，张洪潮急了，望着大海，一种不详地预感袭上心头，他又告诉自己不可能，马上又回到公路上，向着刚才寻的相反的方向一直往前走，边走边拿出手机拨打110。号码还没拨出，抬头一看，张思媛正跟随着一夫妇迎面走来，这对夫妇手里还推着一个婴儿车，车里坐着一个胖嘟嘟的小孩子。这对夫妇还不时地跟张思媛说着什么。见两位老人追上来，女人抓住张思媛的手，迎了过来，"你们是不是找她？"

张思媛父母眼睛里都是泪花，使劲点着头说是。

年轻女人说："我们推着孩子要回，发现她跟在后面，走了很远了，她还跟着。我就上前去问，她才说是来旅游的。我们怕找不到团队，就只好带着她返回来了。"那女人把张思媛的手交到张母手里，又低声道："她是不是有精神病，你们二老可要当心啊！"说完，牵着丈夫的手嘀嘀咕咕回头走了。

李月娟又气又笑地问女儿怎么到这儿来了。张思媛拿混浊的目光看着母亲，又望望已经远去的夫妇俩，一声未吭。

回到宾馆，张思媛一个人待在房子里，电视开着，眼睛朝着电视望，脸上却没有一丝表情。张思媛父母在自己房间阴着脸，谁也不说话。其实，他们心里都在想那一对陌生夫妇说的话：是不是有精神病？张母不时走出房间，脸贴在女儿房门上，仔细地听着动静，生怕再有个什么意外发生。

等张母进来，张父气呼呼地说："回，明天就回！再待下去是要出事的。"说完就向房门走去。

张母急问："你干什么去？"

"我去想办法买机票。"

张母的心随着房门咣的一声响，立刻提到嗓门眼上，再也放不下了。

5

深秋的晨风，像从水里淘洗过一样，带着湿重的寒意。

秦风仍一身夏天的装扮：蓝色短袖，黑色中裤，白色运动鞋。一出门，整个身体不由打个寒战，似乎一时还难以适应这突如其来的寒意。

秦风开车径直向老六公司驶去，想赶在张思媛回来之前，把王倩这档子事了结掉。否则，王倩如果发了飙，狗急跳墙，把那张照片公布于众，或将照片发给张思媛，就很被动了。无论王倩用哪种手段，对秦风来说都将是致命的打击。尤其张思媛，失子之痛还都没过去，再看到这张照片，不知道会发生什么样的事。这些天，他给张思媛打过很多次电话，想好好安慰安慰她，可她却一次都没接听过。他昨晚还给岳父打了电话，岳父突然说海南太热了，后天就准备回来。秦风很纳闷，说要不直接飞湖南张家界，那儿气温应该刚好。岳父说媛媛不想转了，还是回去，然后就挂了电话。不管怎么样，他必须要在张思媛回来之前，悄无声息地把这事给了了。

金盾大厦共21层，高高耸立在繁华的市中心。老六的公司刚刚乔迁新楼，看门的老头秦风熟悉，朝他热情地微笑着，用手向上指了指，意思让他上去。

秦风会意地点头示谢，钻进了电梯。电梯在7层停下，秦风出电梯，直接往老六办公室去。这时，小宋笑着迎了上来："秦主任找刘总吧？"秦风对小宋也熟悉，笑着点点头。小宋说刘总不在办公室，12楼会议室开会，让秦风先在刘总办公室坐会儿，她去汇报。

老六的新办公室秦风还是第一次来。偌大的房间足有120m^2，有些夸张的老板桌摆在最里面中间的位置，后面整个墙壁全是书柜，里面摆满了各种各样的书籍。桌子四周围了很多真皮沙发，沙发的空当里都放着茶几，茶几上摆着奇石，木雕，建筑模型。桌子左右两边的墙壁上，一面挂着一幅清明上河图的临摹画，另一面挂着我国著名书法家启功的字。秦风仔细一看，竟是他很早以前写给老六的一首诗：

> 钟楼巍巍迎华岳，祁连苍苍泽百川。
> 匈奴悍马芳草地，去病骁勇倾酒泉。
> 鸿雁飞断万里云，戍卒冰塞泪湿衫。
> 芳草不知何处去，唯有清泉独自流。

秦风笑笑，心想老六看起来虽是个粗人，但内心还是特别细腻的。这首诗，是秦风信手拈来的，遣词造句，对仗押韵，都没有细细斟酌过，没想却被老六当成了宝贝，还请大书法家启功书写，装裱挂墙上了。

秦风正端详自己的诗还有几处需要修改，只听门外老六说话："……晚饭安排到杏花村吧。"秦风正欲回头，老六已站在门口，嘿嘿地笑着上前跟秦风握手，说："稀客稀客啊，不好意思，刚开了个会。"

秦风也笑笑，说："还跟我客气，知道你忙。"

"嫂子海南玩得怎么样？"老六招呼秦风坐沙发上，他自己并不坐老板桌后面的黑色高背椅，而是和秦风一起坐到边上的沙发里，这样显得更亲近。

"唉，她不接我电话。"秦风摇着头，一脸苦涩，"我给老丈人打了，可能快要回来了。"

小宋进来微笑着倒了茶，又微笑着退了出去。秦风瞅了瞅门口，心想苏曼玲怎么没来。

"不要多想了，慢慢就好了。"老六说，"你今天来得正好，刚刚把你的战场布置好，正说请你过来视察，这不，说曹操曹操就到了。走，顺便过去看看。"

秦风看着老六，犹豫了一下。老六扑哧笑了，说："走吧，我知道你找我有事，天大的事也得等看完了再说。"说着拉起秦风，直奔而去。老六边走边说："我们哥俩的办公室就在7楼，我听说是七上八下。"说完嘿嘿地笑着，"这不，你离我只有一步之遥，嘿嘿……"

秦风拧眉一笑，道："让我也感觉一下'上'的滋味？"

秦风办公室其实和老六办公室只隔了一间办公室，门上的门牌都贴好了：社长（主编）室。秦风看着老六，道："你可利索啊，没几天就弄得有模有样了。"

老六道："说干就干，现在是万事俱备，只欠秦风。哈哈哈……"

社长（主编）办公室跟老六的办公室面积差不多，陈设也基本一致，只是茶几上少了几块石头而已。秦风扫了一眼，显出惊讶的神色："不用跟老总一个档次吧？你是来客多，我搞这么大排场给谁看？"

"你不懂，这是实力的象征。"老六神秘地道，"什么时候搬过来？"

秦风说："改制方案省新闻出版局还没批下来，应该快了吧。"

从秦风办公室出来，又看了6楼三间编辑部办公室，回到老六办公室，老六才问："这会儿说吧，有什么事？"

秦风有点难以启齿，但他还是硬着头皮说了借钱的事。老六说："你老哥可是第一次朝我张口，不容易啊，是不是打算再上北京？就是，只要有恒心，我相信孩子迟早会来的。"说完拍拍秦风的肩膀，"10万够不？要不拿上20万吧。"

"够了够了，10万就够了！"秦风面有愧色，他无法在老六面前说出借钱的真实目的，只好顺着老六的话说，"是啊，我是有这个打算。"就试管婴儿的事，秦风还真没想过接下来怎么办，他对再次上北京折腾，确实没多大信心。

老六走到老板桌前，摁了一下桌上的呼叫器。不一会儿小宋进来，老六说："你让苏经理过来一下。"

小宋说："苏经理这会儿正给销售人员开会呢！"

老六说："我知道了，那完了让她过来一下，你就说秦老师过来了。"说着望了秦风一眼。

秦风和老六又聊起王国伟，从打探来的消息看，王国伟还有他的领导事情都不小，已移送司法机关，可能用不了多久就会开庭。老六看着秦风说："你是文化人，对人研究得比较深，你说我们的父辈们，过去穷得裤子都穿不上，可人却活得欢实。我们这一代人，通过自己的奋斗，生活富足了，衣食无忧了，可人为啥却越来越不快乐呢？"

秦风笑笑，道："怎么突然成哲人了，开始思考人生大课题了？"

老六嘿嘿地笑着说："不是，我父母不是闹着回农村老家去了嘛。你还不知道，我前一段回家看父母，你猜我老爸在干啥？"

秦风问："干啥？"

老六说："你知道，我老爸当了一辈子民办教师，最终也没变成公办教师，然后被辞退了。他并没有因此想不开，最近开始编修《五坝乡志》，那个认真劲儿，你还没见，像是在完成一件流芳百世的大事。我妈说他没事就往县档案局跑，回来就没日没夜地写，光为写这书都花了几千块钱了，连夜里做梦说胡话都是修志的事。你说他老了放着清福不享，何必受这份苦呢？"

秦风满眼放光，兴奋起来了，说："他老人家可真叫我们佩服啊。说实话，我们这一代人虽然生活上比他们优越，可精神上比起他们就差远了。归根结底是，我们灵魂深处的善都被自私淹没，被欲望这张大嘴吞噬了。我想，我们的下一代更甚，当欲望占据整个心灵的时候，又变成一只难以喂饱的饿狼，你满足不了它的时候，还哪有快乐可言。"

"你才是真正的哲人！"老六笑着点点头。

秦风继续道："就说你，白手起家的时候，风里来雨里去，虽然苦些累些，可你心里是快乐的。而现在，你什么都有了，为什么没以前过苦日子的时候快乐呢？因为你物质的极端富足带动了你欲望的加速膨胀，就像水和船的关系。"

老六说："那你说我现在该怎么做才能变得快乐呢？"

"做公益。"秦风说，"当你内心深处想去帮助那些需要帮助的人的时候，你付出的是物质利益，得到的却是精神上的满足。拿钱换快乐，这个划算吧！"

老六嘿嘿地笑着："公益我也做啊，这些年。"

秦风说："你那是零敲碎打，你应该成立一个老六基金会，用一生去做。另外，杂志社现在成了你的，你就是宁州乃至全国文化的领军人物，如果成立一个'刘建国文学奖'，这样你的精神就感觉充实了。陈光标为何把公益做到国外了，我想这是有原因的。"

"文化人就文化人，牛！"老六拍手鼓着掌，笑着，"走，时间差不多了，吃饭去。"

正说着，苏曼玲噔噔噔地进来了，面露喜色，说："秦老师可是稀客啊！不好意思，我刚给销售人员开了个会，才完……"老六嘿嘿地插话道："好了，一起去吃饭，去了再聊。"说完转过脸说："哦，对了，海涛要去北京学中医按摩，我把他也请了，今晚也算我们大家给他饯个行吧。"又对苏曼玲说："曼玲，你这会儿给子娟也打个电话，让她到杏花村，虽然国伟现在那样了，但我们的生活还得继续。"

秦风惊讶地起身，边走边说："真不错啊，海涛能走出去，就已经成功了一半。"

今天，杨海涛一身蓝西服，还扎了一条棕色领带，戴一副宽边茶色眼镜，脸上洋溢着笑容，把在场的所有人都惊呆了。

苏曼玲像看外星人一样瞅了杨海涛半天，说："杨哥，没看出来啊，你穿上西装原来这么帅！"杨海涛转过脸"望"着身旁的李佳怡，红了脸笑着，"都是佳怡捯饬的，我感觉特别扭，像是所有人都拿我当外星人了。"李佳怡说："他不要，是我硬让他买了穿上的。不管怎么样，活人，咱们就精精神神地活，有什么好别扭的。"

大家都你一言我一语地说杨海涛新生活已经开始了，又夸李佳怡眼光好会打扮。李佳怡被夸得有点不好意思，抿着嘴直笑。

等子娟带着阳阳来的时候，苏曼玲从子娟手里接过阳阳的手，牵着他又笑又逗。李怡佳问："子娟，怎么看起来皮肤黑了，是不是为国伟的事……"

子娟怔了一下，笑道："最近学开车晒得。我对机械天生没感觉，以前干什么都是他开着车，现在我得学会自力更生了。尤其上次阳阳病了，打车打不着，还没把人害死。我是立志要学会开车。"说着望了秦风一眼。

秦风朝子娟赞许地点点头以示鼓劲。

说起开车，大家又都谈到现在驾校培训出了不少的马路杀手，闲谈着近日宁州发生的几起交通事故。老六说得嘴角直泛白沫。子娟看见了，摆着手直叫道："你们都什么意思？人家刚刚才学车，让你们这一通说得，我都不敢摸方向盘了。"

大家哈哈地笑起来。老六这才停下来，说："光顾说话，菜都上来了，先吃先吃。"苏曼玲瞅了秦风一眼，同时，子娟也瞅了秦风一眼，但秦风只顾跟杨海涛说话，没注意到子娟和苏曼玲的眼神。

杨海涛挨着秦风坐，趁老六和苏曼玲、子娟斗嘴时，杨海涛对秦风说："这次去北京，多亏了你早早给我联系好了，要不，我真觉得我这辈子也就这样完了。"

秦风摇手道："我也只是恰好有个这方面的熟人，关键还要看你了。"

杨海涛说："我会好好学的，不为别的，为佳怡我也得好好学，他为了我，连工作都辞了，要一同和我去北京学。"

秦风不相信自己的耳朵似的，愣了半天，才问："你说什么，佳怡辞职了？"

杨海涛一副无可奈何的表情，道："唉，我怎么都劝不住，她还是偷偷办了辞职手续。"

秦风的目光一下子投向李佳怡，看着她乐得嘴都合不拢的样子，秦风心里不由得为她和杨海涛的这份感情生发出的这股力量而感动不已。秦风作为一个大男人，都下不了这个决心，受到各方面的压力，最终还不是不了了之。现在仅就停薪留职这一决定，还都瞒着父母和张思媛，谁知道他们知道了又会怎么指责他。此时，他对李佳怡已不仅仅是感动，更多的是敬佩，一个1米41的小女人，说决定就决定了，把自己的后半辈子交给了另一个男人，无惧无畏。秦风抑制不住自己的激动和兴奋，马上端起一杯酒，说："大家静一静，我有个重要的事要给大家宣布……"秦风停住了，把目光投向李佳怡。李佳怡朝他笑笑。

秦风继续道："李佳怡同学决定辞职和海涛一同上北京学按摩。"

老六和子娟先是愣住了，像没听懂秦风的话。苏曼玲第一个回应，也端着酒杯站起来，说："佳怡姐，我为你的勇气和胆识叫好，来，我们共同祝福海涛哥和佳怡姐。"说完，大家都不停地鼓掌。

李佳怡也端着酒站起来，说："说句不害羞的话，我上大学时就喜欢杨海涛，可后来我们都经历了这么多磨难，我才发现，我心里只有他。无论他是浪迹天涯，还是他成为什么样的人，我都会不离不弃，跟着他走到老。只要能跟他在一起，哪怕吃糠咽菜，工作又算得了什么……"李佳怡说到后面，已是泪眼婆娑。

李佳怡这些年过得也不容易。刚毕业那时，心里还装着杨海涛，可杨海涛却找了别人，她痛苦了半年，经人介绍认识了法院的王冕，三个月后结婚了。婚后的生活并不如意，问题也是李佳怡不生孩子。县人民医院检查报告单显示是李佳怡输卵管先天畸形。之后，李佳怡在王冕面前就特别自卑，他说东她不敢西，李佳怡小心谨慎地伺候着王冕，就这样，王冕还常常在喝醉酒后对李佳怡大打出手，这还不算，他还在外面养着一个女人，李佳怡只有忍气吞声地煎熬着，心想，自己生不成小孩，离了婚哪个男人要。还是在杨海涛出事前，她一个在医院的好朋友告诉了她一个秘密：王冕死精，给她的检查报告单是假的。李佳怡到宁州市人民医院做了检查，身体健康，回来就提出了离婚。王冕不离，拖了一段时间，最后还是同意了。

李佳怡一口喝干了杯中的酒，又是一阵阵掌声。所有人眼里都笑出了泪花。

第五章

Chapter five

暧昧有毒

沉默，沉默。似乎只有沉默，才能让这个世界变得更加和谐。

1

王倩坐在酒吧靠窗的包间，音箱里播放着萨克斯名曲，声音柔美圆润。她记得秦风老听这个曲子，叫《罗密欧与朱丽叶》。她默默地笑笑，用右手优雅地端起高脚杯，小拇指高高地翘起，酷似兰花指，轻啜一小口红酒，然后拿略微焦急的眼神瞟窗外一眼。窗外的行人步履匆匆，但谁也不知道，她此时，正等待的是怎样一种惬意和胜利。

时间就这样一分一秒地过去，瓶中的红酒已过半，她脸上掠过一丝焦躁不安的表情，正欲从包里掏什么，突然包间紫色的落地帘子被拉开了。

进来一男子，头顶上稀稀拉拉奔拉着几根黑发，一双小眼睛色迷迷地看着王倩笑。

王倩淡淡地笑笑，问："你怎么跟这儿来了？快出去，待隔壁先凉快着。"

男子将头点得蒜槌子一样，顺溜溜地退了出去。待男子走了，王倩开始拨号，手机响着，对方却不接。王倩便反复地拨打……嘴里骂道："牛人，不接电话？"

电话响起的时候，秦风正开车，只斜了一眼手机，看是王倩，有意不接。他现在不但不想再看她一眼，更不要说听她的声音了。今天，将成为他跟王倩的分水岭，给了这钱，这辈子他都不想再看到这个女人了。他唯一感谢王倩的是，她让他验证了一个事实：他有生育的能力。同时也证明了张思媛不能怀孕完全是她的问题。这样想着的时候，似乎让这些年在张思媛面前所有的自卑一下子都烟消云散了，变成了胸有成竹、理直气壮、理所当然等很能让人抬得起头的成语了。

这20万，秦风权当买了个教训。虽然秦风向来视金钱如粪土，但这20万，却让他心痛了好几个晚上。不知道这20万打了水漂后，他又要点灯熬油透支睡眠多少个夜晚才能换来，一想起这些，秦风悔得直想给自己几个耳光。可事已至此，按父亲的老话讲：斗大的麦子也得从磨眼里下，疼又能怎么样？谁让你不疼的手往磨眼里搋呢？活该！

秦风进了酒吧包间，看王倩洋洋得意地看着他。他强忍着内心的激烈翻滚，笑笑说："钱，我一分不少地都准备好了，只是在我给你打钱之前，我想有两件事你得先办了。"

王倩脸上不好看了，道："什么事？快说。"

秦风说："一是你得在打胎后，把医院的病历给我复印一份。"

王倩想都没想，说没问题，又道："还有呢？"

秦风说："再就是，你得给我写一个书面的东西，证明你收到20万现金，再不找我什么麻烦。"

王倩哼了一声，冷笑着，"见过不要脸的，还没见过你这样不要脸的。行，后天下午还在这儿见。"

秦风强忍愤怒，淡淡地笑着说："恐怕不行，最迟明天晚上。"

王倩咬着牙道："你什么意思？你以为堕胎跟怀孕一样容易啊？"

"没什么意思，要想拿钱，就只能明天。"秦风只想在张思媛回来之前把这件事了结掉，他心里的石头也就能落地了。

秦风离开不久，秃头男子进来了，嘿嘿笑着向王倩扑了过去。王倩一把将他推开，说："急什么急？气死我了，想不到秦风还真不是个书呆子。"

秃头男子说："你刚才就把东西拿出来给他，20万不就到手了？"

王倩敲着秃头男子的头，骂道："你知道你为什么三十多岁就秃了吗？"

秃头男子也不生气，仍嘿嘿地笑着问为什么。

王倩说："聪明绝顶！你想啊，他这样一说，我就把他想要的东西给他，傻子都能看出来其中的道道了。"

秃头男子一把抱住王倩，拿舌头在王倩脸上舔，最后停到了王倩嘴唇上。王倩已笑不出声来了。

第二天晚上，秦风先到了。王倩苦着个脸进来，双手抱着肚子，脸上也看起来煞白煞白的，还不停地唉哟叫唤。秦风看了一眼，不知为什么，突然有些同情王倩了。毕竟是他的行为导致她怀孕，才有她堕胎的痛苦的。而且他还听说，堕胎很可能会导致婚后容易流产或不能怀孕。这样想着，秦风觉得对一个女人来说，得到这20万，仅是补偿了身体的痛苦，可内心的伤害却是无论用多少钱都无法补偿的。

从酒吧出来，秦风就直奔最近的ATM机，把钱转到了王倩指定的账户上。

飞机早上10点落地。

秦风又熬了个通宵，他得还债啊！虽然这本书他已构思了很长一段时间，可前一阵子，王倩的事把他折腾得坐卧不安，哪能静下心来动笔呢。

破财免灾，这话真不假。看着ATM机上显示"转账成功"，秦风的心才落下，这件缠绕他多日的龌龊事终于画上了一个圆满的句号。

晚上，他突然就有了写作的冲动，想把这部作品写成他最经典的作品，作为他主编《秦风》杂志最大的献礼。写到凌晨5点时，仍文思泉涌，可眼睛已艰涩难忍，更要命的是腹部发出阵阵疼痛。他停下来，吃了几粒药，把闹铃定在了8点，强迫自己睡了。

秦风的车子刚出小区门，老六和苏曼玲已在小区门口候着了。

秦风停车下去问他们，这么早去哪儿？老六嘿嘿地笑着说："去接嫂夫人啊。"苏曼玲按下车窗笑笑说："子娟姐本来也要去的，要送阳阳。我们走吧！"

秦风感激地轻叹一声："我一个人去就行了，还麻烦你们干什么。"

秦风的车子没开动，苏曼玲一脚油门，老六新买的宝马X7已冲出老远。

在机场候机大厅里，秦风找了个位置三个人一起坐下。苏曼玲坐到了秦风边上，老六看了苏曼玲几眼，没吭声。苏曼玲察觉到了老六细微的表情变化，借机让他们聊，自己则去了洗手间。

老六说："这些年，我们都是互相看着走过来的，老哥不容易啊。我知道，你也是一代风流人物，身后小姑娘小媳妇成串串，但也只能尝尝鲜，不能玩得太深。其实，我以前也不拿这当回事，老觉得想玩就玩玩，不玩也白不玩，自从亲眼见到杨海涛的悲剧发生后，我发现，人不能这样活。说女人是祸水，一点都不假，好多事儿，哪个不因女人而起，玩着玩着可能就会引火上身，不划算。你不看，我后来收敛了很多，尤其是曼玲的出现，让我就彻底收手了，我就打算这辈子只爱她一个人，不管她是怎么想的。"

秦风不知道老六要说什么，但直觉告诉他，老六是知道了他跟王倩的事了，但仍是不动声色地点着头。

老六表情显得很严肃，又道："就说你，吃的苦多，磨难大，可也没我多，没我大，往后的生活，还是要有信心。思媛嫂子真是一个不错的女人，要离了她，你老哥真就只剩下当个孤零零的'作家'了。这次嫂子回来了，好好给开导开导，继续上北京，直到把孩子生下来。我给你的钱如果不够，你吭气，需要多少尽管开口，我就不信老天不给老哥开扇门了，连扇窗也不开？"

秦风不停地点头，听到老六最后那句说门和窗的话，差点笑出来，忍住了，觉得老六虽然没什么文化，可他不怕困难朝前走的这股韧劲，还真是让他佩服。

老六又道："昨晚上，我跟海涛电话里聊到很晚，他说，他这些日子不知道为什么，夜里老是梦见刘亚娟，祝小梅却一次都没梦见过。那时候，他调到城里，突然环境变了，周围的人也变了，慢慢就觉得刘亚娟土气，没文化，跟自己不搭调，带出去转街都觉得很丢人。当他轻而易举地越过雷池之后，才发觉这边的风景确实很好，但好景不长，他发现祝小梅除有一份秀色可餐的外表外，内心竟然是那样狭隘、自私。当他想明白的时候，已经晚了，挣不脱了。祝小梅以死威胁，他只能往死胡同里走，想回头都难了。可悲剧就是在他的两难选择中发生了，他毁的就不仅仅是自己的一辈子……"

正说着，老六看苏曼玲过来了，就不说了。

苏曼玲远远地就看老六又是点头又是指手画脚地讲着什么，她走过来却又不说了，便故意问："什么秘密还怕我听着？"

老六嘿嘿地笑道："没什么，都男人之间的那些破事，你懂的。"

苏曼玲越发好奇了，看老六不说，便看着秦风说："秦老师，你说，男人之间的哪些破事儿？"

秦风笑笑，看看老六。

老六赶紧站起来，说："你们聊，你们聊，我去趟洗手间。"

秦风说："刚才我们在聊海涛过去的一些事，你应该清楚。"

苏曼玲一脸痛苦，说："我听说过，唉，真是一场悲剧啊！你说，既然是悲剧，可为什么现实中的人都趋之若鹜呢？"

秦风说："天性使然，得不到的总是最好的。"

苏曼玲又说："我觉得祝小梅在这起悲剧中起了主导作用。他爱海涛哥，难道就非得逼他离婚才是爱吗？难道就不能在容纳刘亚娟爱的前提下去爱，而非独占。"

秦风觉得苏曼玲的看法很大胆很新颖，笑道："爱情是自私的，尤其对女人。"

苏曼玲摇了摇头，说："理是这么个理，可祝小梅最应该思考的是，在她之前已经存在的客观现实，海涛哥已经结婚而且有了孩子，她和海涛哥的关系也只能在已有格局的前提之下发展，就像逻辑学中的大前提与小前提的关系。如果没有这样理智的思维，悲剧的发生是必然的。"

秦风望着苏曼玲："你真是这么想的？"

苏曼玲点点头，脸上微微泛红晕。

这时，老六过来了，拍着手道："哎哎哎，刚一架飞机落地了。"正说着，广播里播报："海南飞往宁州的4323次航班，因天气原因，晚点30分钟……"

老六的目光愣在了秦风脸上，秦风心里咯噔一下，胡思乱想起了马航MH370的失联。这一念头刚一闪过，秦风立即掐灭，告诉自己晚点就是晚点，与那个没关系。

苏曼玲看着秦风，安慰道："晚点，正常情况，一会儿就到了。"

三个人再也没心思闲扯淡了。秦风站在出站口不停地往里张望着。老六在候机大厅里踱着步子转来转去。苏曼玲仍坐在椅子里玩手机。

直到中午12点，飞机才落地，所有人的心也才落下来。

张洪潮推着行李车，李月娟牵着张思媛的胳膊，朝这边慢慢走来。三个人脸上都没有外出度假回来时疲惫的喜悦，目光呆滞，毫无表情地望着来接他们的人。苏曼玲不知什么时候从哪儿弄来一束鲜花，等张思媛过来，飞快地走过去，笑盈盈地说："思媛姐，祝贺旅途归来。"说着把花往张思媛手里塞。

张思媛呵呵地笑着，只听"啪"的一声。苏曼玲还没有反应过来，只感觉脸上火烧火燎的疼。等秦风反应过来的时候，苏曼玲已经痛苦地捂着脸，埋下头，眼睛里汪满了泪水。苏曼玲觉得自己的脸不是被打了一记耳光，而是被撕碎了扔到地上被重重地踹了一脚。

秦风朝张思媛大吼道："你这是干什么呢？"

李月娟赶紧把女儿抱住，顺手接过苏曼玲手里的鲜花，说着对不起。苏曼玲正欲转身往大厅外跑，老六莫名其妙地看了张思媛一眼，搂住苏曼玲的肩在一边心疼地安慰着。

张思媛见秦风有些扭曲的脸，嘴里不停地说着对不起。

张洪潮把秦风拉到一边，说："媛媛可能精神上出了问题，你给小苏说说，不要让她太难过。"

秦风走过去，把实情给老六和苏曼玲说了。苏曼玲顿时抬起头，擦去眼角的泪水，笑笑："没事的，没事的。"

一路上，张思媛嘴里不停地嗫嚅着"对不起"三个字。张洪潮把海南发生的事讲了一遍，秦风才意识到问题的严重性。张洪潮说，自从那天走失后又找回来，她天天嘴里念叨着三个字"对不起"，再没别的话。秦风心情顿时变得异常沉重，过了一会儿，说："爸妈，要不，把思媛先送医院做个全面检查吧？"

李月娟大吼道："去什么去，该去医院的是你——秦风，我们家媛媛好好的，你说，怎么成这样了？"

"怎么成这样了？这些天你们一直在一起，你问我，我问谁去？"

秦风平日里对丈母娘的吆五喝六，他都是能忍则忍，笑脸相迎，可今天，他没忍住。自他和张思媛结婚以来，丈母娘对秦风家的成见，不好直接朝秦风父母说，就把所有的情绪都发泄到秦风头上。秦风一直强忍着，谁让自己是农民的儿子呢！好在丈母娘心肠不坏，完了就完了，秦风也就不当回事。但今天，秦风面对丈母娘的火气，不知怎么，就没忍住顶了上去。顶撞丈母娘的话一出口，秦风就后悔了。可说出去的话，再也收不回来了。

李月娟愣在那儿，半天没反应过来，头转过来转过去，似乎是在四处寻找顶撞她的人，最后把目光停在了张洪潮脸上。张洪潮拉拉老伴的衣袖，白了她一眼，一声没吭。

2

杨海涛和李佳怡要去北京学按摩，学多长时间，他们也说不准，什么时候取得"真经"，什么时候回来。儿子杨小沫只能交给父母照管，好在儿子还算听话，父母管着他也放心。

周末，杨海涛早早起来，和李佳怡带儿子去儿童乐园玩，算是临别前给儿子的一点补偿。下午，他想去老六公司看看。老六搬了新办公楼，他还没去过，顺便向他告个别，再把买导盲犬的钱还他。因为有李佳怡在身边，留着昂贵的导盲犬是一种浪费，杨海涛便折价原卖回宠物店，自己又凑了点就够了。杨海涛总觉得欠老六的人情委实太多了。

没想，老六却打来电话，说张思媛从海南回来了，像是得病了，看起来还挺严重。

杨海涛一听，就觉得奇了怪了，好好的人怎么一趟海南走得就得病了呢？一细问，才知道张思媛精神上出了问题。下午他和李佳怡买了很多营养品，先去看张思媛，一打秦风电话，才知道张思媛在娘家。杨海涛就觉得事情不对劲，又一想，住娘家也可能是她父母照顾起来方便，便没多想。

秦风一听杨海涛要去看张思媛，下午也赶到了岳父家。杨海涛和李佳怡进屋，张洪潮脸上带着热情的笑容，李月娟却绷着脸，没一点表情，似乎张思媛得这病都是杨海涛害的。这让秦风很是尴尬。

秦风推开卧室门，杨海涛和李佳怡跟着进去。

张思媛坐在床上看电视，眼睛仍盯在电视上，似乎对杨海涛和李佳怡的到来视而不见。秦风走到张思媛身边，轻轻拍拍她的手，说："思媛，海涛和佳怡来看你了！"她这才转过脸，望着杨海涛和李佳怡嘿嘿地笑着，说："你是？都敏俊，都敏俊……呵呵呵……"说完，笑完，又回过头去专心致志地看着电视。

眼前的情景，把李佳怡惊呆了。李佳怡痛苦地望着秦风，说："思媛怎么，突然就跟变了个人似的，这到底是怎么回事？太不可思议了，怎么不去医院看大夫呢？"李佳怡的话说得又急又快。

"我也不知道，从飞机上下来，还给了苏曼玲一记耳光呢！就为看病这事，丈母娘还跟我不高兴呢。"秦风叹了一声，朝卧室外望了一眼，轻声道，"我想可能是这次孩子突然没了，对她打击太大的缘故。"

李佳怡说："她看的这电视剧，好像是《来自星星的你》。"

"就是的，她从进家门看上这个电视剧，一直就盯住这个看。电视剧已经全剧终了，她还嚷着要看这个，没办法，买了光盘，一直放，直到她不想看了才关电视。"秦风道，"第二天一睁开眼，还看这个！"

杨海涛说："我能感觉到……完了再说吧。老哥，无论怎样，得尽快送医院治疗，再不能耽误了。"

"我都说N次了，他们不听。"秦风说着，拿目光指向客厅，"要不，你们出去再劝劝？"

李月娟其实不是不想把女儿送医院，而是一直不愿意接受这个事实。她总觉得女儿就是心里想不开，就像吃饭噎住了一样，慢慢就好了。这会儿，听杨海涛和李佳怡一说，她才觉得女儿是不是真病了，坐在沙发上苦着脸直点头。张洪潮说："我说你还不听，媛媛这就是得病了，得快治。"

杨海涛说："叔叔阿姨，其实思媛这病也没多严重，只要去医院进行一段时间的心理疏导……很快就好了。"说完杨海涛朝着张思媛父亲故作轻松地笑笑。

其实，杨海涛在失明之前，发现祝小梅神经有些狂躁，他了解过这方面的精神疾病。他虽然嘴上说张思媛这病不重，可心里很清楚，这病不好治。但为了不给张思媛父母增加负担，只能选择善意的欺骗。也许人们对曾经得过大病的人再谈起病时，更具说服力。在杨海涛的一番开导下，李月娟的脸变得舒展了些。可张洪潮却神情凝重，没有因为杨海涛的这番话变得轻松起来。

李佳怡好奇地看着杨海涛厚实的嘴巴不停地吧嗒着，蹦出来一个又一个她听都没听过的新鲜名词，也不知道他突然哪来这么多专业知识。只是为他这样劝慰张思媛父母而高兴，并未想到别处。

老六、子娟和苏曼玲也都来看张思媛。看到张思媛突然变成这样，大家都很伤感，觉得不能相信，又都你一言我一语地劝伯父伯母，不能再耽误了，得赶紧上医院。李月娟这才决定送医院。

秦岚站在秦风家单元门前，按门铃，却没人开。她知道张思媛孩子没了，本打算早早过来看望，可上面安排她到省里学习，她忙着把手头的工作赶了赶，打算到省城报到完了顺便去看。想张思媛做了人流，肯定在家休息，谁知家里却没人。打秦风手机，秦风情绪不高，说他马上回来。

秦风回来把情况大致说了，秦岚吃了一惊，问："怎么会成这样？大夫怎么说的？"

"我本来想让她去散散心，谁知道心没散好，倒散出了病。"秦风一脸苦涩，感觉有些话说也无益，直接道，"明天早上送医院做检查。"顿了顿，又问："爸妈都好吧？我这几天就郁闷的，也没给他们打过电话。"

秦岚缓缓地摇摇头，道："自从那天回去，爸就像变了一个人似的，要么是跟妈发火，要么是闷闷不乐地抽烟，人都瘦了一圈。"

秦风深深地叹口气，道："你说，香火，就那么重要吗？难道这就是人们活着的全部意义？"

"对他们那一代人来说，接续香火就是人活着的全部意义。但，你是还年轻，等你到了爸妈那个岁数，可能就不这样想了。"秦岚道，"我是能理解爸妈的想法。"

"姐，我实在是筋疲力尽了，总不能为了要个孩子，把我这半辈子都搭上吧。"秦风说。

秦岚看着弟弟，心里也不是个滋味，不知道该怎么说了。

秦岚拉着秦风去看张思媛。张思媛见了秦岚也是认不出，只是呵呵地笑着说一些电视剧里的台词。秦岚像是在听人说梦话，不相信面前的人就是那个贤淑的弟媳妇。

第二天，秦风早早去接张思媛去医院。张思媛看到秦风，木然地望了一眼，又专注于她的电视，似乎眼前的这个人，是一个她压根从来都不认识的人。电视里播的还是《来自星星的你》。秦风看着看着，泪水慢慢涌了上来，他突然觉得张思媛特别可怜，而他却又无能为力。秦风流了会儿泪，坐到张思媛身边，抓着她的手，哄道："思媛，走，我们去医院。"张思媛像被针扎了一下，跳上床，躲到床最里面，大声说："我没病，你们才有病呢！"

秦风苦涩地笑笑，哄道："听话，我们不去看病，过来。"

张思媛抱着胳膊，浑身开始颤抖，口里不停地嘀咕："我没病，我没病……"

最后，还是在岳父母的帮助下，才连哄带骗地弄到省人民医院。

秦岚也赶到医院，气喘吁吁地跟秦风说："今天开班，我应了个卯就赶来了。"说完跑过去紧紧抓住张思媛的手。

整整折腾了一早上，结果要等下午才能出来。

检查刚做完，秦天成和陈玉珍也赶到了医院。秦风看着父母焦灼的眼神，心里像是搅拌机在旋转。

陈玉珍抓着张思媛的手问这问那。秦天成则站在旁边盯着儿媳妇看。张思媛答非所问，尽说些上不沾天，下不着地的话。陈玉珍看着秦天成。秦天成的脸皱成了一块老榆树皮，一句话没说，直唉声叹气。

李月娟很不耐烦地上前从陈玉珍手里抢过张思媛的手，生硬地说："走，回家！"

张洪潮很局促地笑笑，跟秦天成打了招呼也转身走了。

秦风让秦岚先带父母回家，他送下岳父母一家就回去了。

秦风回去的时候，秦岚和母亲已经做好饭端上了餐桌。全家人情绪都很低落，秦天成也不坐沙发，站阳台上，独自一根接一根抽闷烟。陈玉珍在厨房里喊了几次吃饭，他似乎都没有听见，目光空洞地望着窗外，一声接着一声的叹息。

看着父亲，秦风有一种万箭穿心的感觉。

下午一上班，秦风就直奔医院。医生说，所有检查结果都正常，身体本身没有任何疾病。但从患者表现上来看，不能排除患有精神性疾病的可能。建议送省精神病专科医院进行进一步检查和治疗。秦风把检查结果告诉岳母，岳母在电话里一个劲地哭，骂道："秦风你个畜生，我媛媛好好地被你折磨成精神病了，你个畜生，媛媛要有个三长两短，我饶不了你……"说完嗷嗷地大声哭着。

秦风打开车载导航，才准确地找到省精神病专科医院。他第一次来这个地方，一进大门立刻被眼前的氛围惊住了。有的病人被护士推在轮椅里一边转悠一边聊天；有的病人坐在花坛边上狼吞虎咽地吃着食物，还嘿嘿地笑着，家人坐在边上不停地抹眼泪；有的病人正追赶另一个病人，护士也在后面追；还有的在破口大骂，不知道在骂谁，反正骂的话秦风也听不懂。秦风转了转，发现男人少，女人多。看来女人的承受力的确是不如男人。一转身，一个30岁上下，披头散发的女人却不知道什么时候站到了他面前，轻声喊他"哥哥"。秦风吓了一跳，夺路而逃，那女人仍在身后说："哥，你等等我，等等我。"秦风头皮发麻，绕了几个圈，看身后没了人在追，碰见一护士，才像得救了似的。

专家听了秦风对张思媛症状的大致描述，看了所有的检查报告，说："精神病与感冒、发烧一样，是一种疾病，是由社会、心理、生理三方面的因素综合作用而造成大脑功能紊乱，导致精神活动、行为失常。从报告来看，不是因身体疾病引起的。从你描述的症状看，很可能是情感性精神障碍，问题还不是很大，具体你把病人带来我们检了再说怎么治疗。"说完把所有的检验报告推给了秦风。

秦风便收拾检验报告边问："医生，像她这种，多长时间能治好？"

专家笑笑，说："这个谁也说不准，治愈是一个综合的过程，有些人虽然看起来严重，但三五个月就治好了，可有些人看起来属轻度的，但也有三五年治不好的。"

秦风愣了半天，直到一位女患者被几个人拽着站到门口，大骂道："我没病，我没病，我要回家！"他才起身。

秦风的心一直往下沉，往下沉，双腿没了一丝力气。他无力地朝大门口挪去，难道张思媛也会像他们一样，在这儿度过漫长的时光？秦风简直不敢想象他将来的生活该会是什么样子。

回到家，秦天成阴着脸，仍站在阳台前烟雾缭绕。陈玉珍则站在秦天成身边，像是在说什么。秦风进门后他们就不说了。秦风说："爸妈，你们也不要太着急，专家说问题不大，治一段时间就好了。"

秦天成和陈玉珍半天没接秦风的话，等秦风换了鞋子，秦天成说："没那么轻松，我们村里的兰花不是例子，情况跟她差不多，五年了，不还是个疯子！"

陈玉珍说："兰花那是没人好好给治，才成现在那样的。"

秦天成瞪了陈玉珍一眼道："咋没治？她男人领上云南四川的也不没治好。现在男人早又结婚，生的儿子都三岁了。"

秦风给父亲递过一支烟，秦天成皱着眉头，直摆手。

秦风自己点上，手里的打火机不断地在掌心翻跟头。他听出了父亲话里的意思。可这个时候，他怎么能跟张思媛离婚呢，这样，他还不被别人的唾沫淹死。秦风耷拉着脑袋不吭声。

父亲说："儿子啊，我这把老骨头也撑不了多久了，以后的事你得早做打算。"

秦风说："爸，你的意思我懂，可思媛现在这个样子，我还能怎么办呢？只能把病先治好了再说。"

陈玉珍唉声叹气一阵，道："媳妇是个好媳妇，可咋就这么个命呢？"

秦天成噌地站起来，道："什么命不命的，三截锯不如一改锯，我看离了算了！"说完走到阳台，隔着窗望着外面飘来飘去的云朵。

沉默，沉默。

似乎只有沉默，才能让这个世界变得更加和谐。

3

张思媛正式入住精神病院。

秦风怕两家老人看到精神病院的情境，心里留下抹不去的阴影，再平添一段忧愁，决定就他和秦岚去送。一切似乎都很顺利，张思媛没哭没叫没闹。

秦风离开时，护士告诉他，如果没什么事就尽量减少探视的次数，尤其刚开始的治疗阶段，家属要配合治疗，最好就不要来看了。护士陪张思媛说着话。

秦风走到门口，一回头，发现张思媛呆呆地望着他，目光里似乎充满无限留恋。张思媛自海南回来，目光一直是呆滞、混浊的，从来没有清晰过。可今天，她的目光却如此清晰而又凝固，定定地望着他的那一刻，秦风竟然觉得张思媛根本没有精神病，是装的。

张思媛不在家的日子，秦风整夜、整夜睡不着，翻来覆去，眼前全都是他们曾经在一起欢乐的情景。第一次跟张思媛见面，那是一个春天的午后。那天正好是周末，秦风在公园门口等，子娟带着张思媛走过来，简单做了介绍。张思媛红着脸，目光躲闪，不敢正眼看秦风，只远远伸过手来，等着秦风握。秦风慌乱地伸出手，轻握一下，张思媛毛茸茸的眼睛，不是特别大，却很迷人。她的手绵绵的，凉凉的，一下子就爽到秦风心里去了。秦风很在乎第一感觉，子娟给他先前介绍的很多女孩子，没一个有过这种电光石火的感觉。秦风结婚后，子娟才告诉他，张思媛是她的闺密。

后来，秦风和张思媛周末逛公园。张思媛抱住秦风，头抵着他的下巴，问："你是我们第几次见面喜欢上我的？"秦风反问"你呢"。张思媛用拳头击打着秦风的胸膛，撒娇："人家让你先说嘛。"秦风就呵呵地笑。

这样一来二去，然后杀过张思媛父母重重阻挠后，他们结婚了。婚后两地分居的日子，尽管苦涩，却很甜蜜。每周五下午秦风从乡里赶到城里，小两口在家里缠绵累了，去外面吃饭，晚上看电影，完了去夜市吃烧烤。秦风知道张思媛爱吃烤羊肉，张思媛知道秦风爱吃糊辣羊蹄子，两个人再要两瓶啤酒，吃着喝着笑着。午夜时分，两人才相拥着唱着王中平的《等你》回到家。秦风怕张思媛怀孕，只好用避孕套，有时正欲房事，发现那东西早已用完了，两人相视默笑，然后大半夜满城跑着买。店铺开的不多，他们常常要走很远的路才能买到，每到一处，张思媛都把秦风推到前面，她望着别处，不敢看那个东西。等秦风拿着胜利果实出来后，张思媛用手扒拉着秦风的眼皮子，朝着他扮鬼脸，笑着说："羞！羞！羞！"

两地分居的美好二人世界，因秦风调到宁州后，慢慢发生了改变。争吵不断增多，为做饭，为花钱，为冲马桶……总之是为各种各样鸡毛蒜皮的小事而吵得不亦乐乎。当他们意识到婚姻里需要一个小孩子，才能结束这种无休止的争吵时，却发现生个孩子竟然成了他们生命里最最艰难的事。矛盾似乎就潜伏在那儿，动不动就会因一件小事而爆发，要么冷战，要么吵架，而且吵架不断升级，张思媛常常会躲回娘家不见秦风。

也就在那个时候，秦风的《别恋》出版了，火了，"粉丝"突然增多，而且有很多女读者不远万里来到宁州，目的就仅仅是见秦风一面，多单纯，多清澈。秦风不得不承认，他的心，从那个时候开始有一半是游离于张思媛之外的。因为那时候，他觉得家庭生活突然间变得乏味无趣，似乎每天踏进那个家门都成了一种负担，尤其不断涌来的"什么时候要孩子啊"，诸如此类的问题，听得脑袋都快炸了。他觉得只有在麻醉状态下，内心才是宁静的。也是从那个时候起，秦风开始贪上了酒。

秦风走进书房，打开电脑。他已经有好些天没动笔了，心里乱得理也理不清，确实无法全身心投入创作。他把张思媛送进精神病院后，困顿的心似乎一下子得救了，至少安然了很多。小孩的事都已经不再重要，重要的是尽快能让张思媛变成一个正常人。

秦风登录QQ，一堆头像在眼前像雨点似的乱跳。秦风先点开了子娟。子娟的话全都是问张思媛情况的，还有对形成张思媛目前这种病因的具体分析。秦风一看时间，好像是刚刚留的言，最后还说：明天有空的话，我们出去坐坐，好吗？秦风再没细看她前面的话，回道：好的。

秦风又看了看，苏曼玲的头像是灰的，也没有留言。苏曼玲很少在QQ里跟他聊天，她说她还是喜欢直接打电话或发短信，觉得这样有在场感。但秦风每次登上QQ，还是止不住要看一眼苏曼玲的头像。

秦风没有续写他的小说，他进入不到故事里，干脆就新建了页面，把这些日子内心的苦闷写了下来。写着写着，他突然感觉腹部隐隐作痛，他用手摁住，还是痛。强忍着到厨房倒了杯热开水，把药喝下去，才慢慢好些了。他关了电脑，不敢写了，怕再痛，走进卧室，又想起了张思媛。往常这个时候，她应该就睡在里侧，或轻鼾不断，或摁开灯朝着他笑。而此时，看着漆黑的卧室，潜意识里张思媛仍睡在那儿，还会摁开灯，还会朝他笑。可这一切都没有发生，他摁开灯，面对空空的床，竟觉得这卧室从没有过的大，大得让他无所适从。腹部轻微的疼痛又开始了，他走到床的另一边，想从床头柜里找点止痛片。当他拉开床头柜，胡乱地翻着，发现有一张叠好的纸，好奇心让他拿出来，打开一看，吃了一惊，竟然是他打印好的离婚协议书，这怎么在这儿呢？更让秦风吃惊的是，离婚协议书的后面签名的空白处，工工整整写有张思媛的名字。秦风愣住了，这名字是什么时候签的呢？想了想，肯定是去海南之前。秦风继续看，下面还有张思媛写给自己的一封信。

老公：

那天洗衣服，当我发现你口袋里这份离婚协议书时，感觉天旋地转，五脏六腑顿时都像被掏空了。我不知道自己是怎样从卫生间走出来，又走回卧室的，疼痛和泪水已经将我的心淹没了。

我多想、多想回到从前，回到我们两地分居的那些日子，那些短暂的见面相聚，然后匆匆离别却十分甜美的日子。可这一切美好都已经一去不复返了。为什么生活环境和生活条件越来越好了，两个人不再期盼周末相聚了，反而没那么甜蜜了呢？同处一室的冷淡，说话时的冷漠，漫无边际地折磨着我，让我难以承受。不知道从什么时候起，你的心已慢慢走出你曾经说过的"我的港湾"，不再专注于我一个人，你甚至在逃避我。我知道，我不能为你生孩子，这是你最大的痛。可这，何止是你的痛，更是我作为一个女人无法示人的伤痛。我恨自己不能生！但无论怎样，当看到这份离婚协议时，我还是无法接受这个现实。我们走到今天，我一心一意，踏实安然地爱着你，从没有发生丝毫改变。可今天，这一切美好都将坍塌。我一直以为，爱情是永恒的，即使没有孩子，也不会改变我们之间爱的永恒，可事实却不是这样的。我知道你是个孝子，你也很痛苦，父母为了抱孙子，没少逼你。我也折磨了自己很长时间，在痛苦中挣扎，在迷茫中徘徊，在泪水中前行。也许这都是命中注定的，我只有认了。

老公，你可知道，这些年我是怎么过来的吗？你调到宁州的这些年里，你知道我心里想什么吗？你带我看过一场电影吗？我最爱吃的烤羊肉你可能都不记得了。我怀念那时候每个周末回来，你都带我去吃，还怀念你骑摩托车带我去后山爬山，我爬不动时，你背着我。你还说，无论天崩地裂，洪水漫天，你都要背我一辈子。这些年，你除了写作还是写作，我承担着所有的家务，强忍着你与诸多女人的交往（当然我不知道你们到底到了什么程度）。我走过来了，就因为你对我许下的诺言。为了这个家，我宁愿把所有的痛都吞咽下去，一个人咀嚼，一个人消化，也不想让你有负担。我一直觉得，我会坚持到我坚持不下去的那一天，虽然我不知道那一天是什么时候。但这一天还没有到来，你已经不让我坚持了。我终于想明白了：这个世界上，幸福谁是谁的，不幸也谁是谁的，没有人会替你分担——即使是自己最心爱的人！

离吧，离掉了，你就能追求你的幸福了，我想我依然会坚守
下去，把肚子里的孩子生下来。

永远爱你的媛媛

信的后面，又附了几句话：

老公：

　　孩子没了，我已经一点点希望都没了。我们离吧！协议书上
的字，我已经签了，什么时候办手续都行。但无论怎样，我都会
永远祝福你——平安健康快乐！

　　秦风看着信，泪水打湿了信纸，直到最后抱头失声痛哭。他只觉是自己亲手把张思媛送进了精神病院，他就是那个刽子手。

　　痛哭一阵，他又认真看了看落款时间，发现前一封信是去海南前10天写的，后面附的几句话是在去海南前一天写的。看来，去海南之前，张思媛才决定跟他离婚的。

　　第二天，秦风迷迷糊糊醒来，已经九点了。他打开手机，看见两条短信。一条是子娟发来的，说中午12点，她在"沙漏"等他。另一条是苏曼玲发来的：

　　我知道你在经历着一场磨难，而我只能在旁边静静地看着你，却无能为力。你一定要振作起来，好好的。我相信，阴霾终会过去，一切都会好些来的。相信，我会一直守在你的身旁。

　　沙漏是新近才开的一家书吧，在典雅舒缓的轻音乐里，品着咖啡，酒或茶，然后悠然地享受阅读带给我们的快乐，不去管时光流逝。这是秦风最喜欢的一种休闲方式。

　　秦风第一次发现这样的场所，还是那次去昆明的时候。他进去喝了一杯咖啡，就喜欢上了那种氛围，想起了陶渊明"结庐在人境，而无车马喧"的境界。心想，等有一天可以自由支配自己了，他一定也要在宁州也

开这样一家书吧，把他出版的书全都摆在里面，不为挣钱，只为那些喜欢书的朋友，有一个谈天说地、交流读书心得的空间。没想，还没等他开起来，已经有人率先想到了。秦风又看一眼招牌上"研磨时光于指间流沙，漏遗喧嚣于静默时光"那一行字，觉得很有意味。

秦风进去。子娟已从雅座站起来，手里拿着本书，朝他不停地招手。

秦风走近，子娟幸福地笑着，把书展示给他："看，这里也有你的书"。

秦风每写完一本书，都会把电子稿发子娟读，听她说读后的感受。子娟后来是他小说的第一个读者。子娟手里这本《爱痕》，连书名也是子娟替他想的。秦风笑笑，说："好久了，你也没给我提提批评意见？"

子娟笑道："哪啊，我只是欣赏，哪有批评。"

秦风又笑笑。

子娟端起咖啡，跟秦风轻轻地碰了碰，道："只要是你写的，我都喜欢。"声音柔而低，让秦风的心里软软的。一时间，张思媛住院带给他所有的愁绪，也因子娟这句爱屋及乌的话而融化了很多，端起咖啡跟子娟碰了下。

"要不，我们要瓶红酒吧？"子娟喝了一口，突然问，"哎？你眼睛怎么肿了，是不是昨晚哭了？"

秦风苦涩地笑笑。

子娟点着头，一本正经道："可以理解。不是有人说，没有深夜痛哭过的男人，不足以谈人生吗？"

书吧里理查德的钢琴曲《献给爱丽丝》像静夜里天空明亮的星星一样，一眨一眨地跳了出来。秦风想起上大学那会儿，子娟就喜欢听这首曲子。那时候，王国伟不知道从哪儿弄一随身听，只要他们三个人在一起时，他就放这曲子给子娟听。秦风恨自己没王国伟一半的心眼。一次，秦风和子娟单独在外面玩，问子娟，你喜欢王国伟还是我？子娟红了脸，只是一个劲儿笑，就不给秦风一个明确的回答。大三第二学期，秦风已经明显感觉到子娟爱他似乎要多于王国伟。虽然三个人还经常在一起玩，但他们俩单独约会的机会明显多了起来。国庆节，王伟国回家了，子娟不回，秦风也就没回。恰好子娟宿舍别的女同学都回去了，宿舍就成了他们的家，除了晚上，秦风都在那儿泡着。秦风搂着子娟，和衣躺在子娟床上，亲吻着她的鼻子、眼睛、耳朵。当秦风嘴唇碰触到子娟嘴唇时，子娟下意识地躲了一下，但很快又被秦风逮住。那个热烈而长久的吻，到现在秦风也不知道持续了多久，但总觉得那是他这一生里最长的吻。子娟轻吟着，当秦风如熊熊燃烧的火舌，烧向子娟身体时，子娟立刻清醒地阻止了他的热情。"不行，等那一天，我会把自己全部交给你的。"无论秦风如何万般哀求也无济于事，子娟只是抚摸着秦风的头发，说："此情若是长久时，又岂在朝朝暮暮。"慢慢地，秦风狂躁不安的血液变得舒缓了。

夕阳，从窗口斜射进来，照在子娟脸上。秦风看着子娟毛茸茸的耳郭、粉红的脸颊，用手指轻轻在子娟鼻子嘴唇上划着。子娟说："你说，我哪儿长得最好看？"秦风说："眼睛好看，鼻子子也好看，嘴巴也好看……"子娟咯咯地笑着，说："讨厌！我问哪儿长得最好看。"秦风吻了一下子娟的嘴唇，说："嘴巴最好看。"子娟翻身压到秦风身上，笑着："你坏！你坏！"

岁月，就像这沙漏一样，流走了他们的青春时代。

子娟看秦风走神了，笑道："胡思乱想什么呢？"秦风不好意思道："没想什么。"

子娟像看透了秦风的心思一般，红了脸，笑道："再不幻想了，往事不堪回首，还是回到现实吧！其实，我们现在这样就挺好的，我已经很知足了。来喝酒！"红酒杯碰了一下，子娟又说："思媛变成现在这样子，也是我没想到的。我了解她，她一直是一个开朗中略带忧郁的人，有话都憋在心里，不像我，说不出来急得很。"

秦风苦涩地笑笑，道："你们性格中有很多相似之处，都属于安静的那种，而且懂得包容。但不同点也很明显，你是那种能在苦中找到快乐的人，而她一根筋，想问题比较单纯片面，变成今天这样子，似乎也不是偶然。"

子娟顿了顿，说："我觉得思媛变成这样子，你有一半的责任在里面。"

秦风睁大眼睛，疑惑地看着子娟。

"你不相信？"子娟笑笑，"其实，思媛精神长期处在一种压抑状态下，崩溃是迟早的事，只不过孩子没了，是直接的导火索。你想啊，一个女人，尤其像思媛这样的女人，她对什么事情都太包容了，再大的委屈和伤害，她都喜欢一个人扛。这些年，你可能只顾写你的小说，忽略了她内心的感受。她是个本分的人，又不像我，精神世界里还有你。"

秦风没吭声，没有点头，也没有摇头，似乎在思考。过了一会儿，说："她是个本分的人？"

子娟道："我了解她，她固守着自己的那片天空，是一个很难跟别人打开心扉的人，尤其对男人。难道你觉得她还不本分吗？"

秦风唉了一声，说："我以前是这样想的，可后来亲眼看她手机上有别人发来的暧昧短信和QQ聊天记录，才明白，她心里不仅能容下我，还能容下别人。这也是我下决心要跟她离婚的一个重要原因。"

子娟笑笑，道："你太大男子主义了，现在都啥年代了，你还计较这些？你也不想想你，何止暧昧的短信，什么亲密的话没说过？看看那天医院里那个护士，要没我，她指不定会做出什么亲昵的动作呢。"

秦风笑笑，道："理是这个理，可我心里就是过不去。"

子娟噘着嘴，假装生气，道："你这典型的只许州官放火，不许百姓点灯。来，喝酒！"喝了一小口酒，又问："哎？你说的别人给她发短信，知道是谁吗？"

秦风猛喝一口，道："不知道，我只记得电话号码后四位好像是7854。不管了，现在说这些也没什么意义。"

子娟扑哧一声笑了，笑得前仰后合，诡秘地盯着秦风一个劲儿笑。

秦风一阵莫名其妙，问："笑什么？"

子娟问："真是这个号？"

秦风道："应该不会错，你想这种事，我能记错？"

子娟笑得乐不可支，捂着嘴道："那个号的短信，都是我发她的。"

秦风大张着嘴，"什么？你发的？不可能，你的号码我又不是不知道。"

子娟说："那是给阳阳办的手机号，电话费用不掉，我平时也常用，只是从没用这个给你打过电话发过短信。"

秦风还是不信，说："你怎么可能给她发这种短信呢？"

子娟说："那都是别人发我的，我又转给思媛。你太神经过敏了，现在那些短信，都是逗乐子的，谁还拿它当真，也就你个木头。"

秦风一听，越发地内疚，觉得对不起张思媛，一口气把杯中的红酒喝干了。

子娟说："说真的，思媛真是一个不错的女人。我们是初中同学，感情一直都好，我了解她，所以我才介绍你们认识。可我也想过，我和你过去的那些事，她不可能不知道，可这些年来，她从来没有因为我跟你的过去，而对我有半点戒备。所以，后来你调上来，我时时处处都注意与你的交往，只怕伤害了她。可见她的包容是常人难以做到的。"

秦风点点头，又说："可她的QQ聊天记录里的话总不会是你说的吧？"

子娟惊讶道："什么话？"

秦风道："什么我想你了之类的一些暖昧的话，简直不能忍受。"

"想开些吧，现在的社会，人有时候也不能活得太清楚了。她也有她内心的需要，这些需要可能恰好是你给不了她的。她跟别人在网上交流交流，只要不出格，也算是一种释放，你说呢？"子娟轻叹一声，"我也曾设想过，假如跟你结婚的不是张思媛，而是别的什么人。我可能都会沦陷在你的怀抱里，不能自拔，都不知道会发展到何种程度。后来，我跟王国伟已经走不下去的时候，我竟然都后悔把思媛介绍给你，因为她，我不能跟你单独吃饭，更不能……一切都回不去了，我们只能成为彼此精神世界里的那个人。"

顿了顿，子娟苦涩地笑笑，道："不说了，不说了。不管思媛什么情况，你都不能抛下她，如果那样，你我这辈子，心都不会安的。"

秦风痛苦地点点头。

子娟又说："哪天你陪我去看看思媛吧！"

秦风点着头，仍沉浸在子娟的话里。

4

改制方案正式获批，老六与市政府的签约仪式也在电视上播了。秦风准备大干一场，兴致勃勃地勾画着杂志未来的发展蓝图。没想，一纸调令却将他调入了宁州市政府办。

秦风哭笑不得。他突然觉得，只要你存在于某个场中，任何时候命运都不由你自己掌控，永远被握在另一只手中，一只无形无影的手中。秦风心情很复杂，兴奋还是悲悯，自己也说不清。曾经，他羡慕嫉妒王国伟，羡慕他婚姻的花好月圆，嫉妒他工作的风光无限，不断地抱怨命运为什么只垂青于他，而自己却永远是那个被世界遗忘的角色。尽管后来，他虽已成为小有名气的作家，但这种遗憾总像毛毛虫一样时常在身体里蠕动，搅得他不能安心。因为比起王国伟的风光来，他简直就是个自恋的小丑。再后来，他觉得享受精神的孤独所带给他的快乐，才是最平淡，最真实的。王国伟头顶的光环不可能闪耀一辈子，老了呢？退休了呢？秦风没想到，王国伟还没等到这一天，就出事了。他才发现王国伟风光的背后原来一直暗藏洪流，他不想过王国伟那样内心挣扎的生活了，他要把自己喜欢做的事做好。可今天，命运又将他丢进了王国伟存在过的世界里了，他该怎么选择自己的未来呢？他又开始矛盾、徘徊。老望着树上的山枣，不吃，可能永远都不知道是个什么味。

秦风打电话给老六。老六说他也是刚刚听说，是好事，天大的好事！显然，老六虽为杂志失去秦风这员大将而惋惜，但一想到秦风能接过王国伟手中的接力棒，将来必定能成大器，死活要秦风绝对服从组织安排。秦风说："我深知自己除了会写点文章，不会拍，不会溜，怎么可能调我去那儿呢？"

老六说："你是老虎不吃人，恶名在外，谁不知道你'宁州一支笔'的厉害。什么都不想，马上去报到，至于杂志社的事，我另想办法，你平时多给我出出点子就行。"

接下来发生的一切，让秦风一夜之间成了刘德华级别的人物，粉丝猝然暴长。新老朋友雨点般发来短信表示祝贺，短信太多，很多秦风只看一下名字，顾不上细看内容，也不必看，因为大家的话都基本一个意思。有些短信还是陌生号码发来的，绝不忘在短信末尾署上自己的大名。有些大名秦风还依稀记得，有些就根本没一点印象，他只是看着这个名字笑笑，也不回。

秦风上班第一天，手机都被打爆了，换了三块电池，没坚持到下班，就自动关机了。晚上换了电池，电话仍不断打进来。打电话的人大致分三种：一种是朋友同学和现在的同事。好多人秦风都有些陌生了，一时想不起来，经过对方一再提示，秦风才哦的一声想起来了；第二种是部门单位的头头，先是介绍自己，然后简单又把工作说说，算是拜了码头；第三种是他在宁州乡下的亲戚和已经很多年都不怎么来往的一起在乡下教过书的同事。所有祝贺的短信和电话，唯独没有子娟和苏曼玲的。秦风很纳闷，不知道他们俩是怎么想的。秦风正欲给子娟打电话，秦岚打进来了，嘿嘿地笑着："秦风，你怎么不声不响地整这么大的事，说说，谁在后面给你出的力？"

秦风笑笑，说："我也觉得纳闷，天上怎么会突然掉馅饼了呢？不过，这馅饼我怎么都觉得不太适合我的胃口。"

"别胡说了，好好干，人都是环境的产物，没有什么适合不适合的，帽子戴你头上了，自然就适合了。你姐我这直杠子，也不照样干得风生水起。呵呵，到哪座山上你就学唱哪山的歌，绝对不错。没想到啊，我们老秦家也终于朝里有人了，哈哈……"秦岚道，"哦，对了，爸妈本来因为思媛的事难过着呢，现在听说了你的事，精神头又好了很多啊！不过，肯定是有伯乐给你说了话，要不，这年月，掉馅饼的事真是千年遇不上啊。"

秦风苦涩地笑笑，真不知道这伯乐是怎么相中他的。说起张思媛的病情，秦岚一再交代秦风，无论怎样，都不能抛下思媛不管，要抽空儿去多陪陪思媛。

挂了电话，秦风的手机响了一下，一看，是子娟的短信：

> 听到你调动且知道你是去替王国伟的缺儿，我不知道是该向你表示祝贺呢，还是怎么的，总之心里很复杂。那是一个外人看起来很风光，但又处处布满暗礁的大染缸。我总觉得你是一个追求灵魂自由的人，去那儿不是你内心的需要……不泼凉水了，既然去了，就努力好好干，别像王国伟。

看完短信，秦风知道子娟说到自己心坎里去了，但心里却凉凉的。这个世界上，最了解秦风的人是子娟，她知道秦风的个性，知道他内心追求的东西，她并不觉得秦风这样的选择是对的。

秦风回短信道：

> 我们朝哪儿走，很多时候都由不得自己。我很矛盾，我曾经向

往的东西，现在不经意间突然来了，你说我该接受呢？还是放弃。

子娟回道：

事已至此，好好干吧！

秦风看着窗台上一盆秋菊，花朵绽放，满满的黄，很耀眼。他摁了苏曼玲的号码，却犹豫着是不是该给她打。秦风发现苏曼玲现在越来越安静，你不打电话，她很少打电话。你打电话，她就会笑盈盈地跟你谈天说地，好不快活。除了她偶尔在秦风面前使使小性子，发发小脾气，永远都像花一样灿烂。跟她在一起，秦风觉得特别轻松愉快。秦风很喜欢听她说话，她温婉甜润的声音，像潺潺溪水，一经流过，就觉得浑身熨帖舒展，所有的郁结和心中的不快，都立刻蒸发了。她也会不经意间，在你内心孤独无聊时，发一条情意绵绵的短信过来，让你心里软软的如春风拂过。秦风渴望她富有青春朝气的笑脸，喜欢她风清云静的心灵。可因为老六，他一直在克制自己，有意不跟她单独在一起。有时候，他会有意无意将子娟和苏曼玲在内心里对照着，总觉得她俩是两种不同的风景，满足着他心中不同的需要。子娟像一朵成熟的水莲花，理性、智慧的美，她能让一个男人明白怎么去生活；而苏曼玲就像一朵刚刚开放的玫瑰花，热烈奔放、艳丽娇柔，她能让一个年近四十的大男人变成一个十八岁的毛头小伙子。他心里，两个都放不下。他只能像一个闷骚之人，憋着一腔的激情与狂野，再策略性地让她们发觉自己的内心。胡思乱想半天，秦风还是把手机放下了。

秦风又开始琢磨，究竟是谁在背后推了他一把？

他绞尽脑汁也没想出个所以然。上班这几天，很多同事见了他都特别客气，热情地点着头打着招呼就去了。领导也对他格外照顾，嘘寒问暖，说有什么事直接找他就行了。他对这里的门道还不是很清楚，心想，如果王国伟在的话多好，很多事可以向他请教。他有不明白的，只好去请教曾经照过几面的同事。

那天，他服务的领导进来说："小秦，你约约老王，方便了一起吃个饭。"

秦风不知道老王是谁，半天看着领导愣着。领导笑笑说："就王江河啊，不认识？"

秦风这才反应过来，频频点头称是。

那顿饭后，秦风才知道，领导与王江河是大学同学。在他还没来宁州前，王江河就推荐了他。后来，秦风专门去感谢王江河，王江河说："我总觉得你是个人才，现在的单位真是有些浪费，所以知道他要来宁州，我就推荐了你。呵呵，好好干，他我了解，不霸道，很和蔼，不像有些领导难伺候。"

那天吃饭时，领导还让王江河重新出山，任宁州日报社社长。王江河说："我现在已经岁数大了，想过两天轻松日子，享几天清福。我还是想为宁州这份杂志发挥发挥我的余热。"

领导在那儿只是呵呵地笑，说："老王，你是同学里能把什么事情都能看透的人，理解，理解。"

秦风慢慢开始忙了起来，白天跟着领导外面跑，晚上在单位加班写材料，有时候还熬通宵。秦风的电话恐惧症愈加严重了。没完没了的电话，不论是白天还是晚上，甚至深夜都会有单位打来电话。秦风常常会在半夜被电话铃声惊醒，心抖得像要往外跳。以致后来，老毛病彻底犯了，只要听到跟电话铃声相似的声音，都会本能地心颤、头涨。有时候，半夜里因外面的声音，从梦中惊醒，就再也睡不着了。规定手机24小时不能关机，秦风只好把手机铃声调成振动，不敢让手机出声。这样总算好一点了，可常常因为手机不在身上而误事。他只好强忍着烦躁又调回铃声。

手机又响了，秦风本能地颤了一下，一看是陌生号码，他犹豫了一下，还是接起。

"你好！好久都没见我了，你也不想我？"声音甜美而笑意连连。

秦风听出是王倩的声音，火一下子就从脚底往上涌，他把手机从耳朵上拿开，想挂断，可又一想，这样做有失身份。于是，便在电话里用漠然的、公事公办的口气道："你好！"

王倩仍热情道："听说你高升了，也不请我吃个饭？"

秦风轻轻地冷笑一声，道："高什么升，都是为人民服务。请你吃饭的人怕是都排不上档期吧？"心想，我这辈子都不会再见你了。

电话里的王倩像被蜜蜂蛰了，突然不说话了，顿了一下，又笑道："要不，我请你吃个饭吧。不说一日夫妻百日恩了，我们毕竟做过一夜的夫妻。"

秦风咬着牙在心里大骂王倩不要脸，不知羞耻。但电话里他这些话是骂不出来的，只道："工作很忙，恐怕是没时间。"正说着，秦风办公室的门响了，他把电话挂了，赶紧起身去开门。他自从上班，门响的时候，很少喊"请进"，都是起来自己去开门，这也得到了很多好口碑，说秦风待人客气，虽然在重要岗位上，但没一点架子。似乎这样做已成为他的习惯了。

门打开，秦风刚刚准备好的笑脸，却被门口站着的王倩霜杀了。王倩笑得很甜，也很诡异，道："忙什么？我看你现在就挺闲的。"

秦风收起脸上的热情，说："既然来了，那就进来坐吧。"

王倩转来转去，打量了半天办公室，嘴里啧啧啧半天，说："不一样，就是不一样啊！好让人羡慕啊！"

秦风一想刚才王倩说的"一日夫妻百日恩"的话，心就发紧，道："你刚才在哪儿打电话？"

王倩说："就在你办公室门口啊。"

秦风气得眼珠子乱翻，怒道："你怎么可以这样呢？"

王倩咯咯咯地笑道："看把你吓的，放心我的秦大主任，我刚是在卫生间小声打的。"

"坐吧，喝茶。"秦风稍稍放松了些，倒了茶，"你来找我有什么事吗？"

王倩又咯咯地笑了起来，接住茶杯，轻轻放在茶几上，坐下，说："我不来，你能出去吗？"

秦风以前听王倩这样笑，浑身都觉得舒展。自从那次后，她这样的笑声，竟让他联想到深夜鬼魂的叫声，毛骨悚然。但他还是强忍怒火，道："快说，有什么事，我还有事忙。"

王倩突然显出一副愧疚的表情，道："我是来给你道歉的。"

"什么？道歉？"秦风眼睛睁得老大，以为是他听错了，"你有什么歉可道的。"

王倩一脸忧郁，道："那次我怀孕，不该问你要钱。后来我越想越觉得对不起你，让你觉得，我王倩就是个无情无义之人，眼睛就盯着钱。"说着起身，把茶几上的手提袋放到了秦风的办公桌上。

秦风本能地瞅了一眼门，不知道王倩葫芦里卖的是什么药，问："这什么？"

王倩道："钱，上次你打我卡上的二十万，我把它还你。"

秦风又急又气，这要被别人发现了，还以为他公然在办公室受贿呢。说着，迅速将手提袋拎到王倩面前的茶几上，道："赶紧拿走，我秦风说话算话。再说了，你也受了很多苦，这是应该给你的。"

王倩看着秦风，突然眼睛里渗出了泪，带着哭腔，撒娇道："虽然那天我决绝地跟你分手，还拿了钱，可我心里就是放不下你嘛，我真的爱你！"说着眼里滚出一串泪来。

秦风不知道说什么，不时地看着门，生怕这时进来人，心开始发软，但瞬间又告诉自己一定要坚硬起来。

王倩说完，夺门而出。

5

周末。子娟打电话，要秦风带她去看望张思媛。

秦风原本一星期至少去看张思媛三次，工作调整后，一星期看一次都还得操心挤时间。周末只要领导不休息，秦风就得陪着。这个周末，秦风只好向领导请假。领导一听，马上自言自语道："这么大的事，我怎么都不知道。小秦，以后不管有多忙，工作上的事放放，你必须每周多去看几次。"秦风很感激地谢过领导，就给子娟打了电话，让子娟等着他过去接她。子娟却说："你在单位门口等我，我过去接你。"

一辆红色别克轿车停在了秦风身边。秦风没留意，还眼巴巴地瞅着远处。这时别克车的车窗降下去，子娟在车里朝着秦风招手。秦风这才发现是子娟，"呵呵，你现在进步大啊！都会自己开车了。"

车子启动，子娟说："我总不能一辈子走路都靠别人，靠别人不如靠自己来得有保障。你老司机了，检阅检阅我这新手还能上路吗？"

"不错、不错，挺稳。"秦风转过来转过去瞅着车内温馨浪漫的装饰，"开慢点，开慢点。"

"新工作还适应吧？"子娟眼睛一直看着前方。

"还行，就是忙。"秦风说，"我的小说都睡了好些日子，半个字都没摸过，总有些不甘心。"

"鱼和熊掌，你都想要啊？天下怎么会有这样的好事呢！"

秦风笑笑，看着子娟。子娟穿一件酒红色外套，一束马尾在脑后缓缓地摆动，平视前方，像矜持的少女，显得特别美。

子娟一斜眼，从车内后视镜里发现秦风在呆呆地盯着她，笑道："望什么望，没见过开车的女人啊？"

"没见过，第一次见，真的很美，很潇洒。"

"那改日，你闲了我带你去拉风？"

秦风一下子笑掉了，"上路才没几天的人，还是我带你拉吧，你带着我别被风给拉了。"

两个人都哈哈哈地笑着。

灰蒙蒙的天，刮起了风，像是要下雪。秦风和子娟走在精神病院内的小路上，一眼望去，院内一片萧瑟，树上凋零的黄叶纷纷扬扬飘落下来。秦风要帮子娟拎她手里的营养品，子娟说自己能拎动，秦风硬是抢过来自己拎上了。秦风不小心抓住了子娟的手。她轻轻地抽开，插话道："一年过得真快啊！感觉春天才刚过，夏天还没怎么过，就又快到冬天了。"

秦风抬头望着树枝上挂着的几片黄叶，说："小时候感觉时间过得特别慢，后来长大了，也没觉得时间过得快，可一过三十五岁，突然时间就像赶趟儿似的，都叫人有些喘不过气来。一转眼，我们毕业都快十五年了，想想，人生能有多少个十五年呢？"

见到张思媛的时候，她正在房间里跟护士聊天，脸上露出浅浅的笑，手里似乎攥着一件挂件，一直盯着看，还不停地揉捏着。秦风和子娟走到张思媛面前，她抬眼看了他俩一眼，微笑着，仍低头继续揉捏手中的东西。

秦风上前，想从张思媛手中接过来看看那是什么，却被她死死地攥住不松手。秦风惊奇地发现，那挂件竟是他和张思媛结婚前，去新疆旅游时买的和田玉坠。当时，秦风要给张思媛买，张思媛也一定要给秦风买。于是，两人各为对方买了一块生肖玉，并请人在上面刻上对方的名字，并刻了两行小字：执子之手，与子偕老。

秦风那块玉早不知什么时候丢了，这些年，他压根就忘了还有过这么一块玉。她的，怎么会一直带在身边呢？他怎么没注意过。想想这些年，张思媛喜欢戴什么坠子，穿什么款式的衣服，真的还说不上。他把这些都忽略了。他内心的愧疚，因这块玉坠而变得越加沉重，眼睛开始泛潮。他看了一眼子娟，子娟望着张思媛，眼睛里汪满了泪水，幸好她不知道这玉坠的来历。

护士笑着说："最近情绪平稳了很多，人也开朗了些，治疗效果还是蛮不错的，你们就放心好了。"

秦风对护士说了很多感谢的话。尽管张思媛还无法恢复到正常的意识，无法跟他正常交流，但她平静的微笑，让他心里多了一些安慰。

刚出大门，碰上了岳父岳母拎着一大袋子东西，正朝他们走来。秦风好久没去看望他们了，今天一见，猛然间觉得两位老人一下子老了很多。岳父的头发似乎又白了很多，岳母走路也没以前稳健了，时不时还要岳父搀一把，似乎不搀就要摔倒。他们看到秦风，秦风一脸的不自在，赶紧介绍道："哦，爸妈，你们也来了。子娟说过来看看思媛……"说着看看子娟。

张思媛没结婚的时候，子娟老爱去她家，见到张思媛父母，老两口总会"娟娟长、娟娟短"地叫着，还亲热地说些家长里短的事。张思媛结婚后，子娟就很少去了，也见面，但张思媛父母对她的态度就没以前热乎了。子娟知道，肯定是他们知道了她以前跟秦风谈过恋爱的原因。现在见了，子娟仍大大方方地喊着叔叔阿姨好。张洪潮淡淡地点着头，李月娟却把秦风和子娟打量了半天，毫无表情地说："你们怎么一起来了？"

秦风很不快，还是忍着，笑道："子娟要来看思媛，她又没来过……行，你们去看吧，我单位还有事。"说着又望了子娟一眼，快步往车跟前走。

秦风开着车，子娟侧过脸定定地透过车窗望着外面。秦风知道，子娟为岳母的那句话发愣。快到子娟家时，子娟转过脸，苦涩地笑道："也许，我不仅在思媛心里是块浓重的阴影，而且在她父母心里也成了根刺。"说完，推开车门，又道："以后我们还是少见面吧！"

秦风看着子娟消失在小区大门口，心里酸酸的涩涩的。

秦风回到家已经是夜里12点。开门的是陈玉珍。

地上庄稼收拾完，秦天成便催促老伴赶紧上去，说媛媛不在，秦风东一顿西一顿吃，也不是个事。陈玉珍说："我走了，你咋吃上？"秦天成摆着手说："没你陈玉珍，地球就不转了？我除了满汉全席不会，什么不会做。"

陈玉珍笑笑，知道老头子是吹牛皮，大半辈子过来了，他就连一顿稀饭都没做过。没办法，她就做了好多馍馍，总不至于饿着。

秦风摇摇晃晃把钥匙插进锁孔，门却从里面开了。秦风突然产生了幻觉，觉得开门的是张思媛，嘿嘿地笑着。一看是母亲，马上止住诡笑，问："妈，你，你啥时来的？怎么也不打电话，我接你呢？"

陈玉珍一看儿子喝成这样，赶紧上前扶住，阴着脸嗔怪道："怎么喝成这样？赶快进来。"秦风呵呵地笑着，说："没事，没事，妈，我没事。"

陈玉珍看秦风坐进沙发，又赶紧倒了热开水递给秦风，说："我下午就来的，你是不是天天喝成这个样子？"

秦风确实天天打游击，也基本上是天天喝成这个样子。他自从调过去，就没怎么在家里做过饭，很多时候中午都不回来，喝完了下午接着上班，晚上再接着喝，有时喝到凌晨，还得头重脚轻地加班写材料。看着母亲心疼的目光，秦风为了不让母亲担心，笑笑，道："也没有的。"

此后的一星期，秦风只回家吃过一顿午饭，而且每天晚上回家都很迟，不摇不摆回来的时候少，烂醉如泥的时候多。无论秦风回来多晚，陈玉珍都直愣愣地坐在沙上等着。她看着秦风醉酒后痛苦的神情，心疼不已，总劝："儿子，咱不能为了干工作，连身体都不要了吧？以后咱不这样喝了行吗？会把身体喝坏的。"

秦风苦涩地笑笑，母亲哪里能知道这其中的苦楚。其实很多时候秦风是不用喝醉的，可他就是控制不住自己，喝醉了，睡过去就到了第二天，总比整夜、整夜瞪着屋顶熬到天亮舒服些。他只有用忙碌的工作，大量的酒精，来麻木自己的神经，心里才会觉得好受些。

陈玉珍的话并没起任何作用，秦风依旧常常喝得烂醉如泥。陈玉珍便打电话给秦岚诉苦。秦岚说："妈，你哪儿明白，我们这工作，就这样，人在江湖，身不由己，为了工作，不是你想不喝就不喝的。"

陈玉珍在电话里大声道："咋就身不由己了？又不是傻子，工作重要，还是命重要？"

陈玉珍觉得秦风不能这样下去了，身边得有个女人管着他才行，她说：

"儿子，媛媛啥时候能治好？"

秦风摇摇头，说："这个不好说。"

陈玉珍叹了口气，说："这样子下去，也不是个事，我总不能管你一辈子，要不，离了吧，你总不能守着个疯子过一辈子吧？"

秦风茫然地看着窗外的夜色，知道母亲说的都是父亲的意思，不禁眼里漫漫变得潮湿起来。

陈玉珍去精神病院看了一次张思媛，含着泪水，回了老家。秦岚打电话给母亲说，父亲可能感冒了，喘得上不来气，她单位也忙地扯不开。陈玉珍临走时对秦风说："你大了，我也管不了了，你自己的事情自己决定吧。我和你爸，还能活几年呢？"

看着宁州到新南县的班车消失在茫茫车流中，他躲进车里，心如乱麻，暗骂自己不孝。

领导回了北京的家。秦风彻底闲下来后，才感到寂寞和无聊像绿色的毛虫在心尖上游走。夜晚最难熬，望着空荡荡的房子，漆黑里常常会产生许多幻觉，他幻想自己像一片黄叶，轻轻地从窗口飘落而下，钻进泥土。他会想起跟张思媛在一起的那些美好的瞬间，但这样想的时候，大脑像不听使唤，错乱地移植进他跟子娟大学里的快乐时光。虚无缥缈的各种想象，也会让他获得短暂的快乐，会迷迷糊糊地睡去。当清晨被某种声音惊醒，看着太阳光暖暖地把现实照进屋里，他突然变得异常痛苦。

一进办公室，秦风办公桌上的座机就响了起来。他一看是北京的号码，心想领导可能又有事了。接起来，才知是杨海涛。秦风很吃惊，一算，杨海涛去北京都有些日子了，他不知道忙什么，居然忘记给他打个电话问问情况。杨海涛先问了张思媛的病情，安慰秦风，叫他耐着性好好给治，要有信心，顺带对秦风调整工作表示祝贺。

秦风在电话里嗯着，还没顾上问他在北京的情况，他又说："有个事，还得麻烦老哥，不好意思。"

秦风说："我们还用客气，你说吧。"

杨海涛急道："杨小沫两天没去学校也没回家了，老师把电话打我这儿来了。我一问我父母，他们说怕我着急，就没敢跟我说。你认识的人多，先帮我找找，如果不行，我马上回去。"

秦风一听，心里咯噔一下。最近宁州发生了几起拐卖儿童案，都还没破。难道杨小沫也与这案子有关？挂了电话，秦风马上拨了市公安局长的电话，犹豫了一下又掐了，就开车去了杨海涛家。

杨海涛的父母傻傻地坐在家里，看见秦风像遇着救星了似的。杨母一脸焦急地说："前天中午回来，他看起来闷闷不乐的，一顿饭连一句话都没说。中午上学时，我看他眼睛红肿，问他是不是哭了，他什么话都不说就上学去了，谁知道他根本就没去学校。你说，到今天了还不见他的人……"说着，杨母带了哭腔，泪眼婆娑。

杨父又接着急道："这孩子平常都好好的，他很懂事的，成绩在班里都是前十名，我们也从来不打不骂，他怎么会离家出走呢？"

秦风说："叔叔阿姨，你们也不要太着急，没事，他才六年级，应该走不远。你们没给学校打电话，是不是老师体罚了？"

杨父说："没打，倒是前天下午老师打来电话，只说让我们赶紧找，找到了通知她。我们所有的亲戚，还有沫沫同学家都找遍了，就是不见人。"

杨母抹着眼泪，道："你说这可咋办，我们涛涛遭了这么大的难，沫沫又不见了，这要有个三长两短，我们老两口可咋活啊"

秦风一边安慰，一边开始拨打电话。

第二天，市公安局打来电话，说孩子找到了，在城郊派出所。秦风立即赶过去，见到杨小沫时，秦风眼睛涩涩的，差点掉下泪来。杨小沫黑乎乎的脸像涂了煤灰，蓝白相间的校服已看不出本来的颜色，头发上还缠着几根枯草。杨小沫看见秦风，毫无表情地望了一眼秦风，低下头不说话，开始流泪。他马上给杨海涛打了电话。

胖所长大概知道秦风，点头哈腰道："秦主任，我们接到通知后，立马调动全所警力，在辖区展开了拉网式排查，今天早上，终于在废弃的化工厂厂房内找到了杨小沫。当时，他正跟一帮流浪乞讨儿童在一起。"

秦风问："别的孩子呢？"

"报告秦主任，别的都送救助站了。"胖所长自豪地笑着，像小学生答对了老师的提问，等待表扬。

秦风点着头，笑笑，没说一句表扬的话。

第六章

Chapter six

只身沉沦在这温柔里

那年冬天，他也是这样紧紧地搂着她，畅想他们的未来，可一切美好的未来，最终被现实碰撞得支离破碎。

1

"秦叔叔，我妈妈是不是杀人犯？"

回家的路上，杨小沫才说了见到秦风后的第一句话。

刘亚娟一死，杨小沫就没了妈妈，吃喝拉撒全靠爷爷奶奶，真是不容易。秦风想，如果把黑乎乎的杨小沫带到爷爷奶奶面前，不知会把老人家吓成什么样子，心里该有多难过。他还是先将杨小沫带回自己家，洗了澡，又带到教育局指定的专柜买了一套新校服，这才送往杨小沫回家。

秦风转过脸，怔怔地看了杨小沫一会儿，顿了顿，笑着说："你妈妈怎么可能是杀人犯呢！"

"那我们班的林娜娜为啥说我妈妈是杀人犯呢？"杨小沫用疑惑的目光看着秦风。

秦风惊讶地问："林娜娜是谁？"

"林娜娜就我们班的。"杨小沫说得很快，"哦，你应该见过的，就住在我们楼上。"

秦风哦了一声，问："你和她关系不好？"

杨小沫道："以前好，现在不好了。"

"为什么？"

"她骂我妈妈是杀人犯，然后，我就打了她。"

"为什么要骂你呢？"

"我不给她做作业了，她就骂我。"杨小沫噘着小嘴，哼了一声，"以后再也不给她做作业了。"

"你为什么要给她做作业呢？"

杨小沫鬼鬼地望着秦风，眼睛咕噜、咕噜转着，欲说又止，半天才道："秦叔叔，我说了，你不要跟我爸爸说好吗？"

秦风笑着连连点头。

杨小沫摇了摇头："还是算了吧！"

秦风道："不相信叔叔？"

杨小沫叹口气，道："你们大人说话从来都不算数。"

秦风笑道："我是例外，不信？我们拉钩。"

杨小沫嘿嘿地笑着，伸出左手的无名指。

秦风用左手扶着方向盘，伸出右手的无名指。

"拉钩上吊，一百年不变。"

杨小沫这才显得很轻松的样子，压低声音道："我给她做一门家庭作业，她给我十块钱，我都挣了好多钱呢。"

"林娜娜家是不是特有钱？"

"他爸爸是大老板，开着宝马。你没见，楼下停的房车也是他们家的。"说起林娜娜她爸爸，杨小沫一下子兴奋了起来，"听林娜娜说，他爸又给她找了个漂亮的后妈。你不知道，她爸爸给她的银行卡里存有好多钱，林娜娜说后面有好多零，她也数不过来。"

"钱再多也有花完的一天，学习如果不好，考不上大学，将来有一天，钱花完了，怎么办？只有学习好了，一辈子都会有钱花的。"秦风被杨小沫的话逗笑了，又问，"你爸爸不给你零花钱吗？"

"给，我不要。"杨小沫表情凝重地道，"我知道，爸爸眼睛看不见了，再也挣不上钱了，爷爷奶奶又没退休工资，我就得挣钱养活自己。"

秦风的心像被突然而来的潮水浸湿了，眼睛也突然湿润了。他怕孩子看见，转过脸去，腾出左手抹了一把，振了振神，又转过脸来，用右手摸摸杨小沫的头。

多懂事的孩子啊！

不等秦风再问，杨小沫又说："我奶奶说，市场里的东西都在不停地涨价，日子都没法过了。我想了一晚上，卖的东西都在涨价，我为什么不涨呢。上学时我就跟林娜娜说了涨价的事，然后，她就在班里骂我妈妈是杀人犯，我就打……"

"别听她胡说，你妈妈是这世界上最好的妈妈。你一定要好好学习，为你妈妈争光！"秦风不想把事情的真相告诉孩子，毕竟孩子还小。

"我妈妈为什么要跳楼呢？她是不是不想要我和爸爸了，所以才跳的楼。林娜娜还说，我爸爸喜欢上别人了，我妈妈才跳的楼。"杨小沫不看秦风，目光深邃地望着远方，像个大人似的。

"小沫，你现在还小，一心一意想学习的事就行，有些事，等你长大了就明白了，叔叔现在跟你说了，你也不懂。"

杨小沫突然噘着嘴巴，大声道："谁说我还小，我什么都懂！"停了一会儿，他像是自言自语："爸爸和爷爷奶奶都说我妈妈是得病死的，可林娜娜为什么说我妈妈是杀人犯，骂我是杀人犯的儿子呢？我想我妈妈肯定不是得病死的，要不，我爸爸的眼睛怎么会看不见呢？"

秦风知道在孩子面前讲清楚那些血淋淋的事情，很难。即便说了，他也不明白，还会给他幼小的心灵蒙上厚厚的阴影。于是，笑道："再不胡思乱想，你现在的主要任务是把学习搞好，将来考上重点中学了，林娜娜就再也不敢骂你了。"

"她谁都敢骂，因为她家有钱。"杨小沫说，"老师也不敢管，老是我们班倒数，我都为她害臊。"

秦风笑笑，道："金山银山都有坐吃山空的时候，只有把知识都装到脑子里，那才是真本事。再说，钱再多也是她爸爸的，只有将来自己挣了才算。你以后也不要给她做作业挣钱了，那样也是在害林娜娜，知道吗？"

杨小沫点点头。

秦风说："以后你要用钱，叔叔给你，好吧？"

杨小沫没吭声。

秦风又说："小沫，你一定要记住，无论发生什么事，都不能不回家，你不回家，知道有多少人为你着急吗？"

杨小沫低着头，使劲地点头，道："我错了，叔叔。"

到杨海涛家的单元门口，杨小沫停住脚不动了。秦风问怎么了？杨小沫苦着脸道："我，我怕……我不上去……"秦风又做了半天思想工作，总算把杨小沫连哄带骗地弄进了家门。

杨海涛父母一见杨小沫，一齐扑了过去。杨母已是泪水涟涟："沫沫，你这几天都跑哪儿去了，把爷爷奶奶都急疯了，你知道吗？"抱住杨小沫上下不停地打量着，又是摸脸，又是摸手，生怕孙子身上会少了一样什么东西。

杨父笑着说："别哭了，找见就好，找见就好。"然后看着秦风笑道："真是太感谢你了，小秦。"

杨母似乎这才发现了秦风，马上破涕为笑，赶忙让秦风坐下，又是倒茶，又是让他先坐着，她马上去做饭，今天一定要吃了饭再走。秦风怕他走了老两口再训斥杨小沫，便跟杨海涛父亲如此这般地交代了一番，说自己单位还有事，方便了一定过来吃阿姨做的饭。

秦风回到单位处理了一些事，下班时间就到了。中午没有饭局，他终于可以有个轻松的午休了。

领导不在真好！

秦风哼着歌下楼开车，一想，回家也是一个人，还要做饭，干脆外面吃点回去一休息完事。他想起东街有个小面馆不错，就踩了一脚油门。

停车。进门。一抬头，看见王倩和纪均民两人正面对面坐在最里面的桌子上，聊得眉开眼笑，纪均民不知道在说什么，引得王倩咯咯地笑。

秦风犹豫了一下，正准备退出来。王倩一抬头却看见了他，笑声戛然而止。纪均民背对着秦风，还正大声地说着话，觉出王倩表情的异样，便转过身看了一眼秦风，鼻子里发出一声冷笑。

秦风又一想，该不好意思的人都没有不好意思，我有什么不好意思呢！索性坐在了靠窗的位置。王倩只是有些尴尬地看了他一会儿，跟纪均民的笑就变得僵硬了，之后再没听见他们的笑声。

秦风再没看他们，偏着头望着窗外。窗外除了过往的车辆和人流，再没什么风景，但秦风仍就这样专注地看着，像是在欣赏着《清明上河图》。其实，秦风什么也没看见，眼睛盯着窗外，脑子里却都是王倩曾经和现在的嘴脸。他觉得王倩就是一水性杨花的女人。你说现在的女孩子心理都是怎么了？好好的，不找跟自己年龄相仿的男孩做朋友，偏偏都喜欢结过婚的大男人、老男人。他跟王倩同事了几年，一直觉得这女孩还不错，时时处处照顾着她，没想她是这样一个人。可秦风转念一想，王倩既然已经在他身上刮了20万，为什么突然又送还他？秦风一直没想明白王倩葫芦里卖的是什么药。

秦风收回目光，朝王倩望过去，却发现他们刚才坐的桌子空空的，只有桌上的残羹剩饭和几把椅子还在。他苦笑一下，摇摇头。也许他的存在，叫王倩已没有了吃饭的心情。看来心里有鬼的是王倩，而不是他秦风。幸亏他犹豫了一下进来了，要是他自己先退出去，定会叫王倩笑话她肚子里吃了凉西瓜。

秦风很快扒拉完了一碗面，回家。

看着空空荡荡的房间，他又想起了张思媛。过去，他每天中午一下班，第一眼就看见张思媛在厨房里忙碌的身影，叮叮当当的切菜声。她只要一听见钥匙在门锁里旋转的声音，无论多忙都会跑出来，笑眯眯地朝他问一声"老公，回来了"；而秦风总是一边应着一边换鞋子。等秦风把衣服都换好，洗了手出来，饭菜已端上餐桌。这样的日子，似乎再平常不过了，他从来没有感觉那是一种幸福，而这些日子，他绝大部分时间都不在家里吃饭。每当一回到家，心里就有一种空落落的感觉，他一进门就会本能地朝厨房望去，有时还会情不自禁地走进厨房，冰锅冷灶，一切都恍然还在昨天。曾经平平常常的日子，现在想来，是多么的幸福。而今，张思媛已经不再是曾经的张思媛了，他再也享受不到这种平淡而温馨的幸福了。他突然就渴望起这种日子来了，他多想天天都过这样的日子。他觉得这样的日子，才是踏实的，饱满的。

躺床上，却怎么也没有睡意。也许是长时间中午不休息，生物钟已经没有让他产生瞌睡的习惯了。闭着眼，心里却亮堂堂的，想起王倩，想起已被他存入银行的那20万块钱，总觉得王倩不可能轻易地就把挖空心思得来的20万块钱又拱手还给他。这里面一定有猫儿腻。

不想了，可眼前又是苏曼玲的影子，她除了经常会发几条亲昵的短信，有好久没给他打过电话了。以前，苏曼玲常来找他，给他打电话，他心里有一种莫名的逆反。当她安静得连个声都不发的时候，他又会突然地莫名地特别想她。他心里想着她，可他又克制着自己不去给她打一个电话。他也不知道自己究竟是一种什么样的心态在作怪。

《秦风》杂志在王江河的主持下出了第一期样刊。

老六亲自到他办公室来送样刊，让秦风好好给把把关。秦风笑笑，说有王江河把着关，你可以一百个放心。但老六还是要他好好给看看。秦风大致看了一下，整个封面和版式都有了大的调整，确实比以前看起来舒服了很多。封二、封三和封底上都是老六房产公司的广告。秦风的目光在印有一张老六坐在办公桌后面的照片上停住，凝视了半天。

老六嘿嘿地笑着："第一期，没别的单位登广告，就把自家的放上了，你觉得合适吗？"

秦风心里是不想让老六把自己的照片放杂志里，可他想了想没吭声，说："挺好的。只是我觉得封底就不要放广告了。"

老六嗯嗯地点着头，脸上没了笑容。

秦风翻了翻内文，里面有自己博客里发的一篇散文，被王江河登上了，说："我这篇撤了吧！我现在在这边，这样会叫领导觉得我不务正业，你说呢？"

老六瞪大眼睛点着头嘿嘿道："政治敏锐性到底不一样了，连王主编都没想到啊，明白了、明白了。"

"整个版面还是本土作者占领着，宁州文学在全国毕竟还不靠前。当然，这期就算了，从下一期开始，要约些名家的稿子，这样才能提升杂志的档次，也才能把牌子打出去。"秦风不停地翻着杂志，说，"对了，这些话，你不要跟王主编说是我说的，你可以把这个想法侧面提提。"

老六心悦诚服地点头，说："唉，看来王江河的办刊思维确实是有些传统了。我还想这次调整比较大，已经很满意了，没想经你这么一说，我也得好好再开阔视野了。"

"你好好赚你的钱，杂志的事大方向把住就行了，不要干涉太多。"秦风笑道，"另外，要把围绕杂志的各类文学活动搞起来，凝聚人气，扩大影响，杂志自然就活了。再慢慢地借助你的资金实力，搞几次全国性的征文大赛，不怕杂志打不出去……"

老六突然像个小学生一样，凝神屏息地听秦风讲着天外星空的神秘故事一样，听到共鸣处，头还不停地捣蒜。

秦风说："杂志要生存，凭着你的经济实力没问题；但要图发展，图壮大，还得想些办法，当然，这些都不是一朝一夕能实现的，需要很长一个时期。到那时候，你的杂志影响有多大，你的企业影响就会有多大。"

老六听着听着，像梦见一位仙女正向他袅袅走来，一脸的甜蜜和幸福，半天才回过神来说："哎，要不我把你聘成杂志顾问吧，每月发你三千块的薪水，可以吧？"

秦风起身给老六续茶，一本正经道："刘总，我们的关系，能谈钱吗？谈钱多伤感情。"

老六刚刚脸上的喜悦，哗地没了，定定地看着秦风道："什么意思？"

"我是想挣你的钱，可现在肯定不行，你想我连发文章都觉得不妥，还敢给你当顾问？"秦风一下子笑掉了，递过茶杯，说，"王老坐镇那儿，他是我这辈子的恩人，我成顾问，你想想他老人家的面子往哪儿搁？你是想把杂志办好还是办砸？"

"你说得也是。"老六点头说，"那好办，干脆把王江河炒了，我重新踅摸个人，这样你就没顾虑了……"

"越说越没谱了，绝对不行！就不说他是我的恩人了，就是别的人，刚起步你就换将，这杂志也非死不可。这可是用兵之大忌，你应该懂的。"秦风使劲摆着手说，"先这样走着，别想一口吃个大胖子。你只要把我给你讲的一步步渗透进王老的思维，就已经很有发展前途了。至于有些事情上如果有难度，我自然会帮你的。"

老六嘿嘿笑道："这还像兄弟。"

2

王国伟开庭的那天，秦风、老六和苏曼玲都去了，只有子娟没去。旁听席上坐满了人，有秦风熟悉的，也有不熟悉的。不管熟悉的还是不熟悉的，都像是跟他特别熟悉似的，凑上来热情地握手问好，并主动让座给他。秦风只是简单客气一下，并不坐他们让出来的座位，而是在墙角处找了空座坐下。

开庭时间到了，秦风伸长脖子，痴痴地望着法庭的大门。

王国伟在两个法警一左一右的看护下，慢慢走向法庭中间那个专属于犯罪嫌疑人的位子。从门口到座位，只有十几步远，王国伟却走得很慢，很慢。他从一进门就偏过头来，不时地朝黑压压的旁听席上望过来，目光在人群里扫来扫去，像是在寻找着什么。秦风不知王国伟看到自己没有，但他明白他在寻找着什么。王国伟扫视了一大圈，似乎没有发现他想找的人，一副很失落的神态，恋恋不舍地收回目光。等他坐到自己座位上，就再也没有抬起过头。

秦风虽然在墙角处坐着，但他清楚地看见了王国伟：一件黄色的背后写有"宁看"字样的马甲套在身上，松松垮垮的，光光的脑袋已露出黑色的发茬，胖了，白了，但目光是混浊的，只在刚才扫向人群里寻找目标的那几十秒钟里，他的目光是炯炯有神的，然后就只剩下灰暗了。

法庭烦琐的举证质证过程，让秦风听得头都大了。秦风的目光一直没离开过身形有些缩小的王国伟。看着看着，秦风只听见控辩双方你来我往嗡嗡的声音，脑海里却出现上大学时的情景。

那时候的王国伟，在秦风看来，是成熟且有谋略的，许许多多的美好，都无法将他与牢狱之灾联系在一起。秦风记得，那是大二那年的一个周末，他俩和子娟去野外爬山。经过一条河时，因河里用石头搭建的简易石桥被水淹没了，只隐约感觉窄窄的石桥仍在水下面。王国伟打头，子娟随后，秦风殿后，三个人依次踩着石桥蹚水过河。

秦风开玩笑道："哎王国伟，你说，假如我和子娟同时掉进河里，你先救谁？"

王国伟嘿嘿地笑道："这问题还用问吗？"

子娟笑骂："乌鸦嘴，呸呸呸……"

子娟还没"呸"完，只听身后咕咚一声，等王国伟和子娟反应过来，秦风已经在河水里扑腾着，并大声呼救。

子娟看着王国伟惊叫一声，问怎么办？

王国伟笑秦风："装，你就好好装吧！"

子娟对王国伟怒道："人都成那样了，能是装得吗？"

王国伟一看情势不对，一个猛子扎进河里，朝秦风被河水冲去的方向游去。

秦风被救上来了。子娟吓得眼泪直淌，带着哭腔，扑到秦风身上，不停地喊着他的名字。

王国伟把秦风顺着山坡倒放着让他趴下，不停地挤压着秦风的背，想让他把喝进去的水吐出来。秦风身体猛得动了一下，水从口中喷了出来，人一下子活了过来。

子娟破涕为笑，一下子扑向王国伟，用拳头打着王国伟说："你是英雄！你是大英雄！"说完又扑向秦风，把他推了起来，自己坐在地上，让秦风舒服地躺在她怀里。秦风这才慢慢地睁开眼，"我还活着？"笑笑，看看子娟，又看看王国伟，说，"我下学期一定要选修游泳课。"

王国伟和子娟哈哈地笑着。

大四那年，子娟虽然没有亲口说爱谁，但她的言行举止已经明确了她跟秦风的恋爱关系。但王国伟并不认为子娟不爱他。从他毕业后，跟子娟在法律许可下睡到一张床的事实来看，王国伟认为子娟还是爱他的。当然，毕业后的王国伟，已经不再是上学时的王国伟了，他已经是一个谋划着追求物质财富的王国伟了。似乎只要是他想要的，就没有得不到的。

人在最初的时候，都有一颗善良的心，为什么现实会让人变得利欲横飞起来呢？如果他还是以前的那个王国伟，也许今天就不会坐在那儿了，他秦风也就不会走进这个令人生畏的法庭了。他长这么大，也是第一次来这个地方。

早上九点开的庭，一直持续到中午12点才结束。下午又继续开庭，秦风因单位有事，中途回了趟单位。第二天早上又举证质证辩论结结实实搞了一早上，最后法官宣布休庭，择日宣判。

那一刻，王国伟抬起了头，一眼就看见了子娟，目光坚定而痛苦，像是在向子娟诉说着什么。子娟目光呆滞地望着王国伟，没有泪水，只有雕塑般的漠然。当王国伟被押上带铁栅栏的警车，仍回头看着人群里的子娟。警笛"呕哇呕哇"叫着，警车载着王国伟走了。秦风看见王国伟在车里转过身，透过铁栅栏又一次朝他们看了过来。

秦风看了一眼子娟，她眼里满含泪水，苏曼玲眼里也汪满泪。警车呼啸着消失在城市的车流中，老六长叹一声："回吧，我请大家一起吃个饭。"

饭吃得很闷，从未有过的沉闷。王国伟带给所有人的情绪似乎一时还难以调整过来，因为大家从法庭调查和质证过程中，不难判断出王国伟犯的事究竟多大，是完全出乎所有人的预料的。到底会是个什么样的结果，只能等最终的判决。

秦风没回家，不知从什么时候开始，他特别害怕回家。在办公室的长沙发闭着眼睛躺了半小时，还没睡着，上班时间就到了。他到卫生间抹了把脸，刚坐到办公桌上，手机响了。电话是子娟的，他赶忙接起，子娟在电话里声音很低很沉，道："你下午单位忙吗？"

秦风本来还有几件事要处理，但知道子娟因为王国伟的事情绪不好，他便很爽快地说："没什么事，你说。"

"能陪我出去转转吗？"

"没问题。"秦风想都没想说，"你等着，我去接你。"

子娟道："我已经过来了，就在你们单位门口。"

秦风下楼，远远看见子娟的车。他跑过去，拉开副驾车门，子娟却坐在副驾驶位置，身子靠在椅背上。看见秦风，微微欠了欠身子，无力地说："你来开吧。"

车子很快驶离市区，向郊区农村开去。

一路上，秦风没问子娟想去哪儿，子娟也没问秦风去哪儿。秦风只是开车，并不时地看子娟一眼，知道她心情不好，也不去打扰她，就让她安静地坐着。

当车子停下时，子娟才猛地转过脸看着秦风，像是从一场梦里醒来，脸上有了淡淡的笑容，惊奇地问："你怎么知道我就想到这儿来？"

"心有灵犀啊！"秦风笑笑。他真的不知道子娟想去哪儿，但他的直觉告诉他，在整个宁州，也只有这里才能化解她内心的痛苦。

眼前是观音湖。观音湖是他和子娟曾经在大学恋爱时最爱来的地方，也是他们爱情的见证者。那是大学毕业前的冬天，他和子娟第一次来这里。十多年过去了，湖泊还是那湖泊，就连岸上的芦苇都像是那样熟悉，似乎就在那儿专等他们的到来。

子娟跳下车，跑过去，站在湖边，看成群结队的水鸟，在还没有完全封冻的湖面上嬉戏，飞翔。她静静地望着，沉浸在眼前的情境中。

秦风在她身后，静静地站着，也望着这风雪来临前最后的秋景。虽显萧瑟和凄凉，但却有种空旷的美。

子娟看着看着，突然转过身，扑在秦风怀里，痛哭起来，像一面坚不可摧的堤坝，突然溃决，洪水毫无阻拦地一泻千里。刺骨的寒风吹来，子娟肆无忌惮的哭声，被风撕咬成断断续续的音符，在观音湖畔响着。秦风抻开大衣前襟，把子娟紧紧地裹进怀里，紧紧地，紧紧地，任由她哭泣。他知道，子娟这些年过得不容易，仿佛要把积攒多年的苦和痛一股脑儿哭出来。

是的，哭出来就好了。

秦风轻轻地拍着子娟后背，突然憎恨起自己曾经的懦弱。那年冬天，他也是这样紧紧地搂着子娟，畅想着他们的未来，可一切美好的未来，最终被现实碰撞得支离破碎。回想起当初，是他的优柔寡断将子娟推向了王国伟的怀抱。悔也罢，恨也罢，一切都不可能回到从前了。

爱一旦错过，就再也不会来了。正如那首歌里唱的：有多少爱可以重来？沧海桑田，世易时移，一切都已成为过去。

子娟哭声渐渐小了，抬起头，双手从大衣里搂住秦风的腰，哽咽道："我多想是一只水鸟，自由自在，和自己心爱的人在一起飞翔，栖息。那才是我想要的生活。秦风，你懂吗？"

秦风低下头，嘴巴紧紧地压在子娟嘴唇上。子娟没有反抗，像是等待千年的疼爱，在一个不期然的时刻突然到来，迟疑片刻，便狂风暴雨般激荡起来。世间所有的爱恨情仇，在这一刻，都化作唇枪舌剑，忘我地激战。湖面上的水鸟哗啦啦飞奔而起，在寒风和灰云间自由飞翔。还有几只水鸟，在湖岸与水面的交接处，耳鬓厮磨，忘记了飞翔。

第二天，秦风收到一封电子邮件。

风：

从几天前开始，不对，应该是很久以来，每天都有这样的情愫：在心里计划着，你开着车带我漫无目的地游走在乡间小道，闻泥土的气息，看远处近处升起的袅袅炊烟，还有农田里生机勃勃的各种农作物，深吸一口气，啊！从身到心的慰帖和舒爽……

似乎，也只有到这样的地方——远离喧嚣远离尘世的地方，埋藏在我身体深处的欲望才会被激发出来。我贪婪地享受着你深深的吻，饱满的身体从未像此刻一样渴望被亲吻和抚摸。当你的手轻轻拨动我的花蕾，一种无法抑制的战栗让我禁不住轻轻地呻吟。你更紧地抱住我的身体，更用心地给予，我能感受到你发自内心的对我的疼爱，你一点一点把你的爱透过舌尖、手指、胳膊温柔地传递给我。而我，从上大学那时候开始，已经深深地迷恋上了你的怀抱。伤心的时候，失意的时候，高兴的时候，都想静静地依偎在你胸前，什么都不需要说，就那样静静地靠着，听你有力的心跳，觉得自己又有了重新出发的勇气。

　　不管什么时候，不管碰到什么困难，知道自己还有一个强大的精神世界，我不慌乱，不失方寸，从容而自信。你不知道，当那天你对我说，你不知道这样的爱你还能坚守多久，你不知道你还能不能走动。看着这些文字，我在电脑前泪如雨下，整整一天，我什么都做不了。那种撕心裂肺的痛，不知道当年我们各自走进婚姻的时候，你是不是经历和体会过。可是我，在那一刻真真切切地感受到了那份痛。我想问你，你怎么可以，怎么忍心，把我一个人丢在这个我早已留恋无多的世界？对于一个活在精神世界里的人，你摧毁她的精神，无异于扼杀她的生命。可是，我有什么资格？我什么都没有说，依然像以前任何时候一样，和你说很多话，像什么都没有发生一样。而在我内心，我想了很多。我们错过了在最好的年华享受最美好爱情的时光。现在，我只想在彼此的欣赏和想念中相互陪伴。如果有一天，你不想走了，我不会成为你的羁绊，我依然会关注你，但只是远远地……

　　而现在，我只想沦陷在这温柔的想念中，独自明媚……我知道，这明媚，不独属于我。但无论怎样，它都像寒夜里的星辰，给我力量，给我信念，给我坚强活下去的理由。原谅我，没能把自己的身体交给你，我一直在想象那么一天的到来，那是怎样一种山清水秀，鸟语花香，小桥流水……如果人生有缘，我相信会有这一天的。

　　我想带着儿子离开这儿，如果有缘，我们一定会再见的。

那个远远地爱着你的人

　　秦风读完信，心里一震，马上给子娟打电话，一遍又一遍：您拨打的电话已关机……

3

临近春节，大会小会不断，还要穿插各种慰问：离休老干部、一线工人、道德模范、困难群众……秦风像一只永远不能停歇的陀螺，围绕着领导旋转，旋转。

直到除夕夜，他都还跟随领导出现在慰问现场。此起彼伏的鞭炮声笼罩着整个城市，五光十色的焰火在天空次第绽放，似乎这一切都与他无关。

雪，不知道什么时候开始下了。在慰问棚户区的住户时，秦风突然想起了父母，想起了张思媛。他得空给父母打电话告诉自己的春节安排：初一慰问；初二到初四休息；初五上班。也就是说，秦风只能休息三天。

陈玉珍说，儿子，工作要紧，要是回不来就不来了。秦风能听出母亲话里话外，仍是盼着他回去。

秦风不知道此时此刻张思媛在做什么？想什么？往年的这个时候，他都是和张思媛坐在沙发上，边吃边看"春晚"，那是怎样一种惬意。就一年，短短的一年时间，却让他和他的家庭发生了意想不到的改变。

腊月二十三是小年。秦风去看张思媛，她看上去很平静，像打坐的尼姑，目光幽怨宁静，一直望向窗外。他原本打算除夕夜再去陪陪她，可小年一过，他开始连轴转，再也没能抽出身。领导嘴上关心你的时候，一副知冷知热的面孔，像慈爱的长辈，真正需要用行动来关心的时候，他早把你的事忘到了脑后，恨不得你在工作中有分身之术。

秦风拖着疲惫的身体回到家，新年的钟声刚刚从电视里敲响。这时候，他才有空望一眼快要爆炸的手机短信："喜气迎门万事顺，兴高采烈精神爽。发条短信祝福你，新春到，走红运，事事顺！"诸如此类的问候短信，千篇一律，大同小异，没一点原创性，最后还不忘缀上自己的大名，生怕你不知道他（她）是谁。更有甚至者，竟连短信后别人的大名都没来得及改成自己的，就直接转发过来了。

秦风手指在手机屏幕上不停地划拉，他在翻找着他期盼的那几条短信。他终于找到了一条很长的短信：

今夜，鞭炮声声。我在想，人海中我最初遇到的不是另一个人，却是你。这缘分可能是命中注定。渴望能成为对方的另一半，走了很久之后，也因为缘分，我们只能驻守在彼此的精神世界里，一直到老。无意去改变什么，只想就着曾经拥有，还有现在的这份感情，往老了走。见或不见，听或不听，思念从来未曾停止过。我喜欢就这样平静或激动地想一个人，真的早已变成了一种固定的习惯。别说你要转身，我会受不了心碎的声音。假如真有一天，相见成了惘然，连听你的声音都成了一种罪过，我想可能是我真的死了，连你驻守的那心的一隅也死了。祝你新春快乐！

秦风的直觉告诉他，这短信一定是子娟发来的，尽管后面没有署名。看着这个陌生的号码，他像是看到了子娟的脸庞。他立即开始查询，号码显示位置是：云南丽江。当他打过去的时候，却提示电话已关机。秦风失望地回头继续翻看短信，终是没有再发现一条值得阅读的短信。

秦风睡下，又把刚才的短信看了好几遍。他便按那个号码，回了一条很长的短信：

今夜，注定无眠。心情糟糕的时候，我会选择透过窗口，望远处的雪山。白雪皑皑的祁连山脉，绵绵延延从眼前铺排而去，像一条隔断，将我与另一个世界分离。偶有晴天，从山顶到半山腰，苍苍茫茫的积雪，晶莹且剔透，散发着洁白而刺眼的光芒。瞬时，心会平静很多，如冰雪般宁静安详。我一直想走到它的近前，抚摸它冰清玉洁的身体，品尝它的清凉，涤去尘世的烦扰和杂念。走了很多年，却终是没有抵达，仅能用脚步去丈量其间的距离，用目光探寻这积雪的生发与消融，直到春夏秋冬。

人啊，的确是一个很能生出众多烦恼的高手，却不见得能有治愈它的妙方。这一山又一山的雪啊，脚步永远都显得是那般苍白，无法到达。眼前这一袭纯粹得没有半点瑕疵的雪，竟能让心变得异常静寂，我知道我的心已抵达。愿你一切安好！

秦风合了手机，闭上眼，大脑却越发清醒了。

秦风也没想到，除夕夜竟是在这样半睡半醒中度过的。第二天醒来，手机里又是满满的短信。秦风看到了苏曼玲发来的短信：

> 醒来，已是新的一年。昨夜的梦里，在丽江柔软的晨曦里，和你，一起在斑驳的青石板上踟蹰，一起在四方街的小巷发呆到流泪，一起在玉龙雪山刻下爱的誓言，一起寻找束河的一米阳光。

秦风似乎在哪儿见过这样的话。他想起来了，是一本叫《明天在丽江一起醒来》的书中的话。他笑笑，知道苏曼玲已回了云南老家过年，便回道：

> 你就是柔软丽江晨曦里最美的风景，青石板为你泛光，四方街为你喝彩，玉龙雪山如你的纯洁。相信，在新的一年里，每天都能看到你阳光般灿烂的笑容。祝新春快乐！

秦风在短信里有意回避了苏曼玲"爱的誓言"。说心里话，他慢慢发现，苏曼玲并不是能真正读懂他内心的人。她就是一朵耀眼的玫瑰，开得正盛；只能是你眼前的一道风景，渲染你的生活，而她永远无法抚摸到你内心最柔软的那个地方。这一点，只有子娟能做到。更重要的是，老六从来没有像现在这样去爱过一个女人，他无论如何也不能夺兄弟之爱。这一点，秦风是明智的，他已经无数次拒绝了苏曼玲想单独相处的愿望，并在交往中有意疏远，保持最恰当的距离。

秦风匆匆抹了把脸，直奔单位，开始忙碌的一天。

晚上11点，公务活动一结束，秦风就赶往精神病院。精神病院夜间不会客，大门紧闭。秦风无奈，只好给祁院长打电话。祁院长一听是秦风，电话里客气一番，说他马上安排。

挂了电话，秦风不由在心里笑笑，心想，假如今天站在大门口的不是政府的"秦主任"，而是《秦风》杂志社的"秦主任"，不知道祁院长还会不会如此客气？这门还会不会为他专门打开？秦风再笑的时候，大铁门已经打开，祁院长亲自过来，点头哈腰地引秦风进去。

秦风已经习惯了每到一地都要惊扰很多人的情景。谁让他坐在那把椅子上，坐上去了，就是个傻瓜，也会备受注目。这样的情景多了，虽能让秦风的虚荣心在某种程度上得到最大的满足，但时间久了，却慢慢发现，这虚荣终不是他想要的。

秦风想要的，是安然宁静、自由自在的创作和生活。

走进张思媛的房间，已经有很多人在那儿早早等着，似乎他不是来看望自己妻子的，而是来检查指导工作的。面前的四五个人，秦风都熟悉，都拿热情的笑脸奉承着他。秦风想和张思媛安静地待会儿，可旁边围一圈人，他觉得特别别扭，便回过头，看着祁院长笑笑，说："太打扰了，让大家都回去休息吧。"祁院长嘿嘿地笑着，朝工作人员使个眼色，所有人纷纷跟秦风打声招呼逃了，祁院长却仍站在那儿不动。秦风知道，那些人也不愿意在这儿站，只是领导意志不敢违背。秦风看着祁院长，说："你怎么不走？"祁院长犹豫了一会儿，又想走，又不想走的样子，最后还是很不情愿地走了。

秦风不知道张思媛在他进来之前是躺着的，还是坐着的，是睡着又被他们叫起来的，还是一直就在房间里看电视？此时，她正坐在床上，静静地望着电视里的一档娱乐节目。秦风瞄了几眼，原来是一档湖南台的相亲节目。张思媛对秦风的到来，没表现出一点点兴奋，似乎从来没觉得秦风是站在她身边的，眼睛都没斜一下他，仍聚精会神地看着电视。秦风坐到张思媛身边，伸过手，轻轻地把她的腰搂住。张思媛的身子很僵硬地朝秦风这边靠了靠，似乎是习惯性地靠在了一棵还算粗壮的树干上。

"思媛，对不起，我来晚了，你好吗？"秦风说得很轻，很柔和。

张思媛不动声色，只有电视机里主持人歇斯底里的叫喊声和观众的唏嘘声。

"思媛，除夕夜你是怎么过的？你还记得吗？往年的春节，我们过得多开心。没有你的春节，已全然没了节日的味道。别人都在为哪儿过年争得天翻地覆，我们却从没因此吵过架。你说，我父母一直在农村，一年也见不了几面，就在农村老家待五天。你还说，你父母一直在城里，低头不见抬头见，就少待几天。你知道，你说这些话的时候，我有多感动吗？

我自豪有你这样一个宽容大度的老婆。"秦风说着说着，有些动情。

房间里仍只有电视机发出的此起彼伏的掌声和笑声。

秦风看着张思媛比以前愈加白皙的脸，继续道："思媛，我承认，我跟子娟曾经有过一段美好的感情，但那都早过去了。我和她之间，从始至终，都是干干净净的。我们都是活在精神世界里的那种人，我跟她除了精神上的交往之外，什么都没有发生过……"说着说着，秦风感觉有些说不下去了。他不知道这样说，是在欺骗自己，还是在欺骗张思媛。但他又觉得他谁都没有欺骗。他爱张思媛，也爱子娟，但这是两种迥然不同的爱，不能画等号的。更不能等同于对苏曼玲的感情，对苏曼玲，他仅仅是欣赏、喜欢，就像喜欢一只可爱的小白兔一样。

秦风买了张思媛最爱吃的蛋卷、锅巴，一小块一小块地往她嘴里喂。张思媛就像一个不会说话的婴儿，靠在秦风怀里，机械地咀嚼着被送进嘴里的东西。秦风边喂边讲述着那些年曾经留下美好印象的生活情景，讲得悠长而动情。秦风在不经意间，惊奇地发现，张思媛眼角涌出了一颗大大的泪珠。这让秦风无比惊喜，他相信张思媛的病很快会好的，会变回以前那个动情开朗的张思媛的。等她康复了，他要好好跟她过，过一辈子，再也不提离婚的事，哪怕一辈子都不能生育。

凌晨1点。秦风把电视关了，照顾张思媛睡下，关了灯，才轻手轻脚地退出来。

秦风吓了一跳。祁院长不知什么时候在门口立着，看秦风出来，嘿嘿地朝秦风笑，说院里对小张的病高度重视，全院上下共同努力，现在病情已有很大好转，估计用不了多久，小张就能康复出院了。

祁院长一直陪着秦风走出病区，还请秦风去他办公室坐坐。秦风说太晚了不去了。祁院长也不好再挽留，一直送秦风到大门口。秦风转身准备告别时，祁院长突然说："秦主任，院里最近想购置些器械……"秦风一听就知道是要钱，冷冷地笑笑，道："你写个报告，年过完上班了送过来。""太麻烦秦主任了，太麻烦秦主任了。"祁院长嘿嘿地笑着，从口袋里掏出一张纸递给了秦风。

文件都早就准备好了。真是个老贼！

秦风笑着，把文件往口袋里一塞，转身上了车。

4

秦风初二回农村老家，跟父母和哥哥姐姐团聚，然后陪父母串了几家亲戚，初四晚上赶回宁州，家都没回，直奔岳父母家。他买了很多礼品，给岳父母准备了3000元钱。

自从张思媛入院后，张洪潮和李月娟的精神头大不如前，尤其张洪潮，整天像是丢了魂似的，做什么都觉得没意思。李月娟一直都认为，女儿变成现在这样子，罪魁祸首是秦风。所以，对秦风一直都是冷冷的。后来，见张思媛病情有所好转，对秦风的态度也改变了很多。

家里很冷清，老两口都缩在沙发上看电视。张洪潮拍拍沙发，示意秦风坐过去。李月娟问秦风吃了没有？也不等秦风回答，便进了厨房。

今年这个春节，对张洪潮和李月娟来说，是这辈子最灰暗的春节。往年，腊月二十三一过，他们就早早儿大包小包的年货往家里拎。除夕夜包了饺子，备了各样菜品，等女儿女婿来。可今年，老两口却有一种"遍插茱萸少一人"的感觉，全然没了心劲儿置办年货。年前秦风抽空去超市给老人家提前置办了一些年货，急急忙忙送过来，又单位上忙去了。张洪潮说："不用了，就我们俩，吃不了多少。"秦风听着心里发酸。除夕夜，老两口也没在家里准备什么吃喝，而是去精神病院陪女儿，直到闭门时才离开。

老两口看着铺天盖地的鞭炮声，回到家，除了低一声高一声的叹息外，谁都觉不出是要过年了。新年钟声敲响的时候，老两口看着春晚，眼泪哗哗打转。他们这一辈子就这么一个女儿，在别人家热热闹闹围在一起吃饺子看春晚的时候，他们的女儿却在精神病院里，像植物人一样活着。

秦风坐到了张洪潮身边。张洪潮朝他乏力地笑笑，精神头确实大不如前。张洪潮眼睛盯在电视上，问："你爸妈都好吧？"

"我爸身体不太好，我妈还行。"秦风说，"他们二老让我代问你们好。"

张洪潮深深地叹了口气，轻轻地点着头，一句话没说。

李月娟给秦风倒了茶，然后从厨房端着几盘菜出来，放茶几上，又拿过一瓶茅台，说："秦风，你爸过年还没喝一杯酒呢，你今天好好陪他喝几杯。"然后看着张洪潮说："别吊个脸了，不管咋说，这年还是得过吧。"

"爸，妈，思媛已经好多了，用不了多久就能出院了。"秦风接过岳母手里的酒瓶，说，"你们也不要太担心了。"

"是吗？"岳父突然转过脸，眼睛里闪着亮光。

"我去看时，祁院长说的。"秦风笑笑。

"爸，我敬您老一杯，祝您身体健康，新的一年里天天有个好心情。"

张洪潮端了酒，跟秦风碰碰，脖子一仰干了。

桌上摆着一盘酱牛肉，一盘花生米，一盘泡菜，还有秦风爱吃的糖醋里脊。秦风喝干，岳父指着桌上的菜说："吃点，今年也没啥心情，就你买来的，再没准备啥吃的。"

秦风拿起筷子，看着李月娟说："我看爸最近瘦得厉害。"

李月娟说："自从媛媛那样了，他吃得明显少了，最近还老说头晕。"

秦风说："也没去医院看看？"

李月娟说："你爸的毛病你又不是不知道，死活不去。"

张洪潮说："小毛病，看啥看，来，喝酒！"说着又端起酒杯跟秦风碰。

边聊边喝，边喝边聊。

张洪潮喝得有些高了，说："人这辈子，真是不容易。年轻时，不容易，到老了，依然不容易。正如那句话，怎么说来着，人生不如意的事十之八九。关键是能把剩下的十之一二的如意活出精彩来，也不容易。但归根结底，我们在无法预知未来的时候，你唯一的选择便是不回头，继续前行。往前走，不停步，迎接你的也许是荒漠，但你同样也有最美风景的可能。如果停下来，便意味着你一无所获。"

秦风点头道："爸，你说的我懂，你放心，我一定会好好走下去的。"

"当然，人这一辈子，在往前走的路上，没有人不走弯路，而是阳光大道走到底的。走弯路并不可怕，说明我们还年轻，怕的是一辈子走弯路，到头来连自己都不知道究竟想要的是什么。"张洪潮继续道，"那时候，就晚了哟。"

秦风跟张洪潮又碰了一个，说："我知道，我知道。"他知道，岳父是在批评教育他，或许他们多多少少听到了他跟子娟或苏曼玲的一些事，在心里已经种下了不可抹去的阴影。或许到现在为止，他们都断定张思媛的精神失常，完全是他秦风一手造成的。他的确愧疚，但他精神世界里的追求，与他现实中对张思媛的爱并不矛盾，除了这半年来他为了故意制造离婚的氛围，对张思媛的态度发生了大转变。但之前，他是真心地爱着张思媛的。现在，他每次去精神病院，看着张思媛感觉特别可怜。那一刻，他想明白了，他不能抛弃张思媛去追求那些不切实际的虚幻的感情。

一瓶酒见底了，张洪潮看起来醉了。但他还要喝，秦风和李月娟都劝着，扶着他进了卧室，不一会儿他就睡着了。李月娟看着秦风说："他今天可以好好睡个觉了，这一段时间，他天天都失眠。"

秦风喝得头也有些晕，李月娟要留秦风住下，秦风执意要回。没有张思媛，他留下来总感觉不自在。

天空又飘起了雪。秦风走在街上，少有行人，来来去去的车仍然川流不息。他知道，人们都还沉浸在春节的喜庆氛围之中，正走亲戚串门子，交流一年来的光阴，比画着手指摇头晃脑地喝酒取乐。为什么天下人都快乐的时候，他却独个儿享受人生的痛苦和孤独呢？好几辆出租车都热情地在他身边慢下来，想捡一个顺手客。秦风摆摆手，出租车司机失望地踩着油门扬长而去，后面留下飞速旋转的雪沫。雪花在秦风脸上稍作停留便化成碎小的针扎进皮肤，沁入心脏。只有这样，他才觉得浑身舒爽。

他敞开嗓子吼了起来：

> 给你一张过去的CD
> 听听那时我们的爱情
> 有时会突然忘了
> 我还在爱着你
> 再唱不出那样的歌曲
> 听到都会红着脸躲避
> 虽然会经常忘了
> 我依然爱着你
> ……

秦风吼着吼着，声音便哽咽起来，泪水搅和着雪水，在脸上变成了刺骨的痛。他不知道自己是因为爱情的伤痛流泪，还是为张思媛的病情流泪？可能都有吧。

初五一整天，城里到处都很热闹，到处都是看热闹的人。秦风陪领导看完城乡社火会演就差不多中午1点了。下午是各县区各乡镇社火分散演出，领导回办公室，秦风也只好待在办公室，等待领导随时安排工作。

这个下午，秦风看着窗外拥挤的来来往往的人群，听着震天的锣鼓声忽高忽低，突然感觉特别孤独，想起了张思媛，想起了子娟，也想起了苏曼玲……想着想着，他就觉得心里空得厉害，像空荡荡的山谷，没有一点回音。拉开抽屉，看着横七竖八躺着的各种银行卡、购物卡，发愣。这些东西，从年前的某一天开始，不间断地被送来，收了对方会眉开眼笑，说你是好兄弟好老哥好朋友，你的拒绝只会让对方说你不近人情不够朋友不够兄弟。从那一刻起，秦风突然明白了什么叫"常在河边走，怎能不湿鞋"。他特别能理解王国伟了，觉得他长期处在这样一个位置，非意志坚定者很难做到纤尘不染。秦风想，如果自己在这个位置一直干下去，能否洁身自好而不被糖衣炮弹拿下？真不好说。秦风虽是文人，视金钱如粪土，可面对暄腾的人民币和美元时，信念也曾动摇过。每每此时，王国伟的身影总会出现在他眼前，他告诉自己，这样做了，王国伟的今天，就是你的明天！

总有人会敲响秦风办公室的门。他们这些人啊，鼻子似乎有特异功能，不打一个电话，就能嗅到秦风什么时候在办公室，什么时候不在。所有来的人看起来目的都特别单纯，不就是过年了，也没什么好表示的，都哥们朋友好兄弟，总不能生分了吧？听起来悦耳，想起来舒心，但往深里一想，秦风会不自觉地想起一句话：江湖上混，迟早是要还的！

抽屉里又多了好些卡。秦风望着这些卡，孤独仍爬满心头，无法排遣。他想出去走走，想找一个没有人的地方走走。可出门经过领导办公室门口，听见里面有说话的声音，他又回来了。他怕自己走了，领导会找他有事。他觉得自己就像一条脖子里被人套了绳索的狗，你只能绕着主人手里绳索的半径活动，超出这个半径，你就是明火执仗跟主人对着干。

这样的日子，实在不是秦风想要过的。

阳光暖暖地从窗外照进，秦风朝着阳光发呆。门响了，秦风回过头看了一眼，厌烦地说了声请进。门开了，王倩从门里望着秦风妩媚地笑着，定定地站在门口也不进来。

秦风愣了一下，下意识地想王倩大过年来他办公室干啥。他淡淡地笑笑，从座位上起身走了过去，让座，倒茶。互相寒暄几句，秦风便问："大过年，怎么想起到我这儿来呢？"

王倩笑盈盈道："好久不见你，想你了呗！"

秦风厌烦这个女人，但脸上还是浮起笑容，呵呵地笑着，并不接王倩的话。

王倩满脸风情地说："风哥，我是这个世界上真心为你着想的人，你可不能提了裤子不认人啊！"她边说边从包里拿出一张卡，朝秦风走来。

秦风并不接王倩手中的东西，而是大瞪着眼问："这是干什么？"

王倩仍笑着，说："20万。张思媛病还没好，我知道你需要它。"

自上次王倩将那20万还给秦风后，秦风老觉得这里面一定有什么阴谋。年前，秦风还是将这20万又打到了王倩的银行卡上，没想今天王倩又还回来了。这让秦风脑子里不得不多转几个圈。转了半天，可还是没弄明白这个女人到底在打什么主意。他定定地看着王倩，斩钉截铁道："说，你到底想干什么？"

王倩咯咯地笑开了，笑了一阵子，马上停住，说："此20万非彼20万，你不要想错了。这不是你赔我的堕胎费和青春损失费。"说完又咯咯地笑了起来。这笑声无拘无束，尖锐刺耳，阴霾四起，似乎秦风的一切都完全在她的掌控之中。

秦风不寒而栗，觉得自己一朝不慎，就变成这女人手中的一枚棋子，任她摆弄。唉，谁让自己一失足成千古恨呢！把柄落她手里，他还能咋？好在，现在她肚子里没货，倒也不用怵她。但这20万，又是干什么的呢？

王倩把卡放桌上，把身体几乎是斜靠在秦风的肩膀上，嘴巴对在秦风耳朵上，欲言又止的样子。王倩口中的气流不断地厮磨着秦风的耳郭，香气顺着秦风的脸颊冲向他的鼻子，让秦风有些窒息。他动了动身体，王倩这才低声细语道："你不要怕，我只有一事相求。"

秦风马上警觉起来，问何事。

王倩把嘴巴从秦风耳朵上挪开，回到沙发上，喝了口茶，说："帮我拿下3号地，事成之后，还有这个数，也是你的。"王倩说着朝秦风伸出右手，并一个个顺次展开了所有的手指。

秦风心里怔了一下。3号地？王国伟没进去之前，老六就打着3号地的主意，王国伟一口否了，3号地，想都别想。后来，王国伟和领导都进去了，3号地仍一直放着，没人敢动。秦风是昨天才听领导说想今年动这块地，今天王倩就找上门来了。王倩的耳朵怎么会如此快地捕捉到这一信息呢？再说，王倩就一黄毛丫头，她懂什么？肯定是背后有人指使她来攻秦风这一关的。秦风在这块地花落谁家的问题上，没有决定权，只是可以在招标过程中搞搞暗箱操作什么的。当然，即使能操作成功，秦风也绝对不会这样去做的。因为他不想成为王国伟第二。

秦风冷笑道："你怎么突然对地又感上兴趣了？"

王倩笑着说："这个风哥就不用管了。反正，我就求你这一件事。"

秦风神情严肃，直截了当地答："这个事，我没办法答应你。"

王倩脸上泛起一丝灰色，说："你先不要忙着拒绝，好好想想，也许你就能想明白。"说着从包里拿出一个U盘，起身，像一只大公鸡，咯噔、咯噔踱着步子，把U盘轻轻地放秦风面前的桌上，得意地看着秦风。

秦风抬头怔怔地望着王倩，不知道这女人又在耍什么花招。

"我先走了，留着你慢慢看吧。"说着，王倩又扭着屁股，一副志得意满的神态，咯噔、咯噔踱着步子走了。

秦风默默地望着王倩的身影消失在门口。

5

秦风这次受了重创，像是肩上趴了只老虎，随时可能一口吞了他。这个时候，他想起了子娟，想倾诉内心的重压。可子娟杳无音信。在宁州，还能有谁是他信赖得足以掏心掏肺的呢？苏曼玲？不行。你跟她说点风花雪月好玩儿的事还行，男人内心深处的难言之隐，她是不会完全懂的，即便懂，观点永远都不会跟你一致。

秦风想，要是王国伟在，他或许可以帮自己拿个主意。秦风在脑海里把自己所有关系好的朋友同学同事搜寻过滤了一遍，才发现，自己认识和熟悉的人一抓一大把，而且很多人都张口闭口铁哥们亲兄弟，可关键时刻，寻找出一个真正能够让他倾诉衷肠的人，还真不容易。曾经他是一个穷作家，没有人搭理；现在，混在权力的中心，朋友满天飞，其实他们个个盯着的都是你手中的那点权力。人啊，活得真是悲哀！秦风最后还是想到了老六，老六虽然文化水平不高，但经的事多，毕竟他们交往这么多年，还是知根知底的。

秦风忙完了手头的事，开车直奔金盾大厦。一到电梯口就碰上了王江河。秦风激动地握住他的手，嘘寒问暖，一起进了电梯。王江河笑道："环境改变人啊，现在看起来跟在杂志社是大不一样了啊。"秦风呵呵地笑着："王社说的，哪里不一样了？"

"这眼神，这气质，这氛围……哪儿都不一样了。"

秦风笑道："生活在鲨鱼堆里，有时候不得不学着去改变自己一些。但有时候，又真觉得活得不是自己。"说着，电梯停在了七楼。王江河说如果没什么急事，就先到他办公室坐坐。

秦风笑笑说好。

王江河办公室跟他第一次来时的布置一模一样。王江河进门就去给秦风倒茶。"王社，还是我来。"秦风忙起身自己去倒。王江河笑笑，也不拦，只觉得秦风变了一个人似的。机关真是一个能打造人的地方，尤其核心机关。

王江河问："小张最近咋样？"

秦风把从王江河手里接过的茶杯先放饮水机上，然后从办公桌上拿了王江河的杯子倒了水端过去，才给自己倒。秦风端着茶杯坐沙发上，叹口气道："比前一段好了很多，可还是认不得人。"

王江河说："慢慢来吧，急不得。"过了一会儿，他转移话题道："人是适应环境的动物，我相信你在机关也一定能干得更好。当然，你要想活出自个，那就得先活得不像自个，等你熬出头了，你就可以活出自个了。呵呵，这当然也只是相对的。这个世界上，谁能活出自个？还不都被这样那样的东西牵绊着，活得很累，啥都不想，好好干。"

秦风点点头，但心里却不是很赞同他的观点，又不好当面否定，只好笑笑说："这一切，都是王社长给我的，我一辈子都会感激您的。只是，我现在，越来越觉得，我这条小鱼不适合在那个潭里生存。我还是喜欢以前的生活，信马由缰地写我的天，写我的地。"

"我推荐你，只是觉得你是个人才，这样子下去窝囊掉了。你喜欢什么，想要的是什么，只有你自己最清楚。不过，现在这份工作，应该是千万人做梦都想要的吧?"王江河口气变得凝重了。

"那是那是。"秦风赶紧点头。

一会儿，敲门进来一女孩子。王江河作了简单介绍，秦风记住这女孩叫黄睿。黄睿笑盈盈地向王江河说，这期杂志的稿子全部排定了，请王主编审定。秦风看王江河忙，便起身道："王社先忙，先不打扰了，我过会儿再过来。"

王江河笑着起身，准备送送秦风。秦风上前手不停地向下压着，以示不让他起身，但王江河硬是把秦风送出门，招了招手才回去。

刚到老六办公室门口，秦风听老六在里面歇斯底里地骂谁。他不知为什么，突然不想进去了，犹豫了一下，转身钻进了电梯。

回到车里，秦风突然不知道该去哪儿了。他发了一会儿呆，把车开到单位。刚出电梯，远远看见猴子和刘蕊站在他办公室门口。秦风惊奇地望着他俩，走上前兴奋地寒暄一番。原来猴子和刘蕊定在3月18日举办婚礼，特意来请秦风。秦风说了很多祝福的话，又问："单位的人都请了吧?"

猴子嘿嘿地笑着说："秦主任知道，我们家条件不是太好，我跟蕊蕊商量好了，就请亲戚和要好的几个朋友简单吃个饭，然后出去转转就算办了。单位的人……纪均民，你知道，他对我们有意见，再就是王倩，毕竟一起工作了好些年，要请的。"

"不瞒秦主任说，你是我们请的第一个人。"刘蕊莞尔一笑，"那时候，你对我们多好，自从你和王社长走了，单位人心都散掉了。"

秦风笑笑，问："王倩还跟纪……"

猴子抢过话头，说："他们俩早不了，秦主任不知道啊，王倩早又傍上了一位大款。"

刘蕊拿目光剜了猴子一眼，示意他不要说。

猴子又嘿嘿地笑道："秦主任又不是外人，她跟纪均民好了一段时间，就跟房地产大老板柳成堂好上了，形影不离啊。我和刘蕊在街上碰到了好多次，我看她现在是掉进了蜜罐罐啦。"

秦风愣怔了一会儿，才"哦"了一声，原来是这样啊！王倩来找他要3号地的根子在这里。他忙转移话题，说："还是你们好，实实在在，一步一个脚印地好啊。"

刘蕊突然伤感道："唉，遗憾的是嫂子不能参加。秦主任，等嫂子出院了，我们单独再请吧。"

秦风苦涩地笑笑，看着窗外，说："我想，她快好了吧。"

又聊了聊以前杂志社的事，猴子起身打过招呼准备离开，又转过身说："秦主任，我和刘蕊还有一个决定，想结完婚就辞职，自己创业去。"

秦风睁大眼睛，看了猴子和刘蕊半天，问："你们想好要干什么了吗？上这么多年学不容易，有这么个工作也不容易，可一定要想好啊！"

猴子和刘蕊呵呵地笑着。

"自从你走后，我们就一直在谋划，觉得自己还年轻，不想再坐在机关里坐吃等死，想做点自己喜欢的事，过自己想要的生活。"猴子说，"我有个大学同学在深圳搞了一家广告公司，现在缺人手。他早就叫我们过去，我们一直在犹豫着，现在我们决定了。再说了，刘蕊大学学的就是广告设计，正好，专业对口了。我们打算结完婚就过去到那边，可能没机关上坐着舒服，但人生总要有点挑战才好，否则，像这样活一辈子，真觉得是在虚度生命。"

猴子和刘蕊出门时，秦风又问了一句："王社长请了吗？"

猴子说："请呢，明天一早就去请。"

秦风笑笑："不过也不急，婚礼也还早呢。"

猴子和刘蕊走了，秦风又陷入沉思。猴子刚才的话又一次响在耳畔，是啊，就这样过一辈子，真的觉得是在虚度生命。难道抱个铁饭碗，就幸福了吗？就是自己想要的生活了吗？

桌上的电话又响起来了，秦风接起来，心烦地回道"如何做、如何做"，就挂了。他突然有种强烈的想马上离开这个办公室，离开这座被万人瞩目的政府大楼的念头，然后躲到一个陌生的地方，书写他心中最想说的话。这念头一经冒出，就强烈地冲击着他全身的神经系统。

从王江河办公室出来，他原本是要听听老六的看法，然后再做决定，可突然觉得跟老六说没多大意义，他甚至能想到老六会说些什么样的话。因为对老六来说，秦风职位的上升，意味着他又多了一个靠山，他又多了一条生财的路径。老六肯定不会同意秦风再有别的任何想法。要说，平平淡淡过个日子，凭着他的能力，怎么都能行。但对于很多人来说，秦风目前的位置，再有这样的想法，就显得幼稚且不可思议。可，这样风光无限、前呼后拥，甚至可以说呼风唤雨的日子，再牛×，秦风都觉得不是自己想要的那种生活。

电话频繁响起，秦风接起，说完挂断。电话再响的时候，他再没有接。打开电脑，快速写了"辞职报告"。打印机吱吱地响起，秦风的决定就这样落地了。他又想起了父母。他知道，父母及家人谁都不会同意他这个选择的。是的，他们只看到自己无所不能的表面，而内心的无奈谁又能懂，王国伟的前车之鉴，谁又能懂。没坐到这把椅子上时，他还曾暗地里骂王国伟意志不坚定，经受不住糖衣炮弹的攻击。当他身临其境后，才真正理解和看懂了王国伟，他今天的结局，也不全是他个人的原因。在这样一个体制下，他不湿鞋，就注定他不能在河边走，得远离这条河。秦风这样想的时候，更加坚定了辞职的决心。

是的，秦风要远离这条望不到底和边的河，去寻找属于自己的那块乐土。

秦风正准备去找领导，手机响了，一看是老六打来的。心想，还真是心有灵犀一点通。他犹豫了一下，到底接不接？接起来，他要说了，老六肯定是一万个反对，怕动摇他的决心。秦风走到门口，还是返回来，拿起桌上的手机，摁了接听键。

秦风脑子嗡的一声，没想到王倩会使这阴招，更没想到来得会这么快。

老六急道："没事，你现在可能不太方便说这个话，我想办法找人删帖子。"

挂了电话，秦风慌忙打开网页，打开"宁州在线"百姓话题栏目。一看，秦风就傻眼了，怒火从身体的每一个毛孔往外喷，下意识地拿起手机，拨出了王倩的号码。

王倩在电话里笑得还是那样妩媚，似乎眼前正在上演着一出好戏，她显得很受用地说："看到了？"

秦风的身体像是被打饱了气的篮球，快要胀破了，一字一句地说："王倩，不要把事都做绝了，你马上把网贴给我删了。"

王倩以一种胜利者傲慢的口气，哈哈地大笑道："现在知道害怕了？早干吗去了？3号地呢？给我，我立刻就删。"

秦风咬着牙道："你做梦去吧！告诉你个好消息，我已经辞职了。"

电话里的王倩没声了，半天才说："不可能吧？甭，甭忽悠我了，你以为我三岁的小孩子？"话语里有些结巴。

秦风说完就挂了电话。他又仔细看着这张帖子。帖子只有一行文字：大家看看这是谁？下面附了一张照片。照片上的男人光着膀子，窝在宾馆床上的被子里，照片虽然有些模糊，但只要认识秦风的人，还是能一眼就辨认出来。旁边躺着一个女孩子，穿着衣服，只是这女孩整个身子在被子外面，脸上打了很多马赛克，认不出是谁。

帖子下面已经陆续有人跟帖了。

有人说："看，又一个贪官包养情妇了，大家快把他揪出来。"下面又有人说："貌似是秦风？不会吧？"

又一个人跟帖："哈哈，一群傻×。内行看门道，外行看热闹。一看就是PS的。"

秦风突然也开始怀疑这张照片的真实性。他又一次回忆着很早以前的那个晚上。虽然记忆有些模糊，但可以断定的是，从照片的拍摄角度看，如果王倩躺在床上，是不可能把床和人都拍上的。这样的照片，肯定是第三个人拍的。但第三个人是谁呢？谁会站在他的床前拍照呢？秦风只觉得这个女人太狠，居然在很早以前就知道搜集证据，日后拿来要挟他。除了那天晚上，他再也没有跟任何女人有过交集。他立即把照片下载下来，又把电话打给王倩："王倩，你如果不马上删了，一切后果由你承担。不要以为拿这个假东西，就能把我唬住。"说完不等王倩开口挂了电话。

老六的电话又来了，说："老哥，很麻烦，网站说非得发帖本人才能删除，他们只能先屏蔽了。"

秦风说："没事，这照片肯定是假的，没什么好怕的。"

老六急道："假不假，现在社会，谁管你是假的。把你搞臭了，假的和真的有什么区别。我马上想办法跟市局网监大队联系。"

秦风说："老六，辛苦你了。"

老六道："都这节骨眼上了，还客气。"

第七章

Chapter seven

因为爱你，所以离开

望着望着，泪水竟模糊了视线。他的存在带给别人的究竟是什么？幸福，快乐，还是伤害？

1

　　苏曼玲从精神病院出来，看到墙角花坛里，向阳的地方，已有零星的三叶草从枯草里冒出来了，一丛一丛的嫩黄。她不禁欣喜地叫出了声："春天来了！"心情顿时轻松了许多。

　　张思媛生病后，苏曼玲总觉得亏欠了她什么。心里的愧疚像一团毛发被人不停地搅动，折磨得她坐立不安。她的确喜欢秦风，也有爱的成分在里面。准确地说，应该是欣赏喜欢基础上的爱。这种爱，有时连她自己也说不清楚。但无论怎样，她都没有跟秦风做过出格的事，也没想过要取而代之。这样想的时候，她觉得不该愧疚，可她就是觉得对不起张思媛。也许她的存在，可能在无形中伤害到张思媛了。

　　女人啊，真是不容易。为什么受伤害的都总是女人？不知道从哪天开始，她已经很少跟秦风见面了。一方面是她自己内心的矛盾；另一方面，秦风似乎也有意躲着她。她知道，秦风是碍于与老六的关系，不想在老六心里生刺。可话又说回来，他跟老六的关系，与他跟她之间又有什么关系呢？她在老六公司上班，难道自己的感情也跟他的公司挂钩吗？简直可笑！为什么要把正常的关系都看成是洪水猛兽呢？这一点，他就觉得秦风胆小、保守，不像她想象的那样高大。

　　的确，老六从一开始就把她捧在手里，她能感觉出老六对她的好，可她就是找不着感觉。老六这个人，人品性格都没什么说的。自她到公司，从没见他朝三暮四，跟哪个女人有密切来往，只一心一意缠着她，还时不时给她带来一些浪漫的情节，这让她很开心。但开心之后，这美妙的感觉说完就完了，在她心里却泛不起长久的涟漪，总觉得他们之间少了那么一点点什么东西。也许是人们常说的文化层次上的差别，也许是年龄上的差异，也许是别的什么。要说年龄上，秦风和老六年龄差不多，可为什么她见了秦风就会情不自禁地兴奋、心跳，想和他在一起呢？人啊，真是个奇怪的动物！

可一想到张思媛，她的心立即变得不安和沉重起来。她不想这个原本已经很可怜的女人，因为她分享了本该她独享的爱而变得越加痛苦。虽然她现在还没正常人的思想，什么都不知道，可人在做，天在看啊。她更不想就这样背负着愧疚，在张思媛带给她的阴影里跟秦风好下去。她想好了，她要跟老六谈一谈，她想出国，去看看外面的世界，再深造几年，也许到那时候，她的思想会发生改变的。现在，她无法面对在她面前躲躲藏藏的秦风，也无法面对在她面前极尽谄媚的老六。

苏曼玲刚到公司门口，见老六着急慌忙地从车里下来，大步往楼门走去。苏曼玲紧走追几步，喊了"刘总"一声。老六立刻定住，转过头来，朝着苏曼玲嘿嘿地笑着："出去了？"

苏曼玲轻柔地说："去精神病院了。"

老六收住笑，和苏曼玲并排往楼门里走，问："情况咋样？"

苏曼玲顿了顿，说："医生说好了很多，可我看着没多大变化。"

老六沉着脸说："没办法，慢慢来吧，只是苦了秦老哥了。"

"相信会好的。"苏曼玲定定地看了老六一会儿，说，"哦，看你急急忙忙的，去哪儿了？"

老六苦着脸，摇摇头，叹了一口气，说："提不成，提不成，到我办公室给你细说。"

从老六办公室出来，苏曼玲突然觉得浑身困得没了一丝力气，像突然得了重感冒。她跟老六说自己不舒服，想回去休息一下。老六忙问哪儿不舒服？要不要去医院看看？苏曼玲疲倦地笑笑，说没事。老六马上打电话叫司机，要把苏曼玲送回公寓。苏曼玲被老六的过度热情弄得心里很烦，摆着手道："不用，不用，我自己开车回去就好。"说着飞也似的逃了。

苏曼玲的公寓是老六精心为她挑选的，是本市刚刚新建的最豪华的楼盘，$160m^2$，所有家具设施一应俱全。刚上班，苏曼玲自己租了一套$80m^2$的住宅。后来，老六悄悄买了新房子，叫苏曼玲搬过去住，她死活不同意。但最终苏曼玲还是没抗过老六的软磨硬泡，只好同意搬过去。老六可谓是机关算尽，使尽浑身解数，仍没能摘取苏曼玲这颗芳心。

苏曼玲躺在床上，脑海里全是秦风的影子，还有那个"马赛克女孩"。想着想着，眼睛里湿湿的东西就不停地滑落下来，一会就湿了一大片枕巾。她迷迷糊糊地像是睡着了，张思媛的目光像刀子一样刺向她。她从张思媛的目光里似乎读出了对她的敌意。那一瞬间，她突然觉得张思媛其实没病，是为了不跟秦风离婚而假装的。

醒来，已经是夜里。苏曼玲取消手机的静音，才发现老六打了若干个电话。按往常，她会回电话，可此时，她不想跟任何人说话。她站在阳台上，推开窗，看远远近近的霓虹闪烁，还有来来往往不断变幻的车灯。她觉得，她曾经精心为自己建造的精神家园，没想在瞬间坍塌了，碎砖破瓦，像箭一样纷纷朝她扎来，她痛得有些撑不住了。

秦风不应该是那样一个人！在她的心里，秦风就像一个完美高大的灯塔，就那样坚不可摧地屹立在那里。无论这灯塔是不是属于她，都一样踏实地存在于她的心里。可现在，眼前是一片黑暗。他已经不是她心里的那个秦风了，他是个嫖客了，是个流氓了，再也不是那个内外兼修，怀有浪漫主义与现实主义情怀的秦风了。

苏曼玲朝着城市的黑夜，嘴里突然冒出一句："黑夜给了我黑色的眼睛，我却用它来寻找光明。"她也不知道这句诗，在这儿究竟要表达一种什么样的意思，但她的脑海中突然跳出了这句诗。

手机响起来了。她回到床边，拿起手机。

"好我的大小姐。"电话里的老六急得直喘气，"谢天谢地，你终于接电话了，赶紧开门。"

苏曼玲像木偶似的，机械地挪到门口，机械地打开门，毫无表情地看着老六。

老六拎着一个大塑料袋进来，看苏曼玲脸色发白，急道："感觉好些了吗？"说着拿手去摸苏曼玲的额头。

苏曼玲一扭头，老六的手闪了过去。老六无趣地把塑料袋放茶几上，打开，拿出三个一次性饭盒，一盒大米饭，一盒炒藕片，一盒虾仁玉米，都是苏曼玲最爱吃的。在茶几上摆好，看着苏曼玲，嘿嘿地笑着："赶紧趁热吃吧，你可把我急坏了。知道你在家里，可打电话不接，敲门又怕吵着你，我这饭都换了三回了，快来吃。"

老六坐进沙发，心疼地望着苏曼玲。

苏曼玲看着眼前茶几上的饭菜冒着丝丝热气，一下子扑进老六怀里，放声大哭起来。老六轻轻搂住苏曼玲，感觉特别幸福。他跟苏曼玲还从没如此零距离地接触过，除了公司举办舞会时，他搂着苏曼玲跳过舞，真还再没有这样过。他哄道："人是铁饭是钢，一顿不吃饿得慌。听话，赶快吃，吃完了我陪你上医院去看，坚强些，好吧？"

苏曼玲双肩抖动着，抽泣道："你为什么要这样对我？"

老六愣住了，过了好一会儿，才反应过来，说："说真的，曼玲，我还从来没有这样对过哪个女孩子。因为，我喜欢你，我想要你陪我一起往前走。"

苏曼玲停止哭泣，从老六怀里挣脱出来，擦掉泪水，说："我想出国。"

这次，老六懵了，大脑彻底死机了，望了苏曼玲半天，捋顺了思维，才难过地问："好好的出国干啥？"

"我想出去转转。"

老六突然转悲为喜，心想，出国旅游，太容易了，马上道："好的，明天我就给找个旅行社，出去好好转转，如果需要的话，我可以陪你去。"

苏曼玲说："我想顺便再学习几年。"

老六被苏曼玲一阵一阵的变化搞垮了，看来，这只金凤凰终归是要飞了，且不说他这棵梧桐树不是她的归宿，就连国内都不是她的归宿。老六的大脑重新启动，并快速转动着，预测着未来的诸多可能性。他是那么、那么地爱着眼前这个美人，可爱情有时候并不是单方面想有就有，更不是你想得到就能得到的。老六反复琢磨了半天，觉得爱一个人，就要让她去做自己喜欢的事，不管这爱有没有结局。他痛苦地点点头，说："好吧，我支持你去。无论你走到哪儿，我都会永远支持你的。"

苏曼玲尝了几口老六买来的饭菜，就打发他离开。在离开宁州前，她必须做一件事。

她犹豫着该不该打这个电话，该怎样去面对他。电话通了，她该说什么呢？他又会怎么给她一个合情合理的解释呢？苏曼玲想到这儿，突然笑了起来，他凭什么给你一个合情合理的解释？你是他什么人？是啊，我是他什么人？我顶多就是一个一厢情愿的白痴。真贱啊！可不打这个电话，她又觉得不甘心,她就想听他亲口回答她,她要去国外了,他对她还有没有留恋。犹豫了一会儿,那个"马赛克女孩"再一次跳了出来,她突然觉得给他这样一个人打电话已没有任何意义。

苏曼玲给父亲打了个电话。父亲在电话那边说既然她想去,一切由他全权安排,想去哪个国家都行。苏曼玲说不用,她自己会想办法的,只是让父母放心就好。

苏曼玲整整睡了三天。这三天里,都是老六跑上跑下,买饭送菜,悉心照顾。当苏曼玲重新梳妆打扮一番出门后,她似乎又重新找回了曾经那个光彩夺目的苏曼玲,脸上洋溢着灿烂的笑容。

2

秦风一夜之间成了宁州市家喻户晓的超级新闻人物。

秦风把辞职报告呈给领导,领导再三询问他辞职的原委,并悉心挽留,说,如果工作上遇到什么困难,可以跟我谈,不能因为一时冲动而做出不理智的选择,毁了自己的前程。

秦风工作一丝不苟,很受领导赏识,只是他想遵从内心做一次选择。领导磨了半天嘴皮也没说动秦风,很感惋惜,要他先不要急于做决定,回去再好好考虑考虑。

秦风的辞职报告是头天递上去的,第二天全机关大院的人都传开了。传播的版本也很多,有说,秦风贪污腐化,收受贿赂,怕事情暴露,提前隐退;有说,秦风收了某某一笔巨款,要帮他拿下3号地,事情没办成,对方威胁,不得以辞职;还有一种说法就跟网上的艳照挂起了钩,说秦风被情人告了,纪委领导找他谈话,迫使他辞职,否则,要移送司法机关处理。

网上的图片突然没了。

秦风不清楚是王倩自己主动删的,还是老六托关系删的,他再没细问。删了并不代表没事了,相反,人们虽然看不见图片了,但口口相传的速度并不亚于网络传播的速度。而且,传播过程中,加上老百姓的再创作，事情已经跟它的本来相去甚远，情节更曲折，故事性更强。老六甚至听人这样说：秦风跟领导的老婆偷情，还被领导堵在了宾馆，给拍了照片，被领导的政敌发到了网上。

老六听后，哭笑不得。

领导本打算让秦风再考虑考虑辞职的事，因第二天铺天盖地的网帖压了过来，再没找秦风，原则同意秦风的辞职请求。辞职报告一批，所有的风波都归于个人作风问题，组织上是不去插手的。多年以后，秦风再次见到领导时，领导说："除了网上那件莫须有的事之外，你是宁州史上最过硬的最干净的秘书。"

秦风就窝在家，再没踏进单位半步。他感觉到了外面的风声和雨点有多大，他唯一能做的就是沉默。当老六打来电话说帖子已经删了后，他马上将这张照片托朋友发往公安局鉴定中心。结果是：照片系两张图片加工合成。秦风将这个情况告诉老六，老六一下子火了，说："马上起诉这个骚狐狸，我不相信她还能翻个什么大浪！"

秦风觉得最终理亏的还是自己，谁让他喝醉呢，谁让他说不清楚呢。说不清楚的事最好不说，把事情闹大了，不好收场。王倩一旦狗急了再跳墙，把怀孕的事再端出来，想把你染多黑，就能染多黑。他沉思一会儿，说："算了，事已至此，即便官司打赢了，还不输得更惨？"

老六一听秦风的口气，马上说："先挂了，我去找你。"

老六进门就说："这事你不能背这种莫名其妙的黑锅，她要给你说不出个道道来，绝不能饶她！"

秦风苦笑着，长出一口气，说："算了吧，心安比什么都重要。"

老六气得脸都涨红了，出门时说："不行，这事不能就这样算了，你心也太软了，别人骑你头上拉屎撒尿，你还能坐得住？"

秦风窝在床上，悔恨自己当初一时贪酒，造成今天难堪的局面。虽然心里清楚，是王倩故意想搞臭他，可谁又会说是她的错呢？人们的目光都聚集在他身上，所有人都认为他是个道德败坏十恶不赦的流氓。今天的结局，是他在为曾经的行为埋单，付出代价，他认了。那一夜，他确实一点点记忆都没了。他到底把王倩怎么了？为什么脑海中没有留下一丝痕迹呢？看来，那天晚上，他喝得确实不省人事了。说一千道一万，错的是自己。你不把柄落在别人手中，别人何以会这样？现在，社会上的各种传言，已经完全改变了事情的本来面目，自己的辞职变成了小三反腐的伟大功绩。

真是罪有应得啊！

老六走了，秦风闭着眼，感觉整个屋顶都在旋转。这时，电话响了，他看了一眼号码，身子一紧，是姐姐秦岚的电话。看来，真是好事不出门，坏事传千里啊！铃声响了好一会儿，秦风才毫不情愿地接起电话。秦岚开门见山道："你真辞职了？"

秦风犹豫了半天，才在电话里嗯了一声。

秦岚显得很平静，又问："因为网上的事？"

秦风呵呵地笑了起来，连自己的姐姐都把他的辞职和网帖联系到了一起，想必再没有哪个人会把这两件事区别开来看。他不置可否道："辞职的想法，由来已久，与网帖无关，这个你应该知道。目前的生活真的不是我想要的，你知道我想做的是什么。"

秦岚问："网上的事是怎么回事？"

"照片是合成的。"秦风答："现代社会，想搞臭你还不容易？"

秦岚又问："知道是谁吗？"

秦风说："知道。"

秦岚斩钉截铁道："马上告他，绝不能心软。照片的真假已经不重要了，重要的是你的名誉受到了严重损害。这叫诬陷，知道吗？"

"知道，知道。"秦风呵呵地笑着，佯装很轻松的样子，"爸妈知道这事吗？"

秦岚想了想，说："可能还不知道。你想，要知道了，早把电话先打给我了。"

"哦，最好不知道。"秦风长出一口气，"不过，我也没什么好怕的，身正不怕影子斜嘛。"

"你现在的工作是多少人做梦都想要得到的，尤其是在这个行当里混的人，谁不眼热你那个位置？可你偏看不上，还恰恰在这个当儿辞职。唉，四已经成了五，再不说了。"秦岚叹口气说，"人各有志，你从小就喜欢文学，我相信你，一定会取得大成就的。我在这染缸里泡了这么多年，很能理解你的想法，也支持你。做自己喜欢的事，真好啊。"

第二天，老六带着王律师来找秦风。秦风不想大动干戈，在老六和律师的劝说下，秦风同意委托律师进行调查，并找王倩谈谈。希望她能在网络上公开道歉，消除影响，恢复名誉。说出去的话，泼出去的水，影响是收不回了，但这样的努力，至少让社会上清楚事情的真相，将对秦风的影响降低到最小。

几天后，老六在电话里兴奋地告诉秦风，王倩已在网上发表了致歉信。秦风很是吃惊："是吗？王律师厉害，能让这个女人吃上后悔药不是一件容易的事。"

"那是，也不看是谁帮你请的律师。"老六嘿嘿地笑道，"我跟你说，一开始王倩蹦得老远，说你想起诉就起诉，她不怕。王律师步步为营，陈述了网上发虚假帖子将带来的严重后果。王倩越听越害怕，越听越乱了方寸，最后居然哭了起来，说这一切都不是她的主意……呵呵，律师当场就打开随身携带的笔记本电脑，让她把致歉信发到了网上，总算达到了你息事宁人的理想结果。"

秦风说："这样好，没必要非得把幕后的那个人也揪出来再打一场官司，有什么意思呢。哪天，我把上次借你的钱，还有这次的律师费都给你。"

老六知道王倩背后的指使者就是柳成堂。柳成堂这些年也在打3号地的主意，所以跟他是死对头。老六不多言，只嘿嘿笑着说："别再跟我谈钱的事，多伤感情！呵呵，不过，我还是没弄明白，就这么点小事，怎么就会让你想到了辞职呢？真是太可惜了。"

秦风心里笑着，看吧，连老六这样对他知根知底的人，也把这事与他的辞职紧密联系了起来。秦风说："辞都辞了，再不提了吧，以后你会明白的。"

老六叹口气，3号地看来彻底没戏了。他笑道："不提了。对了，曼玲马上要去美国了，今晚我们一起吃个饭。一方面是给你压压惊，另一方面也算是给她饯个行。"

"这么突然？"秦风一听苏曼玲要去美国，愣了半天说。

老六轻叹一声，说："只要是她喜欢做的，我就支持她。"

秦风急道："是不是你对她又做什么了？"

老六说："真是冤枉啊，我把她当观音娘娘供着，哪敢对她做什么？"

秦风怔着，半天不吭声。

老六继续道："你知道，我对哪个女孩子有对曼玲这么用过心？我感觉自己已经离不开她了，包括我的企业。可她看起来心意已决，我最后也想通了，如果真跟我有缘分，即使飞到天涯海角，都还属于我；如果没有缘分，我就是硬把她拽在手里，又有什么意义呢？去就让她去吧，我会一直等她的。"

"这话你应该当面跟她讲啊！"秦风隐隐感觉苏曼玲的离开，可能还有别的想法。难道是因为他？他了解苏曼玲，她一直把他看得很完美，几乎是一种不食人间烟火般的完美。而现在，他的完美形象突然间被罩上了一层龌龊的色彩，她可能无法面对他，也无法面对自己曾经的执着。

其实，苏曼玲涉世不深，对他，就像雾里看花，是一种脱离现实的朦胧的感觉，在未能真正认识这个社会和现实基础上的完美化。他却一刻不停地伤害着这个纯洁的姑娘。去就去吧，也许在美国待上一段时间，她会慢慢从学院式思维过渡到现实思维中。

"讲了，她说看缘分。"老六失落道。

"说明有戏。"秦风心里突然生出一种莫名的伤感，不知道是因为苏曼玲的离开，还是为老六的痴情。

晚上，秦风收到苏曼玲的短信。这是自"艳照门"事件后，秦风收到她的第一条短信：

> 一切都过去了！请原谅我，在你最无助的时候对你的漠不关心。虽然我还无法释然，但你在我心里永远都是一座巍峨的高山，令我景仰。相信时间和经历，会让我慢慢去理解和认识这个世界。我也相信，你的选择是对的，做自己想做的事情，就一定能做好。

这一夜，秦风又失眠了。

3

东风来了，休眠的大地开始苏醒，泥土的清香如期而至，渗进身体，直扑心肺。秦风顿觉心情也被这温润的季节抚弄得舒服、熨帖，他喜欢这样的季节。

秦风参加完猴子的婚礼，独自开车去野外，想享受春天的酣畅和这难得的闲暇。"艳照门"事件虽已被网络一波又一波的逸闻趣事淹没得无声无影了，但秦风心里的这个坎却还没过。猴子的婚期临近，他犹豫着要不要去，最终还是决定参加这场熟人的聚会。婚礼上，他没见王倩，倒碰见了很多老熟人，都跟往常一样，热情地跟他打着招呼。他也像什么事都没发生似的跟他们打招呼。你不觉得难为情时，也就感觉不到别人用什么样的眼神在看你。说白了，别人都忙着升官，忙着发财，忙着自己永远都忙不完的事，谁又会拿大把的闲情泡在你那些破事上。你在别人心目中，没有你想得那么重要，都是自己跟自己过不去。

秦风不知不觉来到了观音湖，他沐浴着暖暖的阳光，一下子轻松了很多。可一想起猴子悄悄告诉他的那个秘密，却让他心头发堵，有种不小心被三岁小孩戏弄凌辱的感觉。

原来，有一次猴子、刘蕊和王倩三个人一块儿吃饭。王倩喝醉了，一把鼻涕一把泪地哭诉，她爱秦风，可他对她的爱却视而不见，她不甘心，不想就这样轻易放过秦风。那次单位聚会秦风喝醉酒，她把他弄到宾馆，她是想怀了秦风的孩子，然后逼秦风离婚。可那天她也喝高了，后来到宾馆自己也不省人事了。出于好奇心，她醒来拿手机给醉睡的秦风拍了照片。后来，为逼秦风就范，她骗秦风怀孕了，实际上秦风压根就没碰他，目的就是让他对她好。没想秦风心那么硬，宁愿拿20万块钱补偿，也不愿回头。这让她对秦风恨之入骨，撕了他的心都有。

猴子说那天王倩哭得死去活来，口口声声说自己爱秦风。

秦风大吃一惊，他为自己的行为感到羞愧，也为王倩扭曲的爱感到伤感。

秦风站在观音湖畔，看冰雪慢慢融化，水鸟从湖面滑过，停下来，欢唱，嬉戏……望着望着，泪水竟模糊了视线。他的存在带给别人的究竟是什么？是幸福，快乐，还是伤害？如果不是因为他，张思媛可能不会住进精神病院，子娟、苏曼玲也许不会做出那样的决定，王倩可能也不会变得那样阴险可怕。这一切，难道与他无关吗？这个世界上，可能真的没有无缘无故的爱，也没有无缘无故的恨。秦风啊秦风，你已经快进入不惑之年了，为什么还有如此多的"惑"呢？你再也不能这样过下去了，是到了该好好规划一下自己未来感情和事业的时候了。

这时候，手机响了。苏曼玲明天要走，老六约他一起去看看王国伟。

王国伟所在的监狱在宁州郊区。秦风和老六约好在监狱门口会合。他又望了一眼春意融融的观音湖，驱车赶往监狱。半道上，他买了些王国伟爱吃的东西，一想一会儿要见到苏曼玲，心里多少还是有些难为情。秦风先到，等了几分钟，老六的车来了。

见到苏曼玲，秦风很不自然地笑笑，"来啦？"

"秦老师好！"苏曼玲脸上的笑容也有些不自然，语气也没以前那么娇柔，像是第一次见面的陌生人。

因为不是探视期间，老六早托人疏通好了关系，正忙着找人办手续。在接待室，只有秦风和苏曼玲，都显得有些局促，谁也不先说话，还是苏曼玲先打破沉默，说："以后有什么打算？"

秦风道："真的有些累了，想先休息一段再说。我还能干啥？写书呗！"说完，秦风有意爽朗地笑了起来，又道："你只身一个人去美国，人生地不熟，要觉得不习惯，就早点回来吧，别硬撑。想想，人这一辈子，忽地就老了，不要想得太多了，最后却错过了最好的时光。现实些，老六人真的不错……"

苏曼玲突然转过头，目光盯着墙上的"探视制度"，不再看秦风。

秦风知道苏曼玲不爱听，可他还是想说，还想上前再跟苏曼玲说说，可门开了，老六进来了。不一会儿，王国伟也出现在了他们的视线中。

王国伟看起来更胖了，更白了，洋溢着一脸的惊奇和兴奋。

秦风笑笑，问王国伟在里面过得怎么样？

"现在好多了，跟狱警关系也处得好，因为我过去的经历，他们还让我当老师，定期给别的犯人上课。呵呵，没想到自己当上了老师，你说老天真是戏弄人，早知道大学毕业那会儿，就跟你一起去乡下教书得了。现在想想，那样的生活，未必就不是好的生活。你说现在，我不仅把自己毁了，还把子娟也毁了。"王国伟说，"哦，对了，子娟最近再跟你联系过吗？"

秦风摇摇头。

王国伟痛苦地说："我知道，她恨我。这些日子，我想了很多，也许是老天对我的惩罚。刚毕业那会儿，我明知道子娟心里装的是你，可我还是背弃了我们的友谊，不择手段，得到了子娟。我太功利性了，我知道子娟这些年过得苦，心里不畅快，可我还是为了所谓的面子，硬撑着。我想她会回来的，你要照顾好她。"王国伟眼里汪满了泪水，"我想阳阳啊……"

秦风说："再不多想了，在里面好好表现吧，争取早日出来。我相信，她会回来的。"

"以后的事，我也不好说，出去了再说吧。"王国伟抹抹眼睛，叹了口气，"对了，苏曼玲这丫头心里有你，你还是要把握住自己，海涛的经验教训，我们都是亲历者，别走海涛的老路。我们都不再年轻了，是到该收心的年龄了。当然，你是搞艺术的，骨子里有浪漫情怀，但还是要收放自如，别一头扎进去，出不来就麻烦了。我在里面，才真正明白了，活着，自由自在地活着，比什么都重要。子娟那次来，说海涛去北京学按摩了，真好，他终于走出阴影了，回来了吗？"

"我懂你的意思，我会注意的。"秦风点着头说，"海涛还没回来，上次他给我打电话，说基本学得都差不多了，过一段就要回来。"

秦风把这一段发生的事给王国伟讲了，王国伟说："官场是一张荆棘丛生且陷阱重重的网，在你还没陷得太深的时候退出来，是明智的。我想，你太不适合走那条路了。你有写作方面的天赋，写一部传世精品，就像《红楼梦》那样的作品，留给后世，这才是属于你的精彩人生。"

沉默了一会儿，王国伟笑着说："好好写吧，等你红遍大江南北了，我出去了给你当经纪人咋样？"

秦风呵呵地笑着，说："我可不敢。"

两个人互相望着，嘿嘿地笑着。

走出监狱的大门，秦风又回头望了一眼那森严的铁皮大门。上车前，秦风本来想跟苏曼玲现在就告个别，明天就不去机场送了，把这难得的机会留给老六，可秦风还没及开口，苏曼玲突然回过头，看着秦风说："秦老师，明天记得送我哦!"说完快速拉开车门，并朝秦风做了个鬼脸，似乎又回到了曾经那个活泼洒脱的苏曼玲的样子。

秦风张了张嘴，没说出话。苏曼玲已经把车门关上，启动了车子。

老六望了秦风一眼，一句话没说，也钻进了车子。

秦风看着车子渐渐融入车流中，心里五味杂陈。他再次回头望了一眼监狱的大门，不知怎么，就突然想起了一个地方——陕西终南山。秦风忽见紫气东来，吉星西行，不久一位老者身披五彩云衣，骑青牛而至，原来是老子西游而来……

秦风的思绪胡乱飘飞了一阵，回过神自己对自己笑笑，也许能像老子那样，于钟灵毓秀、宏丽瑰奇的终南山，过一种讲经著书的生活，心定会是静的，感情也会处于凝滞状态，就不会有尘世的纷扰和烦恼了。

秦风仍得回到现实，他启动车子，直接开往精神病院。

他跟张思媛说了很多话，回忆他们甜蜜的过去。虽然张思媛一声不吭，像个不会说话的婴儿，但秦风觉得她一定是在听。离开精神病院时，秦风才恍然发现，自己以前只要一进大门，祁院长就像长了一只警犬的鼻子，似乎能嗅到他的味道，总会在第一时间出现在他面前，他总会被里三层外三层簇拥着来来去去。可今天，他只看见一名护士朝他笑了笑，高矮再没见医院里任何人。秦风回头望望，人走茶凉这话真不假，心里笑笑，走出大门。手机响了，是李月娟打来的，要秦风晚上到家里吃饭。

"艳照门"事件发生后，李月娟第一时间打电话给秦风，询问秦风外边传的事情是不是真的? 李月娟的口气不再像以前那么硬巴巴的。秦风说："这种事，只要我在这个岗位上干，肯定少不了。妈你就不要听街坊邻居咬舌头了，是不是真的，相信组织上会查清楚的。"

李月娟嗯了一声，再没说话。没几天，秦风辞职的消息传到张洪潮和李月娟耳朵里，张洪潮催李月娟打电话问秦风到底咋回事。这次李月娟显得异常激动，甚至说有些急火攻心。她说："我说秦风啊，有个铁饭碗多不容易，你怎么说辞就辞了呢? 多少人想有个铁饭碗头都挤破了，你倒好，辞了。这么大的事，也不跟家里人商量商量? 跟你爸妈说了吗?"

一提他爸妈，秦风就急了，就怕这事让他父母知道。当然，即便躲过了初一，也是躲不过十五的，但只要能躲过一天是一天，等到父母真知道的那天，生米已经成熟饭了，也晚了，顶多挨一顿骂。如果现在让他们知道了，他知道父亲的脾气，一定会拿皮鞭将他赶到单位上的。他实在不想白天说鬼话，夜里说胡话，醒来还要继续接着说鬼话，简直能把好端端一个人，给折腾得连自己都不知道自己究竟在干啥。秦风苦口婆心给丈母娘解释着，说我爸本来就有病，万一走漏了风声，他要是气不过，再有个一差二错，那我就是天大的不孝。丈母娘说："你这样不声不响地把好不容易苦熬来的工作辞了，就是最大的孝了？"

秦风一时半会不知道如何说服她，想了想说："我虽然辞职了，但我照样能通过写书让父母亲，包括你们俩过上好日子，孝的方式很多，不一定非要吃皇粮才叫孝。"

之后很长一段时间，李月娟再没给秦风打过电话。秦风外面吃上几顿，然后再在家里做上几顿，不想做了，继续外面吃。窝在家里实在不想动了，他干脆打电话叫外卖。辞职风波过去有一段了，看来李月娟已经想通了，才叫秦风去家里吃饭。

李月娟挂电话前，又补充道："是你爸想跟你喝点小酒。"

秦风了解李月娟的性格，争强好胜了一辈子，这最后一句话，还是表明了她心软嘴不软的个性。

见到张洪潮，秦风大吃一惊。老丈人整个人瘦了一大圈，脸色也不好看，跟上次他来时形成了鲜明的对比，便问："妈，爸怎么看上去气色不太好？"

丈母娘叹口气说："不好好吃饭，能不瘦吗？一顿就一小碗，他说他没心吃。"

吃过饭，李月娟又端上来几个小菜，有张洪潮爱吃的，也有秦风爱吃的。

张洪潮先是拉拉杂杂地和秦风聊了些闲事，然后他看着李月娟说："哦，对了，你下去给我买包烟。"

李月娟纳闷，问："家里不有烟吗？"

张洪潮沉下脸说："有是别的牌子，你给我买包软中华。"

秦风劝道："爸，不用买了，我什么烟都能抽的。"

张洪潮说："我想抽！"说着又看了李月娟一眼。

李月娟"哟"了一声，笑掉了，说："长本事了还，越活越倒回去了，都戒了五年了，还想死灰复燃啊？"

"少废话，不买我买去。"说着张洪潮把屁股从沙发上抬了起来。

李月娟一看张洪潮的样子，知道他脾气倔，忙道："好好好，我去买，我去买。"

李月娟出门了，张洪潮嘿嘿地笑着，和秦风碰了一杯酒，说："秦风，我感觉自己老了，对你的选择，我不发表意见。但我相信，你已经成熟了，知道自己想要的是什么。但不管你将来要做什么，我想，人在任何时候，都要以德服人，才是最高境界。孔老先生讲'德之不修，学之不讲，闻义不能徙，不善不能改，是吾忧也'。只有高尚的人格，才能赢得事业的大成功，也才能活得踏实安然，你应该明白。"

秦风没想到岳父还记下了孔子的名言，隐约感觉到了他话里的意思，不露声色地点头。

张洪潮又跟秦风碰了杯酒，很伤感地说："人无远虑，必有近忧啊！秦风，不管媛媛能不能好，你都必须要答应我，不能抛下她不管。你能答应我吗？"

秦风定定地看着张洪潮，感觉他今天举动不同寻常，像电视剧里将逝的长辈给子女托付身后之事呢。但一想张洪潮从领导岗位退下来，基本上没什么场合发表自己的高见，今天逮住了机会，就让他说说释放释放。但张洪潮眼睛里分明流露着极其复杂的东西。秦风被他的伤感感染，坚决道："爸，我答应你。"

"吃点菜！"张洪潮像是轻松了，指着桌上的盘子，自己却并不动筷子。沉思了一会儿，他又道："你知道，媛媛妈是个刀子嘴豆腐心的人，脾气不太好，但人很善良，以前她对你的所作所为，你也不要多想。以后要能抽开身了，多来家里吃顿饭，不要老等着打电话。其实，你来了，她比我还高兴，只是那脾气，没办法，一辈子了就这样。"

秦风笑着说："爸，这个我知道。"

"喝酒喝酒！"老丈人笑了，端起一杯酒，立刻收了笑，一脸愁容，"人终归有一老，我是老了，你还正是人生的黄金时期。只是媛媛把你给拖累了，我心不忍啊！"说完，仰头喝干了杯中酒。

秦风已然发现张洪潮眼里闪着泪花。

李月娟发着牢骚把烟递给了张洪潮。张洪潮撕开烟盒，抽出一支中华烟，递给秦风，又拿起打火机，准备给秦风点。秦风赶紧说自己来，张洪潮推过秦风的手，说："我来，我来给你点。"秦风只好把烟放嘴里，往张洪潮身边凑了凑。张洪潮点着烟，握打火机的手微微有些颤。

"你不是抽吗？咋不抽？"丈母娘不满道。

"世界是你们的，也是我们的，但归根结底是你们的。"老丈人呵呵地笑。

"什么啊，驴唇不对马嘴的。"李月娟望着张洪潮，一脸不解的神情。

4

秦风是被手机铃声惊醒的。他以前觉得自己得了电话恐惧症，辞职后的一段时间，病症却自动消失。以前电话密集，夜里想关机单位规定24小时不准关机，谁关机就记工作失误。现在，他24小时开机，有时候一天24小时手机都不响一声，他反而有些不习惯了，老会时不时掏出来看看，看有没有遗漏的电话，一看，屏幕空空的，没一个未接电话。刚开始，他还有些寂寥和失落，慢慢已经适应了这种寂静无声的生活了。

这一次，电话却是在早晨6点30分骤然响起。秦风正做梦，梦里领导正安排工作，还大声地喊着秦风的名字……糟了，肯定是市里发生大事了！秦风一骨碌从床上翻起来，愣了几秒钟，才反应过来，自己辞职都已经有一段时间了，市里的事早已与他不相干了。这才拿过床头柜上的手机，不慌不忙地躺回床上，按了接听键。

听着电话，秦风还是从床上弹了起来，胡乱地套上衣服，抹把脸，下楼，开车，向金盾大厦急速驶去。远远的，他就看见一辆急救车悄无声息地从楼下离开，楼下还停着一辆警车。

秦风直奔七楼，几个警察正在王江河办公室忙着现场勘查、拍照取证。秦风推开老六办公室门，沙发上坐着两个警察，一胖一瘦，正在向老六询问着什么，看秦风进去，目光凶巴巴地都朝他射过来。老六对警察说：

"这是我朋友，我可以跟他说几句话吗？"

胖警察犹豫了一下，点了点头。

老六起身走过来，当着警察的面说："昨天老王还说，今天要搞个什么文学采风活动，要我在启动仪式上讲个话。我早上不到七点就上的班，顺便路过他的办公室，一看灯亮着，他向来比我来得早。我敲门，没人开，再敲，还是没人开，推门进去一看，他趴在桌子上，手里还拿着这期的杂志清样……唉，我可能不能去送曼玲了，你去送送吧，见面了你把事情跟她说说。9点10分的飞机，这会你准备一下去公寓接她，时间还来得及。"

"到底怎么回事？"秦风急道。

老六看了看警察，又看着秦风说："警察同志正在调查，会弄清楚的。先去吧，别误了飞机。"

这时，胖警察警觉地问道："谁要坐飞机？"

老六说："我女朋友？"

"叫什么名？"

"苏曼玲。"

"去哪儿？"

"美国。"

胖警察瞪大眼睛看着瘦警察，互相对视了一会儿，胖警察说："什么？美国？在案件没有调查清楚之前，公司相关人员一律不准离开宁州。"

秦风鼻子里发出一声冷笑。

老六说："这与她一个二十几岁的小女孩子有什么关系？"

胖警察强硬道："杀人犯难道还与年龄有关吗？"然后对瘦警察说，"通知局里，马上监控苏曼玲。"

老六无奈地摇着头，只好打电话改签机票。

下午，法医鉴定结果出来了，王江河是心脏病突发猝死。

秦风见到王江河老伴儿时，她已经哭得晕厥过去好几回了。她说王江河跟她讲，《秦风》杂志是他一手养大的孩子，他放不下，他不想因改制而把这个孩子给丢了。他为了把杂志办活、办好、办大，没日没夜地工作。我说都已经退了还管那么多干啥？他不听。你说说，他还把自己的命都搭上了……

秦风听着听着，就落下了泪。王江河从农村一步步走出来，先后创办了《宁州日报》和《秦风》杂志，就这样一直到政协，他现在只是内退，连正式退休手续都没办呢，就走了。人生无常啊！秦风因为遇着了王江河，才会有今天，恩人离世，痛从心来。王江河把自己的生命完全交给了他所挚爱的事业，就在临终前，手里还紧紧攥着没有审定完的杂志清样，那蓝色钢笔留下的圈圈点点，成了他生命留给世界最后的印记。

安葬了王江河，秦风走进王江河办公室，并告诉老六，我要接着王社没有走完的路，继续往前走。他反复看着王江河审定过的稿件，无论版式，还是错别字，就连小小的一个标点，他都用极其工整的隽秀的钢笔字纠正了过来。秦风的泪水如春水般渗出眼眶，在脸上漫流开来。

老六问秦风，要不要把办公室换一下？

秦风摇摇头，说："他是我的恩人，由他陪着我，我不害怕。"

老六重重地点点头。秦风终于转了一个圈，又回到了他热爱的《秦风》杂志。

机场登机口。苏曼玲跟老六拥抱了一下，然后走到秦风面前，紧紧地抱住他，在他耳边轻声说："我昨天又去看了一眼思媛姐，她一定会好起来的。好好对她吧，她才是陪你走完一生的人。"松手的时候，秦风看苏曼玲眼里汪着水，笑着转身进了安检口。

老六苦着脸定定地看着秦风问："你觉得，她会回来吗？"

她一定会回来的！这是秦风的第一反应。但他又一想，这样说了，老六心里不知道会怎么想。于是，佯装沉思，慢慢展开笑容，"这当然要看你了？"

老六苦着脸笑笑。

秦风手机响了一下，打开，是苏曼玲的短信：

当离别之时，我才发现自己是这般留恋。那一瞬，我突然想问你，你想让我走吗？如果你说一句不让我走，我会马上决定不走了。呵呵，可我知道，你是不会说的。没事，飞过大洋，我就又是另一个苏曼玲了。愿你一切都好！

秦风看了一眼老六，回短信：

　　游走在浪漫与现实间，我像一条没有立场的鱼，看着浑身光滑，实则内心痛楚。请原谅，开心、快乐地做最真实的你自己。
老六等你回来呢！

秦风再没收到苏曼玲的回信。他知道，她又生气了。

回市区的路上，老六和秦风看起来都蔫兮兮的，谁也不说话，似乎苏曼玲的走，把他们俩的魂儿给带走了。快到市区时，老六问秦风："对目前的杂志运营，还有什么新打算吗？"

秦风说："一切按原先跟你说的办。新打算昨晚已经发你邮箱了，回去了慢慢看。"

老六好像暂时忘却了苏曼玲带给他的伤感，兴奋了起来，笑道："上手还真快啊，有你，我就一万个放心，甩开膀子干吧。"

秦风笑笑。

在车水马龙的街道上，秦风一侧脸，见人行道上几个孩子在打群架。他定睛看了一会儿，让老六赶快靠边停车。老六忙打开转向灯，把车停到路边。秦风跳下车就向孩子们冲去，边跑边喊："杨小沫，杨小沫……"

杨小沫一听有人叫他，马上从人群里逃出来，朝秦风跑过来，嘿嘿地笑着问："秦叔叔好！"其他几个孩子，一看见秦风，都一哄而散了。

"你们放学不回家，怎么在这打群架呢？"秦风急道。

"他是叛徒，出卖了我们，当然得打。你没看电视上，叛徒都是要杀头的，我们就是锄奸队。"杨小沫义正词严道。

"谁是叛徒？"秦风呵呵地笑着问，"给叔叔说说，怎么回事？"

"李斌斌。"杨小沫表情严肃地说，"说来话长，你不知道……"

秦风又笑了，手放在杨小沫脖颈处，说："走走走，上车了慢慢给叔叔讲。"

老六也迎了过来，问怎么回事。杨小沫很懂事地问刘叔叔好。

"你不知道，我们班的地理老师是个女的，上课总爱提问，谁要答不上，就让蹲马步，马步知道吗？就少林寺那种，蹲得我们汗直淌，头发晕，比扇几个耳光要难受二十四倍，可她就是不扇耳光，就让你蹲马步，你说气人不气人。这还不算，还经常给我们班主任打小报告，说谁谁上课不听话，班主任又是一通训斥，还敲我们板子。我们五个人就商量着怎么收拾一下她，主意当然是我想出来的，呵呵……"杨小沫像是打了胜仗的战士，滔滔不绝地讲述着他们的英雄战果。

"你想了什么主意？"老六问。

杨小沫还没说，先咯咯地笑开了，说："她不是爱穿长裙子嘛，李斌斌从家里拿来铁丝，我拿了钳子，把铁丝一头撅了个钩子，另一头挽在讲桌下面的凳子腿上，直直向前伸出来，想钩住她的裙子，当然，钩不住就算我们失败。没想，那天还就把她给钩住了。下课了，我们喊完老师再见后，她一转身走，裙子就被钩住，扯了个大口子。全班同学都快把肚子给笑炸了。"

秦风和老六哈哈地笑着。

杨小沫又说："那天我们很早就到教室，趁别的同学没来，机关已经设好了。可最后班主任却拿我开刀，最后才发现，是李斌斌出卖了我们。我们又是写检查，又是请家长，你想，能饶了李斌斌这个叛徒？"

秦风笑完了，说："小沫，这样的事再不要干了，你很聪明，一定要把聪明都用到学习上。你爸要在，你还敢干这事吗？"

杨小沫摇摇头，嗫嚅道："不敢。老师要让请家长，我爸知道了会打我的。"

秦风望着杨小沫，说："最近学习怎么样？再给那谁做作业挣钱了吗？"

"还行。"杨小沫说，"我再没有做过，她转学了，去了北京。"

"哦。"秦风摸了摸杨小沫的头，说，"好好学习，给你爸争光，这才是你最最重要的事。明白吗？"

杨小沫点点头。

手机响了，秦风看是母亲的电话。母亲有好久没有给他打电话了，有什么事都是先说给秦岚，然后由秦岚给他打。没了母亲唠唠叨叨的生孩子的电话，秦风脑子清静了很多，但又觉得生活里少了那么点什么。他偶尔也会打电话问候父母，但父母从未再提过生孩子的事。秦风明白，他们不提，不等于心里不想，而是不想给他再增加压力了。

秦风还是有点忐忑，接起电话，谢天谢地，母亲没提那事，只问了问他最近工作忙不？怎么吃饭的？最后说："你爸说，天马上热了，他想今年把老房做好。"老家里的人都把"棺材"叫老房。秦风小时候问过父亲，棺材就棺材，为什么要叫老房呢？父亲说，人死了住的房子，当然叫老房，叫棺材多难听。

秦风心里沉了一下，说："好好的，急地做老房干啥？"

母亲唉了一声，说："我们都老了，指不定哪天一口气上不来就没了，到时候免得叫你们忙三倒四得没抓挠。再说，你爸这病，我怕……做下还是对着呢，也说不定老房做好了，你爸的病就好了。"

"也好，拢帮时我回去，时间定了吗？"秦风知道，农村有这个讲究，说人上岁数了，就要把老房早早做好，那样可以给老人增寿。拢帮其实就是把棺材的六个面全都做好了，然后把底和四个面铆到一起，最后把盖盖上，算是竣工了。拢帮那天，所有子女们是一定要到场的，还要请亲戚朋友们来吃顿饭，在老房盖盖前，子女亲朋们往老房里丢钱，表示给老人添寿。

"你爸说到立夏那天做，到时再说吧。"母亲说，"好了，我先挂了，你二婶来了。"

母亲挂了电话，秦风心突然变得沉重起来，涌上一股莫名的酸涩来。在他的意识里，总还觉自己小着呢，父母还是那父母，是他的天，是他的地。可母亲这样一说，他突然觉得，父母真的老了，他们离开自己的日子，似乎就在不远的某一天。

5

北方的春天，总是很短暂。冰雪似乎刚刚融化，花儿也才刚刚开放，天说热就热得叫街上的女孩们马上抖起了花花绿绿的裙子。

秦风将杂志又一次进行了全面改版，通过各种渠道，向全国著名作家约稿，并提高了稿费标准，跟全国较有影响的一些杂志稿费相当。《秦风》杂志的订阅量逐渐增加，名气也不断提升。他的新书《因为爱情》，也在紧锣密鼓地创作着。每天晚上，在书房里，他都沉浸在小说里，同故事中的人物对话，谈心，或悲或喜，或笑或哭，忘记了现实生活中所有的忧愁和烦恼，感觉自己又回到了从前。是啊，这样的生活，才是他想要的。

夜深人静，万籁俱寂，世界仿佛都是凝固的，只有手指敲击键盘的声音，响彻夜空。秦风像处在异域世界，身体和心灵一起飞翔。当他释放完了激荡的灵感之后，顿觉大脑困得不能转动了。看一眼时间，已是凌晨3点，他需要休息，需要恢复体力，以重新唤起明天的脚步。关机前，他还是登上QQ，看了看子娟的头像，竟然想说点什么。子娟离开宁州已经有些日子了，她好吗？她一个女人，带着孩子，该怎么生活？望了半天灰色的头像，秦风什么话都没留下，关了QQ。

生活就是像一根抛物线，此起彼伏，永续不断。可怕的手机铃声，又是在夜晚不期而响。自从母亲说起老房拢帮的事之后，秦风的电话恐惧症似又发作，尤其在深夜，特别害怕电话响起。他怕听到什么不好的消息，甚至这刺耳的铃声，会让他第一时间想到是自己的父亲或母亲，或是其他亲人突然离世了。人到中年，难道就是一个不断地听说或亲历父辈们一个个相继离开这个世界，然后自己慢慢变老的过程吗？真是太可怕了！秦风刚躺上床迷糊着了，被手机铃声吓醒，弹了起来。

秦风调整了一下呼吸，才接起电话。

"秦风，你快过来一下，你爸突然不行了？"秦风一听，是丈母娘急切的声音。

秦风问是否拨打120。李月娟才恍然大悟，一急早懵了，哪想起那事。秦风边穿衣服边打120，飞也似的赶了过去，急救车还没有到。张洪潮脸色发白，昏迷不醒，一副不省人事的样子。很快小区里响起了120急促的呼啸声。

急救车赶到医院的时候，张洪潮已没了呼吸。在李月娟撕心裂肺的号哭声中，连呼吸机都没来得及上，电击声中，医生不停地摇着头。"再不能击了，再击，五脏会击破的。"医生说。秦风脑子一片空白，像是就做了一个梦的工夫，老丈人的死，便如此真切地出现在了眼前。前些日子还坐在一起说说笑笑，喝酒聊天呢，瞬间就阴阳两隔了。此时，他才断定，老丈人那次说的那些话，不是一时兴起，而是临终遗嘱。看来，他高血压的毛病已经很严重了，他自己心里比谁都清楚，这一天指不定在什么时候来。原来，这一天说来就来了，不跟你提前打一声招呼。

"他连媛媛都没见上一面，就走了。可怜的媛媛，也没见上她爸一面。"当李月娟昏厥过去再次抢救苏醒后，脸色苍白的她，拿无力而空洞的眼神望了秦风一会儿，泪水无声而下，哭道，"我们张家上辈子到底是做了啥孽啊？老天为什么要这样对我们？"

亲戚们能通知的，秦风都通知了，能来的，已经陆续来了。秦风的父母还有秦岚秦斌是在第二天一大早赶过来的。所有人都围拢在病床前，好言相劝，说着节哀顺变的话。可再怎么说，张洪潮才67岁，还未及享受天伦之乐，连个外孙的影儿都还没见着，就撒手西去了这。是怎样一种心痛和遗憾啊！

李月娟躺在医院，秦风带着张家几个至亲，里里外外忙活。亲戚们七嘴八舌地说，张思媛是老人家一辈子捧在手里的宝贝，祭奠时还是把她从精神病院里接过来好，总不能让闺女不见老人最后一面吧。

李月娟从医院出来，整天以泪洗面。

第三天，要送张洪潮去火葬场了。秦风还是决定把张思媛接来，送老父亲最后一程。秦风牵着张思媛的手，张思媛似乎不知道这是要干什么。就在推进火化炉之前，亲属们要作最后告别时，秦风把张思媛带到了父亲面前，让她跟父亲的遗容最后告别。张洪潮的面庞，宁静安详，如睡着了一般。张思媛瞪大了眼睛，无声地凝视着，眼皮一眨不眨，久久的，久久的……她的脸涨得通红，如一朵紫红的玫瑰。突然，她如晴天里的一声响雷，骤然失声痛哭起来："爸，爸，爸，你这是怎么了？爸，爸，你怎么可以扔下我们呢……"

秦风吃惊地看着张思媛，不知道她怎么会说出这么正常的话来？他不相信这哭声，还有这悲凄的话语是出自一个精神病人之口。旁边所有的人也都瞪大了眼睛看着张思媛，然后互相莫名地对视着。李月娟像发现了什么，一下子挣脱亲戚的搀扶，冲过去抱住张思媛，大叫："媛媛，媛媛……"

张思媛猛地扑进李月娟的怀里，大哭着喊道："妈，妈，我爸到底怎么了？"

李月娟悲凄的目光里透出惊喜，哭着说："你爸高血压，昨晚他半夜起来，我不知道他要干啥，等我听到响动起来，他就跌在地上……送医院大脑已经叫血淹了……"

张洪潮的身体化成了一缕青烟，骨头化成一把灰烬，睡在了那个小小的房子里。张思媛抱着骨灰盒，泪水滂沱，俨然是一个正常得再不能正常的健康人。安葬好了骨灰盒，回到家，张思媛突然转过头来，看着秦风问："我怎么了？都发生什么事了？"

秦风用悲喜交加的目光凝视着张思媛，然后搂搂她的肩，不敢相信眼前的张思媛就是曾经的那个她。他把张思媛和父母去海南旅游，然后回来进了精神病院等前前后后的事情讲了一遍。张思媛用怀疑的眼神瞪着秦风，说："去海南，我记得。但怎么回的，以及后面的事，我怎么什么都不知道了，感觉我刚才就是做了个梦。不可能，不可能。"张思媛不停地摇着头。

秦风想，如果老丈人不突然离逝，如果不让张思媛见父亲最后一面，张思媛不知道还能不能恢复？还能好吗？一切似乎都是天意。也许张洪潮在冥冥之中，用自己的生命，换取了女儿的康复。

说起张思媛跟父母去海南的事，张思媛又嗷嗷地哭了起来。李月娟在秦风家住了几天，说家里人多，她想回自家住。秦风跟张思媛商量："妈回去一个人，守个空荡荡的屋子，睹物思人，肯定又会伤感。要不，就让妈先住咱们家吧？"

张思媛说："这样也好，只要你没意见。"

秦风对张思媛突然的正常，一时还有些不适应，见她说话做事都还跟以前一样，轻松了许多，也安然了许多。秦风父母留下来陪了李月娟几天，因为庄稼种在地里浇水施肥，不能耽误，便匆匆忙忙回去了。过了几天，张思媛说："秦风，我看我妈还是走不出阴影，我想陪我妈到外面转转，我还想去海南看看。"

秦风一听海南，心里咯噔一下。那可是张思媛的不祥之地，他真的不放心她再去那儿，万一再有个什么事，他真的承受不住了。他想了想，说："反正我也没什么事，要不，我陪你去吧？"

"你单位忙，就不用去了。"张思媛说。

秦风辞职的事，早就跟亲戚朋友都交代过了，先不要告诉张思媛，以防她受刺激。张思媛这样一说，秦风辩解道："没事，最近不忙，我能请上假。"

张思媛突然显得不高兴了，说："我们母女两个转转，你就不掺和了。"

秦风看张思媛决绝的样子，就不再争了，可他心里还是很担心。

那天晚上，张思媛早早洗了澡，催促秦风也快去洗。秦风晚上再没去书房写作，他想在床上好好陪陪张思媛。再说，自从张思媛住进精神病院，秦风就像一头饥渴的野兽，身体里聚集多日的能量无处消耗。老六曾说："古人不是说，温饱思淫欲嘛，你是不是都不敢往饱里吃？"

"那是你，你说我一件接一件的破事消停过吗？就吃撑死了，也没闲工夫想那事。"秦风嘴里说的不是心里的话，那些日子，事情确实多，有时候让他焦头烂额。可一闲下来，特别是在一个又一个孤独的夜晚，他想，想曾经跟张思媛一个个激情四溢的美妙时刻，想大学时子娟光洁柔软的身体，想着想着，身体就情不自禁地有了反应。他甚至渴望过苏曼玲的身体，不止一次地设想过她饱满而结实的双峰，细腻洁白的皮肤，还有她芳香馥郁的体香，更渴望听到她娇柔撩拨的呻吟……只要他一个短信或一个电话，他都会毫无阻碍地得到苏曼玲的身体。可一想起王倩，燃烧的火焰，像一下子被注入了万千冰凉，顿时熄灭了。女人啊，只要你占有了她的身体，你将如同她手里牵着的风筝，永远无法摆脱跟她的牵连。

王倩已经让他心力交瘁了，他不想再陷入更深的黑洞。

理智总是能够战胜冲动。说穿了，理智是什么？是内心里最可怕的东西。如果没有了理智，人和动物又有什么区别呢！

精神病院的休养，张思媛明显比以前更加丰满，皮肤也更加光洁了，他竟然又隐隐闻到了张思媛结婚前身体所散发出来的那种奇异的香味，这香味居然跟苏曼玲身上的香味那般相近。秦风马上收回思绪，紧紧地搂着张思媛。张思媛呢喃道："我想要……"

休眠已久的活火山，终于被叫醒了。

醒来，就是不可阻挡地燃烧，激烈地喷涌。燃烧着许久以来堆积内心的荒芜，喷射着积淀多时的激情。就这样忘我的燃烧，忘我的喷涌，世界的毁灭，似乎都已显得无足轻重。等一切归于沉寂时，秦风像一个毛头小伙子，望着如十八岁花季少女的张思媛，痴痴地笑着。

第八章

Chapter eight

失控

她感到无边的压力朝着她挤压过来。有时候，她想还不如回到那个无知的梦里去，永远不要醒来。

1

见到秦风，秦天成咬着牙，脸上的肌肉不停地抖着："听说你把工作辞掉了？"秦风愕然，望着父亲嘿嘿地笑着，半天不接话。

"辞了吃什么，花什么？拿什么养活我孙子？老子好不容易供你上了个大学，这不白上了？"父亲的话变得火药味越来越浓，语气越来越呛人。

秦风知道，父亲并不是担心他吃不上饭，而是秦风带给他的荣耀和风光突然没了，让他在村里人面前很没面子，心里极不舒服。

以前，秦岚给秦风打电话时，常说，经常有许多不认识的人去父母家里，问这问那，还有人去时带着礼物。秦风一再交代父母不能随便收人家的东西。父母很听秦风的话，一件都不收。不收，秦天成也高兴，觉得很享受儿子带给他的荣光，至少能让村里的人高看他几分。后来，秦风父母虽然没人告诉他们秦风辞职的事，但他们从曾经的车马不断，到今天的门前冷落，立马就感觉到了问题的所在。一打听，才知道秦风干了不要脸的事，辞职了。就为这，秦天成专门把秦岚从单位上叫来，劈头盖脸一顿臭骂："翅膀硬了，想怎么飞就怎么飞了？连老子都不放眼里了？叫我这张老脸搁裤裆里吗？"

张洪潮去世那次，秦风发觉秦天成看他的脸色不对，但因人多，事儿急，秦天成硬是忍了几天没吭声就回去了。这下好了，秦风自己送上门来了，秦天成不好好收拾这个不孝子，还能放任自流？

"您儿子不是当官那块料，还是写书自在些。"秦风的笑容慢慢就僵在了脸上，但他还是尽量解释着，"我写书挣得钱比上班挣得还多，您就不要为我担心了。"

"屁……写书是个正事吗？我看你写书写得连最起码的礼义廉耻都不讲了……"说完，甩着袖头子，旋风似地朝后院去了。

给牛添了草，又旋风似地回来了。要不是姐姐秦岚适时地进来，秦风都不知道自己如何下台。秦岚一来，秦天成立刻把矛头指向秦岚，说你还是组织培养多年的干部，一点立场都没有，当大不正，包庇弟弟，不是为他好，是在害他……陈玉珍饭都摆好了，可秦天成仍骂个不停。

秦天成不吃，没人敢动筷子。直等秦天成发泄完了，饭才开始吃。

先是沉默了一阵子。陈玉珍才问媛媛彻底好了吗？秦风点头。

"好了就抓紧生孩子，生不成就再做那个什么试管，反正你得抓紧办，别让你老子死的时候闭不上眼。"秦天成冷不防狠狠地来了一句。

秦风一听生孩子，头立刻大了。他感觉这个话题不提了才没几天，突起又提起，他本能地心烦。陈玉珍瞪了秦天成一眼："你就少说两句，娃多久才回来一次，来就是挨你训的？"

"我闭眼了就不训了。"秦天成边吃边说，"训着都这个孬样，不训还不翻天过？"

"该训，没老爸训，秦风还撅牛尾巴呢！"秦岚呵呵地打趣道，"爸，你不知道，秦风现在是著名作家，走出来那可是响当当的，粉丝遍布全国各地。就你还敢训，别人都拿他当偶像呢。"

秦岚这样一说，父亲脸上舒展了许多，但嘴里还是说着秦风不务正业的话。

陈玉珍疑惑地看着秦风，问："不好好上班，你咋又卖上粉丝了呢？"

秦风望着秦岚，捧腹大笑。

吃过饭，秦斌和媳妇孩子都过来了。秦斌古铜色的皮肤，一看就是被太阳烤焦的样子。两口子种四十亩地，一天到晚在地里干活。一进门秦斌就开始诉苦，说农副产品价格太低，种地也没什么意思，现在村里的许多年轻人宁可去宁州城里打工，也不愿在地里下苦，他们两口子明年也不想种了，打算秋上收拾了就把地租掉，到城里去打工。

说到最后，就把话题的落脚点放到了孩子上学的事上。秦斌媳妇说："秦风你在城里认识的人多，我想秋天开学让娇娇去城里念书，你早些给联系个学校，到时候我们好没啥后顾之忧了。"

娇娇是秦斌的小女儿，今年刚六岁，长得特别心疼，说话奶声奶气的，秦风格外疼爱。这次来的时候，秦风还专门给娇娇买很多吃的，还买了一个会跳舞的芭比娃娃。

秦风说："农村人羡慕城里，其实城里人还羡慕农村呢。现在政策好了，土地集约化经营势在必行，农村以后发展前景广阔着呢，为什么一定要挤到城里受那份洋罪呢？"

秦岚也说："哥，我看还是种地来得踏实些，马上有新政策了，不行，你把全村的地都租下来，当甩手掌柜子，用不了几年，你就成大富翁了。"

秦斌没吭声，看着媳妇，媳妇却冷下脸来，看着父亲。

秦天成再也坐不住了，对秦风说："听你嫂子的，叫他们也去城里闯闯，闯不成反正地还在呢，怕啥？"

秦风一听，就知道他们早就跟父亲商量好了，再没多说，点头说好。

秦天成拧开了一瓶酒，和秦斌、秦风、秦岚喝了起来。陈玉珍切了一盘酱白菜，虽有些发酸，但秦风吃些来却觉得特别可口。秦斌话不多，秦岚和秦风聊得很投机。等秦斌一家子都走了，秦风突然觉得自己跟哥哥竟然没多少话可以说。秦斌小时候学习不好，大包干那年小学没毕业就不上了，帮着父母种庄稼、放牛。随着时间的流逝，他们之间竟有一种深深的隔膜。不知道这隔膜，是因为文化层次上的差异造成的，还是因为环境不同造成的？可能二者都有吧。

晚上，秦风给张思媛打了电话。张思媛说吃的住的都很好，母亲情绪还是不好，但比待在家里好多了，换了环境，母亲的注意力也多少转移了，慢慢就好了，让秦风放心。

第二天，秦风赶回了宁州。刚到办公室坐下，见老六愁眉苦脸地进来了，问秦风父母都好吧？秦风一一回答了，反问老六："怎么了？脸吊个秋鞋底。"

老六苦笑着，坐进沙发。

秦风从桌子后面走过来，给老六倒茶，老六说不用，秦风放下空茶杯，过去坐老六旁边，定定地看着他。

老六说："看来房地产市场的拐点真到来了，往年这个时候我的在建房早就预售一空了，今年到这个时候了，冷清得还没售出几套。当时我叫你帮我拿3号地，幸亏没拿到，要拿到了那我就全砸进去了。"

秦风说："我记得当时给你提过醒，要注意房价回落的事情，要压缩开发规模。不过，谁也没想到说风就是雨，这么快就冷得不成气候了。办法当然就一个——降价，我估计，这样的冷清还可能会持续很长一段时间。"

"我是贪了些，想抓住最后的机遇再捞一把，没想年过罢购房热度突然遇冷。"老六扒着圆乎乎的一头寸发，点着头，叹气道，"现在所有商家都在降，可地皮就那么贵，降也降不到哪儿去。现在的问题就是资金有困难了，总不能建成半拉子工程就停了吧。现在预售跟不上，后续资金链就断了，真后悔没听你的！"

秦风说："银行贷款啊！"

老六苦笑道："已经贷了两千多万了。银行也见风使舵，房子抢手的时候，他求着给你放款，房子没人要了，你求着他，他也不理你。工人工资都成了问题，我是跳楼的心都有啊！"

秦风想了一会儿，说："打广告，把优惠政策给到位，保本，先占有市场。同时，企业马上转型，全力发展你的包装产业，现在靠单一产业来发展，确实风险很大，要陆海空全面发展，才能做到旱涝保收。"过了一会儿秦风又道，"上次我借你的那钱，我完了给你打过去，给工人发工资吧。"

老六笑道："那点钱，毛毛雨都算不上，止不了渴。没办法，今年杂志的运营费用，还得让你紧手了。不过，我想这个难关肯定会度过去，资金的事，我再想想办法吧！"

老六可能是真遇着困难了，否则，也不会找秦风来诉苦。是啊，大老板，所有人看他们都特别风光，请客吃饭，抽中华，喝五粮液，这儿捐赠，那儿赞助，似乎钱真多得没地方搁了。其实，他们背后的辛酸，又有谁知道呢？

杨海涛从北京回来了。老六兴奋地摆了个场子，为杨海涛和李佳怡学成归来接风。秦风问他们在北京近一年时间都是怎么过的？杨海涛都细细地讲了。他们省吃俭用，在皇城根儿下也真是不容易。

所有人都先为张思媛康复表示祝贺，共同干了一杯。然后老六又分别敬酒，说了很多感谢的话。

酒过三巡，李佳怡给老六敬酒，说："海涛能走到今天，都是兄弟们在背后帮衬的结果。我代海涛还有我，给你先敬一杯酒。这次回来，我想开个按摩店，还得靠兄弟。"

老六嘴角抖了一下，脸上飘过一丝苦涩，回头看了一眼秦风，仍豪情万丈地说："这都是我们应该的做的，说，需要多少启动资金？"

李佳怡不好意思地笑笑，说："可能得20万。"

这时，杨海涛也端了酒，起身，说："老六，实在不好意思，我都张不开这个口了。你帮我的已经很多了，你说，在宁州这块地上，我还能向谁开口呢？"

老六拍拍杨海涛的肩膀，看着李佳怡感激的目光，道："在宁州，我不帮兄弟，还去帮谁呢？没问题。预祝你们生意开门红，来干杯！"

秦风明白老六是在打肿脸充胖子，可这个时候，老六即使砸锅卖铁，也无法说出拒绝杨海涛的话。他也站起来，端了酒杯，说："为海涛和佳怡创业成功干杯！"

四人酒杯碰到一起，叮当作响，这声音是兄弟情谊无可替代的绝响。

杨海涛坐下来，喝口水说："曾经，我们每次坐一块儿，还有子娟，国伟，还有小苏，这才过去了多久，没想坐在这儿吃饭的却只剩下我们四个人了。人这一辈子啊，走着走着，很多朋友就丢了，但最后能坐在一起聊天的朋友，是会越来越少的，但愿我们能一直走下去。"

秦风点点头，说海涛现在是哲学家了。

"我最近经常失眠，夜里就一个人躺在床上胡思乱想，你说，曼玲是不是我的福星，从她来到公司后，我事事顺利，可，曼玲一走，我马上就遇上难题了。"散席的时候，老六满面忧伤地对着秦风的耳朵说，过了一会儿，老六嘿嘿地笑着，"我是不是有些迷信了？"

"苏曼玲就是你的财神。你要抓住跨越太平洋的这根线，把她抓牢了啊！"秦风笑道，"哎？最近她怎么样？"

"她说好着呢！"老六神秘道。

2

张思媛从海南回来，立即向秦风提出了离婚。秦风是做梦都没想到，按父亲常说的一句话，这叫"马不跳鞍子跳"。秦风没想明白，这"鞍子"她究竟为什么要自己跳呢？

那天，秦风去机场接张思媛，老六打电话说他也去，刚出城，杨海涛不知怎么知道了，打电话说，张思媛受苦了，好了他还没见过，一定要去"见见"。秦风为自己的好哥们感动。在机场等的时候，杨海涛说："思媛真是受罪了，现在好了，你们又可以好好地在一起了。不过，我知道，那一段时间，也把你辛苦坏了。"说完，杨海涛叹口气说，"你说我，现在这个样子，一摸黑，不要说帮你们了，连自己都帮不了，真是对不起。"

"都是兄弟，再不要说见外的话，只要你好了，我们大家都为你高兴。"秦风说，"哦，对了，这次去北京，你也没去301医院检查一下眼睛？"

杨海涛叹口气，道："去了，专家说目前凭国内的医疗技术水平，还没办法，说是有美国像我这样的情况，治愈率还是挺高的。等等再说吧。"

秦风哦了一声，说："那有机会了，还是要去试试。"

飞机降落了。

张思媛见到三个男人一起来接她，感动得眼泪转圈圈。李月娟看起来精神和气色都比走的时候好了很多。从机场出来，大家都问这问那，车里很热闹。老六说晚上他做东，为姨和嫂子接风。秦风知道老六打肿脸充胖子，答应给杨海涛的20万都还没着落。秦风已经跟老六说过了，把他前面借的20万直接打给海涛开业用。老六未置可否。秦风说："不行，吃老六吃得都有些不好意思了，今天我做东，给老婆接风。"老六还在那儿犟，杨海涛说："老六财大气粗，秦风你就别磨他的面子了，让他做东吧。"秦风苦涩地望了一眼老六，老六嘿嘿地笑道："还是海涛实在，说好了，我请。"

秦风再没抢。

晚上吃饭时间快到了，李月娟突然说："出去十几天了，也怪累的，你们年轻人吃去吧。"

张思媛说："你不去，我也不去了，我给你做饭吃。"

李月娟就把秦风和张思媛推出门，说："你们去玩吧，我一个老婆子掺和上，你们也玩不好，我自个随便吃点好打发。"

无奈，张思媛把母亲安顿在自己家，和秦风一起去了。路上，秦风笑眯眯地问张思媛："我看妈情绪好了很多。"

张思媛并不看秦风，眼睛望着车子前面很远的地方，说："是啊，好了很多，天下所有的人都会有那么一天，不是你先走，就是我先走，留下的那个人，总要跨过这个坎，过去了就没事了。"

秦风说："老婆，要不，以后就让妈住咱们家吧。她一个人住那么大的房子，挺孤单，看着家里的东西，又会想起爸。再说，也没人照料，住我们家总有个照应。"

张思媛盯住秦风看了一会儿，说："还是算了吧，她一个人住着方便些。"

杨海涛带着李佳怡和杨小沫也来了。秦风一见杨小沫就笑了起来。杨小沫凑到秦风耳边悄声道："秦叔叔，我的事，你不要告诉我爸，还有李阿姨，好吗？"

秦风笑道："不会的。"

杨小沫眼珠咕噜了半天，说："不行，来拉钩！"

"拉钩上吊，一百年不变！"

李佳怡看着秦风和杨小沫鬼头鬼脑的样子，笑道："你们是不是有什么秘密啊？还一百年不变。"

杨小沫笑笑，又看看秦风，说："保密！"

秦风也笑道："保密！"

老六说："你看，海涛，你走了，你儿子跟秦风都成铁哥们了！"

张思媛看着秦风和杨小沫开心的样子，心里酸酸的，如果她能给秦风生一个儿子，秦风一定跟儿子相处得特别好，也像刚才他跟杨小沫拉钩那样，生活该有多美好。可是，这一切，似乎永远都只能是一个无法兑现的梦。她无端地做了个梦，自己一点儿都不知道，这梦，让她离开了现实，进入了另一个完全无知的世界。是她，害得爸爸离开了这个世界，也害得秦风年近不惑，仍膝下无子，更害得秦风的父母心里的石头不落地……她来到这个世界上，难道就是要给别人带来痛苦吗？

"嫂子，思考什么呢？看起来那么投入。"老六嘿嘿地笑道。

张思媛笑笑，摇摇头。

大家正吃得开心，秦风悄悄出去把账结了。他不想给老六再加重负担了，虽然瘦死的骆驼比马大，但自己得有个姿态。刚过来，李佳怡牵着杨海涛出来了。李佳怡去上卫生间，杨海涛抓住秦风的胳膊，说："秦风，从今往后，你要一心一意对思媛，没有孩子，我们就收养一个也罢，再不能因为孩子的事，把自己一生的幸福搭上。另外，你也要收收心，都快四十的人了，家庭才是第一位的，我们这个年龄，真的再输不起了。"

秦风点头说是。

"我这一辈子，被一个情字所害，我不想再看着自己最好的兄弟，也像我，一步错，步步错。一辈子就这么些年，一眨眼过了，想想真是没意思。"杨海涛笑笑，道，"我打算等按摩店开业后，就和佳怡把手续办了，免得别人说闲话，佳怡也难受。"

回到家，李月娟在桌上留了个条，说她回去了。

洗漱完毕，秦风和张思媛都躺床上，一时无话，似乎都在各想各的心事。沉默了一会儿，张思媛凑过来，默默地望着她，一声不响地开始揉弄他身体最敏感的部位。秦风也顺势将手指游走于张思媛身体最柔软的部位。离别相逢的火焰，就这样慢慢开始燃烧，进而铺天盖地，燃尽了所有的枝枝叶叶，只剩下光秃秃的树杆，在那儿不停地喘息。

张思媛突然说："秦风，我们离婚吧！"

说这话时，张思媛心如刀绞。父亲去世，她像从梦中被人突然叫醒，猛然又回到了现实。她清醒地看到周围所有人，又感到了无边的压力朝着她挤压过来。有时候，她居然这样想过，还不如回到那个无知的梦里去，永远都不要醒来，她就不会去面对这些事情了。突然变成了正常人，却感觉无法面对所有人，加上父亲离世给母亲的打击，她想出去走走，不想让秦风陪。

一路上，欣赏着美丽的风景，看着熙熙攘攘的人群，她想的是自己的心事，心情全然不在美景中。当她和母亲从黄山下来，来到蚌埠市的涂山，听导游讲解"望夫石"的故事，那一刻，她像是一下子大彻大悟了，茅塞顿开了，醍醐灌顶了。爱一个人，就是要为这个人付出一切，乃至生命。古人尚且能做到，今天的人为什么就做不到呢？说穿了，还是占有欲在作怪。你占有了他这个人，却不能让他幸福，不能让他的家人幸福，这样的占有不是自私还是什么呢。她要离开，让他幸福。

离婚决定就是在那一刻做出的。

张思媛把这个想法告诉李月娟的时候，被李月娟劈头盖脸骂了一通。

寡妇怎么了？两个寡妇又怎么了？只要为了秦风，她愿意像那块"望夫石"一样终身坚守。她要看着秦风娶了他心仪的女人，然后生儿育女，她就像古代的那个妇人一样，变成一块石头，但爱却是永恒的。母亲说得好，抱养一个。是的，抱养一个简单，可终归只是自己给世界做了个样子看，他们的爱情没有结晶，这种身首分离的日子，她不愿意过。或许张思媛的守旧和传统，已到了无以复加的地步。接下去的行程，李月娟不想走了。但因为张思媛的固执，她只好走着。在回来的路上，李月娟终于说了一句话："我老了，你已经长大，自己的路自己走好就行。"

秦风摁亮床灯，怔怔地望着张思媛，以为她精神又出问题了，半天没回过神来，看张思媛怔怔地望着天花板，问："为什么？"

沉默，久久的沉默。

秦风看着雕塑般的张思媛，急了，又道："说啊，到底是为什么啊？离婚也总得给我个理由吧！"

张思媛长长地嘘了一口气，咬着嘴唇道："我心里已经有别人了。"

秦风哈哈地仰天大笑了起来。他坐起身，头靠在床头上，点了支烟，大口大口地吸了呼出去，吸了呼出去。他不相信张思媛说的是真的，一开始，因为张思媛手机里的那些短信和QQ聊天记录，他下定决心跟她离婚。后来因为事情的发展变化，让他始终没有来得及开口。当子娟告诉她，那些短信是她发的，而且QQ聊天记录也只是一个思想的出口。之后，他对张思媛的怀疑渐渐淡忘了，想好好往下过。可今天，张思媛却说出这样的话。她说的是真的还是假的？秦风突然怀疑起来了。他心里无比难过，但还是笑了一下，自言自语道："不可能，你不是那样的人。"

这一刻，张思媛心里何尝不痛苦。她纠结、痛苦、无奈，亲手要将她苦心经营这么多年的爱情抛出去，她强忍着内心如刀割般的疼痛，坚硬地说出了那句连她自己都觉得牵强却又不得不坚决的话。

第二天早晨，张思媛给秦风做好早点，叫他起来吃。秦风看着桌上他最爱吃的东西，却没有一点点胃口。这难道就是最后的早餐吗？张思媛毫无表情地说："吃吧，我今天就搬到我妈家去住了，明天我们去民政局把手续办了，后天我就开始上班了。"

秦风的心在颤抖，他不明白张思媛为什么要这样做？他再一次问："为什么要这样？"张思媛一副心意已决的表情，说："我不想再这样和你过下去了，这是我的选择。"

秦风沉默了，无言了，觉得寒冷从脚底往心头蹿。

3

火辣辣的太阳炙烤大地，水泥路面上冒着热气。秦风走在太阳底下，仍觉得浑身都是冰凉的。他拒绝着各种诱惑，拒绝着父母的催逼，带着愧疚，想等张思媛好了，好好走下去，不论将来有没有儿女，他都将陪她走完这一生。可没想到火热的心在瞬间达到了冰点，他似乎还没来得及好好回味心底里对这个女人最真的爱情，却已被爱情抛弃了。他从没有过的失落，即使张思媛住在精神病院的时候，他都没有像今天这样失魂落魄，觉得人生突然没了意义。

那晚，他一个人喝酒到深夜，摇摇晃晃回到家，看着空荡荡的房子，泪流如雨。张思媛在精神病院的那些日子，他看着这偌大的房间，也寂寞过，也难受过，但那时候至少他还有希望。可今天，看着这房子，他觉得自己突然间变成了飘浮在大海上的一叶扁舟，永远找不到彼岸，整个房间里都充斥着自己绝望的身影。

第二天，秦风没去上班。九点的时候，张思媛打来电话，秦风才被铃声叫醒。秦风说："我今天有事，可能去不了。另外，家里的房子，车子，还有些存款，都还没分割，怎么去办？"

"那些，你都留着吧，我也不需要。那明天早上吧，我在民政局楼下等你。"说完张思媛就挂断了电话。

秦风耳朵上贴着手机，傻傻地望着对面墙上他和张思媛的结婚照。这个他曾经深爱的女人，突然看起来竟是那般陌生、冷漠、无情，简直让他觉得不是真正的那个"张思媛"，如电影里走火入魔的女人，完全失忆，已不认识那个曾经爱她的秦风了。

几天后，秦风去杂志社上班，在离金盾大厦不远处，眼睛突然瞪得特别圆。原来，张思媛正和一个男人并排走在他车子前方的人行道上，好像还不停地说着什么，看起来有永远说不完的话。秦风仔细辨认着这个男人的背影，似曾相识。他调动了大脑中储存的所有关于男人的形象信息，分析查找，还是无法确定这个男人的身份。秦风想狠踩一脚油门，超过他们，然后堵住他们，然后跳下车，然后从马路牙子上抠一块板砖，冲上去将那个男人拍死，以解胸中的恶气。血脉贲张的秦风，努力平息着自己的怒火。他停下车，咬紧牙关自言自语道："天要下雨，娘要嫁人，随她去吧。"

等他们走远了，秦风把车开到老六办公楼下。他奇怪地看见楼前停了好些卡车，很多人吵吵嚷嚷的，还从楼里不断地抬出家具，往大卡车里装。秦风不知道发生了什么事，快步上楼，直奔老六办公室。老六正站在办公室里，静静地看着墙上那首诗。见秦风进来，转过身，无奈地笑笑，说："先委屈一下吧，等渡过这个难关，我想胡汉三还会杀回来的。"

秦风不解道："就再没办法了？非得卖？"

"不要怪我事先没跟你商量，我也实在是没辙了，才不得不破釜沉舟。"老六摇摇头，叹气道，"工人不给工资都走得差不多了，银行也天天在催债，建筑材料都没办法进了，我总不能留个烂尾楼在那儿吧？"

秦风又问："卖谁了？"

老六嘿嘿地笑道："你知道的，还有谁——柳成堂。他这么多年，等的就是要看我的今天，他终于看到了。"

"那种人，也就那点气量，终究是走不远的。"

老六又笑道："谁说的，他不是把谁都啃不动的3号地拿到手了，厉害吧？"

秦风惊讶地看着老六，觉得不可思议，摇摇头，投入到了搬家的行列当中。老六又道："这事，就先别让海涛知道了。"

秦风看着老六，明白他的意思。

老六资金出现问题，并将金盾大厦卖给柳成堂的事，在宁州不算是小事，场面上的很多人都议论纷纷，连电视里都播了。杨海涛和李佳怡忙着筹备按摩店的开业，哪有闲工夫看电视，更没听到老六即将破产的消息。好在，按摩店如期开业了。

这天，老六和秦风都去了，只有张思媛托人带来了礼金，本人没有出现。也许她怕见到秦风，见到曾经视如己出的秦风的这几个兄弟。老六买了一架落地红木地球仪，放了刚进门的吧台前，他看着杨海涛说："我送这个东西，就是希望，将来有一天，你把连锁店开到世界去。"

杨海涛呵呵地笑着："我哪有那本事，我就想，将来你们到哪儿，我就把连锁店开到哪儿，你们都是我的舵手，我跟着你们走。"

秦风苦涩地看着老六，笑得很不自然。

杨海涛哪里知道，老六连自己的大本营都卖了，还不知道接下来会是个什么样子。就为了杨海涛能顺利开张，老六硬充着胖子撑过来了。

按摩店又雇用了一个年轻的盲人按摩师，和杨海涛一共两个人。李佳怡负责日常管理工作，她总是笑呵呵的，像心里从来没装过什么不高兴的事。

晚饭是杨海涛张罗的，算是对所有朋友的答谢。

席间，老六看着秦风道："今天一天，我看你没精打采的，是不是最近为杂志上的事犯愁呢？"

秦风挤出一丝笑，摇摇头。

"没事，我再吃紧，也不能让你那儿吃紧的。再说了，杂志能花几个钱。"老六说完，嘿嘿地笑着，"你也不要为我担心。这么多年，啥样的路没走过，啥样的事没经过，从哪儿跌倒的，老子还会从哪儿爬起来的。"老六咬着牙，像眼前的人不是秦风，而是柳成堂。

秦风知道，老六虽然表面上嘻嘻哈哈，对什么都无所谓的样子，可心里的压力不知道有多大。这些年，他靠自己的努力，打拼到今天，现在又亲手把打拼的家业拱手转让给柳成堂，搁谁头上，谁心里不流血。在这个坎上，他也需要有人去帮他一把，可秦风眼望着却使不上劲。而且，秦风从那个早晨开始，整个人都陷入了懵懂之中，他的人生从那个早晨开始，已经被重新改写，就像一部构思好的小说突然被人从中间篡改了，与构思南辕北辙。

那天，从民政局出来，迎着清晨的太阳，秦风看着张思媛脸上写满的痛苦，他的留恋变成了无边无际的疼痛。他说："我们去对面坐坐，好吗？"

张思媛犹豫了一会儿，苦涩地笑笑："还是算了吧，我只请了一个小时的假。"

秦风说："那我送你。"

张思媛说："不了，我想一个人走走。"说完转过身，走了几步，她又回过头，定定地看着秦风，心立刻像掉进了无底的深渊。

秦风一直站在那儿，看着张思媛的背影消失在街道的拐弯处，再也看不见了，他突然觉得自己竟是那样的留恋她。原来，爱一个人的感觉在此刻，就像千军万马在心底踩踏。他多想追上去，拦住张思媛，说自己这辈子都爱她。可，十三年的婚姻，似乎就在十三分钟的赌气中结束了。当一切都结束的时候，才发觉，过去的日子，都是最美好的。

秦风总觉得，张思媛并没有跟他离婚，而是像上次一样，是去了海南旅游，或是像她病了一样，只是暂时住在精神病院。他的牵挂、惦念，并没有因为民政部门撕给他们的那张纸而改变。甚至，这牵挂和惦念越来越强烈，越来越强烈。

此后，秦风把对张思媛的思念，全部融化在了他的小说创作中。他白天编杂志，晚上写小说，每天都写到很晚，有时候，当他抬起头，窗外已经发白，他一看时间已经7点了，便匆匆忙忙抹把脸去了杂志社。好在，自从他接管杂志后，并不要求坐班，除了开会，平时可以把稿子拿家里看，定稿后再到单位来。这样的日子，秦风似乎用透支身体的办法来忘记张思媛，把自己完全融入到小说世界里，甚至都遗忘了这个世界上发生的一切。

那天，秦风去上班，发现老六从一辆公交车里下来了。秦风问老六："坐公交车体验生活呢？"

"我也学学作家，体验体验老百姓的生活。"老六嘿嘿地笑道，"还挺好，悠然自得。"

走到老六新租的办公楼下，秦风却没见老六的车。他预感老六可能为了筹备资金，把车给卖了，回过头问："你的车呢？"

"卖了！"老六又嘿嘿笑着，拍着自己的肚子说，"你看看，我现在都胖成啥样子了，走走，再坐坐公交车，既锻炼身体，还又环保，一举两得，你说多好。"

秦风心里不是个滋味，再没说话，从口袋里掏出自己的车钥匙，递到老六面前。

"咋？想把你的身体锻炼好，让我胖死去？"老六意外地盯着秦风，摇着手，道，"好些年都没坐过公交车了，我记得那时候，刚到宁州，天天挤公交车。那时候我就在想，啥时候才能不挤公交车了，能开上自己的车，多好啊！后来，有了自己的车，就再没坐过公交。今天第一次坐，还真觉得好啊！"

"咋？嫌我的车不好啊？"秦风递过车钥匙，老六不接，便生气道，"我相信困难只是暂时的，老哥我大的忙也帮不上，这点事儿，你如果都不接受，就真有些虚伪了。再说了，我有事才来上班，平时都待家里，也用不着。你跟我不同，没车怎么能行呢？"

"不是……"老六难为情地笑笑，"那行，先借我用用。"

两人一起进了老六办公室，老六说："实在是没办法，刚刚有了一笔钱，进材料，发工资，把工程后期预算留下来，就没几个钱了。曼玲在美国那边也需要钱，我就把车卖了，只要她好着，我委屈点没关系。"

秦风叹口气，从口袋里掏出钱夹子，抽出一张卡，搁在老六办公桌上。

"你这是干啥？这点困难，对我还没影响到啥程度，我不能再把你的吃饭钱用掉吧？"老六忙阻拦道。

秦风抓住老六的手，说："这是我这几年积攒的稿费，不多，你应个急吧。"

老六还是嘿嘿地笑："我不能这样啊，你连嫂子都没请示，自作主张，合适吗？"

"这是我的，不用请示她。再说……"秦风一急，差点把他跟张思媛离婚的事说漏了嘴，赶紧踩了刹车。

秦风欲言又止，还是被老六发现了异常，便打破砂锅璺到底。

秦风只好说："再说了，你嫂子又不是不知道我们之间的关系，是她，也会这么做的，再不把兄弟当外人了。你为了海涛按摩店开业，硬撑着，我为你做这点小事，又何足挂齿呢？"

"嘿嘿嘿。"老六道，"作家就是作家，一套一套的，我是说不过你，那我就恭敬不如从命了，谢哥哥了！"说着抱起双拳，作感谢状。

"这还像个兄弟。"秦风笑笑。

4

秦岚打电话，说父母要做老房，拢帮那天亲戚们都要来，一定要秦风把思媛带上一块来，思媛自打病好了还没回过老家，一定要带上啊。秦岚最后还说，我们几个好久都没聚了，这次借爸妈这个事，也好好聚聚。

秦风知道纸里是包不住火的，但还是想先包着，能包一天算一天，等到实在包不住再说。这次，看来是包不住了。他和张思媛的婚姻，已画上了句号。除了他俩，宁州还没有人知道。这次回去，如果秦风把离婚的事公布于众，不知父母是赞成呢？还是反对。从父母过去的态度上看，他离婚完全顺乎他们的心意，离了马上再结，赶紧给他们生孙子。现在没用他们再费半点口舌，秦风就把婚给离了，应该皆大欢喜啊！

这样想着，秦风决定把离婚的事告诉父母。

回到老家，见家里热热闹闹，像是过年。亲戚们也都来了，交头接耳，眉开眼笑，说儿女们都出息，工作又好，对老人又孝顺，秦天成越老越享福。秦风父母听着这些个夸词，乐得嘴都合不拢，热情地招呼着客人们。都问媛媛怎么没来？秦风说身体不舒服，她本来非要来，是他没让来，怕累着。秦风在那一刻，突然改变了主意，他不想在这样一个热闹的场面，因为他的离婚，搅乱了所有人的兴致。秦风父母只愣了一下，就点着头忙去了。

两副老房都已经做好了，放在院子里，老木匠歇在边上抽着烟，喝着茶水。秦风走过去跟老木匠聊了一会儿。老木匠说他今年都70多岁了，不知哪天就叫阎王收走了，以后也就没人干这营生了。是啊，年轻人已经再没人愿意学打棺材的手艺了。

秦斌和秦岚两口子也都来了。当然，少不了问张思媛咋没来的话，秦风只淡淡地搪塞过去了。秦风脸上不易察觉的表情，还是没有逃过姐姐秦岚的眼睛。她只是多看了秦风一眼，不想在这个时候刨根问底，便忙别的事去了。秦岚忙了一阵子，又撞上秦风，低声问："你这开的是谁的车？"

秦风说："朋友的？"

"你的呢？"

"老六开呢！"

秦岚睁大眼睛问："老六真破产了？"

"暂时的，过一段就好了。"

秦岚哦哦地点头，又忙去了。

村里跟秦风家关系要好的人也都围在院子里，还有跟秦风小时候一起玩过的伙伴，也都来凑热闹。接了秦风递上来的中华烟，他们都拿到眼前，不停地捻着烟屁股，嘿嘿地笑着，问秦风："放着领导不当，你咋辞了呢？"

"我哪是当官的料，还是当老百姓踏实。"秦风笑笑，不知道怎么去回答他们，只好以一句调侃算是回答。即使他说出自己内心的真实想法，他们又有几个人能懂呢？在他们的心里，当官是这个世界上最牛×的事。他们也都亲见了秦风在政府办上班时，家门口年节时络绎不绝的各式小轿车。农村里的人，看的就是这风光，他们哪里明白这风光背后的苦楚。

"上盖啦……"秦风只听身后一声悠长的呼喊，忙转过身，见老木匠和几个帮工的正抬着棺盖往上盖。秦岚在院子角落处，朝着秦风使劲招手。秦风忙跑过去，秦岚低声说："你准备了多少？"

秦风说："两千。"秦岚又转过头问哥哥秦斌："你呢？"

秦斌面有难色地从右边裤兜里摸出一沓钱来，说："……五百，行吗？"

秦风有些不高兴，说："你是老大，你说行吗？"

秦岚说："五百是有些少了，让村里的人笑话。"

说着，秦斌又从左口袋里摸出一沓钱，说："浑身上下就这些了，真的。"

三个人走到老房前，秦斌先丢，1000，接着是秦风，2000，最后是秦岚，2000。围拢在周围的人都用羡慕的眼光看着这三个孝子，再看看喜笑颜开的秦天成和陈玉珍。接着，亲戚们，还有村里的人们，都纷纷将五十、一百或两百不等的票子，丢进了老房。不一会儿，老房里就红洼洼的洒了一层钞票。人们都围到老房跟前，啧啧赞叹着，互相交换着羡慕的眼神，嘴里不停地说着秦风父母享福、添寿的话。

父亲杀了两只羊来招待亲朋。羊是吃青草长大的，肉格外鲜美。菜是自家种的，没上过化肥，父亲说，这是真正的绿色蔬菜，比城里挂羊头卖狗肉的"绿色蔬菜"要好几十倍。酒，父亲也准备了，都是40元一瓶的宁州老窖。秦风没让打，说喝自己从家里带来的郎酒。亲戚们，村民们吃过喝过，都摇摇摆摆，陆陆续续走了。

晚上，一家人围坐在一起说话，秦风提议再喝点酒。秦风父母也都说："今天高兴，喝就喝点。"

秦斌也好这口，除了逢年过节能敞开肚子喝点，平时被老婆管着，也喝不上。他看了一眼老婆，说："好啊，喝就再喝点，我们兄弟都好久没一起喝了。"其实秦斌是怕老婆阻止，尽量找一个合理的借口。但他还是想错了，没等他坐到桌子跟前，老婆终于还是没忍住，怒道："喝啥喝？你以为你是谁？就一个种庄稼的，你挣多少钱？"

本来热热闹闹的场面，一下子因为秦斌老婆恶狠狠的斥责，空气立刻僵住了。下午秦斌从左裤兜里摸出那五百钱开始，秦风就观察到嫂子的脸开始变得难看起来了，再往后就没见她笑过。他不是一定要逼自己的哥哥拿那五百块钱，而是给父母脸上长点光，把秦家儿女的脸面撑起来。他知道哥哥不容易，小时候为了他和姐姐上学，早早就辍学在家。这些年，在孝敬父母上，秦风总想多承担些，让哥哥少承担些。再说，自己和姐姐都不在父母跟前，有个什么事，都是哥哥在管，所以他觉得亏欠哥哥。这次，他都想好了，回城的时候，他把哥哥多出的五百块钱再补给他。可此时，听到嫂子这句含沙射影的狠话，从头到脚都感觉冰凉。

秦天成坐在沙发上，黑着脸，吧嗒吧嗒抽烟，一句话不说。老房里丢的钱，总共15000元，秦天成都想好了，秦风和秦岚都从小上学，到后来大学毕业参加工作，花了不少的钱，而秦斌没念完书，这些年他偏老大偏得多，就是因为心里亏欠着老大。所以这次，他就想把老大丢的那1000块钱退给老大，丢钱实际就是做做样子，让外人看的。可听到老大媳妇这口气，他心里也不是个滋味，马上从抽屉里数出1000块，摔到了老大媳妇跟前，说："这是你们的，退给你们。"

秦斌媳妇一看老公公的架势，"吱哇"一声大哭起来，并断断续续地说："爸，你这是干啥呢？我又不是这个意思。"

其实，秦斌媳妇就是因为秦风和秦岚逼秦斌多掏了五百块钱，心里堵了一天，刚才拿话发泄心中的不满呢。可她嘴上还是不停地说她不是那种小心眼的人。

秦天成说："我给你们退这钱，也不是因为你刚才说了那话，我有我的道理。"秦天成就把从小到大的事情说了一番，秦斌媳妇的哭声渐渐小了。

秦风一下子站起来，看着父亲说："爸，这个钱，我不同意退给大哥。你不是常说，老子欠儿子一个媳妇，儿子欠老子一副棺材吗？我哥是没把书念出来，可你把媳妇给他娶进门了。是的，我跟我姐条件是比大哥好些，别的事情我们都不说啥了，但这事与条件好坏有关吗？再说了，我就不相信我哥少了这五百块钱，日子就过不下去了？"

秦斌听秦风说完，赶紧到媳妇面前，抓起钱，说："爸，我觉得秦风说得对，这个事，不比别的事，我们都是你生的，我没念下书是我学习不好，我没怨过任何人，一码归一码，爸，这钱还是你留着。"

秦天成并不收，只是不停地抽烟，脸黑得更深。

秦斌把钱原样放回抽屉，又对着老婆说："你说，这些年，秦岚和秦风对咱们还不好吗？吃的穿的，抽的喝的，他们给我们的还少吗？我们村里，你见过谁的弟妹们对哥哥这样好？他们能有今天，是他们自己努力得来的，你以为，他们住在高楼上，就啥都好了？他们压力有多大，你知道个啥？别不知足。"

秦斌老婆偷偷瞪了自己男人一眼，又嗷嗷地哭了起来。

秦斌说："喝酒！"

喝了一会儿酒，秦斌老婆坐那儿也觉得别扭，就拎着茶壶给每个人杯子里添水。秦风借着酒劲说："嫂子，我哥从小受苦，这些我和姐姐一辈子都不会忘的。爸妈住在你们跟前，有个头疼脑热的，还不得嫂子关照，你对爸妈的孝比我们做儿女的都做得要好……你记住，只要我秦风有一口吃的，我都不会让哥哥嫂子饿肚子……"说着说着，秦风不知道心里突然怎么变得如此柔软，自己这些年里内心的苦也一齐涌了上来，他趴在桌子上嗷嗷地哭了起来。

嫂子抓住秦风的胳膊，道："秦风，刚才是我不对，我不应该说那话。是我把你们都想歪了，总觉得你们都离得那么远，就我们跟爸妈在一起，什么事都要靠我们，所以心里就觉得不舒服，才说的那话。我错了，嫂子给爸妈道歉，好不好？你别哭了。"

嫂子哪里懂小叔子心里的痛啊！

秦风并没有喝醉，等哥和嫂子都走了，母亲吆喝着秦风和秦岚赶紧去睡觉。两个人谁都不走，都凑到父母的床上，和衣躺下，和父母亲说着话。

秦天成也喝了点酒，开始滔滔不绝地讲起了他的过去，说到最后，他说："秦风啊，时间过得真快啊，不觉已你们都大了，我是真的老了。这些日子，我想了又想，我也不可能和你们拼一辈子，说不定哪天，我和你妈两腿一蹬，两眼一闭……"

秦岚嗔怪道："爸，你别胡说，你才享福呢，说什么蹬腿闭眼？"

"人的命天注定，不是你想活就能活的。"秦天成笑笑，又看着秦风，"前头我心里一直有个疙瘩解不开，叫你离了，再找一个，赶紧生个娃。现在我也想开了，媛媛确实是一个难得的好媳妇，除了没个娃，再没啥说的。十个手指头伸出来还不一般齐，人哪有十全十美的。这下媛媛病也好了，你们看吧，抱个也行，再做做那个试管也行。人一辈子，一眨眼工夫就过去了，怎么还不都是过。离了，还能找这样一个好媳妇吗？我就想啊，你们好好过，离婚的事，再也不准提了。"说完，他看着秦风妈，又说："只要有个娃了，就再啥都不想了。"

"你爸说得对。"秦风妈点着头，"我也是女人，我明白，媛媛心里也不好受，怪不得她病成那样了。我想你们还是先抱个娃吧，我们村里好多不生养的女人，抱了娃，没过多久，都一个个生了，灵得很。秦风，你一定要试试。你不是辞职了吗？养几个娃，也没人能管得了。"

秦风心里五味杂陈，不知道该说些什么。

5

《秦风》杂志因老六公司资金严重不足而濒临停刊。杂志社总共12个人，已经连续两个月没发工资了，更不要说开展别的工作。老六就运行费用问过秦风多次，说再穷也不能穷杂志。

每次秦风都说没问题，要他不要再管了，自己会想办法的。秦风知道老六现在也是走投无路了，把困难都扔给他，把老六压趴下也就那样。想起王江河临终时给老伴说的话，秦风就是头顶地也不能让杂志停刊，相反，无论面前有多大的困难，他一定要把杂志办好，办成全国一流的杂志。

秦风想起曾在政府办干的时候，有好些大老板关系都还不错，他便想找这些人去"化缘"。世界是物质的，物质是利益的。秦风想过人走茶凉，却没想到会凉得如此快，如此让人骨寒。嗯啊的虚伪客套后，每个人都有每个人再合情合理不过的难处。秦风从话语里听出来了，他们其实就是在看老六的"好戏"。商人的见利忘义的本性，在秦风的这一轮"化缘"比赛中，表现得淋漓尽致。

秦风没日没夜地修改已经完稿的长篇小说《因为爱情》。他只有将这部小说卖出去，才可能有一笔可观的收入。当小说修改定稿后，秦风像跑完了马拉松的运动员，深深地喘了口气，伸个懒腰，马上打通了出版公司的电话，他要谈的是将这部书稿卖给他们，价格是40万。出版公司看起来是搞文化的，其实说白了还是商人，无利不起早。在经过一个星期的磋商，公司老总最后拍板，以30万的价格成交。预付15万，余款待书出版后三个月付清。秦风急待用钱，一口就答应了。杂志社暂时的困难算是度过去了，让秦风没有想到的是，这本叫作《因为爱情》的都市情感小说，后来的销售量竟达50万册，也将秦风的创作生涯推向了高峰。

秦风压缩了杂志社年初预定的很多活动，但有些活动是万不能省的，钱再紧张也得搞。最近，他正在筹备宁州本土作家陆离的中篇小说《扶桑》的研讨会。研讨会需请几个在全国较有影响力的评论家及杂志主编参加，预算经费10万元，其中一大部分是给请来的专家们发的报酬。秦风跟宁州文联协调后，由文联承担一部分，杂志社承担一部分，剩余的由作家陆离来承担。其实陆离只承担了场地租用费，他还是很乐意。

这天，秦风对整个研讨会的方案做最后的确定。

李佳怡带着杨海涛突然来了。秦风愣了半天，起身让座倒茶："稀客啊，稀客。怎么？今天这么消闲。"

李佳怡和杨海涛并不接话，坐定，接过茶杯。这时，杨海涛气呼呼地道："秦风，你们真都把我当瞎子看呢吗？"

秦风愣住了，不知道杨海涛说的是什么意思，望着李佳怡，呵呵地笑道："这话怎么说？"

"既然没有，那么，出了这么大的事，你怎么都不告诉我一声，你们都拿我当什么人了？"杨海涛显得有些激动。

秦风立刻意识到，可能是自己跟张思媛离婚的事还瞒着他们，难道杨海涛见了张思媛？张思媛把离婚的事给杨海涛说了？秦风笑得很尴尬，道："我，我……"

杨海涛打断秦风，道："在我最危难的时候，是你们帮我走过来的。可老六今天遇难了，你们不跟我说实话，还借钱让我开按摩店，我的店迟开两天有什么事呢？老六，还有你做的事才是大事。"说着，转过头，叫了一声佳怡。李佳怡从包里拿出一张银行卡。杨海涛"看"着秦风说："我凑了10万，你先应个急吧。"

"你跟老六说了？"

"说了，他说资金不缺。但我知道难着呢，开店的20万是我从你这儿拿的，这钱我当然得交给你，你们可不能拿我当外人啊！"杨海涛叹气道。

李佳怡起身把银行卡放桌子上。

秦风没再拒绝，问最近生意好不好？李佳怡说好着呢，他们又雇了三个盲人按摩师，秋天准备把店面再扩大一下，现在有些小了。

看着李佳怡牵着杨海涛胳膊进了电梯，秦风在想，李佳怡放弃自己稳定的工作，跟着一个盲人打拼，她到底图什么呢？也许这就是真爱吧。猛地，秦风脑海中突然跳出了刘亚娟，跳出了祝小梅。一个质朴诚实的农村女人，一个时尚漂亮的城里姑娘，她们为了一个男人，都把自己的命搭进去了。有人说，爱情就是一剂毒药。是啊，女人，她们为了爱，宁可吞了这毒药，也不苟且地活着。可能命中注定，刘亚娟和祝小梅都不是杨海涛的终结者。

研讨会举办得很成功，在全国多家媒体都进行了报道，扩大了宁州作者在全国的知名度，也扩大了《秦风》杂志的影响力。下半年杂志的订阅量也随之迅速增加，投稿量，尤其名家投稿量与日俱增。在逆境中，杂志除了能把自己养活，还略有盈余。杂志社又聘了一名副主编，这样秦风一下子觉得轻松了很多。同时，又聘了两名工作人员，专门搞《秦风》杂志网络版。

再次见到杨海涛和李佳怡的时候，已经是一个月以后的事了，也是在秦风的办公室。这次，他俩满脸笑容地进来，递上了请柬和喜糖。

秦风兴奋地说："好啊，终于熬到头了，看把佳怡苦得，海涛你情何以堪？"

杨海涛说："佳怡跟着我受委屈了，我下半辈子给她当牛做马都不够。"说完呵呵地望着李佳怡笑着。

李佳怡瞪着杨海涛，摇着他的胳膊嗔怪道："你说什么呢？我没觉得自己受委屈，我很幸福！"

"就是就是，从脸上就看出来了！"秦风忙打圆场，"再不想了，现在都好了，你们有情人终成眷属，这是我们大家共同的心愿。祝你们恩爱无期，地久天长！这喜糖我吃了……"

李佳怡又说："嫂子就拜托你代我们请，那天一定要都到，如果不到，我可饶不了你！"

秦风脸上立刻涌上淡淡的尴尬，笑容变得没了实际内容，但他马上又呵呵地笑了起来，也没肯定，也没否定，只是满嘴胡乱咿哇着。

李佳怡还是从秦风瞬间变换的神情中读出了什么，忙收住笑道："你跟嫂子好着呢吧？我们一天光顾着忙生意，好久都没见过嫂子了。真是对不住，哪天我要好好跟嫂子聊聊，看你再欺负她了没有。"

秦风觉得，这火已经把纸快烧破了，火也快露出来了，再蒙着捂着，也只不过是掩耳盗铃罢了。可又想，他们这么好的心情，自己宣布这样一个虽不算惊天动地，但也算是让人沮丧的消息，不好。话都到嘴边了，还是忍了又忍咽了回去，笑着说："好好好"。

盛夏的夜晚，热风突突地从窗外吹来。

秦风站在办公室窗前，望着城市的夜色。他就喜欢在这样的夜晚，伫立窗前，看流光溢彩的城市，听远远近近喧嚣不止的声音，想着心事。以前，他总会在张思媛熟睡之后，独自享用这属于他的夜晚，一个个曲折离奇的故事，就是在这个时候成型的。张思媛住进精神病院的很长一段时间，秦风都是站在这样的夜色里，想她，祈祷她尽快康复，然后用一辈子的时光去好好爱她珍惜她，将来有一天，他一定要带着张思媛去周游世界，赏尽人间美景。

自离婚后，秦风已经习惯了把自己从家里的窗下移至办公室的窗下。他不敢回家，每次回到家，他都觉得张思媛就藏在屋子某个角落里注视着他，房间的每一个旮旯拐角里都是张思媛的影子。虽然离婚了，秦风仍给她留了房门的钥匙，他想，或许某一天，他回到家，会看到张思媛就站在门里，望着他笑呢。

那天从民政局回来，张思媛把自己的日常用品都打了包，临出门时要把房门钥匙留下。秦风说，这房子是我们共同的，你还是留着吧。再说，这里还有你的东西，需要了还可以随时过来取。后来，他每次回家，都四处查看，总觉得张思媛来过，哪儿都有她走过的痕迹。每每此时，他的心都无法安宁，整夜整夜失眠。家，这个没有张思媛的家，对秦风来说，已经俨然变成了备受煎熬的地狱。

那天，他从家里逃出来，干脆住进了办公室。每晚，他都会这样，静静地站在窗前，朝着丈母娘家的方向望去，他不知道此时此刻张思媛在做什么？想什么？她究竟为什么要如此狠心地离开自己？

秦风很少见张思媛。那天，他悄悄躲在幼儿园马路对面的咖啡厅里，看着张思媛下班后走出校门。他想冲出去，抓住她的手，拽她回家。直到张思媛消失在公交车站点，秦风只有一声声的叹息。

"你们没事吧？老婆最近怎么老住在娘家？"

面对很多熟人同样的问题，秦风都报之一笑，道："岳父去世不久，她想多陪陪丈母娘。"

大家都点头称是，没人会想到他和张思媛已经分道扬镳，各自为政了。每每碰上熟人，他像一个小偷，总是被人讯问，他不得不编造一些理由来稀释自己的窘态。这种别扭的心态，折磨着他，他有些受不了了。他不想再这样下去了，拿起电话，打通了老六的手机。

"扯啥淡？又哪儿不舒服，要离婚。"老六显然是没听明白，还以为秦风又打算离婚，才在电话里发火。

"已经离了！"秦风平静地说。

"什么？你再说一遍？"老六不相信自己的耳朵。

秦风又重复了一遍。

"什么时候的事？我咋不知道？"老六一下子火冒三丈，开骂了，"秦风你真正是个混蛋，你以为你20岁的毛头小伙子，今天离了明天再找个。你也算是一个文化人，怎么还不如我这土农民想得明白呢？"

秦风沐浴在老六的臭骂声中，一声不响。

"离了就幸福了吗？我问你，你现在是不是幸福得一塌糊涂了？又跟哪个小妹妹在床上死去活来呢？我看你是狗改不了吃屎，整个就一流氓骚客……你找去，再找个比嫂子更贤惠的我看看，找着了，我给你秦风磕三十个响头。"

秦风深深地叹了一口气，道："兄弟，你骂得都对，我过去是做得不对。可这次，是她提出来的，从外面旅游回来就跟我提出来的。我跟兄弟说个掏心窝子的话，我真的是不想离，要离，早离了。你想，前一段我爸妈逼得多紧，我都没离。"

老六停止痛骂，没声了。半天，才说："你在哪儿，我过去找你。"

第九章

Chapter nine

无处可逃

属于你的，终会在某个不经意的时刻走向你；不属于你的，命中注定只能成为你故事里的过客。

1

张思媛离婚没多久，便怀孕了。

离开秦风，张思媛不是不爱了。相反，是因为爱秦风，爱他日思夜想抱孙子的父母，才将痛苦强压在心底，做出了离婚的决定。尽管之前秦风跟子娟，跟苏曼玲，还有很多女人有或深或浅的交往，给她心里注满了永远涤荡不掉的苦水，但这都不是她做出决定的主要原因。

张思媛冷静下来，常告诉自己，秦风是搞艺术的，注定是多情的，如果没有丰富的情感，又怎么能创作出读者喜欢的作品呢？张思媛就是在这种矛盾和纠结中爱着秦风。她知道，秦风无论做了什么，终究是爱着她的。这一点，她能看出来。可是，说一千道一万，她不能给秦风，不能给老秦家生个孩子，这才是她一辈子都治愈不了的痛。她始终像是亏欠着秦风，她甚至都不敢面对秦风的父母。她知道，秦风的父母早就让秦风跟她离婚，重新找一个能生孩子的老婆。

一开始，她想不通，凭什么她要离开，让别的女人住她的房子，睡她的床，还占着她的老公。她跟秦风结婚到现在，一步步走过来，容易吗？难道就这样轻易地把自己这多年来辛苦缔造的幸福拱手让与别人？她不甘心。后来她得病了，她什么都不知道了，等她像做了一场梦一样醒来后，在那块"望夫石"前，她猛然间想通了。她不能再这样把秦风完美的人生撕裂，自己痛苦，心爱的人也痛苦。无论母亲怎么样骂她劝她，她都觉得自己的决定是正确的。她可以毁掉自己，却不能毁掉秦风，还有他的父母。

她住在娘家，也需要面对别人的疑问，她的回答也很简单：父亲刚去世，想多陪陪母亲。

例假毫无征兆地在上个月无影无踪了。她没在意，例假紊乱的情况并不奇怪，以前也时有发生。当第二个月仍不见踪影时，张思媛都没往怀孕上想，他觉得自己可能是得了什么病，去医院一检查，医生告诉了她一个惊天的喜讯：怀孕了。她坐在医生对面，目瞪口呆地望着医生，像是她面前的这个人不是医生，而是一个外星人。她似乎不太相信医生的话，又问道："你说什么？"

医生无奈地笑笑："你怀孕了！这话很深奥吗？"

"是真的吗？"张思媛变得激动和兴奋起来。

医生仍笑着，点点头。

张思媛像受了医生的非礼，眼眶里泪水四溢，不一会儿，满脸泪水，并伴着低声的抽泣。

医生一脸莫名的表情，问："别难过了，现代社会，像你这种，我们一天都做几十个，没什么好伤心的。月份还不大，我们医院有无痛人流，很快的。"

张思媛跌跌撞撞地走出医生办公室，走出医院，走回家。惊喜、激动、兴奋、伤感一齐涌来。也许真应了那句话：当上帝关了这扇门，一定会为你打开另一扇窗。这扇门才被关上，那扇窗就为她打开了。太快了，她都有些难以置信，难以接受。激动和兴奋之后，紧随其后的，是一波又一波朝她袭来的恐惧和不安。她藏匿着这个兴奋而不安的消息，直到她的干呕被李月娟发现，她才不得不将这个消息告诉了她。

"是吗？是真的吗？"李月娟的兴奋溢于言表。

张思媛毫无表情地点点头。

"那快，快，把证先领了。"李月娟简直像个孩子一样着急，激动地说话都有些结巴了，"我就说秦风没种，还怨我闺女，这回让秦风瞧瞧，他老秦家断子绝孙，那是活该！"

是啊！那时候，秦风没日没夜地折腾，连一点动静都没有。现在，她怎么就突然怀孕了呢？这个问题，也是她恐惧和不安的真正原因。难道……张思媛再也不敢往下想了，她像个木头人似地呆立在李月娟面前。

"怎么了？媛媛……"李月娟也似乎突然变得不安起来。

"我……"张思媛吞吞吐吐，不知如何回答。

"跟谁的，你难道不知道？"李月娟口气变得生硬了起来。

"应该是……"张思媛点点头，又摇摇头。

"怎么是应该？"李月娟用异样的目光看着自己的闺女，一阵阵唉声叹气，她没想到自己的闺女也会是这种不可理喻的人，简直让她难以想象。

张思媛心里的疑团，在经历了一个个辗转反侧的不眠之夜后，她断定孩子的父亲，一定就在精神病院。那是一场噩梦般的旅行，在她的大脑里没有留存一点记忆，哪怕是些许残存的记忆也好，可没有。就像那段对父母和秦风来说，痛苦而又漫长的时光，对她只是一瞬间，做了个梦的工夫，没留下任何梦里的人和事。

孩子的父亲一定是在那里。

不管孩子的父亲是谁，谁也无法查明，唯一能说明的一个问题就是，张思媛是有生育功能的，是秦风的无能才导致他们不能有自己的孩子。从这个意义上来讲，张思媛似乎应该为自己的怀孕感到庆幸。

在经历了痛苦的选择之后，张思媛决定将这个孩子生下来。虽然孩子一生下来就会面对没有父亲的现实，但没有父亲的孩子一样能长大成人。更重要的是，自己活着也算真正做了一回女人，做了一回妈妈，无憾了！

什么事情，只要想通了，心里就不再有结。

张思媛变得开朗起来了，觉得生活前所未有的好，她就是奔着这个"好"在往前走。当身体慢慢起了变化的时候，她再也无法掩盖怀孕这一事实了。所有人都恭喜她：风雨之后终见彩虹；老天有眼，不薄你；善良之人总归有好报的……恭喜完了，不免有多嘴多舌之人问及一些如怎么好久不见你和秦风在一起了？都怀孕了怎么还住娘家？秦风是不是……一开始，张思媛都抱之淡淡的微笑。后来，这样的询问越来越多，越来越让她心烦，她干脆说已经离婚了。对方就会惊叫一声："啊，不会吧？好不容易怀上了，怎么离了？"对方如果是女人，想都不用多想马上脱口而出："一定是秦风外面有人了，男人啊，没一个好东西。很多男人都是在老婆怀孕期间离的婚，老婆都这样了，还离婚，真是天打五雷轰啊！没事没事，好好保养自己，离了男人照样活，叫秦风那个陈世美不得好死，死了都遭雷劈的……"

人们对张思媛突然怀孕的事实，私下里却给出了另外的说法：这孩子一定不是秦风的。这么多年都没怀上，好不容易怀上了，秦风怎么可能离婚呢？一定是张思媛红杏出墙，怀了别人的孩子，才离的婚。

这个版本，其实也更接近于张思媛自己的判断。当她确认自己怀孕后，第一时间就想给秦风报喜，可稍加琢磨，她也开始怀疑起自己来了，这个电话始终没打。但不管怎样，现在他们已经离婚了，孩子无论是谁的，她都不在乎了。她在乎的是，把这个孩子好好地生下来。

老六来找张思媛，想叫她跟秦风复婚。她沉默半天，淡淡地说："离都离了，有啥好复的。"

老六问她肚子里的孩子时，张思媛说："应该是秦风的，如果不是秦风的，那我也说不上了。我在精神病院到底发生了什么事，我连一丁点记忆都没了。"

老六若有所思地点着头。

秦风得知张思媛怀孕的消息，是在深圳签名售书的火热现场。秦风也没想到，为了杂志不停刊，他忍痛割爱卖断版权的这本书，竟成了他文学创作的转折点和分水岭。第十次加印后，出版公司跟秦风商量，请他去南方几省搞签名售书，当然是有报酬的。秦风把书卖断，这个时候确实有些后悔，出版商赚得是盆满钵满，而他永远只有那30万的稿费。事已至此，再不想了，反正对自己来说，除了经济上受些损失，再没什么坏处。可，最终让秦风哭笑不得的是，就因为这本书，在当年年底的作家富豪榜上，竟然堂而皇之地写有自己的名字。简直笑话！出版公司才是富豪。

深圳第一天，秦风就碰见了猴子和刘蕊。他俩早就从网上得知秦风要来深圳签售，一直盼着这一天。猴子一身蓝色西服，宁州时黑不溜秋的脸，经过南方水土的浸润，也白了很多。刘蕊长发飘飘，轻纱长裙，俨然就是土生土长的南方女子。要不是她和猴子在一起，秦风乍一看，无论如何也认不出来了。秦风不无感慨道："真是环境改变人啊！我都认不出你们了。"

聊了一会儿，书城里已经围满了人。猴子说："秦老师，你先给我和刘蕊各签一本，我们就不凑热闹了。晚上我请你吃深圳最好吃的客家菜，我们好好聊聊。"说完猴子嘿嘿地笑着。

秦风说："你们忙，不用管我，有出版公司。"

猴子不高兴道："这怎么行？你大老远来了，我再怎么也得尽一下地主之谊，你把他们的饭推了，一言为定。"

刘蕊调侃道："就是嘛，秦老师是著名作家，不给你这个面子。"

秦风无奈地笑笑，说："刘蕊，你唯独没变的是这张刀子嘴。"

整整一天，秦风也没算到底签了多少本。当服务员将猴子点的三杯鸭、芝麻鸡、红糖馒头、猪肚鸡煲、梅菜扣肉等端上桌，刘蕊招呼他动筷子时，他竟然夹不住盘子里的肉块，感觉右手劳乏无力，根本不是他自己的手。

猴子没想到原因，急问怎么了？秦风笑笑，拿左手不停地揉搓着右手。

"只听说数钱数得手抽筋，没听过签名签得也手抽筋。"猴子和刘蕊才恍然大悟，笑得前仰后合。

揉了一会儿，秦风才算凑合能把食物夹起来送进嘴里。他咀嚼了一会儿，说："味道还真是不错，典型的客家风味。"互相敬了几杯酒，猴子问："我听说嫂子的病好了，真是为你感到高兴啊！"

秦风点着头，嗯了一声，插话道："你们在深圳感觉怎么样？"

猴子说："就是你说的，环境改变人。怎么说呢？你如果生活在鲇鱼群里，永远只能是一只鲇鱼；相反，你如果生活在鲨鱼群里，同样也会变成鲨鱼。呵呵。"

刘蕊接着道："到深圳，我才发现，其实吧，人的潜力是不可估量的，只不过你所处的平台决定了你潜力的发掘程度。在深圳，人的潜力都会得到最大限度的发掘。有时候，甚至连自己都不相信自己会有这个能力。秦老师你肯定都想不到，他在宁州吊儿郎当混日子，到深圳才几个月，他的绩效在全公司已是第一，现在都当副总了。"

猴子有些不好意思地说："说你胖你还真喘上了？"

刘蕊道："秦老师，我没喘，我说的都是真的。说实在话，离开宁州的决定是正确的。虽然我们现在还住在单身公寓里，但我们一定会在深圳拥有自己的一套房子。"

"你们如此优秀，我真的很欣慰。"秦风道，"因为我们有我们的长处——勤奋，坚韧，肯吃苦。换一个环境，就是另外一片天，好好努力，但愿，下次我再来深圳的时候，能看到你们自己的公司。"

猴子嘿嘿地笑道："谢谢秦老师鼓励，万里长征才开了个头，理想很宏伟，现实很骨感，道路更坎坷，我们一定好好努力。"

出了餐厅，猴子和刘蕊一定要送秦风回宾馆。秦风说："宾馆离这不远，我一个人走走。太晚了，你们明天还要上班，快回吧。"

秦风走在深圳霓虹闪烁的步行街上，看着熙熙攘攘的人群，一丝凉风吹来，给燥热的夜晚带来了舒爽。在这个陌生的城市里，他感觉自己是一个自由人，一时间竟忘记了所有的烦恼。

老六的电话就是在这个时候打来的。

秦风怔怔地站在人来人往的街道上，看着灯红酒绿的茶楼歌城，看着嬉笑着擦肩而过的情侣，心里涌出一股说不出的酸楚。原来，张思媛那般决绝地离开他，是已经做好了充分的准备。她的怀孕，向所有人证明，是他秦风没种，是个没用的男人。她已经等不及了，必须要速战速决，好过上她幸福的生活。想到这儿，秦风的牙越咬越紧，在喧闹的夜空里发出了"嘎巴嘎巴"的声响。如果张思媛在他面前，他定会将她咬成碎片，一点不剩。

秦风拐进一家歌城，大厅里震耳欲聋的摇滚乐敲击着他的心"咚咚"直响，拥挤不堪的舞台上挤满男男女女，像蛇一样扭动着腰身，喉咙里还不时发出嗷嗷的咆哮声。他们也许跟自己一样，白天里内心的苦闷，只有夜里在这儿才能彻底得到宣泄。

秦风在吧台前，选择一把高脚椅子坐下，要了一杯95度的美国Everclear酒。秦风本来喝不惯这种洋酒，味淡而烈。今天，秦风就想喝，越烈越好。只有这酒，才能麻痹他痛苦的神经。他喝下一口，食管里像在燃烧，一条火舌一直游向胃里。他想起了那天晚上他从张思媛QQ里看到的那些情意绵绵的话，至今他都没跟张思媛提起过。他相信那些话，只是张思媛烦闷时跟对方开的一串串暧昧的玩笑，她对他的忠贞绝没有改变。

曾以为自己早把这事淡忘了，相信张思媛是全心全意爱着他的。可没想，今天的张思媛已经向他证明，她的深奥、她的狠毒、她表面上对他的恩爱，原来都是假的，都是伪装的，她的背叛，由来已久。当秦风面对子娟，面对苏曼玲的感情时，他内心挣扎，搏斗，时刻都告诉自己不能负了张思媛对他的爱，而最终没有陷进去。没想到，她原来是一个他从来都没有认清真面目的人。

那个男人是谁？

秦风再次喝下一口，食管和胃已经稍稍适应了，无法控制泪水，在忽明忽暗的灯光来来去去的照射下肆意流淌。在这个歌声、叫声、音乐声此起彼伏的欢乐场中，似乎唯有秦风是一个痛苦孤独的浪子。

"先生，这里有人吗？"

秦风转过头，看到一位梳着齐肩短发，圆脸长腿的女孩子，笑容可掬地站在他身旁，投来征询的目光。

秦风摇摇头，说："坐吧！"

"美女要喝点什么？"服务生热情地问。

女孩看着秦风手里的酒杯，说："跟这位先生一样。"说完，也不看秦风，两眼盯着另一个服务生优美地调酒表演。

接下来发生的事情，就和电视电影上一样。女孩问秦风是不是有什么不开心的事？秦风在陌生的城市，也没个人倾诉，借着酒劲，把自己的烦恼说给这个陌生城市里的陌生女孩。陌生女孩便把自己的同情和鼓励给了秦风，然后，陌生女孩原来心里也是一肚子的苦，就全盘端出来给了秦风。秦风慢慢地就把自己的痛苦给淡忘了，反过来安慰陌生女孩。就这样，他们聊着聊着，就不再陌生，推杯换盏，简直就是一对难兄难妹。随着一声声"再来一杯"，两个人喝得又笑又哭，好不痛快。

接下来，秦风神志不清地埋单，还是像电视电影镜头里一样，两个人勾肩搭背，穿越凌晨2点钟灯火辉煌的夜色，摇摇晃晃进了宾馆。当打开门的那一瞬，秦风突然像酒醒了一般，怔了怔，一咬牙将女孩儿拦腰抱起，放到了床上。女孩拿妖媚的眼神看着秦风。

秦风犹豫了一会儿，像失意的猎人，终于逮住了一只奔跑的美丽麋鹿。她扒下这只麋鹿的毛皮，用得意的眼神欣赏着，用仇恨的鼻子嗅着……然后，便是急风暴雨般地亲吻和山摇地动般地占有。秦风所有的痛苦，幻成身体里惊涛拍岸般的巨浪。等身体变得空虚无常，内心变得异常平静，奔跑了很久的猎人，终于抚着他的猎物进入了沉沉的夜色。

当阳光从窗外射进房间，秦风眼睛被强光刺得半睁半闭，他才发现胸膛上还压着一双娇嫩白皙的手。昨夜的记忆如同一盘空白录像带，大脑里除了黑白的马赛克，再什么也没有。他转过脸，这会儿才看清楚女孩儿的脸，把他吓了一跳，她居然那么像苏曼玲，只是一脸的浓妆看起来比苏曼玲更妖娆。

女孩醒了，看着秦风很羞涩地笑笑，穿好衣服，去了卫生间。秦风也穿上衣服，掏出了皮夹子，想着该给女孩儿多少钱。反正，现在钱对他来说，显得并不重要了。他将皮夹里埋单剩下的钞票都拿了出来，数了数，共1000元。女孩出来，秦风把钱递了过去。

女孩并不看秦风手里的钱，而是望着秦风淡淡地道："对不起，我不是小姐。"

秦风吃惊地看着女孩。

女孩临出门时，回头又看了一眼秦风，笑笑说："谢谢你！你真是个好样儿的男人！"

秦风捏着钱的手，仍旧在空中悬着，久久地，久久地……

2

"著名作家离婚，抛弃怀孕老婆。"秦风离婚的消息在微博、论坛等平台迅速扩散。随即，滚滚而来的各种反应，以不可阻挡之势，朝秦风汹涌而来。一时间，不但在宁州论坛被炒得天翻地覆，而且在全国各主要网络媒体上也开始蔓延。人们再次将秦风"艳照门"事件翻出来，结合其离婚事件大做文章，搞出了无数个版本。秦风一夜之间红遍大江南北，手机被打爆，各路媒体记者争先恐后采访秦风，以求在第一时间获得独家新闻。

一开始秦风并没在意事情的严重性，还接受了几家媒体记者的采访。记者们都很诡诈，先是从秦风新近出版的长篇小说《因为爱情》谈起，慢慢再过渡到个人生活，最后才切入正题："请问秦老师，为什么在事业达到高峰时选择离婚呢？"

秦风一时语塞，他纵有千言万语，不知从何说起。面对记者的提问，他只能以一句"无可奉告"结束访谈，他的确也没办法说清。就是这简单的四个字，给了万千读者更具想象力的空间，推测出了无数个悲欢离合的故事。秦风的粉丝们也纷纷打来电话，质问他是不是出名了，就嫌弃糟糠之妻了。一时间，秦风成了"陈世美"的化身和代名词。

秦风的电话恐惧症再度复发。

看着母亲的手机号，他经历了一阵胸闷气短后，还是接起。母亲的问话，秦风想都能想来：你啥时候离的婚？怎么也不跟我们吭一声？小张怀的是谁的孩子？前两个问题，秦风似乎还能吞吞吐吐地给母亲一个还算圆满的答案，可最后一个问题，秦风只剩下用头撞墙来回答了。母亲虽然是一介草民，可并不傻。她从秦风的叹气声中已经感觉到了问题的答案。她不再问下去了，叮嘱儿子莫伤心，就当看走眼了，抓紧找一个称心的，一个人这样过也不是个事。

秦风知道，父亲一定也在生他的气，把所有的气都撒到了母亲那儿，然后母亲总是很委婉地把父亲的话转达给他。就这样，母亲的电话是隔三岔五就打来，催秦风再婚。

秦风除了上班，就是把自己关在书房里开始新书的创作。他要写一部大书，一部死后能当棺枕的书。屋外的喧嚣他不再理会，他只想完成这部书，时间也许是最好的答案。夜深人静的时候，秦风还是登录QQ，虽然不想跟任何人聊天，可他仍每天都要登录，只为看一眼子娟的头像。那头像呈灰暗已经很久了，但每一次凝视它的时候，他内心都变得宁静安详，再大的风浪，他都觉得会挺过去。这次，让秦风兴奋了很久。子娟的头像居然闪动着，是那样的迫不及待。他点开，像孤零零漂浮在海上的求救者，看见了一根木头：

> 这个时候，我想你是最难、最无力的时候。从网上得知你的消息，我很为你担心。但不管这样的选择，谁对谁错，都已经不重要了。重要的是，能按自己内心最真实的想法去选择，就是正确的。不要管别人说什么，我们终归不是活在别人的评说中，相信时间会证明一切。属于你的，终会在某个不经意的时刻走向你；不属于你的，命中注定只能成为你故事里的过客。
>
> 挺过去，前面定会是一片天。

秦风把键盘敲得黑夜都为之震颤，他诉说着所有委屈和心痛。此时的秦风，只想将头埋进子娟怀里，如上大学时那样，痛痛快快哭一场，然后背起行囊上路。泪水四溅，敲键如飞。哭完了，敲完了，秦风突然像远行的游子，卸下了沉重的行囊，一身轻松。内心如冬天的观音湖，静谧，安详。这一夜，秦风睡得踏实极了。

清晨，一轮红日冉冉升起，秦风的心也被染得通红通红的。心中想到了一首歌的名字：只要你过得比我好。

一上班，老六就进来了。这些日子，老六上班的第一件事，就是先到秦风办公室看看。他对秦风的离婚极不理解，总觉得当局者迷，旁观者清，每次上班都要来跟他说说张思媛的好。后来，他觉得，有些事情，可能只有当局者才最清楚。可让他至今想不通的是，张思媛这样一个无可挑剔的贤妻良母型的女人，在兄弟们心目中备受尊敬的嫂子，居然怀上了一个不知道父亲的孩子。

老六看着秦风道："今天看起来气色不错啊！你不是常说'祸兮福之所倚，福兮祸之所伏'嘛。换个角度想想，也不一定就是件坏事，是吧？"

秦风笑笑，道："我想明白了，口水再多也淹不死人。"

老六点头道："既然这样，那以后有什么打算？"

秦风仰起头，望着天花板，说："……真还没想过。"

老六急道："那你老爸老妈那关怎么过？"

秦风叹口气，道："这种事，急又急不来。"

老六嘿嘿笑道："我说你，平日里，屁股后面一群文学女青年，要啥模样的没有？怎么到了关键时候，就都掉链子了呢？"

秦风回道："能做女朋友的，一抓一大把，可要当老婆，不是随便哪个文学女青年都能行。"

老六嘿嘿地笑着。晚上，老六请秦风单独喝酒，喝至晕眩时，老六微醉的双眼定定地注视着秦风的眼睛，慢悠悠地说："老哥哥，我问你个话，你能如实回答我吗？"

秦风不解地望着老六："什么话？"

老六神秘地说："你先说，你能如实回答我吗？"

秦风犹豫了一下，重重地点点头。

"你是不是喜欢曼玲？"老六一杯酒猛地喝了下去。

秦风望着老六，心里有些敲鼓，他不知道老六这样问的目的，犹豫了一会儿，他还是说出了心里话："喜欢。"

老六嘿嘿地笑着，跟秦风碰杯："其实，我知道，她也喜欢你……"说着，老六嘿嘿地笑着，泪水慢慢涌出眼眶。

秦风说："其实，我更知道，你是真心爱她，为她全力付出的人。所以，我承认，我一开始确实很喜欢她，可后来，我的喜欢就变成了对弟妹的喜欢，而不是别的。"

老六抹了抹眼睛，说："哥哥，说句掏心窝子的话，我真的没有这样执着地去爱过一个女人。虽然我是个粗人，可我心里明镜似的，她喜欢的不是我，而是你。"

"你全心全意对她的好，一定会打动她的，你得到她的爱，是迟早的事。兄弟，一定要相信'路遥知马力，日久见人心'这句话。精诚所至，金石为开，你一定会收获到幸福的。"秦风没想到，老六会把在他们之间蒙了很久的窗户纸捅破了。这样也好，不再遮遮掩掩，把各自的想法都说出来，这才是兄弟。

老六摇着头，一脸的凄凉，道："哥哥，强扭的瓜不甜。我不想为难曼玲，兄弟我也配不上她，只有你才是她需要的人。"

秦风呵呵地笑道："你醉了……"

"我没醉……"老六满脸的泪水，笑着。

"你真的醉了……呵呵呵。"秦风脸上也满是泪水。

醉了真好。醉了就什么烦恼都忘了，浑身都显得轻松了，有种飞起来的感觉，真是"三杯通大道，一斗合自然。但得酒中趣，勿为醒者传"啊。两人摇摇晃晃从酒馆出来，夜已很深，街道上南来北往的车子交错而行，一拨一拨的青年男女，勾肩搭背，叫着，笑着，往前走。两个老男人也似乎被眼前的情景所感染，互相搂着肩，秦风先开口唱道：

> 给你一张过去的CD／听听那时我们的爱情
> 有时会突然忘了／我还在爱着你……

老六也跟着应和。秦风喜欢听歌，也喜欢唱歌，歌唱得很好。每次去歌厅，大家一致认为秦风是专业水准，而老六在唱歌方面就差远了，也就是啦啦队的水平。按王国伟的话说，老六天生一副苞谷面嗓子，多好听的歌都能叫他唱得你听完之后，再也不想听了。老六知道自己嗓子是破箩筐，就低声跟着秦风和唱，这倒形成了一种独特的和声，引来路人驻足观望。他们也不管别人好奇的眼神，走着，唱着。秦风突然想起他们上初中的时候，每天下了晚自习，几个哥们，就这样互相搂着，唱着"你就像那冬天里的一把手，熊熊火焰燃烧了我的心窝"，就回家了。

时间，真是一把杀猪刀，虽然切断了岁月，却永远切不断回忆。那时候，虽然穷点、苦点，可生活却过得有滋有味。那时候，也在寻思着，跟班里某个漂亮女生将来走进婚姻殿堂，该是多幸福的一件事。那时候，何曾想到若干年后当真的跟自己心爱的女人走到一起的时候，日子竟会是这般苦涩。今夜，秦风和老六仿佛又回到了那个青涩的年代。

酒醒了，生活依旧，烦恼依旧。

秦风似乎早已习惯了家里没有女人的日子，茶几上摆满了啤酒瓶、饮料罐、瓜子皮以及杂志、报纸和书，他也不觉得有多乱。书房还是上次母亲来时收拾了一次，他已记不清有多久没打扫了，却不觉得哪儿有什么不妥。没有女人的日子，唯有别人的感受最明显。李佳怡私下里跟杨海涛说，思媛嫂子在身边的时候，秦风西装笔挺笔挺的，裤子上连一个褶都没有，白衬衣被洗得发亮，头发什么时候都是顺溜的。现在，秦风像是个没娘的孩子，衬衣穿得领和袖黑了还不知道换。是啊，这确实是事实，张思媛在的时候，从来都不让秦风的衣服穿过三天，不管内衣还是外衣。

秦风大部分时间依然是躲在办公室里。夜晚，就用写小说来打发无情的时间，充实空寂的内心。张思媛的怀孕，让他内心仅存的对她的温热，也渐渐变得冰凉，继而化成了一种怨恨。他已经很少出门了，他不想面对别人指戳的眼神和窃窃的私语。真是福祸相依，秦风也因他的"抛妻弃子"而声名鹊起，继而，他不断地收到新书的加印通知，也收到了很多杂志社、出版公司的约稿函。这些，也许是给秦风无法摆脱的痛苦开出的一剂良药，让他得到了些许慰藉。

秦风除了把杂志办好，把所有的经历都投入到了《生死树》的创作中。他相信，这将成为他毕生最厚重的一部小说。

3

时间有时候也像一剂良药，能帮助我们驱散心头的愁云，抚平心灵上所有的伤痛。

经历了一个夏天的酷热和蒸腾，人们已经忘记了秦风"抛妻弃子"的逸闻趣事。人们只知道宁州出了一个富豪作家，此人不修边幅，头发及肩，眼睛里透着灵光。这传闻经过老六添油加醋，又转述到了秦风耳朵里。秦风笑说："这描述的哪是一作家，简直就一金庸武侠小说里的长胡子老道，只差头上长角了，呵呵。再说了，我秦风哪能有那仙风道骨。"

老六笑道："这一年来，确实经历了很多，我也觉得你确确实实变了，变得更像个艺术家了。"

秦风知道，老六是在骂他邋遢，不讲卫生。

尽管这样，让秦风烦恼的事还是接踵而来。很多好心人开始为艺术家的个人生活考虑了，引荐了不少的美女跟秦风相亲。当然，这里面有结过婚的，也有没结过婚的。秦风不知道为什么，一直没在这方面考虑过。缠得实在磨不开面子的，秦风也会去应个景，通常都是见过一面之后就不想再有下文了。就连电视台都派人前来跟秦风谈上他们的相亲节目，秦风一口回绝了。

秦风之所以找不到感觉，是因为在他心头早已立了一把尺子，这尺子就是照着张思媛定制的，它就像一堵墙阻挡着所有的女人进入。秦风似乎一直在等待，他也不知道自己在等待谁的出现，但他冥冥之中觉得自己就是在等一个人。但他又明明知道那是不可能的了，可他就是不甘心。那天，他开着车，远远看见了张思媛，挺着个大肚子，在李月娟的搀扶下慢慢走过马路。那一刻，秦风很想停下来，追上去，问问张思媛现在过得好吗？可他怔了半天，还是走了。

那一刻，他突然发觉，他一直试图去忘记张思媛，可她却一直藏在他心里，从来都没有被丢掉过。很多个夜里，秦风回顾经历过的感情，他觉得，人这一辈子，走进你生命的女人不止一个。但你选择结婚的女人却只有一个，但凡走进你生命中的每一个人，都是命中注定的，包括子娟，包括苏曼玲，也包括王情。正如哲人所言：无论你遇见谁，他都是你生命里该出现的人，都有原因，都有使命，绝非偶然，他一定会教会你一些什么。也许，男人的感情是多元化的，但无论跟谁的感情，归根结底，你无法释然无法放下的只有一个人。到今天，秦风才明白，自己最不能丢弃的还是跟张思媛的这份感情。但男人的天性往往使其内心不停地去追逐世界上所有美好的东西，也会因为没能守住欲望的底线，而拥有了一份家庭之外的感情。可这又与家庭、责任到底有多大关系呢？

张思媛怀孕的事，秦风一直在不安和期待中等着父亲劈头盖脸在电话里的痛骂。他早已打好了解释和安慰的腹稿，可一直到秋风吹黄了青草，父母亲也再没打电话提起过。他们似乎把他给忘记了。秦风心里的不踏实还是让他踏上了回家的路。他想让父母出出气，痛骂一顿，他心里就会好受些了。可回到家，让他没想到的是，父母谁都没有主动提起这事，似乎那是一颗烫手的山芋。

秦风只好主动交代，等他说完了，母亲除了一声接着一声的叹息，什么话都没说。父亲枯瘦蜡黄的脸上堆满了沉重，吧嗒吧嗒地抽着烟，好半天才道："一切都是命，儿子，再不想了。不管咋的，人都得活，好好再找一个过日子吧！"说完，扛着铁锨出了门。

秦风心里的石头，终于轻轻地落下了。可他还是觉得父母心里那块石头一直还在。

老六的难关终于渡过了。在秦风的建议下，他采取各种促销手段，算是销售完了所有开发的现房，还略有盈余。再加上包装项目的生意，老六算是又挺过来了。

"谢天谢地，没亏本就是赚了。"老六脸上也有了笑容。

老六一次性给杂志社账上拨了50万，然后又买了一幢新的写字楼，比原先的小是小了点，但位置更好。他把秦风借他的车直接卖了，给秦风新买了一辆奥迪Q7。秦风说："你这是先斩后奏，我就要我的Jeep。"

老六嘿嘿地笑着，道："你现在也是名人了，坐骑也得上个档次吧？再说了，你是杂志社老大，出去了总不能叫人小瞧了，这不光关系到你个人，更是关系到企业的形象问题。"

秦风说："车并不重要，重要的是现在企业得马上转型。这不要钱啊？"

"这个你就不用担心了，我有办法。"老六神秘地笑道，"说实话，在我落难的时候，你为杂志能生存下去，把自己的稿费都拿出来渡难关，还把自己的车给我用，这不是一辆车的事，是给我精神上注入的安慰剂，打的强心针，比什么都重要。我现在资金全部回笼了，虽说没往年赚头大，可也不缺这辆车钱。当然，我更知道，兄弟不是拿钱衡量的，这只是我的一点心意，你就别推辞了。"

秦风不再纠缠，算是默认，问："下一步什么打算？"

老六笑笑，诡秘道："打算和马云合作一把，正在筹划中，成不成还是一说。"

秦风点头笑道:"这是条好道。"

"对了,还有个消息没告诉你。"老六说,"柳成堂进去了。"

"是吗?我就说他走不远。"秦风轻松地笑着,"这就叫,视野决定宽度,品质决定长度,思想决定高度。"

老六换了话题,说:"你也没去看看嫂子?"

秦风沉着脸道:"哪个嫂子?"

"还有哪个嫂子?"

"她已经与我没关系了,再不要在我面前叫她嫂子了。"秦风摇摇头,叹口气,道:"我真不知道还如何面对她。"

老六沉吟半天,道:"哥哥,以我们这么多年的感情,我心里老有个疙瘩没解开。"

秦风抬眼望着老六,道:"什么疙瘩?"

"我白天想了夜里琢磨,总觉得嫂子不可能是一个水性杨花的女人,这里面是不是有什么蹊跷?"老六皱着眉头道。

秦风瞪了老六一眼,说:"林子大了,什么鸟都有。能有什么蹊跷?我一直都觉得她是这个世界上最忠贞的女人,我也从来都没想过她会背叛我,但事实就摆在你面前,你信呢还是不信?"

"我还是不信。"老六仍不停地摇着头。

"肚子都顶起来跟锅似的了,等生下来,你才信啊。"秦风冷笑着。

"你确定这孩子不是你的?"

"扯淡!"秦风情绪变得激动起来,"要是我的,早就满地跑了,还能等到现在?傻子都明白的道理,你不懂?"

"那是谁的呢?"

"谁的已经不重要了,重要的是她用这一举动,证明了我秦风的无能罢了。"秦风愤怒的眼神扫射着窗外。

"以后有什么打算?"老六定定地看着秦风,慢慢道,"要不,你们复了算了?"

"什么?复婚?"秦风死盯着老六,眼睛里满是迷茫。

那时候,张思媛不能生,秦风急是急,但还没觉得自尊受到伤害,而现在,看着张思媛肚子一天天鼓起来,感觉她的每一步都是结结实实地踩在他的自尊上，叫他抬不起头来。他觉得她就是一个阴谋家，早就设计好了套路，表面上似乎还是为他秦风着想。实际上，她知道自己怀上了，迟早会露馅，于是马上提出离婚。这样想着，他又一次将张思媛从心里删除了。还能有什么打算呢？一个不能让女人做女人的男人，还是男人吗？谁愿意跟这样的男人生活一辈子呢？这多半年来，他心里莫名多出来了好多"怕"字。别人给他引荐女人，除了心里不愿接纳，更怕他不能给女人幸福而最终分道扬镳，落得个孑然一身。他只有拒绝所有的女人，才不会让自己变得更加痛苦。

父亲说得对，命，一切都是命！他认了。但活着，就得往前走，他不能因为生理上的缺陷而不活了，不走了。相反，他还得活得更好。

秦风觉得自己这辈子也就这样了，已无法逃脱膝下无子的厄运了。这些年，他为了自己的小日子，也没好好尽到做儿子的孝心。相反，让父母为他过着四六不安的生活而操心。孝心不可等待，看着父母日渐衰老的身体，从现在开始，他要好好孝敬父母，让他们安然享受剩余不多的人生，等他们都下世后，他就无牵无挂了，然后离开宁州，周游世界去。

秦风不知道为什么，特别想去海南看看。在北方雪花纷飞的寒冬，秦风带着父母漫步在三亚的海边。

一开始，父母坚决不去。无论秦风怎么做工作都没用，还是在姐姐秦岚的万般劝说下，才答应跟秦风出去转转。秦风知道，父母不是不想转，而是怕花钱，可他现在唯一不缺的就是钱。

看着一望无际的大海，秦天成脸上展露出笑容："真是奇怪啊，我们那儿冷冬寒天的，这儿却这么暖和。看这水，蓝得就像染下的，你说我们那儿要有这么多水，庄稼还愁旱吗？"

"想得美，我们要有这么多水，不变成南方了？"陈玉珍呵呵地笑着，"跟电视里一模一样，我说张四爷的儿子广州打了几年工，死活再不回来了。金窝银窝，不如自家的狗窝，我看这话就不对，有这好的地方，谁还回狗窝呢？"

秦风看着父母，听着他们的对话，静静地笑着。

晚饭后，秦风带父母到海边，看落日，吹海风。夜幕降临，只能看见远处大海上星星点点的亮光。秦天成问："远处亮的那是啥？"

秦风递给父亲一支烟，说："那是船，还有灯塔。"

"哦，有灯，心里就觉得亮堂了。"父亲吸着烟，看着红红的烟头，"走出来，才知道我们村有多小。"

从海南转完又到广州，再到深圳，最后去了湖南、西安。回家的路上，父亲又说："凡是有人的地方，就有高兴的事，烦恼的事，只不过，我们不知道罢了。这辈子，把天上飞的、地上跑的、水上游的都坐了，庄稼人一辈子没见过的新鲜玩意儿也见了，没吃过的也吃了，回去我也没啥想头了。我明白了，世界这么大，也不可能啥事都顺心顺意，不可能啊。"

这年春节，秦风哪儿都没去，就在老家陪父母过年。秦斌两口子在新南县城租了房子做小生意，干了一年，秦斌媳妇死活要回农村老家，说城里根本不是土包子待的地方，一把香菜都要卖你1块钱，简直是吃钱。整天绑在店里，轻易连个熟人都碰不上，还是农村好，自在，舒服。

过年前，秦斌一家从城里回来了。秦斌说再也不想进城了，田要租出去了，他就去外面打工挣钱，媳妇就在家把孩子管好顺便地上打点工，生活也会过得滋润。

秦风开着车，带着父母哥嫂，走亲戚，串门子。回到家，听父母讲他们过去的故事，父亲一讲就是一宿。母亲总唠叨父亲老糊涂了，好多事早都讲了三百遍了。

秦风知道父亲讲过了，可他还是想听，不管父亲讲多少遍，他都像是第一次听一样，专心致志，时不时还要提一些问题。父亲越讲越兴奋，瓶中的酒不经意间也已见底，父亲便说："好了，这要讲起来啊，三天三夜不得完。睡吧。"

离家前的那天夜里，秦风说："爸，我听村长说，有人想租我们全村的地？"

父亲拧着眉，瞪了秦风半天，说："是不是王平遥找你了？"王平遥是村长。

秦风笑笑，没说话。

父亲道："我在这土里刨了一辈子食，死了还得到这土里去，谁租谁租，反正我是死也不租。我死了，就不说了，只要还活着，我就要种。"

秦风笑着说："爸，您也上岁数了，我妈也干不动了。你费力地种一年，收入跟租金差不了多少，还不如租出去，你们去城里享几天清福。"

"城里头有啥好的？你哥他们怎么回来了？你以为住到高楼大厦上就是享福了？"秦天成呵呵地笑着，吸了一大口烟，摇着头，"我在这儿就舒坦着呢，想吃吃，想转转，不比城里差。"

秦风又劝道："人家要租就是连着片的租，你不租，别人想往外租也租不了，影响了全村人的利益啊。"

秦天成不说话了，一口一口地抽着烟。

4

怀孕难，怀着一个不知道父亲是谁的孩子，难上加难。

当人们都在指责秦风忘恩负义、抛妻弃子的时候，只有张思媛明白秦风承受着多大的委屈，她多想给秦风一些安慰，哪怕这些安慰是苍白无力的。可她怕，她怕她一旦踏进那个家门，就再也不愿离开。更让她怕的是，肚子里的孩子一旦落地，不知道给秦风带来的是欣喜，还是心痛。她没有一天不是在忧虑中度过的，可为了孩子，她强打精神，有意让自己乐呵呵的，她不想让这个孩子一出生就带上忧郁。有一次，同事万玲调侃道："我看你哪是离婚，简直就是新婚宴尔。"张思媛的笑容一下子没了，半天不说一句话。

万玲才发现自己说错话了，左哄右哄，张思媛情绪才算好些了。她特别怕别人提起离婚的事，更怕别人提起秦风。怕，可又时时刻刻都想知道秦风的消息。好在，老六经常去看她，还买好多东西，老六说是秦风让他带过来的。张思媛听了心里暖暖的。

杨海涛和李佳怡生意好，离不开店，但也时不时抽空去看张思媛。朋友真是人生的一大笔财富啊！当然，去看张思媛，他们谁也没有对秦风讲过。他们都觉得，张思媛尽管跟秦风离了，但在他们心里，张思媛永远都是他们的嫂子。

张思媛每天都在想秦风在干啥？吃的啥？衣服脏了怎么洗的？想着想着，眼睛里就汪满了泪。她已经做出了这样的选择，就得为自己的选择付出代价。她多想见见秦风，可她又觉得无法面对。每次上下班或转街，她都本能地在人群里寻找着秦风的影子，有好几次看见他的车，她都远远地尾随着，却发现车里出来的人不是秦风，而是老六。她纳闷了好些天，直到老六告诉她实情，她为秦风的仗义感到高兴。

那天上班时，她看见秦风走着，衣冠不整，头发胡子都特别长，人一下子显得消瘦了很多，也老了很多。她心里像灌进了酸水一样难受。从老六口中得知，秦风仍是一个人过，她嘴上让老六劝秦风赶紧再找一个，家里没有女人，不叫过日子。可说完，心里那个五味杂陈，简直无法形容。有时候，她突然怀疑她的决定是不是错了，她违心地跟秦风离了，到底是为了什么？以前，她觉得不能生孩子，完全是自己的原因，可现在她却实实在在怀孕了。那只能说明当初不能怀孕完全是因为秦风的原因，即使秦风再找个媳妇，也还是不能生，她的主动退出注定不是在帮秦风，而是对秦风造成了更大的伤害。张思媛时常在想，假如现在跟他复婚，秦风能接受肚子里这个孩子吗？她不知道。

张思媛的确是选择了一条洒满泪水的路。再有一个月，就要生了，孩子一落地，只有妈妈，没有爸爸。以后呢？孩子问她要爸爸，她到哪儿去弄个爸爸呢。母亲说得并不是没有道理，让她尽快找一个男人结婚，至少孩子一出生就有了一个继父。可想想，谁又愿意娶一个怀着别人孩子的女人呢！这样的男人也可能会有，但谁又能预想到再婚后他能一心一意对这个孩子呢。那样的家庭，注定埋下了太多的矛盾，一旦激化，哪里会有顺心的日子过。与其那样，还不如一个人带着孩子过。这些都是她不愿再嫁的原因，但归根结底，她心里仍放不下秦风。尽管离了，可她内心里却一直觉得她只不过是住在娘家，就如同刚结婚的那些年一样，与秦风只是短暂的两地分居。

越是临近分娩，张思媛越觉得沉重。她已经请了产假，在家里休息。老六拎着很多营养品又来看张思媛。一进门就嘿嘿地笑着问："准备工作做好了没有？"

"没啥准备的。"张思媛笑得很凄然，"你来看我，我已经很高兴了，再不要带东西了。"

"又不是买给你的。"老六摇头晃脑，一副与你无关的神态，"给我侄儿买的，一些小玩意，你也不方便出去，我顺道就买上了。"

张思媛看着地上的手提袋，咯咯地笑道："哎，我说老六，连玩具都买上了，你也真是的，他能玩这些吗？"

老六笑道："总不能叫侄儿生下来手里没个抓头吧。"

张思媛笑着，少有的开心。

老六又问："姨没在家啊？"

张思媛说："我妈买菜去了。"

老六"哦"了一声，道："嫂子，你看，我一直有个想法，开不了口，也没说。这不，孩子马上要生了，我想，你还是跟老哥复了吧？"

张思媛怔了一下，半天望着墙上一幅富贵牡丹画发呆。

老六又说："无论咋的，孩子是无辜的。再说，你跟老哥本来也没什么深仇大恨。当初离婚，你也是为了老哥着想，谁知道事情又会是后来这样的呢？"

"这个我也想过。"张思媛平静地说，"可我知道，秦风是一个特别好面子的人，我的怀孕是对他最大的伤害，他肯定不会同意复婚的。虽然外面的人都说他忘恩负义，确实委屈了他。我没想到，我的选择会变成现在这样的结局。在精神病院里到底发生了什么事，我是一点印象都没有。我承认自己曾经在网络世界里寻找过精神的慰藉，但我的身子是清白的干净的。这多半年来，我做梦都觉得秦风就是这孩子的父亲，可梦醒了，又都是失望，难道这是命运跟我开的一场玩笑吗？"

"别想那么多了，人这辈子，哪能都一帆风顺呢？谁没个沟沟坎坎的，一定会过去的。"老六又道，"这一段，他确实承受了很大的压力，不照样走过来了。我相信他只是一时想不通，慢慢会想明白的，不管这孩子是谁的，都不是你的错。再说了，你怀孕了，说明一直以来问题都在他，现在他还一根筋绷着有啥意义呢？权当是抱养了个娃嘛。"

张思媛不再说话，眼泪在眼眶里打转。

老六又去找秦风，说："我上次问你的话你还没回答我呢？"

"啥话？"秦风斜着眼睛望着老六。

"别装了。"老六一脸严肃的表情，"就是跟嫂子复婚的事，你是咋想的？"

秦风把目光移向面前的一盆君子兰上。君子兰深绿的叶子中间，顶出一朵红色的花蕾，含苞欲放，像是在等待春天的到来。看了好一会儿，秦风才回头看着老六说："我不是没想过，可一想起她对我的背叛，还有那个没出世的孩子，我这心就揪得疼。我们再次走到一起，我真不知道怎样去面对她，还有那个孩子。"

老六说："你们之间没什么大问题，嫂子对你还是一心一意的……"

秦风打断老六，激动道："什么叫一心一意？一心一意还会在网上跟别的男人卿卿我我啊？还能怀了别人的孩子啊？就凭这，我已经对她没一点信心了。"

老六情绪也变得激昂起来，道："你也不能光要求别人怎么样，你先看看你自己是个什么样子？你身边那些狐狸精还少吗？敢说你没跟别的女人在网上亲昵过？远的咱不说，就说子娟，你敢说你们之间就什么都没有？别以为这些年我们都不吭声，大家谁眼睛不都明灯似的。"

老六的话，在秦风听来，已经影射到了苏曼玲那儿，真正戳到了他的软肋上，他气急败坏道："老六，我跟张思媛的事，以后再不说了。你的意思我明白，我就是找了别人也生不了，是我没本事，行了吧？"停了一会儿，秦风又道："我就是断子绝孙，去当和尚，也不会去给别人养孩子的。"

"亏你还是个作家，还是个文化人，心胸竟然比针鼻子都小。"老六说完，起身走了。

秦风看一眼被重重关上的门，一支接着一支抽烟，不一会儿，办公室里一片烟雾弥漫。

门被敲响了，秦风喊了一声"进"，头也不抬地看着电脑上的文稿。

"秦老师……"

"说，啥事？"秦风仍低着头，脸上没有一丝表情。

"秦老师，我是刘蕊……"刘蕊身边是猴子。

秦风抬起头，怔了一下，马上起身，转怒为喜，惊讶道："原来是你们俩啊，不好意思不好意思，快过来坐。"笑着跟刘蕊和猴子一一握手。他们刚坐下，黄睿进来，麻利地给客人倒了茶，微笑着离开。

"什么时候回来的？"秦风问。

"昨天到的，今天这不就来看你。"猴子笑道，"你还好吧？"

秦风说："老样子老样子，混光阴而已。"

刘蕊道："秦老师别谦虚了，你现在名气可大了，在深圳，你的书抢都抢不上呢，所有书店门口都是你的大幅宣传海报。我们逢人就说，你是我们的老师和同事，可没把我们自豪坏。"

"浪得虚名而已，一阵风过了就啥都没了。"秦风笑道，"回家看父母亲来了？"

猴子嘿嘿地笑着点头。

刘蕊看了一眼猴子，笑道："秦老师，这次回来，我们不打算走了。"

"是吗？"秦风疑惑地看着两人，"那边干得好好地，怎么不去了？"

猴子和刘蕊都咯咯地笑了起来。猴子刚开口说话，就被刘蕊抢了话头，道："公司打算在宁州设立分公司，由猴子同志负责。我们这次回来，就筹备这事，等分公司一成立，就基本固定在这边了。"

"好啊，有这样的好事，事业家庭两不误啊！愿你们在宁州闯出一片自己的天来。"秦风兴奋地点着头，"今晚，我做东，好好喝两杯。"

猴子嘿嘿地笑道："秦老师现在都是富豪作家了，我们就不推辞了，好好宰秦老师一顿。"说着望向刘蕊，刘蕊拿眼神望着秦风。

秦风呵呵地笑着，是少有的从心底里荡漾出的笑声。

5

秦风觉得自己可能是得了一种可怕的病。尤其熬夜的时候，左下腹部时常发出阵阵揪心的疼痛，有种被撕裂的感觉，疼急了只好拿拳头紧紧地顶住，才感觉好受些。过去也疼，但吃点氟哌酸或护肝的药，很快就过去了。这些日子却疼得很频繁，以秦风仅有的医学常识判断，这疼痛似乎是来自肝部，可能是因为长期熬夜，加上喝酒太多损伤了肝脏。

出版公司又打电话，准备在成都搞一个签售活动，请他参加。秦风欣然答应，他也想出去走走，顺便散散心。

走之前那天下午，杨海涛打电话，说自己行动不便，要他方便了到按摩店去一下。秦风去了，顾客爆满，按的按，等的等，杨海涛忙得不亦乐乎，聘用的五个按摩师也都没一个闲着。

"生意不错啊！"秦风笑着跟吧台里正忙着收钱的李佳怡说话。李佳怡终于得空了，从吧台后面走出来，招呼秦风。秦风端详着李佳怡，惊奇道："哎，我说佳怡，你这身体？"

李佳怡抿着嘴笑，脸上闪过一丝幸福的羞涩，道："本来没打算要的，可现在有了，海涛说一定要生。"

秦风心头涌上阵阵酸水，总觉得这个世界不公平，但还是满脸堆起笑容，道："好啊，也应该再生一个。"

"我说做了算了，可海涛死活不肯。"李佳怡突然变了脸色，一阵阵唉声叹气，"可小沫不同意我们再生。"

"什么？他杨小沫不同意？"秦风一下子笑掉了。心想，现在这孩子还真是管得多啊，父母生孩子他都管。想当初，秦风哪管父母生几个孩子呢。

秦风又问："为什么？"

"他说，如果再生一个，我肯定就不喜欢他了。如果生，他就要离家出走。"李佳怡说，"当然，这话是小沫跟海涛说的。海涛打电话要你过来，也就是想说这件事。"

"这小东西，脑子里弯弯转转还挺多啊！"秦风笑道。

"小沫平时提起你最多，跟你的关系最好，他才想请你给小沫做做思想工作。"李佳怡犹豫了一下，又道，"其实，我还是想把孩子做了，不生了。"

"生！怎么不生，怀个孩子多不容易啊，怎么能说不生就不生了。"秦风斩钉截铁道，"这事包我身上了。"

茶都喝了两杯了，杨海涛才得空跟秦风说话。他给秦风道了半天歉，说人手不够，慢待兄弟了。秦风拍着杨海涛的肩膀道："兄弟就再不要说那样的话了，大家都理解。"

"最近，我们佳怡正寻思着另找个宽敞点的地方，把规模再往大扩扩，多聘几个按摩师，到时候，你来了，我就可以专职陪你喝茶了。"说着杨海涛呵呵地笑着，"我的为难事，佳怡都跟你说了吧？"

"老子还拿儿子没招了？"秦风笑着点头。

杨海涛摇头道："我这是把嘴皮子都磨薄了，说不通。他还拿狠话威胁我。你知道，自从刘……"杨海涛犹豫了一下，又接着道："自从他妈妈不在了，我从来没动过粗，就怕伤了他的心。可这次，你得给我好好说道说道。"

回来的路上，秦风竟然对杨海涛现在的日子有些羡慕了。他虽然眼睛看不见，可生活过得充实，自在，幸福。有了一个儿子，现在如果再生一个女儿，那就全了。人生啊，有时候有多大的舞台并不重要，重要的是在这个舞台上你能成就什么。杨海涛在这个不足100m²的舞台上悄无声息地演绎着自己的人生，这样的人生谁又能说不精彩呢。他秦风，是粉丝们眼中的"白马王子"，是书迷们眼中的著名作家，可谁又能懂他内心的荒凉与无奈呢！

成都的签售极其火爆。活动最后一天，秦风做梦都想不到，子娟就站在人群里看着他。秦风看着子娟蒙了半天，子娟抿着嘴笑。晚上，他推掉了出版公司所有安排，和子娟一起吃饭。

这是一家僻静的餐吧，西式装修风格，却带着古典中式的味道。子娟端起酒杯，说："我很喜欢这儿的环境，安静。"

秦风笑笑，也端起酒杯，静静地看着子娟。子娟看上去，比在宁州时更年轻更漂亮了，原先眼角淡淡的鱼尾纹也不见了，真是一方水土养一方人，天府之国就是不一样啊。

"这儿，我常常一个人来，要瓶红酒，就这样静静地坐着，什么都可以想，什么都可以不想，仿佛这个世界上只有甜蜜的回忆。"子娟脸上飘过淡淡的忧伤，旋即闪过一丝甜蜜的苦涩，"我一个人坐着的时候，总想着，什么时候能和你坐在这儿。没想到，今天成现实了，为你的成功干杯！"

"你这一去杳无音信，打你的电话也不通，每次看到你给我的留言，我都觉得你人虽然不在宁州，心却无时无刻不在我身边。"秦风笑笑，道，"谢谢你！"

子娟嘴角挑了一下，笑笑。酒杯碰在了一起，撞出的是心灵的火花。

"先吃点。"子娟说着往秦风盘子里夹菜。

秦风突然像想起了什么，问："你出来了，阳阳呢？"

子娟说："我爸妈也都搬到了成都，他们管着呢。其实，我爸很早就在成都买了房子，前些年一直租出去。我在成都闲待了一段时间，在我爸朋友的公司干，我爸妈也就来成都跟我一起住。在这个陌生的城市里，我觉得生活得挺好。"

"这就好，没个人照应，你一个人带个孩子真是不容易。"秦风点头道。

两个人就这样，聊现在，更多的是聊上大学时的美好时光。聊到秦风结婚的事时，子娟还是忍不住问："思媛现在过得怎么样？"

秦风深深地叹口气道："说实话，我除了远远看见过她几次，所有关于她的情况，都是老六告诉我的。她可能快生了吧！"说完，秦风喝干了杯中的酒。

子娟从秦风对面走过来，依偎在秦风身边，定定地看着他的眼睛，说："秦风，你说我是不是很自私？"

秦风拿不解的眼神望着子娟。

"我结婚后，才发现自己并不爱他。可知道自己再也不能拥有你了，最终还是想到了把我的闺密思媛介绍给你。那时候，我就想啊，自己得不到你，如果思媛跟你结了婚，至少我可以很容易见到你。这些年来，我一直觉得对不起思媛，这一切都是我造成的。"子娟道，"每次我们几家人在一起，我就想，如果我是思媛多好，坐在你身边，被你宠着惯着，晚上被你搂着，多好啊！后来，思媛心里明明知道我和你的关系，可她碍于我和她之间的感情，又不好跟我撕破脸，她忍受了太多。我的自私，让她忍受了常人难以忍受的痛苦。只有一个女人才能明白的那种痛苦。现在，这孩子无论是谁的，我觉得她还是爱你的。"

子娟说着，头慢慢地靠在秦风肩上。秦风轻轻地搂过她的腰，就这样静静地坐着，看着面前杯中鲜活的红酒，静静地坐着。

签售活动结束后，出版公司的人走了，秦风留了下来。子娟开车带他去了都江堰，在这样一个陌生的环境中，秦风也感觉身心得以最大限度的放松。子娟像少女一样，拉着秦风的手，走着，跳着，脸上是秦风这些年很少看到过的笑容。子娟看着秦风，问："开心吗？"

秦风笑着点头。

他们走得快，子娟有些气喘，秦风大声说："走慢些吧。"子娟放慢了脚步，长长地舒了口气，道："你知道吗？这是我多年以来的一个梦想，今天终于实现了。"

秦风拿询问的眼神看着子娟："什么梦想？"

子娟咯咯地笑着，道："那时候，我做梦都在想，如果有一天，我们两人能去一个谁也不认识我们的地方，就这样，牵着手，不管不顾地快乐一天，死而无憾！"

秦风笑着说："这也是我的梦想。"

从都江堰风景区出来，他们吃了当地的小吃，天色不早了。秦风说："我们回市里吧！"

子娟看着秦风，好半天了，才道："我们不回了吧，就住下来。"

秦风笑笑，色色地道："怎么？想通了，要兑现你的承诺？"

子娟红着脸，挣脱秦风的手，蹦蹦跳跳朝着停在路边的车去了。秦风摇着头笑笑，追了上去。子娟开着车，在弯弯曲曲的山路上疾驰。秦风坐在副驾驶位置，随着车子左拐右拐，心都提了起来，好几次都提醒子娟开慢点。子娟不看秦风，只淡淡地笑笑。路越来越窄，公路两边的树越来越稠密，走了一阵下坡路，车子开始爬坡了，秦风的视线已经被郁郁葱葱的树木和黛青色的山峰挡住了。车子爬了很久，终于爬到了山巅，再也没路了。子娟选择一处宽阔的地方停下车。下车后，秦风朝四周望了望，说："这地方真静啊！"

子娟笑笑，牵着秦风的手穿过一片树林，在青山绿树间，竟然出现了一座小房子。秦风停下脚步，惊讶地望着子娟，不解其意，但眼前的情景感染了秦风，立即吟诗一首：

郁郁群山花间鸟，小屋青烟独钓春。

陶潜叹然隐归处，王维大漠暗伤魂。

子娟拿欣赏的眼光望着秦风，道："这里哪有青烟？"

"想象。"秦风指着脑袋，呵呵地笑，"我简直像是在做梦一样。没想到啊，真是没想到，梦里的情景真的就在现实里。"

子娟说："这是你的梦想，也是我的梦想，我今天就是带你来圆梦的啦！"

秦风笑笑，跟着子娟走了过去。屋子是全木质建构的，两间连在一起，开着两扇门，却是一个整体。在一扇木门前，秦风摇头晃脑吟诵道："应怜屐齿印苍苔，小扣柴扉久不开。春色满园关不住，一枝红杏出墙来。"想到红杏出墙，秦风突然有种扫兴，但只是瞬间的怪想，子娟并没察觉到。

子娟从包里掏出一把钥匙。秦风惊讶地望着她。

子娟明白秦风的眼神，并不回答，只笑笑道："别急，完了跟你细说。"

进屋。里面陈设简单，一张双人床，上面铺着碎花红底的床单，同样色彩的一对枕头，看起来都是新的。这一刻，秦风脑子乱了一下，这暧昧的颜色，眼前的恋人，都让他觉得这里定会有一曲《高山流水》即将演出。他怕自己的心事被子娟看出来，迅即将目光投向床对面的小书桌。书桌上方的墙壁上挂着一个小书厨，里面码着一些书和杂志。秦风走近了，才发现里面还混着自己的几本小说，他回头望子娟。子娟不答话，仍只是笑着，转身走出小木屋。

秦风隔着靠床的一扇窗户，正望着外面的美景，子娟手里拎着两大包东西走了进来："饿了吧？先吃点。"秦风定定地看着子娟手里拎着的各种食物和饮料，像是明白了什么似的，说："这是你的精心谋划？"

"为你！"子娟把塑料袋放了在书桌上，掏出一瓶绿茶递给秦风。从上大学时，秦风就喜欢喝绿茶，这么多年了，这习惯一直没变，"吃哪个？"

秦风的思维停顿了几秒，又想起了上大学时，他搂着子娟度过的那个夜晚。那一晚，荷尔蒙冲撞下的身体并未得到释放。子娟说要把最好的东西留到最好的那一天。秦风问最好的那一天到底是哪一天。子娟说那一天就是在一个风景如画，只有你我，整个世界都独属于你我的那一天。可那一天，子娟终是没等来，秦风也没等来。

秦风开启瓶盖，喝一口绿茶，满脸的好奇和兴奋，定定地望一阵子娟，把子娟望得脸都红了。秦风把绿茶放桌上，扑过去紧紧地抱住子娟："吃这个！"随即将嘴压了上去，子娟挣扎了几下，还是迎合着秦风暴风骤雨般的洗礼。撕咬了一阵，子娟挣脱秦风，说："太阳快落了，我们先去看日落吧！你还不知道，这里的日落不比黄山、泰山逊色。"秦风刚刚燃起的火焰被子娟熄灭了。

橘黄色的太阳慢慢往下坠，树叶由翠绿渐渐全被染成了金色。秦风和子娟相拥屋后的长凳上，互相凝视着对方，笑着，他们也都变成了金人，感觉像在俄国著名画家伊萨克·列维坦《金色的秋天》的画中一样。不一会儿，太阳彻底坠入山谷，金色渐渐变成黛青色。子娟斜依在秦风肩上，轻声问："美吗？"

"美极了，像是在童话世界里。"

"这就是我一直想要的。"子娟将额头抵住秦风下巴蹭了蹭，整个身子都靠在了秦风胸前，"我对爱情的渴望似乎一直很单纯，只是想和你静静地坐着，靠着你宽厚的胸膛，读你温热的目光，看天上划过的流星雨。什么都不说，用心灵对话。"

秦风吻了吻子娟额头的发丝，就这样静静地坐着，拥抱着，谁也不说一句话。山林里静谧一片，鸟儿都已归巢，除了能听到对方心脏跳动的声音，整个世界都是寂静的。

夜幕降临，露水下来了，气温骤然下降。秦风紧了紧胳膊，子娟说："你冷吗？"

秦风说："有你就有温暖。"

子娟说："还记得上大学时的那个晚上吗？我们俩在操场的草坪上坐了一夜，就为了看流星雨。"

秦风说："记得，那个夜晚，曾经无数次出现在我的梦里，小说里。到现在，我都佩服，我们居然能那样相拥着坐一夜。"

"天刚亮，晨练的王老师还以为见着幽灵了，呵呵，幸亏我们跑得快，要不就成校级新闻人物了。"子娟笑出了声，顿了顿，她又说："今夜，你还能抱着我等流星雨吗？"

秦风笑道："只要你愿意，抱你一辈子吧。"

子娟又笑笑，脸上不知什么时候已挂满了泪珠，身体微微发抖。秦风问："你怎么了？"

"我好幸福！"

秦风又紧了紧胳膊，把子娟整个儿裹进了自己怀里。子娟喃喃道："我想你了，我们进去吧！"

秦风轻轻地将子娟抱起来，踩着脚下湿漉漉的草，进屋，将子娟轻轻地放到了床上，亲吻着子娟的嘴巴、鼻子、眼睛、耳郭、颈部。火焰又一次慢慢燃烧起来，子娟闭着眼温柔地回应着。秦风在亲吻的时候，双手并没闲着，解除了子娟身上所有的遮掩之后，他发觉这如脂的肌肤，还跟当年一样光滑润洁。子娟的呢喃渐渐变成了呻吟，她久旱的身体，期盼雨露的滋润。当身体引擎开启之后，世界完全不复存在，只有不停地奔跑，奔跑。子娟痛苦的号叫，是这座深山在这个夜晚的主题曲。当曲子由高潮转入低谷时，秦风感觉小木屋在摇动，整个山也在摇动，世界真的不再属于任何人。子娟像一头跑累的羔羊，伏在秦风胸膛上，抚摸着秦风壮硕的肌肉，望着秦风，甜蜜地笑着。

秦风觉得肚子饿得一点力气都没了。子娟裹了被单取来吃的，两个人相拥着一阵狼吞虎咽。子娟边吃边问："你说，我们要结婚了，会是个啥样？"

秦风停下咀嚼，道："就像现在这样。"

子娟笑道："光知道浪漫，都忘了食人间烟火啦？"

秦风笑笑。

子娟不吃了，叹了口气说："其实，我一直在想，我们这辈子注定不能成为夫妻。"

秦风问："为什么？"

子娟道："我们性格太相似了，都是骨子里浪漫有余，现实不足。你想啊，都追求浪漫去了，还怎么过日子？夫妻，都是性格互补的。"

秦风沉默了一会儿，道："你说得也有道理，爱情和婚姻压根就不是一回事。爱情是用来消遣的，而婚姻是用来过日子的，虽然都是日子，可日子跟日子是不一样的。"

子娟说："你离婚后，我想过跟王国伟离。可慎重地想想，我们性格没互补性是一方面，更重要的是，思媛，我无法迈过她这个坎，虽说你们已经离了，我也离了，可无时无刻，我都感觉思媛就在那儿看着我，我不能再往她伤口上撒盐了，我们注定是一辈子住在对方心里的那个人。"

秦风不知道怎么来接子娟的话，事实确实如子娟所言，他们只适合谈恋爱，而不适合结婚。这么多年里，他始终不愿承认这个事实，今天却被子娟点破了，他突然觉得一切都没以前那么美好了。

秦风是被此起彼伏的鸟鸣声叫醒的，他感觉自己的身体特别重，一看，子娟半个身子伏在他胸上，一只胳膊紧紧地搂着他。阳光蒙眬地斜照到床上，他不愿惊醒熟睡的子娟。只静静地端详着她的脸庞，想着很多很多的事情。

第十章

Chapter ten

只要最后是你，就好

走到今天，我才发现，那个在爱的路上等我的，永远是你。

1

飞机落地后剧烈的震动，一下子把秦风从梦里惊醒，感觉一脚踩进了现实，硬邦邦的，都能听见痛苦的声响。

整整三天，他都像是在梦里。现在，孤家寡人的日子，一下子又跳到了面前，他突然有些不能适应的感觉。

在机场，秦风没看见老六，却看见杂志社的黄睿。秦风纳闷，问她怎么在这儿？黄睿笑盈盈地说刘总让她来的。秦风明白了老六葫芦里卖的啥药了。黄睿是编辑部年龄算大的未婚女，文学发烧友，先在宁州日报当编辑，因编辑上出了点小差错，又是做检讨，又是扣工资，还被主编在各种各样场合里批评打击，一气之下辞职不干了。后来就应聘《秦风》杂志社。做事很靠谱，秦风很赏识，不久被任命为编辑部主任。秦风从没在黄睿身上打过主意，还是老六有次在电梯里不无同情地说："我看你编辑部的黄姑娘还不错。"秦风把老六望了几眼，问："啥意思？"

老六嘿嘿地笑着："离都离了，这孤苦伶仃的日子也不是个长久之计……"

话没说完，电梯门开了。老六嘿嘿地笑着朝自己办公室去了。从那以后，秦风才不自觉地对黄睿多留了个心，发现这姑娘还真不错。在四处"打游击、胡凑合"的时候，黄睿时不时给他带自己亲手做的早点，还叫秦风吃过几次饭。秦风觉得还算谈得来，跟苏曼玲不是一个类型，黄睿属于那种温顺贤淑型的，不爱出头露面，做什么事都是默默的，安静的，有板有眼。这一点，有点像张思媛，很合秦风胃口。

他登机前给老六打了电话，让派个人接一下。没想老六早就打好了算盘。路上，秦风问了黄睿一些工作上的事，就没话了。沉默了一会儿，秦风又问："你爸妈最近好吧？"

黄睿抿了嘴淡淡地笑着，说都好。停了一会儿，黄睿脸上泛起一圈红晕，低声说："我爸妈想这个周末请你去家里吃饭，你看？"

　　一朝被蛇咬，十年怕井绳。秦风怔了一下，然后"哦"了一声，大脑快速分析判断着这个饭能不能去吃，吃了会不会有什么后遗症？黄睿确实是个好女孩，可为什么在老六提起她之前他没有发现呢？后来他得出的结论是，张思媛还住在他心里没有离开。当他一想到张思媛红杏出墙怀了别人的孩子，心灵的天平立即倾斜。他心安理得地接受着黄睿的关心，也不时回请她几次，但都始终没往结婚这个层面上想过。母亲的电话不断打来，说自己得照顾他父亲，也没空上来照顾他，让他尽快找个媳妇，男人没女人的日子不是好过的。秦风在电话里"嗯啊"了半天，觉得头轻了没几天又要开始重了。即便这样，秦风也还是没想过跟黄睿有进一步的发展。

　　秦风的思绪有些抛锚，无端地想起了子娟。他和子娟从山上下来的时候，她告诉他，那个小木屋就是她建造的，专门等他的到来。秦风感动得热泪盈眶。在他登机的时候，收到了子娟的短信：

　　　　整整三天，我都沉浸在爱的火焰中，被包容被滋润被充实被深爱，这是我这一生里最幸福的三天。我知道，当我把身体给你的这一天，便是我此生俗世情缘的终了。忘记吧，我也要忘记。只有终结，才有开始。开始你的新生活吧。

　　"秦老师……"黄睿的一声，把秦风的思绪打断了。

　　"周末要没事，我去。"秦风看着窗外，车子在五岳宾馆门口停下，"怎么开这儿？"

　　黄睿很满足地笑着，说："是刘总的意思。"

　　秦风心里还想着子娟发来的短信，心情多少有些沉重，但又不好磨了老六给他接风的好意，只好跟着黄睿上去。服务员听是刘总的客人，笑得很有力。包间名字很好听，叫"金枝玉叶"。秦风一进包间，吃了一惊。他看见了老六，还看见了一个人——苏曼玲。两人目光一撞上，短暂的停留，秦风的心摇晃了一下，脸上显出惊喜的表情："什么时候回来的？也不提前通知老六，好搞个盛大欢迎仪式。"然后上前握了一下苏曼玲早已伸过来的手。

　　"我比你早一班下的飞机。"苏曼玲笑笑。她的笑跟两年前比起来，多了一份冷静和淡然，已然少了曾经见面时的兴奋和激动，"没打电话是想给你们一个惊喜。"在吐出"你们"两个字的时候似乎犹豫了一下，像是做了瞬间的斟酌和选择。

"先坐先坐，坐下慢慢聊。小黄也坐。"从秦风进门到现在，老六脸上的笑就没断过。他心里比谁都明白，苏曼玲的回来，对他将意味着新生活的开始。这两年里，老六用心在经营着与苏曼玲的关系，至于苏曼玲能否接受他，并选择回到他身边，老六始终心里没底。当他接到苏曼玲电话并告知她已经到了宁州的时候，老六提了两年的心终于落地了。他异常激动地订了宁州最奢华的宾馆为苏曼玲接风，当然还有秦风。

"咋样？签名签得手抽筋了吧。"老六握住秦风的右手，摇晃着，"我看看还灵光着没有。"

"还好。"秦风又想起了和子娟的三天三夜，笑着，表情里有了一层淡淡的忧郁，瞬间又收敛思绪，"重色轻友的家伙。"

老六嘿嘿地笑着看黄睿。黄睿跟老六和苏曼玲打过招呼后，安静地坐在秦风边上。老六显得特别活跃，一会儿给苏曼玲夹菜，一会儿给黄睿夹菜，到秦风这儿时，老六把嘴贴秦风耳朵上低声道："别光顾着自个吃。"然后拿眼睛的余光指了指黄睿，黄睿正跟苏曼玲说着话。秦风顺着老六的余光也看了一眼黄睿，然后端起自己的盘子，看着老六，"给我也来点。"老六嘿嘿地笑着坐下，"自己来。"

秦风心里起了一层涟漪。黄睿虽然也在漂亮女人的行列里，可一跟苏曼玲坐一块儿，差距还是很客观的。仔细一端详，各有各的好看。秦风脑子里突然冒出了一句诗：梅须逊雪三分白，雪却输梅一段香。

是啊，苏曼玲是梅，黄睿是雪。她们各有千秋，各具所长。秦风突然憎恨自己居然有一颗如此龌龊的心。

之后的日子里，秦风见老六和苏曼玲的热度与日俱增，每天双双出入公司，交头接耳，总有说不完的话，笑不完的事。看到他们亲热的样子，秦风心里还是有一种说不出的失落。那种失落像小时候喜欢他的女生给他半截冰棍，他立了志气说不吃，然后看着那半截冰棍在另一个男生嘴里吸溜时的追悔莫及。他只能在心里想想，永远都无法说出口。

老六和苏曼玲的热恋，也催化了他跟黄睿之间的恋情。自从那个周末秦风见了黄睿的父母，似乎关系就这样被确定下来了。从黄睿父母的言行举止看，他们对秦风这个未来的女婿，除了岁数上有点悬殊，总体还是相当的满意。

老六开玩笑说："准备啥时候办？要办我们一起办。"

秦风说还没想过。

日子就这样过着，他们四个人常常一起吃饭、喝茶、唱歌、聊天，秦风慢慢也从先前的不良情绪里挣脱了出来。因为经过这些日子的相处，他最终觉得黄睿就是他的那盘菜。其实，在秦风的内心里还有一个没说出来的秘密，那就是黄睿的性格及行事风格颇有张思媛的范儿。

"咋样？上了吗？"老六在电梯里嘿嘿地笑着。

"上什么？"秦风莫名其妙地盯着老六。

老六不出声，口型是个"床"字的发音。

"你呢？"秦风反问。

"她，你又不是不知道。"老六装出一脸的痛苦样，使劲地摇着头。

电梯门开了。秦风笑了笑，进了自己的办公室。

老六也跟了进来，嘿嘿地笑着追问："你到底上了没上？"

"八字还没见一撇，上啥上？"秦风在这两个字上加了重音。

"我说你啊，赶紧选个日子我们一起把婚礼办了得了。"

"我还没想清楚呢。"秦风揭开杯盖，杯子里的水冒着热气，上面飘着几片茶叶，想起了黄睿安静的样子，"为什么非要一起办呢？"

"等你们定下来了，跟我说一声。"老六挠着头，嘿嘿地笑着，想说又不想说的样子。半天，才道，"哦，对了，我北京那朋友打电话来了，说美国的一个眼科专家到北京了，我想让海涛去试试。说这个专家特神，病人见了他，都亮了。"

"真这么神？"秦风笑了。

"说是这么说，但人家医疗技术先进总是事实，也说不定海涛就能亮。"老六信心满满地说。

"那就赶紧给海涛打电话，不管咋的，先尽力再说。"秦风像看到了光明一样，眼睛里扑闪着希望。

杨海涛的按摩事业蒸蒸日上。他在宁州市公共汽车站旁边又租了一处

200m²上下两层的商铺，已经开张，生意火得很。原先的小铺面成了分店，由别人经营，每年交2万元管理费，生意也好。李佳怡挺个大肚子不消停，数钱数得手困，现在都用刷卡机了。

杨海涛去北京前一天，李佳怡请秦风、黄睿和老六、苏曼玲聚了聚。酒过三巡，杨海涛夸下海口："如果我能看见，哪怕只能看见一线光明。在我老之前，我要把按摩店开到国外去。"大家都不约而同鼓掌喝彩。

当一个人全身心地用一辈子去做一件事时，成功只是早晚的事。

苏曼玲说："你还别说，老外现在越来越看中我们的中医了，在美国，中国人开的按摩店不多，但生意都特别好。"

老六嘿嘿地笑道："到时候，我给海涛去美国打工去。"

苏曼玲望着老六问："那我呢？"

老六笑道："你当翻译啊。"

"可我，我什么也干不了。"黄睿安静地听着，不时地插上一句话。

李佳怡说："你把秦风的钱包看好就行了。"

大家都哈哈地笑了起来，引得包间外面的服务员不时地探进头来。

2

张思媛要生了，把电话打给老六。老六和苏曼玲把她送到医院，然后老六又把电话打给秦风。秦风到医院的时候，已经生了——男孩。

秦风看着躺在病床上的张思媛。张思媛疲倦地看了秦风一会儿，想说什么又没说，最后只说了句："谢谢你们了，这儿有我妈，你们都忙去吧。"说完，别过头去，再转过头来的时候，脸上有了泪痕。

这一年，张思媛好不容易熬过来，要不是肚子里的孩子，她死的心都有。尤其是在大月份，她干啥都不方便，夜里翻个身都觉得困难。如果身边有个男人，她一定会撒着娇带着哭腔发点小脾气使点小性子，可她每一天每一小时每一件小事都得自己扛。那天秦风来看她，拎着大包小包的进口奶粉和营养品。看见秦风的那一刻，她的心咚咚跳个不停，感觉脸上微微发热，就像当年跟秦风见第一次见面一样。她差一点就扑进秦风怀里，诉说这一年里自己的苦与乐。可她还是硬把自己克制住了，平静得像跟一个曾经什么都没有发生过的朋友，有一搭没一搭闲聊着自己现在的生活。秦风也像一个普通朋友一样，表情里没有多余的东西。他还是张思媛怀孕后第一次来看她，他来的目的只有一个，告诉张思媛，他可能要结婚了。离开的时候，他起身，看着张思媛，沉重地说："遇着称心的了，也早点办了吧。"

看着秦风出门，张思媛赶紧跑到阳台，凝视着秦风的背影。秦风快到车子跟前时，突然回过头，朝阳台望过来。张思媛马上退了一步，把自己藏在了窗帘后面。等她再朝下看的时候，只看到秦风的车快速开出小区。

秦风的话，像钉子一样扎进了张思媛心里，痛得撕心裂肺。她突然失声痛哭起来，她觉得自己没有错，如果有错，错也在秦风。是他对她的忽略，才让她在假期教育局组织的全市优秀教师外出考察时认识了一个老师。半个月的考察，让她感受了另一个男人对她的重视。她同样也感受到空洞的内心被填充后，竟是那样的美好而不安。

此后，他们只喝过一次咖啡，更多的是在网上热烈的交流。那个男人就像一个影子，存在于她的意识里，让她觉得不再孤单和寂寞。那时秦风态度的骤变，她一下子就判断出问题的症结。她想过解释，可她觉得又无法解释。他和那个男人之间什么都没有发生，他只是她生活里的一个精神寄托，她没有别的女人想有的那种肉体的欲望。她仅仅只是想在秦风花花绿绿的生活缝隙里挤出一个心灵的依靠点。这样，她看见子娟才不会忘了她是她的闺密，见了苏曼玲才不会顿然无语，见了所有与秦风交往的女人才不会愤恨。

那次老公公住院，她彻底断绝了跟那个男人的联系，她想用她一如既往的贤淑来挽回秦风对她的态度。但没有，当看到离婚协议书的一瞬间，她肝肠寸断。她没说没闹没吵，心想只要怀上了秦风的孩子，他一定会回头的，可一切都事与愿违。她感觉这个世界上的所有人，包括街上的车，树上的鸟，地上的楼房，没有一样不在挤压她，撕扯她。去海南之后的日子，直到父亲去世，她都觉得只是做了一场梦。

秦风的手机响了起来。在寂静的病房里，《我心永恒》的歌曲显得异常刺耳。张思媛不由得将目光投向秦风的脸，看着秦风慢慢变青变重的脸色，张思媛的直觉告诉她，这个电话不是女作者打情骂俏的，一定是出了大事。"谁的电话？"张思媛还是脱口而出，话一出口，才忽然意识到这不是她该问的话。

"家里的。我先去了，老六你再待会儿。"秦风说完生硬地笑笑，向外走去。

刚出医院大门，老六和苏曼玲小跑着追出来，问秦风到底怎么了？秦风边走边说："你们怎么来了？"

老六说："思媛说肯定是家里出事了，到底是不是？"

"我爸住院了，我得马上回去。"

"还是思媛了解你。别太着急，我送你去。"老六追上去抓住秦风开车门的手，转过头望着苏曼玲，"曼玲你把老哥的车开回去。"

苏曼玲问："我可不可以跟你们一块去？"

车子疾驶在去往新南县的路上。老六使着劲踩着油门踏板。秦风坐在副驾驶上，两眼呆呆地望着前方，他不知道父亲这次还能不能挺过去。电话里秦岚带着哭泣的声音，他预感到这次父亲是有了危险。

事实上，从秦岚给秦风打电话那会儿开始，秦天成就再没开口说出过一句话，也没能睁开眼睛看看他的亲人。直到被送进急救室，直到秦风赶到新南县人民医院，医生护士们已使尽浑身解数，最终没能让父亲再睁开眼来看看这个世界。医生出来，征询家属意见："是继续抢救，还是放弃？"

秦风毫不犹豫道："只要有一线希望，就不放弃。"

医生又说："你们可要想好了，抢救的最好结果，也可能无法让他恢复意识，就是我们常说的植物人状态。"

秦风说："救，就是成植物人也要救。"

秦岚红肿的眼睛望着秦斌，秦斌望望母亲，又望着秦风说："我们村李文举的妈就是植物人，哎……"

陈玉珍坐在急救室门口的椅子上，无神地望着走廊对面的墙壁。秦岚和秦斌都傻傻地望着母亲。母亲像是思考了很久，使出了浑身力气，说："让你爸走吧，别再折腾了，听我的。"说完眼泪扑簌扑簌往下流。

秦岚也跟着淌眼泪。秦风心里如刀绞一般，泪水直往外涌，他亏欠父亲，他是个不孝子，没办法挽留住父亲，让他望一眼他未来的儿子或女儿。

秦天成最终是带着呼吸机回到老家屋里的，拔掉呼吸机，给父亲穿好了寿衣，身体慢慢变得冰凉起来。

秦风的泪又来了。

秦斌也跟着抹起了眼泪，秦岚和嫂子突然大放悲声地号哭起来，站在一旁的老六和苏曼玲也跟着抹起了眼泪。

秦风小时候，村子里有老人过世，那场面相当隆重。孝子，必须是家里的长子，先请了五爷爷作为东家，五爷爷再带着孝子一家一家地去请客。每到一家门口，孝子便手拄丧棒，双膝跪地，低着头，等五爷爷敲门报丧后，主人出来扶起孝子，知道人不在了，哪天要去祭奠。祭奠时请了阴阳先生或道士、和尚，敲打着木鱼或吹着唢呐，孝子们排着长长的队伍，披麻戴孝，来来去去，做着各种复杂的动作。

后来，五爷爷死了，村里的丧事也办得越来越萧条，哭声都被录音机替代了。这几年，上了年纪的差不多都离世了，年轻人大部分进城打工了，村里没多少人了，遇着丧事连抬埋的青壮年都找不出几个。过去谁家没了老人，如果不是用人抬而是用车拉，那是要被十里八村的人笑话的。现在，大多都是用车拉，很少抬了，也没人说三道四。

秦斌磕头下跪，总算请了回村的几个年轻人，准备抬埋父亲，其他事都由从县里请来的殡葬公司一条龙全包了。

入殓了父亲，老房就停在堂屋正中央，整整三天三夜，秦风一直守在父亲身边。陈玉珍像祥林嫂一样，逢人便讲："那天乡上赶集，他爸好好地骑着自行车去的，来的路上怎么就跌倒了呢？跌倒他咋就没起来了呢？他走也得提前跟我说一声啊……"

秦风断定父亲是在回来的路上因骑车剧烈运动，脑部大量充血，然后才跌倒的。秦风对父亲的愧疚，像重锤一样敲击着他的心，他怕父亲一个人孤单，整夜整夜守在灵前陪着父亲。夜深人静，秦风就跟父亲说话，说过去的很多事，他相信父亲在听。

宁州的朋友们都赶过来吊唁，赶不过来的都纷纷打来电话表示哀悼。李佳怡陪着杨海涛在北京做检查，也打来电话，要秦风节哀顺变，别太难过，说杨海涛的眼睛有复明的可能性。张思媛从家里打来电话，抽泣中安慰了秦风很长时间。秦风越发悲从中来，哭得像个孩子似的。如果此时张思媛在身边，他一定会伏在她怀里尽情大哭一场。而此时，在他身边的却是黄睿，黄睿一定要来，秦风只好带来了，没想到她第一次踏进秦家大门，竟然是在父亲的葬礼上。他无法扑进黄睿的怀里去哭。

事情都由殡葬公司代劳，其他人就是忙着给他们打下手，找这个找那个。老六则充当司机，开着车跑这儿跑那儿。苏曼玲和黄睿一会儿陪陪陈玉珍，一会儿再去陪陪秦风。

祭文是秦风夜里趴在父亲的灵前用泪水写成的。出殡那天，秦风含泪念着，所有在场的人无不声泪俱下，哭成了一片海。秦风一抬眼，突然从人群里冲出来一个抱着孩子的女人，扑向父亲的灵棺，放声大哭，磕了三个响头，然后悄无声息地离开了，谁都不知道那个抱孩子的女人是谁。

秦风愣住了，女人头包得很严实，根本看清模样，但从她的身形和走路的样子，尤其那双眼睛，秦风一眼就认出是张思媛。那一刻，秦风的心碎了。

老六发现那个女人像是张思媛，但没吭声，只在心里被这个重情重义的女人震撼了。

葬了父亲，老六提前从宁州城里请来了"移动餐车"，只等着开席了。酒席跟大宾馆的差不了多少，村里仅有的老人孩子吃得满嘴流油。

父亲走了，母亲怎么办？秦风提出母亲跟着他过。秦斌要母亲跟他们过。秦岚说："咋也得等明年庄稼收拾掉了再说。"母亲眼睛里没有一丝灵气，等儿女们争完了，她说："我哪儿也不去，我就在这儿陪你们的爸。"

秦风知道父亲突然离去，母亲一时半会儿还无法接受这个现实，让她自个儿安静一段时间，再慢慢说吧。临走时，秦风一再交代哥哥和姐姐，多过来陪陪妈。

车子上路了，秦风远远看见父亲坟头飘动的引魂幡，又一次悲痛起来。老六伤感道："人活着真是不容易，到老了，两个人相伴了一辈子，突然一个撒下另一个就走了，这滋味真是不好受啊。我们到老了的那一天，也一样。"

秦风没有说话，仍沉浸在父亲离去的悲痛中。

3

阵阵撕心裂肺的疼痛像是要把秦风撕开，并以不可抵挡之势持续加剧，秦风拿拳头抵住腹部已无济于事。这一刻，秦风似乎听到了父亲在远远地呼喊着他的小名。

秦风腹部是在凌晨2点多开始疼的，正在写一篇叫《父亲》的文章。文章还没写完，他已经疼得头上汗点子直淌，身体仿佛飘了起来。但他还是挣扎着在手机上按了"120"三个数字，然后拨了出去。

张思媛第一时间赶到医院。她是接到医院的电话才赶来的。那时候，秦风已经在急救室了。

"你叫张思媛？"护士一脸冷漠。

"嗯。"张思媛点点头，满脸的焦急，"病人情况怎么样？"

"走，先跟我去把押金交了！"护士嘟囔着往前走，又回头看张思媛。张思媛犹豫了一下，她出门急，身上没带几个钱。自从孩子出生，她的工资也是月月光，就带了卡，卡上也没几个钱。

护士小声嘀咕道："我还没见过这样当老婆的，男人都快没命了，自己还在外边野呢。"

张思媛听到了护士的话，心里不舒服，说："我不是家属。"

护士满眼的疑惑，冷笑一声，道："笑话，病人亲口跟我们主任说的，还能错？"

事实确如护士所言，秦风在半昏迷状态下，嘴里一直叫着张思媛的名字。医生正愁不知道家属情况，在进一步的追问下，秦风说出了张思媛的名字和工作单位，但电话号码秦风死活没说出来。其中有个年轻医生是文学爱好者，长一双蚕豆大的眼睛，立刻认出了秦风，知道秦风现在是单身，便把详细情况说了。

主任说，管她是不是，反正她以前是，先弄来给我看住再说。

蚕豆医生说，秦老师不差钱，他是富豪作家，你不知道，他的每一本书都火得不得了，钱都赚疯了……蚕豆医生越说越兴奋，越说越兴奋。主任拿眼睛瞪了半天，蚕豆医生才意识到不该在领导面前失态，慢慢低下了头。

张思媛听到护士的话，心头一怔，泪水开始往外涌。她给老六打电话，语气里带着哭腔。

老六和苏曼玲，还有黄睿，很快赶到医院。老六一来，张思媛心里踏实了很多，难为情地说自己出来得匆忙身上没带钱。老六让苏曼玲跟着护士去交费，详细询问秦风的病情。

张思媛说："以前他偶尔也有过腹疼的情况，吃几粒氟哌酸，还有保肝护肝的药就过去了。"说着，用眼睛的余光扫了一眼旁边的黄睿。

黄睿是第一次见张思媛，从她焦急的眼神里，已经知道她就是秦风的前妻。老六注意到了张思媛的目光，简单作了介绍，又把话题插到了秦风的病上，说："这病我估计跟熬夜、喝酒有关。"

秦风从急救室出来的时候，挂着吊瓶，脸色苍白，静静地像是睡着了。张思媛和黄睿几乎是同时扑了过去，两个女人都把注意力放在了秦风身上，谁也没在意谁。过了好一会儿，秦风睁开眼睛，望着所有的人，无力地笑笑，想坐起来，被两个女人的手从两边同时按住了。

苏曼玲来的时候，手里拿了一摞子单子，心疼地看着秦风，悲凄道："医生让做全面检查。"

血检、核磁、心电图……到早上11点，各项检查才全部完成。回到病房，挂完三瓶液体，秦风像个好人似的坐起来，笑着说："从小长到大，第一次被医生这样折腾，多少年了，都没挂过吊瓶！"

"都是你平时不爱惜自己的身体，跟你说多少次了，到医院检查一下，你不听，现在倒好，受罪来了吧。"张思媛嗔怪的话语，俨然一个妻子的口吻。

黄睿安静而心疼的眼神不离秦风，又是倒水，又是淘洗热水毛巾，把毛巾拿来很配合地递到张思媛手里，张思媛很自然地去擦秦风的脸。

秦风看了一眼黄睿，对张思媛说："我自己来吧。"

张思媛怔了一下，才意识到黄睿的存在不是偶然，他们不像普通朋友。她笑了笑，起身，看着秦风说："我孩子该哭了，得回去喂奶了。"又转过头，失落地望着老六和苏曼玲说："你们陪着，我先回了。"

老六和苏曼玲送张思媛下楼，看着张思媛孤单的背影，苏曼玲看老六一眼，老六长叹一声，进了病房。

秦风说："医生呢？没什么事，我想挂完这瓶水了就回家。"黄睿一下急了，抓住秦风的胳膊，说："检查结果都还没出来呢，你好好住着。汽车开5千公里还要保养呢，你多少年了，保养过吗？这次就当保养，安心住着，听话。"

老六被黄睿的话惹笑了，嘿嘿地笑着说："黄睿说得没错，汽车跑5千里还要保养一次呢，你跑了快40年了，还没保养过，这次得彻底保养一次，那样，还能顺顺当当跑40年。"

"我这车好着呢，有什么好保养的？"秦风也笑了。

"谁是病人家属，到医生办公室来一下。"又一个年轻护士把头探进门来说。

秦风望着病房里的三个人无奈地笑笑，然后看看老六，又看看苏曼玲，最后把目光落到了黄睿身上。黄睿起身往门口走，老六拦住她，说："还是我去吧。"

人啊，活着活着，就变成了孤孤单单一个人，连个家属都没了，活着到底是为了什么？那一刻，秦风的悲凉如细菌般游走在身体的每一个细胞里。

老六进去，蚕豆医生问："你是病人家属？"

老六点点头。

"哦，你是刘总？金盾房地产开发公司？"蚕豆一脸的荣耀，"没猜错吧？"

老六又笑着点点头。

"刘总可真是大气魄大能量啊，我就佩服像你这样的商界奇才。"蚕豆竖起大拇指，"过来坐，过来坐。我知道秦作家离了，他应该还有亲人吧？"

"屁话，我就是他亲弟弟。"老六调笑一句，掏出一包软中华，抽出一根递过去。

蚕豆接了，笑着说："老哥真是豪爽之人啊！秦老师有你这样的弟弟，真是三生有幸。不过，我记得秦老师有一个姐姐，还有一个哥哥，没听说还有个弟弟啊？"

"你咋说得这么对呢？"老六把那包软中华烟扔办公桌上，嘿嘿地笑着。

"我是谁？秦老师的铁杆粉丝呢。"蚕豆的眼睛成一条缝，额头下像画了两条破折号。

"问题大吗？"老六问。

蚕豆恢复了严肃的表情，胡乱地翻着面前一摞检验单，慢条斯理地说："我先给你简单说说，等病人家属来了，我再细细说吧。告诉你，病人现在情况很不好……"

老六有些烦了，他最不喜欢的就是故意卖关子，吊胃口的人，打断蚕豆的话道："你说，到底是啥病吧？"

"肝癌！"蚕豆的眼睛这次绷得很大，像两颗货真价实的蚕豆，手里还把玩着那根中华烟，"晚期！"

老六的表情像拿钉子钉在了脸上，像一幅水墨画挂在墙上，好半天，才嘿嘿地冷笑道："开玩笑呢吧？"

"我像是开玩笑吗？"蚕豆从椅子上跳起来，不再理老六。

老六也站起来，跟着蚕豆的屁股，毕恭毕敬地说："到底怎么回事？你具体给我说说。"说着拉蚕豆往椅子上坐。

"根据核磁检验结果，初步确定。当然，还需要活检之后才能最后确诊。领导说了，十有八九是，活不活检都那回事。接下来准备放化疗……"蚕豆看着老六，半天才说话，"还是等家属来了我再细说吧。"

"不可能，不可能……"老六站起来，自言自语地走出医生办公室。不一会儿，他又折回来，神情木然地交代蚕豆："一定要向病人保密，跟护士也要交代清楚，不能说漏了嘴，就说是肝炎。"

"这个我们知道。"蚕豆笑笑。

在老六看来，蚕豆好像有点幸灾乐祸的感觉。

老六真的犯难了，比他生意濒临绝境时还犯难。这个可怕的结果，在他肚子里发酵了整整三天，他首先想把这个结果告诉张思媛，毕竟他们夫妻十多年。

张思媛离开医院，再没出现过。她很想留下来，伺候秦风，可显然她留下来是多余的。她在回家的路上，泪水流了一路，明明是自己最爱的人，却不能相爱。

老六最终还是把这个消息告诉了秦斌，并交代不能让老母亲知道。秦天成走了没几天，陈玉珍还沉浸在失去老伴的痛苦之中，现在秦风又成这样，真是祸不单行！这要让陈玉珍知道了，不亚于天塌地陷，不定老人会出什么事。

秦斌和秦岚知道后，很快赶到医院。

黄睿不上班，全职伺候秦风。秦风天天叫唤出院，说自己没啥大病，回去休息两天就好了。黄睿用她的柔情阻拦着秦风的焦躁不安。这些天里，秦风真实地感受到了黄睿贤妻良母型的品质，他下决心让她成为他的家属，从此他就成了一个有家属的男人了。

癌症并不可怕，可怕的是一旦本人知道了，无法战胜自己而精神彻底垮掉。所以，为什么很多癌症病人在不知道自己病情时还好好的，知道了没几天就离世了？其实绝大部分人首先是被这个病给吓死的。老六一再交代秦斌和秦岚要时刻保持微笑，不能把情绪带到脸上，让秦风发现自己得的是绝症。

秦风见到哥哥和姐姐，吃了一惊，问："你们怎么来了？"

"病了也不给我们打电话？"秦岚早就想好怎么说，"你现在是名人，网上早就有人说你病了，我是今天上网才发现的，就叫着哥一起过来了。"

秦岚已经知道了秦风和黄睿的关系，很心疼地看着黄睿，让她赶快回去休息几天，这里有她就行。

黄睿不想走，看着秦风。秦风也心疼地看着她："你回去休息一下，这几天也累坏了。"

秦家人见面，都笑笑呵呵的，聊着天说母亲的近况，最后说起父亲，不免落了几滴泪。秦斌待了一天，秦风就让他回去了。秦岚说她正好休假，想多待几天。其实，她不是休假，而是请假。秦风天天说待在医院里憋得难受，要写东西，打电话让黄睿把他的电脑拿到医院来。老六怕他上网发现自己的病情，交代黄睿不要拿电脑，借口医生不准看电脑，给了一支笔一个活页本。秦风也没太在意。

夜里，秦岚趴在床边上一直看着秦风。秦风让她到另一张床上睡，她不去，最后趴在床边上睡着了。秦风打开活页本，在上面写下了《活在当下》：

　　一个人独自上路，走久了，走累了，总期待另一种风景的出现。这风景在过往的梦和现实里，不断构思重现，搅动心绪，兴奋绵延。坐下来轻啜一杯甜饮，极目望去，单调的风景并非心中那一抹亮色。起身继续往前，在春夏秋冬的轮回中，感受季节变迁的力量，寻找属于自己的另一种风景。这种期盼啊，总让心头染上淡淡的苦涩。吟诵着李清照寻寻觅觅的词句，顿觉这种期待的迫切爬满心扉。

　　冰雪封冻的数九寒天，我期盼着；乍暖还寒的春天里，我期盼着；暖阳高照的午后，我期盼着……当枯萎的草尖渗出绿色来，这期盼，让走了一个冬天的脚步不再寂寥，也让春天的脚步变得如此迫切。白玉兰吐露嘴角，小草钻出泥土，柳枝展露拳脚，涌动绿色的大地。忽地眼前就多了些许兴奋，才悄然发觉，春天就这样默无声息地来到身边，如此真切、亲昵。偶尔也有雪花追赶着冬天的尾巴，打在脸上，落在地上，融化在心里，顿觉世间万物都是有灵性的。

东风已来，大地终于缓过了神，撑着劲把最后一抹春雪融化，收到了自己怀里，等待着草色遥看近却无的日子。太阳转身的刹那间，小路上又多了一些轻舞的裙摆，欢畅的童颜，五彩斑斓，把天空也感染得湛蓝湛蓝。坐在郊外的草地上发呆，突然明白，一种风景的出现，必定是以另一种风景的出现为依托。春以冬为依托，夏以春为依托……时序变幻，周而复始。眼前的风景不正是为另一种风景的出现提供依托？哦，正是所谓的量变转化为质变的过程。大自然如此，人生又何尝不是这样？正是这一过程的更替叠加，才注定你人生中那道最最亮丽的风景。

咀嚼风景，品鉴生活。这风景如春水般涌动流淌，过往的不再拥有。你走在路上看风景，看风景的人也在看你。无论这风景让你悲天悯人，还是欢畅淋漓，它终会在瞬间成为历史的风尘。春夏秋冬，四季轮回，在这道过往的风景里，我们能绝对拥有的风景，尽然变得是那样微乎其微。

每当期盼未来将会出现另一种迷人风景时，总会血脉贲张，豪情万丈。过往的已成为历史，尘封泥土，已无法拥有，常常把所有的希冀都归于未来的某个节点。当风变得不再清爽，天变得不再湛蓝，云变得不再洁白，日头变得不再给力的时候，你想过没有？其实你一直以来所期盼的美景，到底是什么。想起来，仍觉得模糊、迷茫。

走了这么久，才懂了，只有拥有过黑夜，你才会拥有阳光；只有拥有过冬天，你才会拥有春天；只有拥有过当下，你才会拥有未来……

喟然长叹！原来，一直以来期盼的另一种风景，其实就在当下，就在身旁。一个又一个美丽从身边滑过，却全然不知。是啊！学会拥有当下是需要做一辈子功课的，每个人都应该具有拥有当下的心态和姿势。试着在大雪纷飞的日子，拥有寒冷；在雨季过后的日子，拥有骄阳；在大地泛青前拥有枯萎；在成功来临前拥有失败；在平淡枯燥的生活里拥有幸福……也许这才是拥有的最高境界。过往拥有未来，大地拥有天空，我拥有你……哦！原来一直期盼的这种风景就在我们每一个人的眼前。

4

秦风的直觉告诉自己，所有人都在向他隐瞒着什么。因为所有人眼里的微笑，都不纯粹，像从苦水里淘洗过一样，带着异样的感觉。他问自己的病情时，所有人都遮遮掩掩，说得轻松得如一场流行感冒一样，但就是不让出院。

等到治疗方案出来后，已经再也不能瞒秦风了，因为得让病人配合治疗，而一化疗，秦风自然认识那些药。秦风拒绝了医院的治疗方案，他走到窗前，望着楼下一对喜鹊从这个枝头跳到那个枝头，把太阳都望斜了，眼睛都望酸了，那喜鹊还在扑腾过来扑腾过去。秦风不望了，开始望黄睿，望得黄睿坐立不安，去给秦风倒水。

秦风说："从明天起你别来了。"

第二天黄睿仍旧来了，秦风说："你去吧，我再也不想见到你。你要再来，我就从那儿跳下去。"他用眼睛望了望窗口。

黄睿吓得眼睛不停地忽闪："你别，我这会儿就走还不行吗？"说着掉着眼泪退出了病房。

张思媛也是在这个时候从网上看见了一个大大的标题：

著名作家秦风，患肝癌晚期

张思媛冲进医院，冲进病房。秦风正坐在病床上，膝盖上放一活页本，不停地写着什么。她简单问了问秦风住院的感受，便冲进医生办公室，质问医生，秦风绝不可能得这种病的，你们这绝对是误诊。医生们全都转过头望着这个近乎发疯撒泼的女人，谁也不吭声。

"我们明天就去北京，重新检查。"张思媛坚定地说着，眼睛里全是泪。

"我哪儿都不想去，我只想回家。"秦风摇摇头，苦涩地笑笑，"生死由命，富贵在天。还剩下几天，活好这几天，足够了。好在，我除了母亲，已了无牵挂。"顿了一会儿，秦风又说："思媛，一定不能让妈知道，她老人家再经不起这样的打击了。"说完眼里噙满泪水。

张思媛含着泪，不停地点头。

第二天，秦风不见了。病房里留了三封信：一封是写给老六的；一封是写给黄睿的；一封是写给秦岚的。从第三天开始，人们每天都能从秦风的微博中看到一组图片，并配有一句话。九寨沟——华山——张家界——千岛湖——周庄——乌镇……最后图片显示的位置是丽江古城。

秦风想好了，他想实现他一直以来的一个愿望：带着心流浪天涯。每当夜深人静时，他望着深邃的天空，在心里说："老天，再给我三天时间吧！我将死而无憾。"

整整两个月，秦风每到一处，都停留数日，一边欣赏美丽的风景，一边坐下来继续他的未完之作——《生死树》。他每天都担心第二天再也看不见太阳升起，留一部缺憾之作于人世。

秦风走走停停，一路走，一路写，一路上内心原本的黑暗越来越淡，越来越淡。身体也变得清爽了很多，没有任何不良反应。在丽江待了30天，看玉龙雪山风清云静，秦风的心从未有过的平静和安然。那纯洁的雪，流动的云，包裹着他的心，清凉，没有一丝恐惧。如果立刻死去，他愿意与这眼前的雪融为一体，照亮天空。

那时候，他似乎还有最后一个心愿未了。

第31天的清晨，他坐着火车向成都方向去了。

那木屋还在。木屋里的一切都没变，像是专门在等他回来。出租车司机看起来有50多岁，还第一次见这般人间仙境，目瞪口呆地望着秦风和这座小木屋，想说点什么，却被眼前的美景所吸引，只有啧啧的赞叹声。心想，如果能在这木屋里睡上一夜，这辈子也没白活。很可惜，秦风付了超出他平时同样路程两倍的租金，额外还给了师傅一沓钱，让他一星期后买些食物送上来，然后留下师傅的手机号就打发他下山了。

秦风决定，他要在这儿和他的《生死树》一起等待死亡的降临。

木屋里虽然少了一个人，但秦风依旧能感受到她的气息。他每天都坐在那条木椅上，膝盖上放着笔记本电脑，满眼的绿色向他涌来，画眉清脆的啁啾，远处山泉从高处往下流淌，手指在键盘上疾驰而过，写到好处，他会大声地念出来，念给潜意识里仍坐在他身边的子娟听。

黄昏的太阳染红了小木屋，秦风停下来，静静地送夕阳下山，感受这静谧的夜晚。这时候，内心出奇的静，突然觉得死亡只是短暂的未知，是一段潜在的睡眠，是去另一个世界的旅行，如同现在一样。当死亡随时在你身边的时候，其实，死亡已经变得不可怕了，像虚空里的流星，滑过天空，给大地留下瞬间的光亮，又去了宇宙的另一端。

15天，半个月很快过去了。秦风很庆幸，老天不负他，已给了他足够多的三天，他知足，太知足了。小木屋第20天的那个黄昏，秦风将《生死对》画上了最后一个句号。他抬头望着远天金色的云彩，脸上充满了胜利的喜悦。他已经完全忘记了自己是一个肝癌晚期患者。

地震就是在那一刻发生的，只是秦风还不知道。

秦风目送太阳下山，想给你子娟打个电话，说他在小木屋等待死亡之神降临。无数次拨打后，都是"对不起，您拨打的电话号码是空号"。他愣住了，上网找子娟的QQ，不知什么时候，子娟已删除了好友。那时候，一条新闻跳了出来：

今日清晨7时45分，宁州市附近发生6.2级左右地震……

秦风马上拨打秦岚的电话。秦岚一听是秦风，激动兴奋得结巴起来，还没等秦风问家里人的情况，秦岚连珠炮似的问了秦风一堆问题，现在在哪儿？身体怎么样……秦岚的问题还没问完，信号突然断了。秦风一看，手机没电了。他准备的所有电池和充电宝都用光了电，现在除了焦急和不安，没一点办法。

那一刻，秦风突然觉得自己的逃亡和无法面对所有人的行为，就是懦弱，就是怕死。他当下决定回家，死也要死在家里，不能客死异乡。在离开小屋的时候，他情不自禁地上前又一次拿起书架上自己写的长篇小说

《因为爱情》，翻开来，一封信滑落下来，他惊奇地打开：

> 如果你能看到这封信，说明我们前世有缘；如果你看不到，说明我们今生无缘。无论有缘，还是无缘，你我都尘缘已尽。我已忘却红尘，皈依佛门，去向尘世的佛门静地，用古卷青灯，赎我一世悲苦。阿弥陀佛，来生再见！

秦风长叹一声，很平静地自语道："也许遁入佛门，不失为一种信仰的重建。也好！"

他出门，走出很远，回头望着青翠欲滴的绿色里，小木屋仍静静地站立在那儿，它还会等谁来呢？

秦风一直等司机师傅来，载着他到机场，才给手机充了电，立即拨通了姐姐秦岚的手机。秦风把姐姐刚才的问题一一做了回答，得知地震造成村里70%的房屋坍塌，初步统计20人遇难。秦岚说，幸亏母亲这几天住在哥哥家，没什么大事，哥哥家房子是新修的，只裂了几道缝，人没事。

秦风这才安心。登机前，他又给老六发了短信，直到飞机落地都没收到信。他马上打电话，响了半天，老六才接起来，近乎哭泣着告诉秦风，他父亲在地震中走了。

秦风懵了，他回到宁州，直接开车去了老六老家。出了新南县城，原先平展的柏油路面因为地壳的隆起，已经高低起伏，有些地方还鼓起了大包，好在都是川区，没有山石阻碍，在颠簸中秦风见远远近近的房屋，七零八落地像是被人强拆后剩下的断壁残垣。

老六家在五坝乡榆树沟村，离秦风家梧桐沟村不远。出新南县50公里后，道路一分为二，朝西是榆树沟村，朝东就是秦风的老家。秦风在岔道口朝自己家的方向望了一眼，拐过去朝榆树沟村开去。到老六家，秦风发现他家的房子安然无恙，那老六父亲怎么会……老六父母城里住了一年多，突然要回老家。老六就按楼房的标准给老两口修了一套小康房，因为标准高，村子里80%的房子或倒塌，或裂缝，唯独刘家大院完好无损。

见到老六母亲，老人家哭泣着把老伴儿走的全过程给秦风讲了一遍。秦风知道，肯定已经讲过无数遍了，但她每讲一遍，都像是第一遍讲，只有这样不断地重复，似乎才能化解她心中的悲痛。秦风抓住老六母亲的手，如此这般地安慰着。他知道，在这个时候，无论说多少安慰的话都苍白得如一张白纸。刚刚失去父亲的秦风太明白了，说安慰话的人似乎说得轻松，任何时候，悲痛不到自己头上，谁都无法体会到那种失去亲人的心痛。

"我父亲为了它，把自己的命都搭上了。你说值吗？"

老六把半尺多高写着密密麻麻小字的一摞稿纸递给秦风，满脸泪水，泣不成声，"他不在家里写，非要跑学校那破办公室里写……他走的时候，怀里还牢牢地抱着这没有完成的书稿，撕都撕不下来……"

秦风小心地抱着这摞书稿，看着最上面一张稿纸正中写着：五坝乡志，又翻看着下面公正而娟秀的钢笔字，心有灵犀，只有搞写作的人才能体会到其中的艰辛和快乐。老人家的后半生，就是为这部书活着，这才是他能健康快乐地活着的精神支撑。人啊，是得有精神追求的目标，否则，等到从工作岗位上退下来的时候，会突然发现自己活在一个百无聊赖的世界里，与现实生活无法相融。老六的父亲，就是把自己的这一爱好视若生命，在生命与精神之间，他毅然选择了后者，是精神领域的王者。

"叔退休前为孩子们活着，退休后为五坝乡活着，他的这种精神比他的生命更加永恒。"老六的父亲其实是被辞退的，而不是退休，但秦风还是这样说了。他看着伤感的老六，泪如泉涌，说得一字一句，如重锤在敲，"老六，叔叔这一辈子活得值！"

埋葬了老六父亲，秦风开始接着编写老六父亲未完成的书稿。老六负责搜集资料，《秦风》杂志社日常工作由副主编主持，秦风很放心。他一边修改《生死树》，一边加快《五坝乡志》的编纂进度。

三个月后，《五坝乡志》初稿完成。秦风的《生死树》正式出版，一片火爆，引起了评论界的高度关注。

又过了三个月，《五坝乡志》正式出版发行。老六把文化界能请的人都请到了，在宁州及五坝乡分别举行了隆重的发行仪式。老六母亲捧着厚厚的志书，双手颤抖着，慢慢翻动着书页，似乎从那字里行间，看见老伴儿凝神屏息的姿态，闻到他刺鼻的烟草味，感受到他跳动的脉搏，看着看着，她眼里全是泪，一滴滴掉下来，撒在书页上，洇出一个大大的字：值。

看着前来参加发行仪式的人们，老人家使出浑身力气，高声喊出了两个字："值啊！"

5

老六父亲的丧事完毕后，秦风马不停蹄地赶回家，他要趁自己还没有倒下，好好陪陪母亲。

陈玉珍已经知道了儿子得病的消息，只是不知道具体是啥病。得知秦风离家出走，她终日以泪洗面，现在秦风突然回来，让她激动不已。她看着秦风脸色红润，不像有病的样子，脸上也露出很久以来少有的笑容。这时候，秦风就想起半年前自己还想在小木屋度过自己最后的生命时刻，那是多么的幼稚和胆怯。那场地震，让他彻底看明白了生命的无常，当坦然面对死亡的时候，身上所有的包袱都没了，他要在有限的时光里做最多的事情。在面对死亡的时候，亲情、友情、爱情竟是那样的不舍，因为不舍，才惧怕，才逃避。现在，他再也不用逃避了，他要直面命运为他安排的最后时光。

"我听说你病了，啥病？"陈玉珍问。

秦风拍拍自己的胸膛，笑着说："妈，你看我多结实，能有啥病呢？小毛病，挂了几天瓶子就彻底好了。"

"那就好，那就好。"陈玉珍笑着。

有一天，陈玉珍突然提出要秦风去北京做个全面检查。秦风还是嬉皮笑脸地说自己好好的检查什么。陈玉珍冷着脸道："不去也得去，你说你听不听话吧？"

秦风看母亲的脸色，说："听话听话，我去检查。"他心里其实是不想去的，只是暂时让母亲不生气罢了。但他最终还是没拗过母亲，她把电话打给了老六，说请老六亲自押送他去北京做检查，如果老六敢跟老娘打马虎眼，从此再不见老六这个侄子。

老六正好借老人家的口气，把秦风扭送到了北京301医院。其实，医院是老六早就联系好的，到了医院，号都是提前挂好的。秦风这才反应过来，问老六："说，是不是你和我妈联合起来设的套？"

老六嘿嘿地笑着，说："实话告诉你吧，不是我，也不是姨，是嫂子。她太了解你的驴脾气了，才用此下策。"

"我就知道是她。"秦风气呼呼地不理老六了，"哎，我走了这些日子，黄睿好吗？"

"先不说黄睿了。"老六说，"大老远赶到北京，我为了这次检查，把没用过的关系都用了，总不能浪费了吧。"

所有检查一个不少地做了，等检查结果出来，老六傻眼了，秦风也傻眼了。除了肝部有轻微硬化外，并无大碍。医生建议回去后在当地医院治疗一段时间，该症状会慢慢消除。最后建议秦风少喝酒，平时多注意休息。

从301医院出来，秦风感觉阳光明媚得有些难以忍受，一切仿佛都是崭新的，有种另一个生命才刚刚降生的感觉，两个人兴奋地拥抱在了一起。

秦风说："能活着，真好！"

老六诡异地笑道："还说没事，都想着客死他乡呢，还说大话。"

秦风不笑了，说："不过，说真的，一开始我真的无法接受。我就恨，为什么上天待我如此不公，不但叫我断子绝孙，死了连个烧纸钱的人都没有，还要把我的命也要收走。你就是让我死，总得让我留个种了再死吧。感谢老天眷顾！感谢兄弟搭救！"说着秦风双手合十，双眼紧闭，口中念念有词。

午后的阳光，变得温柔了许多，照在脸上、身上，不再有万箭穿心的痛意。这秋，就这样来了，又走着……

"走，我们去看看海涛吧！"秦风一拍，老六即合。

杨海涛经过美国专家治疗后，已经能够感受到光了，只是看东西还是很模糊。美国专家说，需要适应一段时间，视力就渐渐恢复了。每三个月复查一次，这次杨海涛是最后一次复查。

电话是杨海涛接的，话语里带着笑。一见面，又是一个惊喜，杨海涛的视力已完全恢复。三个人拥抱到了一起，李佳怡在旁边感动得流眼泪。正好他们也打算今天出院，老六和秦风帮着办了手续，欢天喜地地出了医院。

在返回的路上，老六的车载CD里播放着《因为爱情》，秦风不禁唱了起来，一会儿，杨海涛和李佳怡也唱了起来，又过了一会儿，老六也跟着哼了起来。

老六第一时间把电话打给陈玉珍，汇报了检查结果。

陈玉珍说："你们总不会合起伙来哄我吧？"

老六说："我还想着吃您亲手做的手擀面呢，我要哄了您，还怎么吃上呢！"

挂电话前，老六顺便跟陈玉珍说了杨海涛眼睛复明的事。陈玉珍在电话里爽朗地笑出了声。秦风从免提里听到母亲的笑声，眼睛潮潮的，他赶紧抹去了泪水。

几个人在路上计划着到宁州后怎么好好庆祝一番，李佳怡说："我们两口子，老六两口子……"老六打断李佳怡，"哎哎哎，我们还没举行仪式呢，顶多算个准两口子。"

"证都领了还算？"大家都笑了起来。

李佳怡吞吞吐吐半天不知道接下来怎么说了，老六又发话了，"佳怡，你也是个干脆利索人，今天怎么突然变得有思想有城府了呢？"

秦风知道李佳怡为难什么，马上说："我就一个人参加。"

老六想了半天，放慢车速，说："这还真是个问题啊！要不叫上黄睿吧？"

秦风沉默着。

李佳怡道："我看还是叫上思媛吧？"

秦风还是沉默。

老六的手机响了，铃声通过车载音箱弥漫在整个车内。

老六斜了一眼车前面的屏幕，见是张思媛的电话，马上笑道："看，说曹操，曹操到。真是尽有灵犀一点通啊，思媛知道我们嘀咕她，坐不住了，主动把电话打来了。"

老六按了一下接听键，张思媛急切而抽泣的声音马上充斥在所有人的耳畔："老六，你在哪儿，我儿子突然病了，咋办？"

老六边问情况边把车停在了高速公路较宽的地方，大声地说："我们正在回宁州的路上，你别急，立刻把孩子送市医院，我一回去就赶过去。"

秦风一听，心里的担心一阵阵袭来，不由自主地让老六开快点。老六看了一眼秦风，猛踩一脚油门。

老六挂断电话，马上又打通了苏曼玲的手机，把具体情况说了，让她立即去市医院。

赶到市医院的时候，孩子已经进了手术室。张思媛坐在苏曼玲身边，小声哭着。苏曼玲拿着一包纸巾不停地往她手里递。

不一会儿，手术室门开了，出来一护士，大声地叫道："病人家属过来一下。"

秦风控制不住自己冲了过去，其他人也都紧随其后冲了过去。护士一脸的不高兴，说："你们都是孩子的父母吗？孩子父母过来就行了。"

张思媛挤了进去，手术室的门又合上了。又过了一会儿，张思媛从手术室里哭着出来，断断续续地说："孩子……需要……输血，我……我的……血……不……不匹配，血库恰好没这种血。"

"熊猫血？"苏曼玲睁大了眼睛。

护士又在门口大声叫："孩子父亲进来……"

除了张思媛哭得没完没了，其他人都面面相觑，像雕塑一样呆站在那儿，一时不知道怎么办。

秦风犹豫了一下，推开了手术室的门。

从医院出来，秦风让老六、杨海涛他们先走，他想一个人走走。此时的秦风，像黑暗里突然打开的一扇窗，阳光、雨雪、云彩……总之这个世界上最绚丽的美好都拥了进来，让他应接不暇。泪水从心底一拥而上，通过瞳孔直往外冒。他一直相信老天在为你关闭一扇门的时候一定会为你打开一扇窗。半年前，他还恨老天不公，把门和窗都关得牢不可破。今天，他终于看到那扇门的同时，也看到了那扇窗。他像个孩子似的哭着，走着，他不知道要去哪儿，也不知道要顺着哪条道走，总之，只要是人能通过的地方就行。走了不知道多久，他也哭累了，坐在马路牙子望着天上飘来飘去的云朵，他也觉得自己变成了云彩，轻盈而有了色彩。

在他一回头的刹那间，发现自己竟然坐在了精神病院的大门口。这个地方，自从他给张思媛补办完出院手续后，就再也不想看到那个让他伤心的地方了。他看见前面不远处几个人牵着一个女孩也往精神病院大门里走。秦风有意无意地看了一眼。再次望过去的时候，秦风吓了一跳——这不王倩吗？王倩目光呆滞地望着秦风，咯咯咯地傻笑着。秦风揉了揉眼睛，再次望过去的时候，人已经进了大门，他想可能是自己认错了人。

医院病房里，小石头安详地睡着，张思媛紧紧地抓着儿子的小手，用一个母亲特有的慈祥的目光欣赏着儿子质朴的小脸，她脸上洋溢着幸福的微笑。

秦风进来，张思媛回头看了他一眼，松开儿子的小手，走过去站在了窗口，望着外面。

秦风到病床前摸了摸儿子的小手、小脸，也走到窗口，从后面紧紧地抱住张思媛。张思媛挣扎了几下，再没挣扎。秦风在她耳边私语道："思媛，对不起，让你受苦了。"

张思媛缓缓转过身来，看着秦风的鼻子、眼睛、嘴巴，弱弱地说："你瘦了。"说完，也紧紧地抱住秦风，额头抵住秦风的下巴，"是我伤害了你的感情。"泪水夺眶而出，这一年多来所有的痛苦都化成泪水，一股脑儿喷涌而出。没有声音，只有无尽的泪水。秦风也泪流满面，替张思媛拭去脸上的泪，说："走到今天，我才发现，那个在爱的路上等我的，永远是你。"

张思媛也擦去秦风眼角的泪，说："因为爱，我离开了你。我知道，我离开不你。我们都好好的，好吗？"

秦风重重地点点头。

"妈妈，妈妈……"儿子醒了，用怪怪的眼神望着妈妈跟这个陌生男人紧紧地拥抱在一起。

两人立刻松开，跑向床边，一人抓住儿子的一只手。张思媛看看儿子，又指指秦风，道："小石头，叫爸爸。"

秦风期盼的眼神定格在小石头那张红红的小嘴上，但小石头用怯怯的眼神望着秦风，最后把疑惑的目光移向妈妈。

张思媛又说："小石头，你不是一直要爸爸吗？爸爸现在回来了，你怎么不叫呢？"

小石头从妈妈的表情里有了初步的判断，嚅动了半天小嘴，终于叫了一声："爸——爸。"

秦风的泪顿时涌了出来，他怕孩子看见，赶紧低下头，挤了一下眼睛，眼泪掉在了被子上。

小石头说："妈——妈，爸——爸，哭？他——不喜欢——小石头？"秦风为一岁多的小石头所表现出的出色的语言天赋感到兴奋不已。

张思媛笑着捏了一下小石头的脸蛋，说："那是因为爸爸好长时间没见小石头而高兴，他是世界上最最喜欢小石头的人。"

小石头醒来后脸上第一次露出了甜甜的笑容。

张思媛指着小石头的鼻子、眼睛、眉毛、嘴巴，说鼻子像你，嘴巴像我。秦风呵呵地笑着。小石头也跟着咯咯咯地笑……

6

老六的母亲突然病倒了。送到医院做了全面检查，所有医生都很吃惊，检查结果均为正常，可就是人没一点儿精神，站立都成问题，更不要说走了。

"我的病我知道。"老人家摇摇头，平静地望着老六，虚弱地说，"儿啊，再不花冤枉钱了，送我回去吧。"

老六摇摇头，没答应母亲的要求。

夜里，母亲突然昏迷了，经抢救又活过来了，但人看起来气若游丝，只有那么微弱的一口气。老人家再一次看着老六，说："儿子，听我的话，送我回，再晚了，我就进不了家门了。"然后把眼睛瞪得大大的盯着老六。

秦风说："我看就依姨吧！"

急救车拉着老六母亲往老家赶，一路上，老六和秦风一直守在老六母亲身边。老六母亲不停地跟老六说话，说老六小时候的事，说老六父亲的事，还说自己的事。她用微弱的气息支撑到了老家，将她抬到炕上时，她转动眼珠子，望了一圈她身边的人，然后将目光停留在老六脸上，气息显得很不均匀："儿啊，我该走了。你爸在等我呢。"

老六看了一眼苏曼玲，苏曼玲含泪大声地朝着老六母亲叫着："妈，妈……"这是苏曼玲第一次这样称呼老六母亲，也表达了她对老六的感情。

老六母亲微笑着慢慢闭上了眼，那微笑里包含着她的满足与不舍。

母亲一走，老六突然像变了个人似的。本来爱说爱笑，偶尔还喜欢说两句粗口的老六，突然变得沉默寡言了。公司也不怎么去了，去了啥都不干，盯着办公室里的那盆艳丽的蟹子莲发呆，大多时候都是由苏曼玲陪着在公园里看那些关在笼子里的动物们。

苏曼玲已经深深地爱上了这个男人，他除了能赚大把大把的票子，就没多少优点，但苏曼玲只看上他一点，那就是像父亲一样宠她爱她关心她呵护她。她很知足，在国外的两年里，她无时无刻不在感受着他带给她的关爱和温暖，这让她在人生的十字路口，最终选择了回来。回来，便意味着她从内心里选择了嫁给他。地震时父亲丧生，接着母亲离世，这对一个儿子来说是怎样一种灭顶之灾？可想而知。

　　"建国，你要打起精神来，父母走了，他们在九泉之下是不想看到你现在这个样子的，他们一定想着你要过得更好，是吧？"苏曼玲紧紧地牵着老六的胳膊说。

　　每次来公园，老六久久地站在老虎笼子前，不忍离去。

　　老六看着那只关在笼中的东北虎，老虎无奈地转过来转过去。老六说："老虎一辈子被关在笼子里，它们活着的意义是什么？难道仅仅是为了逗游人开心？"老六像是在跟苏曼玲说，又像是自言自语。"建国，只要是你喜欢的，我就喜欢，我会一辈子陪着你。"苏曼玲动情地说。

　　"我想买了这只虎，把它放回东北去。"老六定定地望着苏曼玲。

　　"动物园卖吗？"苏曼玲莫名地看着老六，不知道他何以有这样的想法，"再说了，它已经习惯了这样的生活，你把它放回大自然，并不见得它就愿意。"

　　老六想了半天，摇了摇头，又点了点头。

　　最后一次来到公园的时候，老六再没去看老虎。转了一圈，他突然说："曼玲，我有个事想跟你商量。"

　　"你说。"苏曼玲脸上露出了笑容。

　　"我想去看看你爸妈？"老六笑笑。

　　苏曼玲满意地点着头，她为老六出乎意料的周全感动、感激。过了一会儿，老六又说："这一件一件的事，尤其是我爸，从废墟里刨出来，还紧紧地抱着他的书稿，这些都让我想明白了一个道理。"

　　苏曼玲问："啥道理？"

　　老六说："真正的幸福，不是活成别人那样，而是能够按照自己的意愿去生活。"

　　"你说得很对，你是不是有别的什么想法？"苏曼玲觉得老六终于把自己的心结打开了。

"我这些年，其实就是照着别人的样子在活，可活到你从国外回来之前，我都在辛苦地努力地想活得像马云，像李嘉诚。可能最终也不可能活成他们那样。"老六望着一对鸟儿从头顶叽叽喳喳飞过，去向很远的地方，"我错了，幸福与钱财没有必然的联系，幸福只与我们的内心有必然的关系。我想把企业卖了，看完你爸妈，我们就去流浪，去国外流浪，走不动了，我们就停下，如果我死了……"

"呸，呸，呸。"苏曼玲一把捂住老六的嘴，"不许你说不吉利的话。"

"是假设。"老六笑笑，"你就为我做一支木筏，把我放在上面，让我像鱼一样游去。如果我活着，我们就做自己想做的事，过自己喜欢过的日子，你说好吗？"

"我总以为你是一个特现实的人，没想骨子里还有这么多浪漫细胞呢。"苏曼玲拍手叫好，笑声如银铃般透亮。

出公园门，苏曼玲开着车走了一段路，到民政局门口，看见秦风和张思媛正准备上车，老六让苏曼玲超过去停下。

秦风见老六的车停在了前面，开了车门，走过去，老六下来，嘿嘿地笑着问："你们俩鬼鬼祟祟干吗呢？"

张思媛抿着嘴笑笑。

"你懂的！"秦风看着正下车的苏曼玲，"你们俩这是哪儿浪漫去了？"

苏曼玲笑着看老六，并不接话。

老六说："我们准备天涯海角浪漫去。"

张思媛说："看你今天的精神头，真为你高兴。以后的路还长呢，一切都会过去的。"

老六点点头，说："走吧，哪天我们一起聚聚吧。"

秦风说好。苏曼玲说："思媛姐再见！"

张思媛也笑着回道："曼玲再见。"

把张思媛送到家，秦风去单位。一进大门，就碰上了黄睿。他有些难为情地问黄睿干吗去了。黄睿说去了一趟市文联，说有个全省的采风活动，想跟杂志社联合举办。秦风说这是好事。两个人同时进了电梯，工作谈完了，剩下的都是沉默，秦风也不知道该说啥，就随便问了句："最近还好吗？”

"就那样。"黄睿不自然地笑笑，右手的拇指和食指揉捏着衣服的第三个纽扣。

秦风觉得对不起黄睿，得给她有个交代。于是约她明天下午上班在单位对面的咖啡厅见个面。

电梯门开了。

"秦老师，我真心地祝你们幸福！别的就不必了。"黄睿说完就向办公室走去，抛下秦风在那儿发了半天呆。

第二天，黄睿就向他递交了辞职书。秦风怔怔地看着辞职书，其实他不是在看辞职书的内容，而是想怎么向她说对不起，怎么才能挽留住她。

秦风想的似乎黄睿早就清楚，说："秦老师，所有的话都不说了吧，保重。"说完就离开了秦风办公室。秦风追了出去，黄睿正抱着一个纸箱进电梯。秦风刚到电梯门口，电梯门合上了。原来她早就收拾好了东西，只差把那张纸给秦风。

整个一上午，秦风都傻坐着，什么也不想干。他回想这些年里，他的确伤害过很多女人，有意或无意，主动或被动。男人和女人，除了性之外，难道就没有第二条道走吗？分手就意味着连朋友都做不成了，甚至会成仇敌，王倩就是例子。想起王倩，他想给刘蕊打个电话，平日里她俩走得最近。他不愿相信，那天在精神病院门口碰见的女人就是王倩。

正说呢，刘蕊的电话打进来了。电话接通后，刘蕊就开始道歉，说她知道黄睿是秦风的得力干将，可前些日子，黄睿三番五次地找她，想在她的广告公司干，还托了很多熟人说情，磨不开面子，她就答应了，希望秦老师原谅。

秦风笑着说，人挪活树挪死，哪儿干不是干。秦风想，刘蕊和猴子应该不是那种在利益面前，只顾打好自己算盘的人吧？他一笑而过，把话题插到了王倩上。刘蕊正不想就黄睿的话题继续下去，于是将王倩的近况详细地讲了一遍。

原来，王倩先是跟纪均民混在一起，不料被纪均民的老婆发现，纪的老婆叫了娘家的几个兄弟，把王倩约出来，好好"谈"了一次。自此，王倩就遍体鳞伤地离开了纪均民。后来，王倩又跟一个秃头男人处过一段时间，然后就不知道怎么傍上了宁州房地产商柳成堂。一开始柳成堂还拿王倩当少奶奶一样捧着，可后来3号地没拿到手后，柳成堂就不高兴了。恰好在这个时候，王倩发现自己这次真的是怀孕了。王倩就告诉了柳成堂，柳成堂像没事人说："明天去打了吧。"说着把一摞钞票扔在了王倩面前。王倩看着柳成堂扬长而去，心里说不出来的痛。她为了柳成堂，还把先前从秦风那儿骗得的20万又白给了秦风。她尽心尽力，帮柳成堂，事情最后却因秦风辞职，让她哑巴吃黄连。柳成堂非但没有一句感谢的话，反而对她越来越冷淡了，更让王倩伤心的是，那天柳成堂居然当着她的面，把一个女孩子带到了她住的别墅，动作表情都极其暧昧，这让王倩再也无法忍受了，她知道柳成堂这是在向她下逐客令了，这座豪宅马上就要易主了。王倩扑上去，厮打那女孩子，没想，柳成堂却帮着那女孩子，拳脚相加，直到把王倩打得鲜血顺着裤腿股股流淌，洇红了别墅的实木地板。

王倩从医院出来，觉得不能就这样搭上了自己的身体和肚子里的孩子，最后还落得个一无所有。她又去找柳成堂，至少他得把那套别墅产权过到自己名下，否则，她绝不罢休。结果是柳成堂扔给了她20万块钱，就打算了事。在争论的过程中，王倩又扑向了柳成堂，没想被柳成堂的保镖给架了起来，然后扔到了马路上。从那天起，王倩精神上就有些不对劲了，后来父母就把她送进了精神病院。

秦风听完关于王倩的故事，心情格外沉重。

春暖花开，面朝大海。

由老六捐资发起，秦风担任评委会主任的第一届"金盾文学奖"评选活动正式启动，这在全国都产生了较大的影响。秦风带着张思媛和儿子去看望父亲，秦风跪在坟前，说："爸，我们来看你了。你看看你的孙儿，都已经2岁多了，儿子没给老秦家丢脸。"说着，眼睛里渗出了泪。

小石头也跪在爷爷坟前，说："爷爷，我来看你来了……"

张思媛定定地望着坟边上紫红紫红的红柳，又想起了老公公住院时的情境，脸上露出了淡淡的笑容。

秦风参加完在北京举行的"秦风长篇小说《生死树》研讨会"后，直接在海南跟母亲、张思媛和小石头会合。

在三亚海边的沙滩上，秦风一家人慢慢地往前走着。秦风接到北京打来的电话，说他的长篇小说《生死树》已进入茅盾文学奖最后一轮评选。秦风淡淡地笑笑，看着身边的张思媛和不远处的母亲和儿子。

陈玉珍走不动了，坐在沙滩上望着远处大海上来来往往的船只。小石头远远地喊着："奶奶，奶奶……"朝着陈玉珍欢快地跑去。

暖暖的海风吹来，张思媛一袭轻纱长裙，在风中飘动，刘海被风吹到脸上，遮住了半边脸庞，显得是那样柔美。秦风看着张思媛，轻轻地搂住她纤细的腰，低声在张思媛耳边说："这，就是我想要的生活。"

"也是我想要的。"张思媛拿嘴唇轻轻在秦风脸颊上啄了一口，咯咯地笑着，朝前跑去了。

秦风看着张思媛的背影，幸福地笑着。看着海浪轻轻地涌上沙滩，再退回去。然后再涌上来，再退回去，就这样，循环往复，永无止境。这可能就是大海想要的生活吧。秦风想，人的一生，又何尝不是这样呢！老六和苏曼玲，还有子娟，他们都遵从自己的内心，选择了自己想要的生活了。再有半年，王国伟就刑满了，他又会选择一种怎样的生活呢？

"望着你我心里难受无语泪流，你的温柔我不再奢求，往事历历不堪回首……"手机里忧伤的歌又开始唱了。

张思媛用脚不停地踢着涌上沙滩的浪花，淡淡地笑着，望着秦风。秦风明白张思媛的心思，接完电话，立即将手机铃声换成了《小苹果》。

秦风朝张思媛咧嘴笑着，猛地冲上去抱起张思媛，在海边沙滩上转着圈，张思媛像云朵般挂在秦风脖颈上飘着。海浪轻轻地涌上来，淹没了秦风的脚踝，打湿了张思媛的长裙。不远处，小石头牵着奶奶的手，朝这边来了，笑着，喊着："爸爸，妈妈……爸爸，妈妈……"

（完）